ARMADILLO

Du même auteur

AUX MÊMES ÉDITIONS

Comme neige au soleil
roman, 1995, réédition à paraître
et « Points », n° P35

Un Anglais sous les tropiques
roman, 1984, réédition 1995
et « Points », n° P10

La Croix et la Bannière
roman, 1986, réédition à paraître

Les Nouvelles Confessions
roman, 1988
et « Points », n° P34

La Chasse au lézard
nouvelles, 1990
et « Points », n° P381

Brazzaville Plage
roman, 1991
et « Points », n° P33

L'Après-midi bleu
roman, 1994
et « Points », n° P235

Le Destin de Nathalie X
nouvelles, 1996
et « Points », n° P481

WILLIAM BOYD

ARMADILLO

roman

TRADUIT DE L'ANGLAIS
PAR CHRISTIANE BESSE

ÉDITIONS DU SEUIL
*27, rue Jacob, Paris VIe*

Ce livre est édité par Anne Freyer-Mauthner

Titre original : *Armadillo*
Éditeur original : Hamish Hamilton, Londres
ISBN original : 0-241-13928-7

ISBN 2-02-033157-8

Pour Susan

Armadillo. (armadi.l*o*) 1577 [– espagnol. *armadillo*, diminutif de *armado*, homme armé, donc littéralement « petit homme armé » : – *armatus*, part. passé de *armare*. V. ARM]

Ainsi que les autres animaux, nous remarquons ce qui se passe autour de nous. Cela nous aide en suggérant ce à quoi nous pouvons nous attendre et même comment l'empêcher, et par là nous permettre de survivre. Cependant, l'expédient ne fonctionne qu'imparfaitement. Il y a des surprises et elles sont dérangeantes. Quand pouvons-nous dire que nous avons raison ? Nous faisons face au problème de l'erreur.

W.V. QUINE, *Du Stimulus à la Science*

Chapitre 1

Ces temps-ci – sans qu'il soit besoin de préciser la date –, en tout cas très tôt dans l'année, un jeune homme de trente ans, guère plus, grand – un mètre quatre-vingt/quatre-vingt-cinq –, cheveux noir d'encre, visage sérieux, traits fins mais teint fort pâle, découvrit, alors qu'il arrivait à un rendez-vous d'affaires, un pendu.

Médusé, Lorimer Black contempla Mr Dupree, à la fois en proie à un affolement aigu et à une curieuse apathie – les symptômes antagonistes d'une forme de panique, pensa-t-il. Mr Dupree s'était pendu à une conduite d'eau enveloppée d'une mince bandelette isolante qui traversait le plafond d'une petite antichambre, au-delà du bureau d'accueil. Un escabeau pliant en aluminium gisait renversé sous les pieds légèrement tournés en dehors (les chaussures marron avaient besoin d'un bon coup de cirage, nota Lorimer). Mr Dupree était en même temps le premier mort qu'il rencontrait, son premier suicidé et son premier pendu, et Lorimer trouvait cette convergence de nouveautés extrêmement troublante.

Son regard se porta non sans hésitation du bout éraflé des chaussures de Mr Dupree à son visage et se posa brièvement au passage sur la région du bas-ventre – où il ne put distinguer aucun signe de la célèbre érection spontanée du pendu. La tête de Mr Dupree penchait beaucoup sur le côté avec cet air effondré des banlieusards épuisés qui somnolent dans des wagons surchauffés, et que maintiennent droits des banquettes mal conçues. Si vous aviez vu Mr Dupree piquant un petit roupillon en face de vous sur le 18 h 12 de Liverpool Street, sa tête dans cette position bizarre, vous auriez souffert d'avance du torticolis auquel il eût été condamné sans appel à son réveil.

Torticolis. Cou tordu. Cou brisé. Nom de Dieu. Lorimer posa avec soin son attaché-case sur le plancher, passa devant Mr Dupree et se dirigea à pas de loup vers la porte au fond de l'antichambre. Il l'ouvrit et l'étendue dévastée de l'usine lui sauta aux yeux. A travers les solives et les poutres carbonisées du toit, il entrevoyait l'uniforme gris d'étain d'un ciel bas : le plancher était encore couvert des corps nus brûlés et fondus d'un millier de mannequins en plastique (neuf cent soixante-seize d'après les documents, une commande destinée à une chaîne de magasins américains). Toutes ces « chairs » lacérées, consumées, suscitèrent chez lui un ersatz de dégoût et d'horreur (ersatz parce qu'elles n'étaient pas réelles ; après tout, personne n'avait souffert) ; çà et là subsistait une tête d'une beauté de bande dessinée, ou une fille bronzée arborant un ridicule sourire de bienvenue. L'immuable amabilité de leurs expressions conférait un stoïcisme émouvant à la scène. Au-delà, Lorimer le savait grâce au rapport, se trouvaient les entrepôts, les bureaux des stylistes, les ateliers de sculpture sur glaise et sur plâtre, les chaînes de moulage. L'incendie avait été d'une violence inhabituelle et d'une totalité exemplaire. Mr Dupree avait insisté, paraît-il, pour que rien ne soit touché, pas un seul mannequin fondu bougé, jusqu'à ce qu'il reçoive son argent, et, Lorimer pouvait le constater, les ordres de Mr Dupree avaient été suivis.

Lorimer respira un bon coup et fit de petits bruits secs avec ses lèvres. « Hummm », fit-il à voix haute puis, « Doux Jésus », puis encore « Hummm ». Il se rendit compte que ses mains tremblaient un peu et les fourra dans ses poches. La phrase « une sale affaire » commença à tourner inlassablement dans sa tête, à la manière d'un mantra. Il spécula vaguement et avec réticence sur la réaction de Hogg au suicide de Dupree : Hogg lui avait déjà parlé de « suicidés » et Lorimer se demanda quelle était la procédure...

Il ferma la porte, s'inquiéta un instant des empreintes et puis se dit : pourquoi les relèverait-on dans un cas de suicide ? Ce n'est qu'à son retour dans le bureau de la réception et alors qu'il s'emparait du téléphone que la pensée lui vint que peut-être – et seulement peut-être – il pouvait, après tout, ne pas s'agir d'un suicide.

Le sergent Rappaport, l'inspecteur qui arriva à la suite de son appel à la police, bien qu'il ne parût guère plus vieux que Lorimer, ne cessa de lui donner du « monsieur » dans les règles, mais un rien de trop, tout de même. *Dennis P. Rappaport*, indiquait sa carte d'identité.

« Vous dites que vous aviez rendez-vous avec Mr Dupree, monsieur.

– Oui. Un rendez-vous fixé depuis plus d'une semaine. » Lorimer tendit sa carte de visite. « Je suis arrivé à 10 h 30 précises. »

Ils étaient dehors à présent, sous l'enseigne de plastique rouge : OSMOND DUPREE. MANNEQUINS DE VITRINE. FONDÉ EN 1957. Des policiers et autres officiels s'activaient autour de la dépouille mortelle de Mr Dupree à l'intérieur. Un agent attachait avec zèle du ruban rayé autour des lampadaires et des balustres avec l'intention d'isoler l'entrée de la fabrique et d'en interdire l'accès à une demi-douzaine de badauds impassibles et gelés qui observaient la scène avec curiosité. Et attendaient la mise en sac du cadavre, pensa Lorimer. Charmant. L'inspecteur Rappaport étudia avec soin la carte de Lorimer puis, d'un geste théâtral, fit mine de l'empocher :

« Puis-je, monsieur ?

– Je vous en prie. »

De son blouson de cuir, Rappaport sortit un épais portefeuille et y glissa la carte.

« Pas le début habituel d'une de vos journées habituelles, monsieur, j'imagine.

– Non... Très attristant », convint Lorimer, l'œil vigilant.

Rappaport était un type robuste, bien en chair, blond avec des yeux couleur de bleuet, une apparence qui ne convenait guère à un policier, pensa Lorimer sans raison précise, se disant que

Rappaport aurait plutôt dû être champion de surf ou de tennis, ou encore serveur dans un restaurant de Los Angeles. En outre, il ne savait pas très bien si la déférence de l'inspecteur avait pour objet de désarçonner, de rassurer ou se voulait d'une ironie subversive. Tout bien considéré, c'était probablement le dernier cas : Rappaport en ferait des gorges chaudes plus tard au mess, à la cantine, au pub, ou quel que fût l'endroit où les policiers se réunissaient pour discuter et se plaindre de leurs activités respectives du jour.

« Maintenant que nous savons où vous trouver, monsieur, nous ne vous ennuierons plus. Merci pour votre aide, monsieur. »

Plus qu'ironique, cette accumulation flagrante de « monsieur » trahissait une condescendance délibérée, aucun doute là-dessus, mais aussi un tic de langage, un ricanement implicite, contre lequel il était impossible de protester.

« Peut-on vous ramener quelque part, monsieur ?

– Non, merci, inspecteur Rappaport, ma voiture est garée tout près.

– Le T est muet, monsieur. *Rappapor*. Un vieux nom normand. »

Vieux prétentiard normand de mes deux, pensa Lorimer tout en regagnant sa Toyota garée dans Bolton Square. Mais tu ne serais pas aussi content de toi si tu savais ce que j'ai dans ma serviette, poursuivit-il, une pensée qui le rendit de meilleure humeur. Le mieux se révéla toutefois très passager : en ouvrant la porte de sa voiture, il sentit la déprime s'abattre sur lui comme un châle, presque physiquement là, sur ses épaules, alors qu'il réfléchissait à la mort humble et désespérée de Mr Dupree : comment un homme était-il amené à attacher une corde à linge autour d'un tuyau, passer sa tête dans un nœud coulant et repousser l'escabeau qui le soutenait ? C'est le souvenir des chaussures éraflées pendant à un mètre du sol qui hantait Lorimer plus que la position grotesque de la tête. Ça et la misérable journée de janvier – grise et morne – et Bolton Square. Ses platanes dénudés avec leur camouflage « guerre du Golfe », la lumière ternie cherchant à percer, le froid – le vent avait fraîchi – et la pluie matinale avaient donné un ton charbonneux aux briques couvertes de suie des maisons géorgiennes, par ailleurs tout à fait décentes. Un enfant, emmitouflé dans une doudoune vert mousse, trébuchait de-ci, de-là sur le rectangle de la pelouse centrale, cherchant vainement à s'amuser, d'abord dans les plates-bandes tondues et détrempées, puis avec une grive rusée, et enfin en ramassant quelques rares feuilles mortes et les expédiant sans but alentour. Dans un coin sur un banc, sa nurse, sa baby-sitter ou sa mère le surveillait, en fumant une cigarette et en portant à ses lèvres une canette rouge vif. Un jardin public, des bâtiments vénérables, un bout de verdure soignée, un bébé innocemment heureux, un adulte assumant son rôle de surveillance – dans tout autre contexte ces ingrédients auraient pu conspirer à former un plus joyeux symbolisme. Mais pas aujourd'hui, pensa Lorimer, pas aujourd'hui.

Il émergeait du square dans la rue principale quand un taxi frôlant d'un peu trop près le capot de sa voiture l'obligea à un arrêt brusque. Le diorama tremblotant de Bolton Square glissa le long de la paroi noire luisante du taxi et Lorimer ravala son juron en voyant le visage encadré dans la vitre arrière. Cela lui arrivait de temps en temps, voire plusieurs fois dans la même semaine : il apercevait un visage dans la foule, à travers une vitrine, descendant l'escalator du métro alors que lui montait, un visage d'une telle lumineuse et éclatante beauté qu'il aurait voulu hurler de joie et de surprise tout en pleurant de frustration. Qui donc avait dit : « un visage dans le métro peut gâcher une journée entière » ? C'était le coup d'œil le responsable, le coup d'œil avec sa saisie rapide, incertaine, son analyse trop hâtive du phénomène optique. Ses yeux jugeaient trop vite : ils avaient trop envie de voir de la beauté. Chaque fois qu'il avait la possibilité d'un second regard, le résultat était presque toujours décevant : un examen appuyé se révélait toujours un arbitre plus sévère. Et maintenant, voilà que ça lui arrivait de nouveau – mais cette fois, se dit-il, le phénomène survivrait à une sobre réévaluation. Il avala sa salive : il reconnaissait les authentiques symptômes : le léger essoufflement, l'accélération du pouls, l'impression d'un thorax bloqué. Le parfait visage ovale et pâle de la fille – de la femme ? – avait été ardent, plein d'espoir, le long cou tendu vers la vitre, les yeux agrandis par une agréable anticipation. Tout s'était passé si rapidement que l'impression, se dit-il afin de ne pas gâcher totalement sa journée, ne pouvait avoir été qu'une impression idéalisée. Il frissonna. Enfin, le hasard lui avait tout de même offert une forme d'aimable compensation, effaçant un instant ou deux la vision des minables chaussures de Mr Dupree.

Il vira à droite en direction d'Archway. Dans son rétroviseur, il vit que la petite foule rassemblée autour des Mannequins de vitrine Dupree s'attardait, morbide. Le taxi de la fille était maintenant bloqué derrière l'ambulance et un policier gesticulait à l'adresse du chauffeur. La porte arrière s'ouvrit – mais ce fut tout ce qu'il vit car il était déjà loin, sur Archway puis Holloway Road, sur Angel par Upper Street, le long de City Road jusqu'à Finsbury Square avant de voir apparaître bientôt devant lui les tours déchiquetées, battues par la pluie, et les passerelles dégoulinantes du Barbican.

Il trouva un parcmètre près de Smithfield Market et revint d'un pas vif sur Golden Lane pour gagner son bureau. Une méchante bruinasse tombait en diagonale – en dépit de sa tête baissée, il la sentait lui frapper les joues et le menton. Un froid de gueux, une sale journée. Les éclairages des magasins tournant à l'orange, les piétons, tête baissée comme lui, se hâtant, souffrant, les dents serrées, soucieux seulement d'atteindre leur destination le plus vite possible.

A l'entrée, il tapa son code et grimpa quatre à quatre les marches de pin jusqu'au premier étage. Rajiv l'aperçut à travers le panneau de verre armé, la porte bourdonna et Lorimer la poussa pour entrer :

« On se les gèle dehors, Raj. »

Rajiv éteignit sa cigarette.

« Qu'est-ce que tu fabriques ici ?

– Hogg est là ?

– Où crois-tu qu'on est ici ? Au Club Med ?

– Quel humour, Raj ! Très satirique.

– Sacrés foutus fainéants. »

Lorimer hissa sa mallette sur le comptoir et l'ouvrit. Les billets neufs en piles bien nettes lui donnèrent un léger choc – leur virtualité, leur étrange virginité, leur côté intact, ni froissés ni pliés, encore à échanger contre des marchandises ou des services, encore même à fonctionner en tant qu'espèces. Il commença à empiler les belles liasses sur le comptoir.

« Ah, merde, dit Rajiv en regagnant le fond de son antre pour ouvrir le grand coffre-fort. La police a appelé, voulait savoir où tu étais. J'ai pensé à des ennuis.

– Pas un début de semaine idéal.

– Un rouspéteur ? »

Rajiv se remplit les mains de billets.

« Ce serait trop beau. Un suicidé.

– Ouille. Va falloir que je rappelle la sécurité, hein ? Rajiv y en a pas content.

– Je ramène tout chez moi, si tu veux.

– Signe ici. »

Lorimer signa le bordereau. Cinq cent mille livres sterling. Vingt liasses de cinq cents billets de cinquante livres, tout frais avec leur odeur astringente, chimique, de papier-monnaie. Rajiv remonta son pantalon par-dessus sa brioche et alluma une autre cigarette tout en vérifiant le récépissé. Alors qu'il se penchait sur la feuille, le tube de néon au-dessus de lui se refléta au milieu de son crâne luisant parfaitement chauve. Un Mohican transparent, pensa Lorimer.

« Tu veux que j'appelle Hogg ? demanda Rajiv sans lever la tête.

– Non, je vais le faire. »

Hogg proclamait constamment que Rajiv était le meilleur comptable du pays : et d'autant plus précieux pour la compagnie qu'il ne le savait pas.

« Quelle emmerde, commenta Rajiv en glissant le bordereau dans un dossier. Hogg s'attendait à ce que tu termines cette affaire, surtout avec l'arrivée du nouveau type.

– Quel type ?

– Le nouveau directeur. Pour l'amour de Dieu, Lorimer Black, t'es parti depuis quand ?

– Ah, ouais », dit Lorimer, la mémoire lui revenant.

Il adressa un vague signe insouciant de la main à Rajiv et prit le couloir en direction de son bureau. L'installation lui rappelait son College : petites pièces carrées identiques donnant sur un couloir trop éclairé, chaque porte pourvue d'un rectangle de verre armé de façon à interdire une intimité absolue. En s'arrêtant à hauteur de son clapier, il vit que Dymphna était installée dans le sien, sa porte entrouverte. Elle semblait fatiguée, ses yeux las, son gros nez tout rouge. Elle lui fit un sourire léthargique et renifla.

« Où étais-tu ? s'enquit-il. Au soleil de l'Argentine ?

– Au soleil du Pérou, répliqua-t-elle. Un cauchemar. Quoi de neuf ?

– Je viens de me farcir un suicidé.

– C'est des vrais emmerdeurs. Qu'en dit Hogg ?

– Je ne lui ai pas encore raconté. Je ne m'y attendais pas du tout. Me doutais de rien. Hogg ne m'avait absolument rien dit.

– Il ne dit jamais rien.

– Il aime les surprises.

– Pas notre cher Mr Hogg. »

Elle fit une mine entendue, résignée, arracha d'un coup sec sa lourde valise – une de ces choses carrées avec de multiples compartiments qu'affectionnent les pilotes – et passa devant Lorimer, prête à rentrer chez elle. C'était une grande fille solide – de la fesse et de la hanche – et elle trimballait son gros bagage avec aise. Elle portait des chaussures à talons hauts, étonnamment fines, parfaitement inadaptées à cette sorte de temps. Sans se retourner, elle dit : « Pauvre vieux Lorimer ! On se revoit à la fiesta. A ta place, je ne raconterais pas ton histoire tout de suite à Hogg, il risque de ne pas être d'une humeur de rêve, surtout avec l'arrivée de ce nouveau directeur. » Rajiv souligna son accord d'un gros rire. « B'soir, Rajiv, grand filou ! » lança Dymphna avant de disparaître.

Lorimer demeura désœuvré, assis à son bureau, pendant une dizaine de minutes : il joua avec son buvard, choisit et rejeta divers stylos avant de décider qu'un mémo à l'adresse de Hogg était peut-être une mauvaise idée. Il détestait les mémos, Hogg. Les face-à-face, voilà ce qu'il aimait. Mieux encore, les nez-à-nez. Tout de même, il devrait comprendre en l'occurrence : tout le monde avait son pendu un jour ou l'autre, c'était un des risques du boulot. On avait affaire aux gens au moment où ils étaient les plus faibles, les plus faillibles, les plus imprévisibles – Hogg ne cessait de vous le répéter : leur voir perdre la tête était un des risques du métier.

Il rentra à Pimlico, tourna de Lupus Street dans Lupus Crescent et trouva finalement un endroit où se garer à guère plus de trente mètres de chez lui. Il faisait décidément plus froid et la pluie avait pris maintenant une allure de gros crachin pour traverser en diagonale la lueur mandarine des lampadaires.

Lupus Crescent n'avait pas la forme d'un croissant même si la rue, constituée de rangées de maisons de même style – sous-sol et trois niveaux, stuc crème et brique marron –, présentait une courbe légère, comme si elle avait aspiré à se faire quart de lune sans trouver la force d'aboutir. Lors de l'achat de son appartement au n° 11, Lorimer avait été rebuté par ce nom, se demandant comment on pouvait baptiser une rue d'après une affliction particulièrement déplaisante, une « maladie de la peau, généralement d'origine tuberculeuse ou ulcérative, entamant la chair et laissant des cicatrices profondes », selon son dictionnaire. Il fut soulagé d'apprendre par sa voisine du dessous, une octogénaire mince et vive, d'une pauvreté distinguée, que Lupus avait été le nom d'un comte de Chester, quelque chose à voir avec la famille Grosvenor, autrefois propriétaire de tout le quartier de Pimlico. Lupus, vu ses connotations médicales, n'en demeurait pas moins un surnom malheureux, estimait Lorimer, un patronyme qu'il aurait sérieusement songé à changer, eût-il été le comte de Chester. Les noms étaient importants, raison de plus pour en changer quand ils ne convenaient pas, irritaient d'une certaine façon ou donnaient lieu à de déplaisantes associations.

La télé de Lady Haigh marmonnait bruyamment à travers la porte de la vieille dame tandis que Lorimer triait le courrier dans le hall. Pour lui, des factures et une lettre (il reconnut l'écriture) ; *Country Life* pour Lady Haigh ; un envoi de l'Universität von Frankfurt pour « Herr Doktor » Alan Kenbarry du dernier étage. Il glissa le magazine sous la porte de Lady Haigh.

« Est-ce vous Alan, petit vaurien ? entendit-il. Vous m'avez réveillée ce matin. »

Il changea sa voix.

« C'est, euh, Lorimer, Lady Haigh. Je crois qu'Alan est sorti.

– Je ne suis pas encore morte, Lorimer chéri. Inutile de vous faire du souci, mon chou.

– Tant mieux. B'soir. »

Le magazine fut tiré péniblement à l'intérieur tandis que Lorimer montait sur la pointe des pieds à son appartement.

En entendant la porte avec ses joints d'aluminium et de caoutchouc tout neufs se refermer derrière lui, il éprouva une immédiate impression de détente. Il posa rituellement sa paume sur les trois casques sur la table de l'entrée, et sentit sous sa peau leur fraîcheur de vieux métal. Boutons poussés, commutateurs effleurés, l'éclairage d'ambiance s'alluma et un nocturne de Chopin envahit les pièces à sa suite tandis qu'il avançait sans bruit sur la moquette rugueuse gris foncé. Dans la cuisine, il se versa deux doigts de vodka glacée et ouvrit sa lettre. Elle contenait une photo Polaroid au revers de laquelle était rédigé à l'encre turquoise le message suivant : *« Heaume grec. 800 avant J.-C. Magna Graecia. Vôtre à un prix réduit très spécial : 29 500 livres. Sincèrement, Ivan. »* Il étudia un instant la photo – elle était parfaite – puis la reglissa dans l'enveloppe et tenta de ne pas penser à la manière de mettre la main sur vingt-neuf mille cinq cents livres. Un coup d'œil à sa montre lui confirma qu'il disposait d'encore une bonne heure avant d'avoir à se préparer pour la réception et prendre la direction du Fort. Il sortit *Le Livre de la Transfiguration* de son tiroir, l'étala sur le plan de travail, but une minuscule gorgée, propre à glacer ses lèvres, puis choisit un stylo et s'assit pour écrire. « 379 », traça-t-il de sa fine écriture : « Le cas de Mr Dupree. »

> **379. Le cas de Mr Dupree.** *Je n'avais parlé qu'une seule fois à Mr Dupree, le jour où je lui avais téléphoné pour prendre rendez-vous. « Pourquoi est-ce que Hogg ne vient pas ? dit-il aussitôt sur le ton névrosé d'un amant déçu. Il s'est assez amusé comme ça, hein ? » Je lui ai expliqué que Mr Hogg était très occupé. « Dites à Hogg de venir ou bien tout est annulé », a-t-il répliqué avant de raccrocher.*
>
> *J'ai rapporté ces propos à Hogg qui a fait une moue dégoûtée, pleine de mépris et de répugnance avant de commenter : « Je ne sais pas pourquoi je me suis donné ce mal, pourquoi j'ai pris cette peine. Je le tiens dans le creux de ma main », affirma-t-il en tendant sa grande paume aussi calleuse que celle d'un harpiste, « avec son pantalon sur les chevilles ! Terminez-moi ça, Lorimer, mon garçon. J'ai plus important à faire. »*
>
> *Je ne connaissais pas Mr Dupree, d'où la brièveté du choc que j'ai ressenti – une impression encore troublante mais pas à l'extrême. Mr Dupree n'avait existé pour moi que sous la forme d'une voix au téléphone : c'était l'affaire de Hogg, une des rares sorties de Hogg « sur le marché », ainsi qu'il aime à le dire, pour tester les marchandises et la température, juste pour garder la main, avant de me le refiler, comme à l'habitude. C'est pourquoi je n'ai pas réagi, ou plutôt, pourquoi mon choc a été si bref. Le Mr Dupree que j'ai rencontré était déjà devenu une chose, une chose déplaisante, vrai, mais si une carcasse de vache écorchée avait été pendue là ou, disons, si j'étais tombé sur un tas de chiens crevés, j'aurais été tout aussi embêté. Ou bien pas ? Possible. Mais Mr Dupree, l'être humain, n'avait jamais empiété sur ma vie, tout ce que je connaissais de lui, c'était cette voix pressante au téléphone ; il n'était en ce qui me concernait qu'un nom sur un dossier, un simple rendez-vous parmi d'autres.*
>
> *Non, je ne crois pas être un individu froid, au contraire je suis*

bien trop chaleureux et c'est peut-être là mon problème. Mais pourquoi ne suis-je pas plus secoué, attristé, par ce que j'ai découvert aujourd'hui ? Je ne manque pas de compassion mais mon incapacité à ressentir quoi que ce soit de durable à l'égard de Mr Dupree me trouble plutôt. Mon travail, la vie que je mène m'ont-ils donné les réactions émotionnelles d'un brancardier surchargé de boulot sur un champ de bataille surpeuplé, notant et comptant les morts simplement comme des fardeaux potentiels ? Non, j'en suis sûr. Mais le cas de Mr Dupree est quelque chose que je n'aurais jamais dû connaître, qui n'aurait jamais dû faire partie de ma vie. Hogg m'a envoyé là-bas en mission. Mais savait-il qu'une issue de ce genre était possible ? Était-ce son assurance à lui que de m'expédier là-bas à sa place ?

Le Livre de la Transfiguration

Il se rendit en taxi au Fort. Il allait trop boire, il le savait, ils boiraient tous trop, ça ne ratait jamais lors de ces rares rassemblements de l'équipe au complet. Parfois, s'il buvait beaucoup, il dormait bien la nuit mais ça ne marchait pas toujours, autrement il se serait adonné à l'alcoolisme avec le zèle d'un converti. Parfois, ça le gardait éveillé, vif et en alerte, le cerveau fonctionnant à cent à l'heure.

En descendant du taxi, il vit que, ce soir, le Fort brillait de tous ses feux, les projecteurs illuminant complètement ses vingt-quatre étages. Trois portiers dorés sur tranche se tenaient devant la *porte cochère** sous l'enseigne au néon aigue-marine. Des lettres solides, imposantes, en romain classique : FORTRESS SURE. Quelque chose d'important devait se passer dans la salle du Conseil, pensa-t-il, tout ça n'est pas pour des gens comme nous. Il fut vérifié, salué et dirigé sur les escalators au fond du foyer. Deuxième étage, suite Portcullis. Au vingt-quatrième étage se trouvait une installation de traiteur complète avec un chef, lui avait-on raconté. Quelqu'un avait affirmé qu'elle aurait pu faire

* Les mots en italique suivis d'un astérisque sont en français dans le texte.

office de restaurant trois étoiles : c'était probablement le cas, pour autant qu'il sache – il n'avait jamais atteint ces hauteurs. Il sentit d'abord l'odeur des cigarettes puis entendit le flux et le reflux des conversations trop bruyantes et le chœur des rires mâles, avec cette excitation passagère que la boisson gratuite provoquait toujours. Il espérait que quelques zakouski s'étaient frayés un chemin jusqu'ici, chez les prolos. Mr Dupree lui avait fait rater son déjeuner, et il avait faim.

Les seins de Dymphna furent momentanément visibles tandis qu'elle se penchait pour éteindre sa cigarette. Petits avec des mamelons pointus et pâles, nota-t-il. Elle n'aurait vraiment pas dû porter des décolletés aussi profonds...

« Il est dans une foutue rage », disait Adrian Bolt à Lorimer avec enthousiasme et délectation. Bolt était le plus vieux membre de l'équipe, ex-inspecteur de police, franc-maçon et emmerdeur potentiel. « La vapeur lui sort par les oreilles. Bien sûr, ça n'est pas apparent chez Hogg. Ce contrôle, cette discipline...

– Est-ce que la vapeur ne le trahit pas un rien ? » intervint Dymphna.

Bolt fit semblant de ne pas avoir entendu.

« Il est impassible. Un vrai roc, ce Hogg. Un homme avare de mots, même dans une foutue rage. »

Shane Ashgable s'adressa à Lorimer, son visage carré empreint d'une fausse sympathie.

« Voudrais pas être à ta place, compadre. »

Lorimer s'écarta un peu, un accès soudain de bile acide dans la gorge, et chercha du regard Hogg dans la salle bondée. Aucun signe. Il vit qu'on installait un micro sur l'estrade en pin au fond et crut distinguer la chevelure blond-gris gominée de Sir Simon Sherriffmuir, président-directeur général de Fortress Sure, au milieu d'une grappe d'acolytes souriant béatement.

« Un autre verre, Dymphna ? » demanda Lorimer, histoire de faire quelque chose.

Dymphna lui tendit son verre chaud, vide et barbouillé.

« Eh bien, oui, merci, mon joli Lorimer », dit-elle.

Il se glissa dans la foule des buveurs, tous biberonnant avidement, rapidement, leurs verres contre la bouche, comme si quelqu'un pouvait soudain les leur arracher, confisquer la gnôle. Il ne connaissait plus que très peu de gens ici, juste une poignée datant de son propre séjour au Fort. C'était une foule jeune, entre vingt et vingt-cinq ans (des stagiaires ?), costumes neufs, cravates criardes, visages empourprés et enjoués. Vendredi soir, pas de boulot demain, bourrés à mort à minuit, gueulant, bien abreuvés. Toutes les femmes fumaient, mises en confiance par leur statut de minorité, sûres d'elles, courtisées, riant aux hommes qui se groupaient et se regroupaient autour. Lorimer songea avec regret qu'il n'avait pas été vraiment juste avec...

Quelqu'un lui agrippa le coude, très fort. Il eut à peine la force de retenir le verre de Dymphna. Il ne put retenir un petit cri de souffrance tandis qu'on le faisait pivoter, sans effort, comme sur une piste de danse, sous l'impulsion d'un cavalier chevronné.

« Comment va Mr Dupree ? » s'enquit Hogg, son gros visage protubérant et sans expression très proche de celui de Lorimer. De son haleine émanait une odeur des plus bizarres, un mélange de vin et d'un truc métallique genre Brasso ou autre puissant nettoyant à métaux, ou bien comme si chaque carie de sa dentition avait été bouchée une heure avant. Il arborait aussi d'invraisemblables minuscules rubis, des coupures de rasoir, sur son lobe d'oreille gauche, sa lèvre supérieure et à deux centimètres de son œil gauche. Il avait dû se dépêcher. « Mr Dupree pète le feu, non ? poursuivit-il. En pleine forme, frais et gaillard, et l'ouvrant pour ne rien dire ?

– Ah, dit Lorimer d'une voix faible, vous êtes au courant ?

– Par la foutue police ! » lança Hogg dans un chuchotement rauque, ses gros traits simples brouillés à force de se rapprocher.

Lorimer ne recula pas : il était important de ne pas vaciller sous le coup des attaques verbales de Hogg même si, celui-ci continuant d'avancer son visage, ils risquaient de finir par s'embrasser. L'haleine métallique de Hogg flotta le long des joues de Lorimer, souleva légèrement ses cheveux.

« Je n'avais pas la moindre idée... répliqua-t-il résolument. Il avait accepté de me voir. Je pensais l'affaire bien ficelée...

– ... joli choix de vocabulaire, Black. » Hogg posa un doigt sur la poitrine de Lorimer, appuyant avec force sur son mamelon droit comme s'il s'agissait d'une sonnette. Lorimer grimaça de nouveau. Hogg se recula, son visage un masque de haine, de dégoût profond, métaphysique. « Réglez-moi ça. Et pas de bavures.

– Oui, monsieur Hogg. »

Lorimer avala rapidement deux verres de vin au bar, respira profondément plusieurs fois avant de repartir vers Dymphna et ses collègues. Il vit Hogg de l'autre côté de la pièce le désigner d'un geste à un gros type en costume sur mesure à fines rayures et cravate rose. L'homme fit mine de venir vers lui et Lorimer sentit soudain sa gorge se nouer – Quoi, maintenant ? Un flic ? Non, tout de même pas dans un costume sur mesure ? – et il baissa la tête pour téter son vin tandis que le type approchait, arborant un sourire mince, hypocrite. Le visage était bouffi, bizarrement boucané, avec le reflet rosé, flambant, de capillaires éclatées autour des joues et des narines. Des yeux petits, vifs, inamicaux. De plus près, Lorimer s'aperçut aussi que l'homme n'était pas si vieux après tout, guère plus vieux que lui, simplement il le paraissait. Les motifs de sa cravate représentaient de minuscules ours jaunes.

« Lorimer Black ? » dit l'homme en élevant sa voix grave, un ton paresseux d'aristocrate, afin de surmonter les bavardages alentour.

Lorimer nota que ses lèvres remuaient à peine, il parlait entre les dents, comme un mauvais ventriloque.

« Oui ?

– Rotshild, un verre de gin... »

Sa bouche s'était à peine fendue pour émettre ces sons. C'étaient les mots que l'oreille de Lorimer avait enregistrés.

L'homme tendit la main. Lorimer jongla avec son verre, renversa du vin et réussit une poignée de main humide mais ferme.

« Comment ? »

L'homme le regarda fixement et son sourire hypocrite se fit un rien plus large, un rien plus hypocrite. Il reprit la parole :

« Tranquille hiver de gènes. »

Lorimer réfléchit durant un très bref instant.

« Pardonnez-moi, mais que voulez-vous exactement dire ?

– Ton île est hydrogène.

– Écoutez, je ne vois pas...

– LE TORT QU'IRA FAIRE VOTRE JAYNE !

– Jayne qui, pour l'amour de Dieu ! »

L'homme regarda autour de lui avec une expression de colère incrédule. Lorimer l'entendit dire – cette fois très distinctement – « Bordel de Dieu ! ». Il fouilla dans sa poche et en tira une carte qu'il offrit à Lorimer, laquelle annonçait : *Torquil Helvoir-Jayne, directeur exécutif, Fortress Sure, S.A.*

« Tor-qui-hell-voyre-jayne », lut tout haut Lorimer comme un quasi-illettré, comprenant soudain : « Je suis navré, le bruit ambiant, je n'ai pas pu...

– Ça se prononce “hiver”, dit l'homme avec mépris. Pas “hell-voyre”. Hiver.

– Ah, je comprends maintenant. Torquil Helvoir-Jayne. Enchanté de...

– Je suis votre nouveau directeur. »

Lorimer tendit son verre à Dymphna, songeant seulement qu'il lui fallait quitter cet endroit tout de suite, *pronto*. Dymphna ne le paraissait pas mais il savait, il sentait au plus profond de lui qu'elle était ivre morte.

« Où étais-tu, *mein Liebchen* ? dit-elle.

– Hogg te cherchait », ajouta Shane Ashgable, se penchant vers lui d'un air narquois.

On entendit de vigoureux coups de marteau sur un bloc de

bois et une voix de stentor rugit : « Mesdames et messieurs, un peu de silence pour Sir Simon Sherriffmuir. »

Des applaudissements d'un enthousiasme apparemment sincère éclatèrent parmi les gens rassemblés autour de l'estrade. Lorimer vit Sir Simon grimper sur le podium, chausser ses demi-lunes à monture d'écaille et regarder par-dessus tout en levant une main pour réclamer le silence et tirant de l'autre un petit bout de papier de sa poche de poitrine.

« Eh bien... », dit-il. Pause, pause, pause théâtrale. « Rien ne va plus être pareil ici sans ce bon Torquil. »

Des rires énergiques accueillirent cette modeste saillie, Lorimer en profita pour progresser peu à peu vers la porte à deux battants de la suite Portcullis mais ne réussit qu'à se faire agripper par le bras pour la seconde fois de la soirée.

« Lorimer ?

– Dymphna. Je m'en vais. Je suis pressé.

– T'aimerais pas dîner ? Juste nous deux. Toi et moi.

– Je dîne en famille, mentit-il aussitôt, tout en poursuivant son chemin. Une autre fois.

– Et je pars pour Le Caire demain. »

Elle sourit et leva les sourcils comme si elle venait de répondre à une question d'une facilité ridicule.

Sir Simon entama l'évocation des services rendus par Torquil Helvoir-Jayne à Fortress Sure, ses années de travail incessant. Désespéré, Lorimer adressa à Dymphna ce qu'il souhaitait être un sourire pitoyable accompagné d'un haussement d'épaules résigné, style Hé-la-vie-est-comme-ça.

« Désolé.

– Ouais, une autre fois », répliqua sèchement Dymphna avant de tourner les talons.

Lorimer demanda au chauffeur de taxi d'augmenter le volume déjà assourdissant de sa radio qui retransmettait le match de football et fut conduit ainsi – de manière tonitruante, stridente – à travers une City glacée et déserte, par-dessus la Tamise et les flots noirs de la marée montante, au sud du fleuve, sa tête résonnant des échos de la voix de ténor éraillée du commentateur détaillant les courses en diagonale, la souple technique des étrangers, les tacles tranchants, la perte de la maîtrise du jeu, les gars se donnant à cent dix pour cent tout de même. Il se sentait inquiet, soucieux, stupide, embarrassé, surpris et horriblement affamé. Et il se rendit compte qu'il n'avait pas assez bu. Dans un état pareil, il le savait d'expérience, la cellule mélancolique d'un taxi londonien n'est pas le meilleur des endroits où se trouver. Puis une nouvelle et plaisante sensation s'infiltra doucement en lui – tandis que le sablier s'épuisait et le sifflet final approchait : somnolence, lassitude, langueur. Peut-être que ça marcherait ce soir, peut-être que ça marcherait vraiment. Peut-être dormirait-il.

> **114. Le sommeil.** *Comment s'appelait-il déjà, ce poète portugais qui dormait si mal ? Il avait baptisé son insomnie « l'indigestion de l'âme ». Peut-être est-ce là mon problème – l'indigestion de l'âme – même si je ne suis pas un véritable insomniaque. « Le sommeil occupe le tiers de notre vie. Il est la consolation des peines de nos journées ou la peine de leurs plaisirs ; mais je n'ai jamais éprouvé que le sommeil fût un repos. Après un engourdissement de quelques minutes une vie nouvelle commence [...] libérée des conditions du temps et de l'espace et sans aucun doute semblable à cet état qui nous attend après la mort. Qui sait s'il n'existe pas un lien entre ces deux existences et s'il n'est pas possible pour l'âme de les unir maintenant ? » Je crois savoir ce qu'il veut dire.*
>
> *Le Livre de la Transfiguration*

« Dr Kenbarry, s'il vous plaît », lança Lorimer à un portier soupçonneux. Il articulait toujours exagérément le nom, peu habitué qu'il était à parler d'Alan en ces termes. « Dr Alan Kenbarry, il devrait être à l'institut. Il m'attend. Mr Black. »

Le portier consulta avec affectation des listes écornées et

donna deux coups de fil avant de permettre à Lorimer de pénétrer dans le département des Études sociales de l'université de Greenwich. Lorimer prit l'ascenseur jonché de détritus et aux parois rayées jusqu'au cinquième étage, où il trouva Alan qui l'attendait dans le hall, et ils gagnèrent ensemble, par les passages mal éclairés et les doubles portes battantes ornées de l'inscription **Institut des rêves lucides** (dans un caractère bas de casse, style Bauhaus), le laboratoire obscurci et les alcôves voilées de rideaux.

« Sommes-nous seuls ce soir, docteur ? s'enquit Lorimer.

– Non. Le patient F. est déjà installé. » Il ouvrit la porte de l'alcôve de Lorimer : « Après toi, patient B. »

Il y avait trois alcôves côte à côte sur deux rangées au fond du labo. De chacune sortaient des câbles centralisés sur une poutre de métal en une tresse lâche qui rejoignait, en une sorte de guirlande le long du plafond, l'aire de contrôle avec ses rangées de magnétophones, ses piles de moniteurs et d'encéphalographes clignotants. Lorimer avait toujours utilisé la même alcôve et n'avait jamais rencontré de camarades-cobayes. Alan préférait cela – pas de partage de symptômes, pas d'échanges de placebos ou de trucs spéciaux. Pas de potins sur ce gentil Dr Kenbarry.

« Comment allons-nous ? demanda Alan, un néon solitaire transformant ses verres de lunette en deux pièces blanches au moment où il tournait la tête.

– Nous sommes très fatigués en fait. Une journée en enfer.

– Pauvre chou. Ton pijemoiça est prêt. Avons-nous besoin d'aller au petit coin ? »

Lorimer se déshabilla, pendit avec soin ses vêtements et enfila le pantalon du pyjama de coton. Alan réapparut un instant plus tard avec un tube de pommade et un rouleau de sparadrap transparent. Lorimer attendit patiemment tandis qu'Alan s'affairait avec les électrodes : une sur chaque tempe, une sous le cœur, une au creux du poignet.

Alan tapota l'électrode sur la poitrine de Lorimer.

« Je crois qu'un petit rasage ne sera pas de trop avant la prochaine fois. Un peu poilu. Et voilà. Fais de beaux rêves.

– Espérons. »

Alan recula.

« J'ai souvent pensé qu'on devrait en attacher une à la queue du patient.

– Ha-ha ! Lady Haigh prétend que tu l'as réveillée ce matin.

– Je sortais seulement les poubelles.

– Elle râlait. Elle t'a traité de vaurien.

– La Jézabel. C'est parce qu'elle est amoureuse de toi. Tout est OK ?

– Ça baigne. »

Lorimer se glissa dans le lit étroit tandis que, debout au pied de celui-ci, Alan, les bras croisés, lui souriait comme un père affectueux, tableau gâté seulement par sa blouse blanche – une totale affectation, pensa Lorimer, parfaitement superflue.

« Une requête à exprimer ?

– Des vagues sur la plage, s'il te plaît, dit Lorimer. Je n'aurai pas besoin de réveil. Je serai parti à 8 heures.

– Bonne nuit, grand garçon. Dormez bien. Je reste ici encore une heure ou deux. »

Il éteignit les lumières et partit, laissant Lorimer dans le noir absolu et un silence assorti. Chaque alcôve était complètement isolée et les bruits qui filtraient étaient indistincts au point de devenir méconnaissables. Allongé dans l'obscurité éblouissante, Lorimer attendait que les flashes photomagnétiques devant ses yeux s'effacent. Il entendit l'enregistrement des rouleaux océaniques se mettre en marche, le susurrement berceur de l'écume se brisant sur les rochers et le sable, le bruissement et le cliquetis des galets dans le ressac, tandis qu'il enfonçait sa tête dans l'oreiller. Il était fatigué, quelle désastreuse journée... Il essaya de libérer son esprit des images de Mr Dupree pour découvrir qu'elles étaient remplacées par le visage sans sourire de Torquil Helvoir-Jayne.

Ça, c'était encore autre chose. Directeur, avait-il dit, très impatient, remplir son rôle, relever les défis, développements excitants en vue, etc. Quittant le Fort pour nous rejoindre. Dire qu'il avait toujours pensé que Hogg était le seul et unique directeur, le big boss – le seul visible tout au moins. Pourquoi Hogg acceptait-il ça ? C'était son truc à lui, pourquoi tolérerait-il un type comme Helvoir – pardon « hiver » – Jayne. Qui semblait ne pas coller du tout. Quel moment embarrassant. Un mauvais orateur, besoin de leçons d'élocution, surtout avec un nom pareil. Torquilhiverjayne. Un merdeux arrogant. Snobinard. Un ego comme une maison. Bizarre d'avoir ce genre de type dans le bureau. Pas vraiment notre genre. Colle pas du tout. Torquil. Imposé en douce à Hogg ? Comment était-ce possible ?... Fallait qu'il arrête là-dessus, autrement, il s'en rendait compte, il ne dormirait pas. Changement de sujet exigé. C'était pour ça qu'il était là. A quoi penser ? Au sexe ? Ou à Gérard de Nerval ? Le sexe. Va pour le sexe. Dymphna, robuste, large d'épaules, Dymphna aux petits seins et sa candide invitation. Ça alors, c'était nouveau ! J'aurais jamais pensé. Essayer d'imaginer Dymphna à poil, tous les deux en train de faire l'amour. Ces chaussures idiotes. Des jambes courtaudes, solides. Tandis qu'il se sentait couler, sombrer, une autre vision remplaça celle de Dymphna – un diorama glissant sur la porte luisante d'un taxi et, par-dessus, le visage d'une fille, un visage pâle à l'ovale parfait, un visage ardent, plein d'espoir, au long cou et aux grands yeux écarquillés...

Des coups brutaux à la porte, deux coups secs assénés par des jointures d'acier, le réveillèrent en sursaut. Alarmé, il se redressa, le cœur battant, dans l'obscurité impénétrable, au son de vagues imaginaires se brisant sur un rivage virtuel.

La lumière s'alluma et Alan entra, arborant un sourire résigné et tenant à la main une feuille imprimée.

« Ouahou ! dit-il en montrant à Lorimer un graphique en dents de scie. T'as failli te casser une côte là.

– Combien de temps ai-je dormi ?

– Quarante minutes. C'est encore le truc des coups sur la porte ?

– Ouais. Le poing de quelqu'un sur cette porte. Bam-bam. Fort. »

Lorimer se rallongea, songeant que de plus en plus souvent, pour une raison inconnue, c'était le bruit de coups violents ou de sonneries de cloches qui le réveillait ces nuits-ci. L'expérience lui avait appris que cette sorte de réveil était aussi le signe brutal d'une fin de sommeil : il semblait ne jamais plus somnoler après ça, comme si le choc de ce réveil avait tellement secoué son système qu'il lui fallait vingt-quatre heures pleines pour récupérer.

« Absolument fascinant, dit Alan. Des rêveries hypnopompiques formidables. J'adore. Deux coups, as-tu dit ?

– Oui. Content de servir à quelque chose.

– Tu rêvais ? »

Il montra d'un geste le livre des songes au chevet du lit. Tous les rêves devaient être notés, aussi fragmentaires fussent-ils.

« Non.

– On va continuer à surveiller. Essaye de te rendormir.

– A vos ordres, docteur Kenbarry. »

Les vagues reprirent leur mouvement. L'obscurité revint. Couché dans sa cellule étroite, Lorimer songea cette fois à Gérard de Nerval. Sans succès.

Chapitre 2

En tournant dans Lupus Crescent, Lorimer vit l'inspecteur Dennis Rappaport sauter avec agilité de sa voiture et prendre une position de nonchalance étudiée, adossé à un lampadaire, comme pour indiquer qu'il s'agissait là d'une rencontre quelconque, sans rien d'officiel. La journée était grise et froide, avec un ciel bas et une lumière morne qui donnait même aux traits nordiques de l'inspecteur Rappaport un aspect terne et menacé. Lequel inspecteur fut content d'être invité à entrer.

« Ainsi, vous n'êtes pas rentré chez vous hier soir, lança-t-il d'un air engageant, en acceptant la tasse de café instantané fumant et bien sucré que lui offrait Lorimer qui réussit à se dispenser d'un trait d'esprit sur les incroyables pouvoirs de déduction du policier.

– Exact, dit Lorimer. Je participais à un projet de recherches sur les troubles du sommeil. Je suis un dormeur très léger », ajouta-t-il, croyant prévenir la remarque suivante de l'inspecteur. En vain.

« Vous êtes donc insomniaque », dit Rappaport.

Lorimer nota qu'il avait abandonné son usage obséquieux du « monsieur » et se demanda s'il s'agissait d'un bon ou d'un mauvais signe. Rappaport lui sourit avec sympathie.

« Moi, je dors comme un loir. Pas de problème. Je tombe dans les pommes en moins de deux. La tête sur l'oreiller, je suis dans le coma. Une vraie souche.

– Je vous envie. »

Lorimer était sincère. Rappaport n'imaginait pas à quel point il était sincère. Le policier continua en énumérant quelques sommes épiques à son actif, citant un record de seize heures au cours d'une dangereuse descente de rivière en radeau. Il faisait, réglé comme du papier à musique, ses huit heures, proclama-t-il avec une certaine satisfaction. Lorimer avait remarqué dans le passé le genre d'aimable vantardise que provoquait souvent une confession de troubles du sommeil. Peu d'autres afflictions amenaient semblable réaction. Un aveu de constipation n'engendrait pas de fières proclamations de mouvements intestinaux réguliers. Se plaindre de migraine, d'acné, d'hémorroïdes ou d'un mal de dos suscitait en général chez l'interlocuteur de la sympathie mais pas une déclaration triomphale de sa propre bonne santé. Les troubles du sommeil avaient cet effet sur les gens. C'était quasiment magique, cette innocente fanfaronnade, comme une sorte d'incantation, une protection contre la peur profonde de l'insomnie qui rôdait dans la vie de chacun, même chez les meilleurs dormeurs, tels que les Rappaport de ce monde. Le policier s'étendait maintenant sur sa capacité à piquer des petits roupillons récupérateurs si les exigences du travail venaient à interrompre ses nuits reposantes et sans problèmes.

« Puis-je faire quelque chose pour vous, inspecteur ? » s'enquit gentiment Lorimer.

Rappaport sortit son calepin de la poche de son blouson et le feuilleta.

« C'est un très joli appartement que vous avez ici, monsieur.

– Merci. »

Retour au boulot, pensa Lorimer.

Rappaport fronça les sourcils à la vue d'une de ses notes.

« Combien de visites avez-vous rendues à Mr Dupree ?

– Une seule et unique.

– Il vous avait noté sur deux heures d'affilée.

– Tout à fait normal.

– Pourquoi si long ?

– A cause de la nature de notre affaire. Ça prend beaucoup de temps.

– Vous êtes dans les assurances, si je ne m'abuse ?

– Non. Oui. D'une certaine manière. Je travaille pour une compagnie de règlements de sinistres.

– Vous êtes donc un expert en sinistres. »

Et vous faites honneur à votre profession, pensa Lorimer. Mais il se contenta d'un simple : « Oui. Je suis un expert en sinistres. Mr Dupree avait fait une demande de règlement à la suite de l'incendie. Sa compagnie d'assurances...

– Qui est ?

– Fortress Sure.

– Fortress Sure. Je suis avec Sun Alliance. Et Scottish Widows.

– Deux excellentes compagnies. Fortress Sure a eu l'impression – et cela arrive constamment, c'est quasiment de la routine – que la demande de Mr Dupree était trop élevée. On nous utilise pour enquêter et voir si le sinistre déclaré est aussi important que l'assuré l'affirme et, si ce n'est pas le cas, l'ajuster à la baisse.

– D'où votre intervention.

– Exactement.

– Et votre compagnie – GGH Ltd – est indépendante de Fortress Sure ?

– Pas indépendante mais impartiale. » Cela était gravé dans la pierre. « Après tout, Fortress Sure nous paye des honoraires.

– Fascinant travail. Merci beaucoup, monsieur Black. Tout cela m'est très utile. Je ne vous ennuierai pas davantage. »

Rappaport est soit très intelligent soit très stupide, pensa Lorimer, dissimulé à l'angle de sa baie vitrée, en contemplant la tête blonde du détective qui descendait les marches du perron, et je n'arrive pas à me décider entre les deux. Rappaport s'arrêta dans la rue et alluma une cigarette. Puis il regarda la maison, le front soucieux, comme si la façade pouvait contenir un indice quant au suicide de Mr Dupree.

Lady Haigh surgit de son sous-sol avec deux bouteilles de lait vides luisantes et, alors qu'elle les déposait à côté de la poubelle, en haut de son escalier, Lorimer vit Rappaport engager la conversation avec elle. Il comprit, à la manière dont Lady Haigh secouait vigoureusement la tête en signe d'approbation, qu'ils parlaient de lui. Et bien qu'il sût que son caractère recevrait de la part de la vieille dame le plus solide des soutiens, la discussion – qui s'était déplacée, Lady Haigh pointant maintenant avec colère son doigt en direction d'une gigantesque moto garée juste en face – le mit, pour une raison quelconque, étrangement mal à l'aise. Il se retourna et alla laver la tasse de Rappaport dans la cuisine.

> **37. Gérard de Nerval.** *Lors de ma première visite à l'Institut des rêves lucides, Alan m'a demandé ce que j'étais en train de lire et je lui ai répondu qu'il s'agissait d'une biographie de Gérard de Nerval. Alan m'a alors informé que, en fait de mécanisme conscient inducteur de sommeil, je devais ou bien me concentrer sur la vie de Gérard de Nerval ou bien me laisser aller à des fantasmes sexuels. Soit l'un, soit l'autre. Je les choisirais comme « déclencheurs d'endormissement » et je ne devrais pas m'en écarter durant mon traitement à l'institut. Ou Nerval ou le sexe.*
>
> *Gérard de Nerval, Guillaume Apollinaire ou Blaise Cendrars. N'importe lequel aurait convenu. Je suis anormalement intéressé par ces écrivains français pour une raison fort simple : ils ont tous changé de nom et se sont réinventés sous les nouveaux. Ils ont commencé leur vie respectivement comme Gérard Labrunie, Wilhelm-Apollinaris de Kostrowitsky et Frédéric-Louis Sauser. Gérard de Nerval est cependant le plus proche de mon cœur : il avait de sérieux problèmes de sommeil.*
>
> *Le Livre de la Transfiguration*

Lorimer acheta un gros gigot d'agneau pour sa mère et y ajouta deux douzaines de saucisses de porc. Dans sa famille, la viande était un cadeau prisé par-dessus tout. En sortant de chez le boucher, il hésita devant l'étal de fleuriste de Marlobe – juste assez longtemps pour que Marlobe l'aperçoive. Marlobe parlait avec deux de ses copains tout en fumant son affreuse pipe à tuyau d'acier. A la vue de Lorimer, il s'interrompit en pleine conversation et, brandissant une fleur, cria : « Vous ne trouverez pas un lis sentant meilleur que ça dans tout le pays ! »

Lorimer renifla, opina du bonnet et, résigné, offrit d'acheter trois branches que Marlobe entreprit d'emballer. Son étal était un machin compliqué monté sur roues, avec des portes et des panneaux pliants qui, en s'ouvrant, révélaient plusieurs rangées d'étagères remplies de seaux en zinc bourrés de fleurs. Marlobe clamait haut et fort sa foi en la qualité et la quantité mais traduisait ce discours par des lots de choix limités et gardait par conséquent l'éventail et le type de fleurs qu'il vendait très minimes, pour ne pas dire d'une banalité décourageante. Œillets, tulipes, narcisses, chrysanthèmes, glaïeuls, roses et dahlias, voilà tout ce qu'il voulait bien offrir à ses clients, en saison ou pas, mais il les fournissait en ébouriffantes quantités (on pouvait acheter six douzaines de glaïeuls à Marlobe sans épuiser son stock) et dans toutes les couleurs disponibles. Sa seule concession à l'exotisme était les lis, dont il était particulièrement fier.

Lorimer aimait les fleurs et en achetait régulièrement pour son appartement mais il détestait pratiquement la totalité du choix de Marlobe. Les tons aussi étaient primaires ou le plus criards possible (Marlobe débinait toutes les couleurs pastel) sous le prétexte que la vivacité du ton constituait le critère essentiel d'une « bonne fleur ». La même échelle de valeurs déterminait le prix : une tulipe rouge valait plus chère qu'une tulipe rose, l'orange coûtait plus que la jaune, les narcisses jaunes plus que les blancs et ainsi de suite.

« Voyez-vous, dit Marlobe, fouillant d'une main dans sa poche à la recherche de monnaie et tenant les lis de l'autre, si j'avais une mitraillette, si j'avais une putain d'Uzi, je me pointerais dans ce putain d'endroit et je les alignerais tous contre le mur. »

Lorimer comprit qu'il parlait des politiciens et du Parlement. Un refrain familier que celui-là.

« Tac-a-tac-a-tac-a-tac. » L'Uzi imaginaire se cabra et vibra dans la main de Marlobe une fois que Lorimer l'eut débarrassé des lis. « Je descendrais tous ces fils de pute jusqu'au dernier, ça oui.

– Merci », dit Lorimer, acceptant une poignée de pièces tièdes.

Marlobe lui sourit : « Bonne journée. »

Pour une raison étrange, Marlobe l'aimait bien et prenait toujours la peine de lui adresser un commentaire amer sur un aspect quelconque de la vie moderne. C'était un petit homme de forte carrure, très chauve avec quelques traces de cheveux blond-roux autour des oreilles et sur la nuque, le regard en permanence innocent et vaguement surpris des gens aux cils pâles. Lorimer connaissait son nom parce que celui-ci était peint sur le flanc de sa roulotte à fleurs. Quand Marlobe ne commerçait pas, il était toujours plongé dans une conversation bruyante et grossière avec une étrange bande de copains, jeunes et vieux, solvables ou pas, qui de temps à autre filaient lui faire une course mystérieuse ou lui chercher des bières au pub du coin. Il n'avait pas de concurrent côté fleurs à cinq cents mètres alentour et, Lorimer le savait, gagnait fort bien sa vie et se payait des vacances dans des endroits tels que la Grande Barrière en Australie ou les Seychelles.

Lorimer prit le bus jusqu'à Fulham. Pimlico Road, Royal Hospital Road, King's Road puis Fulham Road jusqu'à Broadway. Durant les week-ends, il évitait le métro – qui d'une certaine façon lui paraissait alors inapproprié : le métro c'était pour le boulot – et il ne trouvait pas de place où garer sa voiture. Il descendit à un feu rouge sur Broadway et remonta à pied Dawes Road, se forçant à se remémorer des détails de son enfance et de sa jeunesse dans ces rues embouteillées. Il fit même un détour de quatre cents mètres pour aller contempler sa vieille école, St. Barnabus, avec ses hauts murs de brique noircie et sa cour de récréation au sol d'asphalte grêlé. Un précieux exercice de douloureuse nostalgie et la raison première qui lui faisait parfois accepter l'invitation permanente à déjeuner de sa mère le samedi (jamais le dimanche). C'était comme arracher la croûte d'une écorchure : en fait, il voulait des cicatrices, il eût été mal d'essayer d'oublier, de tout effacer. Chaque pénible souvenir qui rôdait par ici avait joué son rôle : tout ce qu'il était aujourd'hui était le résultat indirect de la vie qu'il avait menée à l'époque. Il confirmait la justesse de tous les pas accomplis depuis sa fuite en Écosse... Non, tout cela devenait un peu exagéré, un peu intense et outrancier. Ce n'était pas juste de mettre toute la responsabilité de ce qu'il était aujourd'hui sur le dos de sa famille et de Fulham – ce qui s'était passé en Écosse représentait aussi une bonne part de ce gâteau-là.

Pourtant, en tournant dans Filmer Road, il sentit une chaleur familière, une sorte de flambée dans son œsophage – son problème de digestion, ses brûlures d'estomac. A cent mètres de chez lui, de sa maison natale, ça y était, les sucs gastriques se mettaient à fermenter et bouillonner. Pour certaines personnes, pour la plupart supposait-il naïvement, pareil retour était signalé par un arbre familier (mille fois escaladé dans l'enfance) ou le carillon des cloches de l'église de l'autre côté du square, ou un salut enjoué de la part d'un vieux voisin... Mais pas pour lui : il suça une pastille de menthe, tapota doucement son sternum et tourna le coin de la rue pour faire face à l'étroite série de maisons en forme de V. La minable petite parade de boutiques – la poste, le pub, l'épicier pakistanais, le boucher fermé définitivement, l'agent immobilier – se rétrécissant jusqu'à la pointe, n° 36, avec son étalage de voitures poussiéreuses garées en double file et, au rez-de-chaussée, les vitrines en verre dépoli de B & B : radio-taxis et courriers internationaux.

Une luxueuse plaque en plastique avait été vissée au-dessus de la sonnette depuis sa dernière visite : écriture en taille douce noire sur or fumé : FAMILLE BLOẠJ. « Le J est muet », telle aurait été la devise gravée sur le blason des Blocj si on avait pu imaginer de telles armes, ou bien : « Il y a un point sous le C. » Il avait toujours entendu la voix patiente au fort accent de son père, devant d'innombrables guichets de bureau de poste, de comptoirs de réception d'hôtels, de compagnies de location de voitures : « Le J est muet et il y a un point sous le C. » D'ailleurs combien de fois dans sa vie n'avait-il pas lui aussi marmonné les mêmes indications ? Mieux valait ne plus y penser – tout cela était derrière lui maintenant.

Il sonna, attendit, sonna de nouveau et finit par entendre des petits pieds descendre l'escalier à un rythme irrégulier. Sa jeune nièce, Mercy, ouvrit la porte. Une minuscule gamine, portant lunettes comme toutes les femmes de la famille, l'air d'avoir quatre ans au lieu de huit, en fait. Il ne cessait de se faire du souci pour elle, pour sa petite taille, son malheureux prénom (un raccourci de Mercedes – qu'il prononçait toujours à la française, essayant d'oublier que c'était parce que le père de l'enfant, son beau-frère, était un des deux associés dans la compagnie de radio-taxis) et son destin incertain. Collée à la porte, elle le regarda fixement avec une curiosité timide.

« Salut, Milo, dit-elle.

– Salut, chérie. »

Elle était la seule personne qu'il appelait chérie, et ce hors de portée de quiconque. Il l'embrassa deux fois sur chaque joue.

« Tu m'as apporté quelque chose ?

– Des bonnes saucisses. De porc.

– Oh, super. »

Elle grimpa quatre à quatre l'escalier et Lorimer la suivit péniblement. L'air de l'appartement semblait imprégné de vapeurs acides et d'odeurs d'épices. Apparemment une télé, une radio et une autre source de musique rock fonctionnaient en même temps. Mercedes le précéda dans la longue pièce triangulaire, remplie de lumière et de sons, au bout de la rangée de maisons, juste au-dessus du bureau de contrôle de B & B : radio-taxis et courriers internationaux, et de la salle d'attente des chauffeurs. La musique (une improvisation semi-classique de country-rock) émanait d'une pile de matériel audio clignotant. La radio (hurlant de la pub) se déversait depuis la cuisine, à gauche, accompagnée par le tintamarre de préparations culinaires énergiques.

« C'est Milo ! » cria Mercedes, et ses trois sœurs se retournèrent nonchalamment, trois paires d'yeux le regardant sans expression à travers trois paires de lunettes. Monika cousait, Komelia buvait du thé et Drava (la mère de Mercy) mangeait – chose surprenante vu qu'on était à dix minutes du déjeuner – et elle mangeait une barre de chocolat aux noisettes.

Enfant, il se moquait de ses trois sœurs aînées qu'il avait baptisées respectivement J'ordonne, Idiote et Boudeuse, ou encore La Grosse, La Maigre et La Petite – ces surnoms grossiers devenant étrangement plus appropriés à mesure qu'elles et lui vieillissaient. Petit dernier de la famille, il était constamment commandé et embêté par ces femmes qui, dans son souvenir, n'avaient jamais été autre chose que des adultes. Même la plus jeune et la plus jolie, la menue et boudeuse Drava, avait six ans de plus que lui. Seule Drava s'était mariée, pour divorcer après avoir produit Mercedes : Monika et Komelia avaient toujours vécu à la maison, employées par intermittence dans les affaires de la famille ou dans des petits boulots à mi-temps. Elles étaient maintenant voiturières à plein temps, et si l'une ou l'autre, ou les deux, avaient une vie amoureuse, c'était secrètement et fort loin.

« Bonjour, mesdames », dit Lorimer avec une molle jovialité.

Elles étaient toutes tellement plus vieilles que lui : il les considérait plus comme des tantes que comme des sœurs, hésitant à croire que les liens du sang fussent si étroits, essayant vainement d'établir quelque distance génétique, une sorte d'espace de respiration congénital.

« Maman, c'est Milo ! » brailla Komelia en direction de la cuisine mais Lorimer s'y dirigeait déjà en brandissant son sac de boucherie.

Sa mère encadra sa vaste carrure dans l'embrasure de la porte tout en s'essuyant les mains sur un torchon et lui adressa un sourire larmoyant à travers les verres embrumés de ses lunettes.

« Milomre », soupira-t-elle, un amour écrasant et palpable dans sa voix, et elle l'embrassa vigoureusement quatre fois, les branches en plastique de ses lunettes infligeant à chacune des pommettes de son fils deux coups de plein fouet. Derrière elle, parmi les casseroles tremblantes et fumantes, Lorimer aperçut sa grand-mère en train d'éplucher des oignons. Elle secoua son couteau dans sa direction, puis repoussa ses lunettes pour essuyer ses larmes avec ses jointures.

« Regarde comme je pleure pour la joie de te voir, Milo, dit-elle.

– Salut, Mémé. Ravi de te voir aussi. »

Sa mère avait déjà posé la viande et les saucisses sur le plan de travail, après avoir soupesé le gigot de ses mains rouges et rugueuses.

« Il est un gros morceau ça, Milo. Elles sont en porc ?

– Oui, Maman. »

Sa mère se tourna vers la sienne et elles échangèrent quelques mots dans leur langue. Mais déjà la grand-mère avait séché ses yeux et s'avançait en traînant les pieds pour sa ration de bisous.

« Je lui dis, est-ce que t'as pas l'air chic, Milo. Il a pas l'air chic, Mama ?

– Il est un beau. Il est un riche. Pas comme ces laitiers là-bas.

– Va voir ton papa, dit sa mère. Il sera content de te voir. Il est dans son parloir. »

Lorimer dut demander à Mercy de se bouger vu qu'elle jouait à un jeu électronique à genoux devant la porte. Alors qu'elle s'écartait lentement, Drava saisit l'occasion de venir se coller contre lui et de lui demander d'une voix pétulante et sans grâce si elle pouvait lui emprunter quarante livres. Lorimer lui donna deux billets de vingt livres mais elle avait aperçu la mince liasse dans le portefeuille.

« Tu pourrais pas monter à soixante, Milo, non ?

– J'ai besoin d'argent, Drava, c'est le week-end.

– C'est le week-end pour moi aussi. Allez, va. »

Il lui tendit un autre billet qui fut salué d'un signe de tête mais pas d'un seul mot de remerciements.

« Tu fais la distribution, Milo ? cria Komelia. On aimerait bien une autre télé, merci.

– Un sèche-linge, s'il te plaît, tant que tu y es », ajouta Monika.

Elles éclatèrent toutes les deux de rire, un rire aigu, sincère, comme si, se dit Lorimer, elles ne pouvaient pas le prendre au sérieux, comme si l'individu qu'elles avaient sous les yeux était un subterfuge, le résultat d'un jeu bizarre.

Il eut une brève attaque de panique dans l'entrée, pratiqua de nouveau sa respiration récupératrice. La télévision gueulait aussi dans le « parloir » de son père au bout du couloir. Six adultes et un enfant habitaient dans cette maison. (« Six femelles dans une seule baraque, son frère Slobodan lui avait dit, c'est trop pour un seul homme. C'est pour ça que j'ai dû me tirer, Milo, comme toi. Ma virilité suffoquait. ») Il s'arrêta devant la porte : derrière tonnait une émission sportive, de grosses voix australiennes sur satellite (avait-il payé pour ça aussi ?). Il baissa la tête, se jurant de ne pas se laisser aller, et ouvrit doucement.

Son père paraissait regarder l'écran (sur lequel des experts en blazer vert débattaient bruyamment), en tout cas son fauteuil avait été placé droit devant. Il était assis immobile, en manches de chemise et cravate, le pli du pantalon impeccable, les paumes à plat sur les bras du fauteuil, son sourire inchangé encadré par sa barbe blanche bien taillée, ses lunettes un peu de travers, ses épais cheveux gris souples humides et aplatis sur son crâne.

Lorimer s'avança et baissa le son. « Salut, Papa », dit-il. Les yeux sans expression, incompréhensifs, le fixèrent, clignant une ou deux fois. Lorimer tendit le bras pour redresser les lunettes sur le nez. Il était toujours surpris de le voir aussi pimpant ; il n'avait pas la moindre idée de la manière dont sa mère et ses sœurs y parvenaient ; comment elles lui prodiguaient tous les soins nécessaires, le lavaient, le rasaient, l'astiquaient, le promenaient dans la maison, le garaient dans son « parloir », veillaient (avec une grande discrétion) à ses besoins naturels. Il l'ignorait et ne voulait pas le savoir, se contentant de voir tous les trois ou quatre week-ends cet homoncule souriant, ostensiblement heureux et bien soigné, distrait en permanence par la télé, mis au lit et bordé le soir et gentiment réveillé le matin. Parfois les yeux du père suivaient vos mouvements, parfois pas. Lorimer s'écarta et la tête de Bogdan Blocj se tourna comme pour contempler son plus jeune fils, grand et élégant dans son coûteux costume bleu.

« Je vais remettre le son, Papa, dit-il. C'est du cricket, je crois. Tu aimes le cricket, pas vrai, Papa ? »

Sa mère prétendait qu'il entendait et comprenait tout, elle le voyait dans ses yeux, affirmait-elle. Mais Bogdan Blocj n'avait pas adressé un seul mot à quiconque depuis plus de dix ans.

« Bon, je te laisse regarder, Papa. Prends soin de toi. »

Lorimer sortit de la pièce pour trouver son frère Slobodan debout dans l'entrée, oscillant légèrement, entouré d'une odeur de bière, son sweat-shirt tendu sur son gros ventre, ses cheveux plats longs argentés, sa queue de cheval lâche reposant sur son épaule comme un pan de cravate envolé.

« Saaaalut, Milo. » Il ouvrit ses bras et l'embrassa. « P'tit frangin. Monsieur de la Finance.

– Salut, Lobby. » Puis se corrigeant : « Slobodan.

– Comment va Papa ?

– Semble bien. Tu déjeunes avec nous ?

– Non, pas une minute aujourd'hui. Match à Chelsea. » Il posa sa main étonnamment petite sur l'épaule de Milo. « Écoute, Milo, tu pourrais pas me prêter cent tickets, non ? »

17. Une histoire partielle de la famille Blocj. *Imaginez d'antiques fragments de pierre déterrés dans le désert, érodés, ballottés par le vent, décolorés par le soleil, sur lesquels on distinguerait quelques lettres runiques d'un alphabet oublié. Sur de pareilles tablettes de pierre aurait pu être gravée l'histoire de ma famille, car l'effort de les déchiffrer ou de les reconstituer s'est révélé impossible. Voici quelques années, je me suis embarqué dans des mois d'interrogations obstinées de ma mère et de ma grand-mère, ce qui a permis à l'histoire d'avancer un peu mais ce fut rude. L'histoire orale de ma famille est presque aussi récalcitrante que n'importe quelle histoire documentée, à peine compréhensible, comme exprimée avec une énorme réticence dans un langage à peine compris, avec beaucoup de vides dus à des solécismes et des erreurs de démotique.*

Il nous faut débuter, car je ne peux pas remonter plus loin, par la Seconde Guerre mondiale, en Roumanie, l'alliée préférée d'Adolf Hitler. En 1941, l'armée roumaine annexe la Bessarabie sur la rive nord de la mer Noire et renomme Transnistrie la région qui va être utilisée pour l'établissement permanent de dizaines de milliers de tziganes roumains. Le transfert forcé a lieu presque aussitôt et parmi les premiers déportés se trouve une adolescente nommée Rebeka Petru, ma grand-mère. « Oui, je suis dans train, dans camion, m'a-t-elle raconté, et je deviens transnistrienne. Mes papiers disent Transnistrienne mais en réalité je suis une tzigane, gitane, romano. » Je n'ai jamais réussi à glaner la moindre information sur la période pré-transnistrienne de sa vie, comme si sa prise de conscience, son histoire personnelle, commençaient au moment où elle sauta de la bétaillère sur les rives de la Bug. En 1942, elle donna naissance à une fille, Pirvana, ma mère. « Qui était son père, Mémé ? » je lui demande, et je vois, affolé, les larmes lui venir aux yeux. « C'est un brave homme. Lui tué par soldats. » Le seul autre fait que j'ai appris à son sujet, c'est son nom : Constantin. Et donc Rebeka Petru et la petite Pirvana passèrent la guerre dans la terreur et l'inconfort permanents en compagnie de dizaines de milliers d'autres tziganes transnistriens. Afin de survivre, elles formèrent des alliances d'aide et de soutien mutuels avec d'autres familles de même origine, parmi lesquelles deux remarquables orphelins appelés Blocj. Le plus jeune des frères s'appelait Bogdan. Leurs parents étaient morts du typhus au cours des premières déportations de Bucarest en Transnistrie.

Puis la guerre se termina enfin et la diaspora tzigane s'accrut avec les migrations massives, décourageantes, de populations qui se produisirent à travers toute l'Europe en 1945 et 1946. Les Petru et les Blocj se retrouvèrent en Hongrie, dans un petit village au sud de Budapest, où les frères Blocj, montrant une initiative élémentaire, se firent « marchands » ce qui, dans ce coin de Hongrie, permettait aux romanos de survivre sinon de prospérer. Dix ans plus tard, en 1956, Bogdan, à l'aube de ses vingt ans, et révolutionnaire enthousiaste, profita du chaos du soulèvement hongrois pour fuir à l'Ouest avec Rebeka et Pir-

vana, alors âgée de quatorze ans. « Et son frère ? » demandai-je un jour. « Oh, lui rester. Lui content rester. En fait, je crois lui retourner en Transnistrie », répliqua ma grand-mère. « Comment s'appelait-il ? insistai-je. C'était mon oncle après tout. » Je me rappelle ma grand-mère et ma mère échangeant un rapide coup d'œil. « Nicolaï », dit ma grand-mère. « Georghiu », dit en même temps ma mère avant d'ajouter, mentant sans vergogne : Nicolaï-Georghiu. Il était un peu... bizarre, Milo. Ton père était le bon frère. »

En 1957, Rebeka, Pirvana et Bogdan débarquèrent à Fulham via *l'Autriche, membres d'un lot de réfugiés de la Révolution hongroise accueillis par le gouvernement britannique. Sans perdre de temps, Bogdan reprit ses activités d'entrepreneur, et créa EastEx, une petite affaire d'import-export avec les pays communistes d'Europe de l'Est, commerçant dans tout ce que permettait le maigre va-et-vient de marchandises autorisées – produits de nettoyage, aspirine et laxatifs, ustensiles de cuisine, conserves, huile, outils... Un vieux camion retapé opérait le difficile voyage sur Budapest, pour commencer, et puis, au cours des années, il poursuivit modestement sur Bucarest, Belgrade, Sofia, Zagreb et Sarajevo.*

Il était inévitable que Bogdan épousât Pirvana après ce qu'ils avaient traversé ensemble. C'était Pirvana aussi qui se trouvait à ses côtés dans les premiers jours d'EastEx, emballant des boîtes en carton dans du papier brun, les empilant sur des palettes, chargeant le camion, étiquetant les paquets, fournissant le thermos de bouillon au chauffeur, tandis que dans le petit appartement du dessus Rebeka préparait ragoûts et goulasch, salait des jambons et concoctait une variante épicée de boudin qu'elle vendait aux autres familles d'immigrés à Fulham brûlant de retrouver le vrai goût de leur cuisine natale.

Slobodan arriva en 1960, dûment et rapidement suivi par Monika, Komelia, Drava et, enfin, après un plus long délai, par petit Milomre. EastEx prospéra bravement sans rien d'extraordinaire et, au cours des années, Bogdan se diversifia, ajoutant une petite section de transports, une affaire plus modeste encore de location de camionnettes et de camions, et une compagnie de radio-taxis. Il fallut un appartement plus vaste à la famille qui s'agrandissait et les enfants furent vivement encouragés à devenir des Anglais. Bogdan décréta qu'on ne parlerait plus un mot de hongrois ni de roumain – ce qui n'empêcha pas Pirvana et Rebeka de continuer à bavarder en cachette entre elles dans leur dialecte particulier que même Bogdan ne comprenait pas.

C'est ainsi que je m'en souviens : le grand appartement triangulaire surpeuplé, l'odeur permanente de viandes cuisinées, l'atmosphère fétide et froide de l'entrepôt EastEx, l'école de Fulham, la promesse d'un rôle dans une des affaires familiales toujours un peu difficiles, l'incantation incessante de « Maintenant toi un garçon anglais, Milo. C'est ici ton pays, c'est ici ta maison. » Oui mais quid des énigmes non résolues ? L'adolescence de ma grand-mère, mon grand-père Constantin, Nicolaï-Georghiu, mon oncle louche ? En lisant une rare histoire des tziganes de Transnistrie, j'ai compris les difficultés et les horreurs qu'ils avaient dû endurer. Sans compter les commandants de gendarmerie de la région, de cruels petits tyrans qui dominaient et exploitaient les populations déplacées et « qui vivaient dans la débauche avec de superbes romanichelles ». Je contemplais ma vieille finaude de grand-mère et songeais à la belle adolescente tombée de sa bétaillère sur les rives de la Bug se demandant ce qui lui était arrivé et quel sort l'attendait... Rencontrer peut-être un jeune et bel officier de gendarmerie nommé Constantin... Je ne saurai jamais, je n'en saurai jamais davantage. Toutes mes questions ont été accueillies par des haussements d'épaules, le silence ou bien des réponses astucieusement détournées. Quand je l'embêtais pour obtenir plus de renseignements, ma grand-mère me répondait : « Milo, nous avons proverbe en Transnistrie : quand tu manges le miel est-ce que tu demandes l'abeille montrer à toi la fleur ? »

Le Livre de la Transfiguration

Le magasin d'Ivan Algomir se situait sur le côté nord de Camden Passage, derrière l'arcade, à gauche. Ses deux vitrines contenaient chacune un seul objet, éclairé par un projecteur –

une commode peinte cloutée dans l'une et un petit canon de bronze dans l'autre. De la boutique, baptisée Vertu, émanait une aura de l'exquis et du prétentieux si intimidante que Lorimer se demandait comment quiconque osait en franchir le seuil. Il se rappelait fort bien sa première visite, la manière dont il avait hésité, toussoté, visité le Design Center, refait un tour, tenté de trouver une excuse pour aller ailleurs avant de succomber en fin de compte à l'irrésistible séduction du bassinet normand cabossé (1 999 livres) présenté sur un piédestal, crûment éclairé dans la pénombre sépulcrale de la vitrine (et qu'il avait fini par revendre l'année dernière, non sans réticence mais avec un considérable profit).

Il n'avait pas eu l'intention d'aller à Islington : le trajet avait été long et assommant, lui coûtant 23 livres 50 de taxi, entravé et harcelé par les chalands du samedi, les amateurs de foot et ces êtres étranges qui choisissent de ne sortir leur bagnole qu'en week-end. Finborough Road, le rond-point de Sheperd's Bush, la A40, Madame Tussaud, Euston, King's Cross, Pentonville Road sur Angel. A mi-course, alors que le chauffeur tentait bravement, avant d'abandonner, de passer par le nord de Euston, Lorimer s'était demandé pourquoi continuer mais il avait drôlement besoin de se remonter le moral après son déjeuner familial (un repas qui lui était revenu, avait-il calculé, en prêts et dons divers, à quelque deux cent soixante-quinze livres) et d'autre part Stella ne voulait pas qu'il vienne avant 9 heures du soir. Tournant au nord puis au sud, acceptant les excuses confondues du chauffeur pour la circulation (« Un cauchemar, mon vieux, un cauchemar »), il s'était rendu compte que, de plus en plus, sa vie était composée de ces trajectoires sinueuses, de ces curieuses pérégrinations à travers cette immense cité. Pimlico-Fulham, à présent Fulham-Islington, et deux autres encore en réserve aujourd'hui avant que le voyage puisse s'interrompre ; Islington-Pimlico suivi de Pimlico-Stockwell. Nord du Parc et puis sud du fleuve – c'étaient là des lignes de démarcation, des frontières qu'il traversait, pas simplement des itinéraires, des noms sur une carte : il visitait des États-cités avec leur ambiance, leur mentalité différentes. Et demain ? Stockwell-Pimlico, après quoi peut-être resterait-il tranquille bien qu'il sût qu'il aurait en fait à s'enfoncer plus loin vers l'est, vers Silvertown et commencer à songer au décor et aux meubles du nouvel appartement.

Ivan l'avait aperçu et passé la tête dans l'entrebâillement de sa porte en verre fumé.

« Lorimer, mon cher ami, vous allez vous geler ! »

Ivan portait un costume de tweed dans les tons biscuit et une lavallière grise. (« Il faut se déguiser pour le rôle, avait-il lancé malicieux. Et je pense que vous savez exactement ce que je veux dire, n'est-ce pas Lorimer ? ») La boutique était sombre, les murs tapissés de jute brun chocolat ou bien en brique nue vernie foncé. Elle contenait très peu d'objets – une mappemonde, un samovar, un astrolabe, une masse, une armoire laquée, une épée à deux mains, quelques icônes –, tous à des prix risiblement élevés.

« Asseyez-vous, mon petit, asseyez-vous. » Ivan alluma un de ses cigarillos et cria en direction de l'escalier. « Petronella. Café, s'il te plaît. N'utilise pas le Costa Rica. » Il sourit, dévoilant ses horribles dents, et dit à Lorimer : « Exactement l'heure du Brésil, à mon sens. »

Pour Lorimer, Ivan était la vivante représentation du crâne sous la peau, sa tête un redoutable assemblage d'angles, de surfaces planes et de déclivités décharnées supportant tant bien que mal un long nez, de grands yeux injectés de sang et une bouche aux lèvres minces avec un nombre incomplet de dents brunes de traviole qui paraissaient conçues pour une plus large mâchoire, celle d'un âne ou d'un mulet, peut-être. Il fumait entre vingt et trente petits cigares malodorants par jour, ne semblait jamais manger ni boire quoi que ce fût par caprice – whisky à 10 heures du matin, Dubonnet ou gin après le déjeuner, porto en guise d'apéritif (« *Très français**, Lorimer ») et il avait une toux rare, douloureuse, déchirante qui semblait lui monter des chevilles et faire son apparition toutes les deux heures, après quoi il allait souvent s'asseoir seul dans un coin pendant quelques minutes. Mais ces yeux larmoyants et protubérants pétillaient de malice et d'intelligence, et, d'une manière ou d'une autre, sa faible carcasse tenait le coup.

Ivan se mit à faire l'éloge enthousiaste d'une « garniture presque complète » qu'il rassemblait.

« Ça ira droit au Met ou au Getty. Étonnant ce qui sort d'Europe de l'Est, la Pologne, la Hongrie. On vide les greniers. J'ai peut-être une ou deux choses pour vous, mon vieil ami. Un ravissant casque fermé, Seusenhofer, avec mentonnière.

– Je ne suis pas tellement amateur de casques fermés.

– Attendez de voir celui-là. Si j'étais vous, ma chère vieille branche, je ne porterais pas une chemise blanche avec cette cravate, vous ressemblez à un employé des pompes funèbres.

– J'ai déjeuné chez ma mère. Il n'y a qu'une chemise blanche pour la convaincre qu'on a un emploi rémunérateur. »

Ivan éclata de rire à s'en faire tousser. Il toussa, s'arrêta, ravala sa morve, se tapota la poitrine et tira une longue bouffée de son cigarillo.

« Ciel ! Je vois exactement ce que vous voulez dire. Allons jeter un œil sur notre petit trésor, d'accord ? »

Le casque était de taille moyenne et le bronze avait terni et vieilli au point de tourner au vert jade sale, encroûté et lamelleux, comme couvert d'une forme de lichen très coloré. L'arrondi des plaques des joues était presque à niveau de la garde nasale et les fentes des yeux en forme d'amande. C'était plus un masque qu'un casque, un domino de métal, et voilà sans doute pourquoi, pensa Lorimer, il l'avait convoité instantanément, pourquoi il le désirait autant. Le visage sous ce masque serait presque invisible, juste un aperçu des yeux, des contours des lèvres et du menton. Debout à trois mètres de l'endroit où on l'avait placé sur un mince socle, il le contemplait. Une petite pique de cinq centimètres s'élevait au centre du cranium.

« Pourquoi coûte-t-il si cher ? demanda-t-il.

– Il a pratiquement trois mille ans, mon cher ami. Et, en plus, il lui reste encore un peu de son plumet.

– Ridicule. » Lorimer s'approcha. Quelques mèches de crin pendaient de la pique. « Mon œil !

– Je peux le vendre à trois musées demain. Non, quatre. Bon, vingt-cinq. Peux pas faire mieux. Je gagne pratiquement rien.

– Malheureusement, je viens d'acheter un appartement.

– Propriétaire ! Où donc ?

– Oh... Les Docklands, mentit Lorimer.

– Je ne connais pas âme qui vive dans les Docklands. Enfin, n'est-ce pas un endroit un rien vulgaire ?

– C'est un investissement. »

Lorimer prit le casque. Il était étonnamment léger, une plaque de bronze martelée très fine puis façonnée de manière à recouvrir la tête d'un homme, depuis la nuque et la mâchoire. Il savait infailliblement quand il voulait acheter un casque : le besoin de l'essayer était irrésistible.

« Funéraire, bien entendu, dit Ivan, en lui soufflant sa fumée au nez. On pourrait le couper avec un couteau à pain – aucune protection.

– Mais l'illusion de la protection. L'illusion presque parfaite.

– Avec ça vous n'êtes pas fauché !

– C'est tout ce qu'on a en fin de compte, non ? L'illusion.

– Bien trop profond pour moi, cher Lorimer. Mais c'est quand même une très jolie chose. »

Lorimer replaça le casque sur son socle.

« Puis-je avoir le temps d'y réfléchir ?

– A condition que ça ne vous prenne pas une éternité. Ah, nous y voilà. »

Petronella, l'épouse remarquablement grande et sans beauté d'Ivan, son épaisse mante de cheveux blonds secs lui tombant jusqu'à la taille, descendait à grand bruit l'escalier avec un plateau, des tasses et une cafetière fumante.

« C'est la fin du Brésil. Bonjour, monsieur Black.

– Nous l'appelons Lorimer, Petronella. Ne faisons pas de cérémonies. »

270. La collection actuelle : *une salade noire allemande, une bourguignotte (peut-être française, un peu corrodée) et mon préféré, un barbute italien, gâté seulement par l'absence des rivets de rosace et par conséquent semé de trous. C'est l'étrange musique de ce vocabulaire oublié qui m'a attiré vers les armures, pour voir quels objets ces mots magiques décrivaient en fait, pour découvrir ce qu'était une épaulière, une cubitière, un canon d'avant-bras et une brayette, ou une tassette, une genouillère et une grève, une mentonnière, un soleret, un gorgerin et une besague. Je ressens un vrai frisson quand Ivan m'annonce : « J'ai un intéressant bassinet avec des fleurons de letton et, surprise, le ventail original – quoique, naturellement, les vervelles manquent », et je sais exactement, exactement, ce qu'il veut dire. Posséder une armure, une armure entière, est un rêve impossible (bien que j'aie acheté un jour le canon d'avant-bras et la cubitière d'une armure d'enfant, et le chanfrein d'une cuirasse de cheval allemand) et je me suis donc rabattu sur l'armure de tête, les heaumes et les casques, me découvrant un goût croissant pour les casques sans visière, les salades et les capelines, les bassinets, les cabassets, les spangenhelms et les morions, les bourguignottes, les barbutes et – un autre rêve, cela – les casques à bec de grenouille et les grands heaumes.*

Le Livre de la Transfiguration

Stella remua à côté de lui, son genou vint toucher sa cuisse, la réchauffant aussitôt, et il s'écarta de quelques centimètres encore. Elle dormait d'un sommeil profond, comme une bûche, émettant de temps à autre un léger ronflement. Il plissa les yeux pour lire les chiffres lumineux sur le cadran de sa montre. 3 h 50 : le centre noir permanent de la nuit, cette période de temps où il est trop tôt pour se lever, trop tard pour lire ou travailler. Peut-être devrait-il se faire une tasse de thé ? C'était à des moments pareils qu'Alan lui avait dit de noter sans faille et d'analyser ce qui lui passait par la tête, systématiquement. Et que s'y passait-il donc ? Il avait suffisamment bien fait l'amour à Mrs Stella Bull pour qu'elle s'endorme presque aussitôt après. Il avait été intensément irrité par sa visite à sa famille mais c'était toujours le cas et, vrai aussi, voir son père dans cet état le troublait toujours, mais tout cela n'avait rien d'extraordinaire... Il énuméra d'autres sujets. Santé : bonne. Sentiment ? Rien, comme cela se devait. Travail ? La mort de Mr Dupree – très mauvais. Helvoir-Jayne – un rien d'incertitude, de non-résolu, là-dedans. Hogg paraissait plus nerveux que de coutume et c'était contagieux. Et puis maintenant cette histoire Dupree... Solvabilité ? Il n'y aurait pas de bonus désormais pour l'affaire Dupree même si Hogg avait été prêt à le partager avec lui ; Hogg ne le laisserait pas s'arranger avec les héritiers – l'assurance payerait en entier, c'était la coutume. L'appartement de Silvertown avait absorbé presque tout son capital mais d'autres affaires se présenteraient bientôt. Alors, de quoi s'agissait-il ? Qu'y avait-il dans cette salade de broutilles et de soucis, de remords, de ressentiments et de préoccupations qui le laissaient alerte et sans fatigue à 4 heures du matin ? Insomnie anxieuse classique, dirait Alan, trop de choses dans la tête à la fois.

Il se leva et demeura tout nu dans l'obscurité se demandant s'il allait s'habiller à moitié ou pas. Il enfila le peignoir en éponge de Stella – les manches lui arrivaient à mi-bras et l'ourlet au-dessus des genoux mais ça suffisait à la décence, au cas où. Barbuda, la fille de Stella, était encore en pension donc, en théorie, la voie était libre. Barbuda s'était pointée une nuit dans la cuisine, somnolente et en pyjama, alors que, à poil, il fouillait dans le réfrigérateur, à la recherche frénétique de quelque chose de bon à manger. Il ne tenait pas à renouveler l'expérience, et il était juste de dire que les choses n'avaient jamais été pareilles depuis : en fait, il pensait que l'indifférence de Barbuda à son égard avait tourné, après cette rencontre imprévue, à une sorte d'étrange haine.

En attendant que l'eau bouille, il essaya de ne pas repenser à l'incident ni au degré de tumescence qu'il avait ou non exhibé. Il jeta un œil dehors sur un coin brillamment illuminé du chantier de l'entreprise d'échafaudages, visible par la fenêtre de la cuisine. Un rang serré de camions à remorques, les énormes étagères de planches et de tuyaux, les bennes remplies de colliers et d'extenseurs... Il se rappelait sa première visite, pour affaires, un de ses premiers « ajustements ». Stella le guidant avec froideur sur le chantier. Cent soixante-quinze mille livres de matériel volé. Chaque élément peint aux couleurs des Échafaudages Bull, « cerise et outremer », avait-elle affirmé. Elle se trouvait en vacances aux Caraïbes. Attaqué, ligoté, le gardien avait contemplé sans pouvoir rien faire l'équipe de voyous filer avec trois camions chargés du matériel nécessaire à l'échafaudage prévu pour le lendemain, une tour entière d'immeubles à Lambeth.

De toute évidence, il s'agissait d'une escroquerie, une arnaque manifeste, avait décidé Lorimer, un problème de cash-flow à résoudre en hâte, et, avec n'importe qui d'autre, il aurait été convaincu que les cinquante mille livres en liquide qu'il apportait dans son attaché-case se révéleraient bien assez tentants. Il lui fut cependant très vite tout aussi évident que cette petite femme blonde sèche, au visage dur mais étrangement joli, était, en langage d'expert ès sinistres, complètement « nucléaire ». Nucléaire comme abri nucléaire, c'est-à-dire imperméable, impénétrable, imprenable. Une femme fière : seule, sans soutien, à la tête de sa propre affaire, une fille de dix ans – rien que des mauvais signes. Il retourna chez Hogg avec ses conclusions. Hogg avait ouvertement ricané et s'était pointé lui-même le lendemain avec vingt-cinq mille livres. « Vous allez voir. Ces camions sont garés dans un entrepôt d'Eastbourne ou de Guilford ! » Mais à son retour il avait convoqué Lorimer : « Vous aviez raison, avait-il dit, un peu penaud. Une nucléaire de première classe. On n'en voit pas beaucoup comme ça. » Il laissa à Lorimer le soin d'annoncer la bonne nouvelle. Plutôt que de téléphoner (curieux, il avait envie de l'examiner de plus près, cette nucléaire grand teint), Lorimer reprit sa voiture jusqu'au dépôt de Stockwell et annonça à sa propriétaire que Fortress Sure honorerait sa demande : « Je l'espère foutrement bien », avait répliqué Stella Bull avant de l'inviter à dîner.

Il prit une gorgée de son thé brûlant, un sucre, une tranche de citron. Ça faisait presque quatre ans qu'ils couchaient ensemble, de temps à autre. C'était de loin la plus longue liaison de sa vie. Stella aimait bien qu'il vînt chez elle (Mr Bull, personnage obscur, divorcé et oublié depuis belle lurette) déguster le dîner qu'elle avait préparé, boire pas mal, regarder une vidéo ou un programme de fin de soirée à la télé, puis aller au lit et faire l'amour de manière plutôt orthodoxe. Les visites se prolongeaient parfois jusqu'au lendemain : petit déjeuner, des courses « en ville » ou déjeuner dans un pub – elle affectionnait en particulier un pub sur le fleuve – après quoi chacun repartait de son côté. En trois ans, ils avaient passé peut-être cinq week-ends ensemble, avant que Barbuda n'aille en pension près de Reigate. Depuis, pendant le trimestre, Stella s'était mise à téléphoner plus régulièrement, une fois ou même deux par semaine. La routine n'avait pas changé, et Lorimer avait noté avec curiosité que sa régularité accrue n'avait en rien altéré leurs rapports. Elle travaillait dur, Stella Bull, aussi dur que quiconque parmi les gens de sa connaissance. Il y avait pas mal d'argent à faire dans l'échafaudage.

Il soupira, soudain plein d'apitoiement sur lui-même, et alluma la télévision. Il tomba sur la fin d'une émission consacrée au football américain – les Boucaniers contre les Spartiates, ou quelque chose du genre – et la regarda sans y comprendre goutte, joyeusement diverti. Il se remit à cafarder au moment des publicités. C'est la musique qui, cette fois, le ramena à l'écran, un morceau familier, à la fois houleux et plaintif – du Rachmaninov ou du Bruch trafiqué, à son sens –, et tandis qu'il fouillait sa mémoire son attention fut attirée par les images, et il se demanda vaguement ce que ce clip pouvait bien vanter. Un couple idéal en goguette coûteuse. Lui : brun, un côté gitan ; elle : une blonde rieuse, ne cessant de jouer de sa grande chevelure. Des tons sépia, puis des couleurs vives, quantités de mouvements de la caméra. Yachts, skis, plongée sous-marine. Vacances ? Une souple automobile sur une autoroute déserte. Voitures ? Pneumatiques ? Essence ? Non, maintenant nourritures de restaurant, smokings, regards entendus. Liqueur ? Champagne ? Ses cheveux à lui une lumineuse tignasse. Shampooing ? Crème traitante ? Ce sourire... Fil dentaire ? Détecteur de plaque ? A présent, le type, torse nu dans la lumière de l'aube, sur le seuil de son *mews*, salue en souriant sa belle qui part dans sa voiture de sport aérodynamique. Mais se retourne, soudain misérable, bourré d'angoisse, plein de haine de soi. Sa vie, en dépit de tout ce sexe, ces amusements, cette bombance et ce consumérisme coûteux, est clairement fausse, vide, bidon jusqu'à la moelle. Mais alors, au bout de la ruelle, une autre fille apparaît, une valise à la main. Brune, extrêmement pâle, chic, simplement habillée, cheveux brillants plus courts. La musique augmente de volume. Le type et la fille courent l'un vers l'autre, s'enlacent. Lorimer était maintenant complètement fasciné. Une voix sonore, rauque, le sous-titre apparaît peu à peu : *En fin de compte, il n'y a qu'un choix. Restez fidèle à vous-même. Fortress Sure.* Bon Dieu de bon Dieu. Mais dans l'embrassade tournoyante au ralenti il avait vu quelque chose qui à la fois le troublait et l'émouvait par son hasard heureux : la fille mince au bout de la ruelle pavée. La fille revenant au beau mec morose. Il l'avait aperçue moins de quarante-huit heures auparavant, il en était certain : il s'agissait indubitablement et mystérieusement de la fille sur le siège arrière du taxi.

Chapitre 3

Le téléphone sonna sur le bureau de Lorimer : c'était Hogg ordonnant sèchement : « Radinez-vous, mon coco ! » Lorimer prit l'escalier de secours pour monter à l'étage supérieur où il découvrit que la configuration des lieux avait changé au cours du week-end. La secrétaire de Hogg, Janice – une petite boulotte pleine d'entrain avec d'énormes lunettes fantaisie à monture verte, des cheveux en paille de fer et des bracelets à breloques à chaque poignet –, et son équipe de deux dactylos (un changement permanent d'employées temporaires) avaient été déménagées de chez leur patron, de l'autre côté du hall, et trois grands classeurs de métal gris se trouvaient maintenant parqués, pareils à des stèles, dans le corridor, devant leur nouveau bureau. Rajiv et son jeune assistant, Yang Zhi, avaient aussi été déplacés : avec moult va-et-vient de piles de cartons aux flancs estampillés de chiffres cryptiques. L'ambiance tenait du chaos mineur et de l'énervement majeur. Lorimer entendait Rajiv hurler sur son secrétaire avec une conviction inhabituelle.

« Un sucre et une tranche de citron, n'est-ce pas, Lorimer ? Un biscuit digestif ou un Garibaldi ?

– Oui, s'il vous plaît. Mais pas de biscuits, merci, Janice. Que se passe-t-il ?

– Mr Helvoir-Jayne s'installe. » Elle mit l'accent sur « hiver » avec un rien de véhémence. « Il lui fallait un bureau plus spacieux et j'ai donc déménagé, Rajiv aussi et ainsi de suite.

– On joue aux chaises musicales.

– A mon avis, ça serait drôlement plus gai, Lorimer, si je puis me permettre. Il vous attend. »

Lorimer emporta son thé dans le bureau de Hogg, une pièce vaste mais spartiate, comme si on l'avait meublée avec des objets tirés d'un méchant catalogue de l'administration datant des années cinquante, chaque élément à la fois solide mais sans caractère, hormis un tapis d'un orange violent. Sur les murs ivoire pendaient des reproductions poussiéreuses de Vélasquez, Vermeer, Corot et Constable. Debout à la fenêtre, Hogg regardait fixement dans la rue en bas.

« Si cet abruti de connard pense qu'il peut se garer là... » dit-il, rêveur, sans se retourner.

Lorimer s'assit et but tranquillement une gorgée de son thé. Hogg ouvrit violemment la fenêtre, laissant entrer un vif courant d'air humide et froid.

« Excusez-moi, cria-t-il. Oui, vous. Vous ne pouvez pas vous garer là. C'est réservé. Vous ne pouvez pas vous garer là. Vous parlez anglais ? Eh bien, comprenez-moi bien : j'appelle immédiatement la police. Oui, vous ! »

Il ferma la fenêtre et s'assit, son visage pâle impassible, prit une cigarette – sans filtre – dans une boîte d'argent sur son bureau, en tapota le bout deux ou trois fois sur l'ongle d'un pouce et l'alluma, en aspirant avidement.

« Il y a un certain nombre de foutus abrutis en liberté dans ce bas monde, Lorimer.

– Je sais, monsieur Hogg.

– Comme si on n'avait pas déjà assez à foutre !

– Exactement. »

Hogg enfonça la main dans un tiroir et, d'une pichenette, expédia un classeur vert à travers le bureau.

« Faites-vous les dents là-dessus. Une véritable emmerde. »

Traversé d'un petit frisson d'excitation, Lorimer s'empara du dossier. Qu'avons-nous ici ? se demanda-t-il, s'avouant que cette curiosité était une des rares raisons qui le faisait persévérer dans ce boulot, cette sensation de rencontres et d'expériences inconnues en perspective, cela et aussi son incapacité à imaginer ce qu'il pourrait faire d'autre de sa vie. Hogg se leva, tira violemment sur sa veste et se mit à arpenter de long en large son tapis orange. Il fumait sa cigarette très vite, avec un petit geste de la main, un léger mouvement de la manchette au moment où il la portait à ses lèvres. Hogg, disait la rumeur, avait été militaire dans sa jeunesse ; il est certain qu'il ne cessait de chanter les louanges et les vertus de l'armée, et Lorimer se demandait maintenant s'il n'avait pas été dans la marine : il fumait des cigarettes très fortes et sa manière d'aller et venir dans son bureau rappelait celle d'un capitaine sur le pont de son navire.

« Un incendie d'hôtel, dit-il. Gros dégâts. Vingt-sept millions de livres.

– Nom de Dieu !

– Et à mon sens on ne devrait pas payer un sou. Pas une sapèque. Cette affaire pue, Lorimer, ça cocotte méchant, méchant. Jetez un œil et voyez ce que vous en pensez. Tout est dans le dossier. » Il glissa, agile, vers la porte, l'ouvrit et la referma. « Avez-vous, euh, fait la connaissance de notre cher Mr Helvoir-Jayne ? »

Sa prétention à la candeur était risible tandis qu'il étudiait avec intensité le bout incandescent de sa cigarette.

« Oui. Un échange de quelques mots. Il me paraît très aimable...

– Je suis convaincu que son arrivée ici en qualité de codirecteur et cet incendie sont liés.

– Je ne comprends pas.

– Moi non plus, Lorimer. Moi non plus. La brume se dissipe dans la rizière mais on ne voit pas encore le léopard. Néanmoins, gardez ma réflexion à l'esprit. » Hogg ricana : « Petit à petit, le singe sera pris.

– Qui est le singe ? Pas Mr Helvoir-Jayne ?

– Mes lèvres sont scellées, Lorimer. » Puis, se rapprochant : « Comment pouvez-vous boire du thé anglais avec du citron ? Dégueulasse. Je me disais bien qu'une odeur bizarre régnait dans cette pièce. Il faut mettre du lait dans votre thé, Lorimer, autrement les gens vous prendront pour une tapette.

– Les gens mettent du lait dans leur thé depuis cent ans seulement.

– Pures foutaises, Lorimer. Des nouvelles du côté Dupree ?

– Rien. »

Y repensant, Lorimer le questionna sur la pub de Fortress Sure. Hogg n'en avait pas entendu parler, pas plus qu'il ne l'avait vue mais, dit-il, il se rappelait qu'une campagne récente avait déplu au conseil d'administration (Hogg, se souvint Lorimer, avait certains liens avec le conseil de Fortress Sure) et qu'elle avait été soit écartée, soit reléguée à des tranches horaires moins visibles tandis qu'un message plus sérieux ou moins tapageur était mis au point. Ça avait coûté la peau des fesses, dit Hogg, et quelqu'un l'avait royalement eu dans le cul. Peut-être s'agissait-il de cette pub-là ? En effet, c'était bien possible, et Lorimer resongea à la fille, à la chance qu'il avait eu de se lever si tôt, à l'agréable coïncidence.

Hogg installa une large fesse sur le coin de son bureau.

« Êtes-vous un aficionado des pubs télé, Lorimer ?

– Comment ? Ah non.

– Nous produisons les meilleurs pubs télé du monde dans ce pays.

– Ah oui ?

– Au moins nous pouvons être fiers de quelque chose », déclara Hogg avec une certaine amertume, en balançant sa jambe.

Lorimer vit qu'il portait de minces mocassins, très peu marins, l'équivalent de pantoufles en vérité, qui lui faisaient des pieds petits et délicats pour un homme aussi robuste, aussi costaud. Hogg nota la direction de son regard.

« Qu'est-ce que vous zieutez, bon Dieu ?

– Rien, monsieur Hogg.

– Vous avez quelque chose contre mes chaussures ?

– Pas du tout.

– Vous ne devriez pas fixer les pieds des gens de la sorte, c'est foutrement insolent. Le comble de la grossièreté.

– Désolé, monsieur Hogg.

– Vous souffrez toujours de vos histoires d'insomnies ?

– Oui, j'en ai peur. Je fréquente une sorte de clinique, un truc spécialisé dans les troubles du sommeil, pour voir si je peux faire analyser le problème. »

Hogg l'accompagna jusqu'à la porte.

« Prenez soin de vous, Lorimer. »

Il lui adressa un de ses rares sourires – on aurait cru qu'il testait une grimace récemment apprise.

« Vous êtes un membre important, que dis-je, un membre clé de GGH. On vous veut en forme olympique. Olympique, vieux, olympique. »

> **257.** *Hogg te complimente rarement, et tu sais que, quand il le fait, tu l'acceptes sans grâce, avec suspicion, comme si tu étais en train de te faire avoir ou de tomber dans un piège bien préparé.*
>
> *Le Livre de la Transfiguration*

Lorimer découvrit sur son plan que l'hôtel se situait juste à l'écart de l'Embankment, un peu en retrait de la Tamise entre Temple Lane et Arundel Street avec, peut-être, vue à l'oblique sur la moitié du National Theatre sur la rive opposée. D'après le dossier, il s'agissait du projet d'une compagnie immobilière nommée Gale-Harlequin, S.A., destiné, aussi invraisemblable que cela puisse paraître, à s'appeler le Fedora Palace. Le bâtiment était aux trois quarts achevé quand le feu avait pris aux huitième et neuvième étages, tard un soir, dans ce qui devait devenir le duplex gym-sauna. L'incendie s'était rapidement propagé, détruisant en totalité les trois étages du dessous, déjà terminés et meublés, avec de considérables dégâts secondaires dus à la fumée et aux milliers de litres d'eau requis pour l'éteindre. La demande d'indemnités s'élevait à vingt-sept millions de livres. Le rapport d'un ingénieur du génie civil indiquait qu'il serait moins cher de tout démolir et de rebâtir. C'était la nouvelle méthode des assurances : remboursement en nature. Vous « perdez » votre montre en vacances et vous faites une déclaration : nous vous donnons une montre neuve, mais pas d'argent. Votre hôtel brûle et vous appelez la compagnie : eh bien, voyons, nous reconstruisons votre hôtel !

Lorimer décida de descendre à pied jusqu'à la Tamise, il faisait encore froid mais des lambeaux de lumière jaune pâle perçaient les nuages déchiquetés que la brise assez raide poussait vers l'ouest au-dessus de la ville. Il marcha d'un pas vif le long de Beech Street, goûtant le froid sur son visage, le col relevé, les mains enfoncées dans ses poches doublées de flanelle. Je devrais porter un chapeau, quatre-vingt pour cent de la chaleur se perd par le crâne. Oui, mais quel genre de chapeau avec un costume rayé et un manteau de tweed ? Pas un feutre mou marron, on le croirait en route pour le champ de courses. Un melon ? Il fallait qu'il interroge Ivan ou Lady Haigh à ce propos. Ivan dirait un chapeau melon, il le savait. En été, on pouvait porter un panama... le pouvait-on vraiment ?

C'est autour de Smithfield Market que la sensation, le sentiment bizarre qu'il était suivi l'envahit peu à peu. Comme quand on est convaincu que quelqu'un nous a appelé, que l'on dit « Oui ? » en se retournant mais qu'il n'y a personne. Il s'abrita sous le porche d'une boutique pour regarder derrière lui. Des étrangers le dépassèrent en se hâtant – une joggeuse, un soldat, un mendiant, un banquier – et continuèrent leur chemin. La sensation était tout de même indéniable : qu'est-ce qui vous alerte ? se demanda-t-il, qu'est-ce qui déclenche ça ? Peut-être un certain rythme de pas qui, sans vous dépasser ni reculer, persiste à portée d'oreille. Il abandonna son porche et prit la direction du Fedora Palace – personne ne le suivait. Idiot. Il sourit intérieurement : la paranoïa de Hogg était contagieuse.

De l'extérieur, l'hôtel n'avait pas l'air trop mal en point, juste des traînées de suie sur les embrasures des fenêtres en haut, mais quand le chef de chantier lui fit visiter l'espace destiné au gymnase, balafré et noirci, le plancher gondolé et brûlé, Lorimer reconnut la simple efficacité du feu, sa puissance de destruction. Il jeta un œil dans le puits central des ascenseurs : on aurait dit qu'une bombe téléguidée y avait atterri en piqué avant d'éclater. La chaleur dégagée avait été si intense que le revêtement de béton du puits avait en fait commencé à exploser : « Et le béton n'est pas en général réputé pour ses qualités explosives », observa sobrement le directeur. C'était pire dans les étages déjà achevés : lits calcinés, bouts de moquette et de rideaux noircis – dans un sens, les dégâts étaient plus pathétiquement significatifs et dévastateurs. Recouvrant le tout, il y avait cette puanteur aigre de suie et de fumée qui imbibait les poumons.

« Eh bien, dit Lorimer faiblement, on ne peut pas faire plus moche. Quand deviez-vous ouvrir ?

– Le mois prochain ou dans ce goût-là », dit le chef de chantier avec entrain.

Il n'était pas inquiet, il ne s'agissait pas de son hôtel à lui.

« Qui sont les entrepreneurs ? »

Il s'avéra que l'aménagement de plusieurs étages avait été sous-traité pour des raisons de rapidité : les étages supérieurs étaient confiés à une compagnie nommée Edmund, Rintoul Ltd.

« Des problèmes de ce côté-là ?

– Un pépin avec un lot de marbre turc. Retardé. Une carrière en grève ou autre. Le foutoir habituel. Il leur a fallu aller là-bas eux-mêmes pour activer les choses. »

En bas, dans une baraque de chantier, Lorimer reçut copie des contrats appropriés, juste par mesure de précaution, et rendit son casque. Hogg avait raison : cette affaire sentait drôlement et pas seulement la fumée d'incendie. Une visite à Edmund, Rintoul Ltd, devrait le confirmer. Tout cela avait un air connu de vieille escroquerie, d'antique stratagème, mais sur une échelle qui ne collait pas du tout : peut-être une modeste arnaque classique avait-elle échappé à tout contrôle pour se transformer en film catastrophe. Hogg, néanmoins, se faisait des illusions sur un point : ils allaient cracher au bassinet dans cette affaire – la question était : Combien ?

Il entendit le grésillement de son portable dans la poche de sa veste.

« Allô ?

– Lorimer Black ?

– Oui.

– Vase de lit en braderie, jeunet ?

– Ah, bonjour.

– Vous êtes libre à déjeuner ? Je descends de votre côté. Cholmondley's ?

– Ah. D'accord. Bonne idée.

– Super. Je vous retrouve à une heure. »

Lorimer renvoya Helvoir-Jayne dans l'éther et fronça les sourcils en se rappelant les soupçons ambigus de Hogg. Son premier jour au bureau et il veut déjeuner avec Lorimer Black. Et où est-ce que Lorimer se trouve, par hasard ?

Cholmondley's tenait du croisement entre un club sportif et un bordel oriental. Sombre, à cause des stores en paille qui masquaient les fenêtres et de volumineux palmiers dans tous les coins, il s'enorgueillissait de ventilateurs-plafonniers et de meubles en rotin en concurrence avec de vieux souvenirs sportifs – battes de cricket brun tourbe, rames croisées, raquettes de tennis en bois, photos sépia d'équipes, cannes à pêche fendues et pourries. Le personnel, hommes et femmes, portait des tabliers rayés de boucher et des canotiers (pouvait-on porter un canotier avec un costume de ville ?). Des ballades *country and western* résonnaient sourdement, presque inaudibles, dans des haut-parleurs dissimulés.

Helvoir-Jayne était déjà attablé. Ayant avalé la moitié d'un bloody mary où poussait une branche de céleri, il ôtait l'enveloppe de cellophane d'un paquet de cigarettes que venait de lui apporter une serveuse. Il fit signe à Lorimer de le rejoindre.

« Vous en voulez une ? Non ? Bon, nous prendrons une bouteille de rouge maison et une de blanc maison. » Une pensée horrible sembla lui venir à l'esprit et il se figea : « Ce n'est pas du vin anglais, n'est-ce pas ?

– Non, monsieur. »

C'était une étrangère, Lorimer l'entendit à son accent, une fille jeune, maigre, un peu voûtée avec un visage jaunâtre, fatigué.

« Dieu merci. Apportez le vin et puis revenez dans dix minutes. »

Lorimer tendit la main.

« Qu'est-ce qu'il se passe ? »

Helvoir-Jayne le regardait, déconcerté.

« Bienvenue à GGH. »

Lorimer oubliait toujours qu'ils n'aimaient pas se serrer la main – aussi agita-t-il vaguement le poignet, produisant en lieu et place un geste d'accueil normal.

« Je vous ai raté au bureau. »

Il s'assit, refusant l'offre d'une cigarette. Il effectua machinalement un rapide inventaire : cravate de soie marron à motifs, chemise ordinaire en coton rose pâle, mal repassée mais brodée d'un THJ étrangement situé sur le rebord de la poche de poitrine ; boutons de manchettes en or, pas de bretelles ridicules, chevalière, mocassins à pompons, chaussettes bleu ciel, un peu trop étroites, un vieux costume rayé de confection à double boutonnage, veste à deux fentes, conçu pour un Helvoir-Jayne plus mince que celui d'en face. Ils étaient tous deux habillés presque à l'identique, y compris la chevalière ; excepté les chaussettes – celles de Lorimer étaient bleu marine – son costume rayé à double boutonnage tout comme sa chemise étaient faits sur mesure. En outre, sa chemise n'avait pas de poche de poitrine et ses initiales – LMBB – placées tout d'abord discrètement sur le haut de la manche à la manière d'une cicatrice de vaccin avaient disparu depuis le jour où Ivan Algomir lui avait dit que les chemises à monogrammes étaient d'un commun irrémédiable.

« Désolé de vous emmerder dès le premier jour, dit Helvoir-Jayne. A propos, vous devez *absolument* m'appeler Torquil. En tout cas, il fallait que je me tire de cet endroit. Quelle bande de foutus tordus. »

Torquil. Allons-y donc pour Torquil.

« Qui ? Quels tordus ?

– Notre gang. Nos collègues. Et cette fille Dinka, Donkna ? D'où les sort-on ?

– Dymphna. Ils sont tous très compétents en fait.

– Tant mieux pour vous, c'est tout ce que je peux dire. Du rouge ou du blanc ? »

*

Torquil mangeait des saucisses épicées du Cumberland avec de la purée ; Lorimer poussait des morceaux de sa salade de poulet calciné à la thaïlandaise, trop assaisonnée, dans un bol en papier mâché noir quand la serveuse s'approcha avec un pot de moutarde sur une soucoupe.

« Nous prendrons une autre bouteille de rouge, dit Torquil, en s'emparant de la moutarde, puis : Minute papillon, ma jolie. C'est de la moutarde française, ça. Je veux de l'anglaise.

– C'est la seule que nous avons. »

L'accent sonnait est-européen à l'oreille de Lorimer. La fille paraissait porter sur son dos toute la fatigue du monde. Elle avait un visage mince avec un menton pointu, pas sans charme à sa manière anémique ; avec des cernes sombres sous ses grands yeux. Un petit grain de beauté haut sur sa joue gauche rendait bizarrement exotiques la grisaille et la fatigue qu'elle semblait personnifier. Lorimer sentit un mince cordon de parenté surgir en lui et ramper vers elle pour les lier.

« Allez me chercher de la moutarde anglaise.

– Je vous dis que nous n'avons pas de...

– OK, apportez-moi une foutue sauce tomate quelconque. Ketchup ? Un truc rouge dans une bouteille ? Bougrement ridicule. »

Torquil scia un bouchon de saucisse et le mangea, sans fermer complètement la bouche. « Ils appellent l'endroit Cholmondley's, ils le bourrent de personnel étranger et ils ne servent pas de moutarde anglaise. » Il s'arrêta de mâcher. « Vous ne connaissez pas Johnnie Aberdeen ? Vous n'étiez pas fiancé à sa sœur ou quelque chose ?

– Non. Je ne...

– Je croyais que vous étiez à Glenalmond. Hogg m'a dit que vous étiez allé à l'école en Écosse.

– Oui, Balcairn.

– Balcairn ?

– Fermée maintenant. Près de Tomintoul. Pas très grande. Catholique. Dirigée par une bande de moines.

– Z'êtes un catho, alors ? Des curetons, doux Jésus ! Ça me fout les boules !

– Un catho déchu. C'était une drôle de baraque.

– Je crois que ma femme est catholique. Enfin dans le genre. Passionnée de grégorien, de plains-chants, tout ça. Non, je ne veux pas de ketchup. Emportez-le. Oui, j'ai fini. »

Silencieuse, stoïque, la serveuse s'empara de leurs assiettes, Torquil continuant à mâchouiller tout en attrapant ses cigarettes. Il en alluma une, les yeux plissés en direction de la fille.

« En fait, elle a un joli petit cul pour une pareille pimbêche. » Il inhala profondément, gonflant à bloc sa poitrine. « Balcairn. Je crois avoir connu quelqu'un qui est allé là-bas. Moi j'étais dans un truc appelé Newbold House. Dans le Northumberland. Sûr que vous voulez pas de ce rouge ? Que pensez-vous de Hogg, votre patron ?

– Hogg est une loi en soi, répliqua Lorimer, prudent.

– Une redoutable réputation dans le Fort, je dois dire. Non, emportez-les. Je vous appellerai quand on voudra les menus. Emportez-les ! Qu'est-ce qu'elle est ? Un genre de Polonaise, de Boche, de Hongroise ou quoi ? » Il se pencha en avant : « Non, sérieusement, je compte sur vous Lorimer, juste pour, au début, vous comprenez, me mettre sur les bons rails. Surtout en ce qui concerne Hogg. Pas totalement clair sur cette plaisanterie de règlement de sinistres. Je veux pas me brouiller avec lui, ça c'est certain.

– Absolument. »

Lorimer, lui, n'était certain que d'une chose : il refusait d'être l'allié de ce type. Se mouiller pour Torquil Helvoir-Jayne ne le séduisait nullement. Il le regarda, assis en face de lui, en train de se curer les dents à la recherche de débris de saucisse épicée du Cumberland. Il était trop gros. Ses cheveux raides clairsemés coiffés en arrière dégageaient un front soucieux.

« Z'avez des mômes, Lorimer ?

– Je ne suis pas marié.

– Homme sage ! J'en ai trois. Et j'aurai quarante piges dans six semaines. Qu'est-ce que ça veut dire, hein ?

– Garçons ou filles ?

– Jésus ! Quarante ans. Pratiquement tombant en ruine. Vous chassez ?

– Plus maintenant. Un tympan éclaté. Ordre de la Faculté.

– Dommage. Mon beau-père a une chasse pas mal dans le Gloucestershire. Mais tout de même il faut que vous veniez dîner.

– Avec votre beau-père ?

– Non. Non, moi et la bourgeoise, ma bobonne. Hello ! Oui, vous. Le menu. ME-NU. Putain de bordel ! » Et, s'adressant gentiment à Lorimer : « Enfin, peut-être que ça ira bien, après tout. Nous deux contre le reste du monde. Vous voulez un porto ou un cognac ? Un armagnac ou autre chose ? »

44. Le CV abrégé
Nom : *Lorimer M.B. Black*
Age : *31 ans*
Emploi actuel : *Chef expert en sinistres, GGH Ltd*
Éducation : *St. Barnabus, Fulham. Brevet élémentaire (11 matières). 4 A-levels (maths, économie, littérature anglaise, histoire de l'art). U.V. de licence en Mathématiques appliquées et Beaux-Arts à l'Institut de science et technologie de Calédonie du Nord (aujourd'hui l'université de Ross et Cromarty)*
Emplois précédents : *contrôleur assurances stagiaire (3 ans)*
Expert assurances, Fortress Sure (2 ans)

Expert sinistres, GGH Ltd (5 ans)
***Loisirs** : collection de casques antiques*

Le Livre de la Transfiguration

Il faisait déjà nuit à 16 h 30 et la cabane à fleurs de Marlobe était éclairée – une cave chaude, brillamment colorée, toutes les nuances de rouge et de jaune, mauve et orange vif – quand Lorimer s'arrêta pour acheter un rare bouquet de tulipes blanches. Marlobe, d'humeur bruyante et gaie, parlait à un de ses familiers, un jeune type maigre au visage bizarrement concave à cause de l'absence de toutes les dents du haut. Tandis que Marlobe arrangeait et enveloppait le bouquet, Lorimer devina que le sujet de la discussion était « la femme idéale ». Marlobe se marrait au point de ne plus pouvoir articuler.

« ... Non, non, je te dis qu'il faut qu'elle soit pleine aux as, d'ac ? Ex-aequo dans une course de ballons, hein ? Et faut qu'elle mesure un mètre de haut, vu ? Pour tailler des pipes, facile. Et faut qu'elle ait la tête plate – compris ? – pour que je puisse poser ma bouteille de bière dessus pendant qu'elle me sucera.

– Ouah, ché dégueulache, cha, chuinta le jeune type.

– Attends. Et aussi, aussi, il faut qu'elle ait un pub, d'accord ? Le pub lui appartiendrait. Et après la pipe, elle se transformerait en pizza.

– Bon Dieu, c'est dégueulasse, vraiment.

– Ces trucs-là ne méritent pas le nom de "fleurs", mon pote, dit Marlobe toujours en rigolant, à Lorimer. Je ne m'en torcherais pas le cul. J'sais pas comment elles se sont glissées ici.

– J'ai compris : se transformer en pizza, s'écria le chuinteur. Pour que tu puisses la manger, hein ? Et pourquoi pas un kebab ? Ce serait au poil, un kebab. J'adore les kebabs.

– Un pâté en croûte, rugit Marlobe, encore mieux !

– Il se trouve que j'aime les fleurs blanches », dit bravement Lorimer, impassible, mais incapable de se faire entendre dans l'hilarité générale.

92. Pas de sommeil profond. *Après tes premières visites à l'Institut des rêves lucides, Alan avait une meilleure idée de ton problème. L'électroencéphalogramme – le EEG – est l'outil qui déverrouille la personne endormie, la manière de découvrir l'électrophysiologie du sommeil. Le diagramme des mouvements encéphalographiques montre la nature de l'activité mentale. Alan t'a dit que, quand tu dors, tes mouvements encéphalographiques montrent que tu sembles être dans un état quasi permanent de pré-érection, qu'il est très rare de voir un EEG à l'état 4.*

« EEG, état 4 ? as-tu demandé, alarmé.

– Ce que nous appelons le sommeil profond.

– Pas de sommeil profond ? J'ai peu ou pas de sommeil profond ? Est-ce grave ?

– Eh bien, rien vraiment qui vaille la peine d'en parler. »

Le Livre de la Transfiguration

Lady Haigh le coinça alors qu'il triait le courrier dans l'entrée. Facture, facture, circulaire, prospectus, facture, circulaire...

« Lorimer, très cher, il faut vraiment que vous veniez voir ça, c'est extraordinaire. »

Lorimer pénétra docilement dans l'appartement. Dans le salon, langue pendante et haletant, Jupiter, le vieux chien, s'étalait sur un coussin en velours couvert de poils devant une télé en noir et blanc muette. L'imposant fauteuil à oreilles en cuir craquelé de Lady Haigh était flanqué de deux radiateurs électriques à une seule résistance et éclairé par un vieux modèle de lampe de lecture. Le reste des meubles était presque invisible sous des piles de livres et des liasses de coupures de journaux et de magazines : Lady Haigh était une avide découpeuse des articles qui attiraient son attention et détestait les jeter. Lorimer la suivit dans la cuisine, ses composants antiques astiqués et récurés comme des pièces de musée. Près du réfrigérateur ron-

ronnant se trouvait une cuvette en plastique remplie de la nourriture pour chiens de Jupiter – elle émettait une sévère odeur faisandée – et, à côté, une caisse à chat (également à l'usage de Jupiter, supposa-t-il : Lady Haigh détestait les chats : « Des créatures égoïstes, si égoïstes »). Elle se débattit avec les multiples verrous et chaînes de sa porte de service, les ouvrit et, s'emparant d'une lampe électrique, précéda Lorimer dans la nuit, en descendant les marches en fer qui menaient à son bout de jardin par-dessus le puits du sous-sol. Lady Haigh, Lorimer le savait, dormait au sous-sol mais il ne s'y était jamais aventuré pas plus qu'il n'y avait été invité. D'où il se trouvait, la seule fenêtre qu'il voyait était solidement barricadée, les vitres opaques de crasse.

Cerné par les murs et les récents agrandissements des habitations adjacentes, le jardin était surplombé, au fond, par les façades arrière et les petites fenêtres à rideaux des maisons de la rue parallèle. De grands enchevêtrements fragiles de clématite chancelaient sur les palissades pourries qui marquaient les étroites limites du jardin et, dans un coin, un acacia noueux poussait bravement, produisant chaque année un peu moins de feuilles et un peu plus de branches stériles, tout en ajoutant, l'été, une présence tremblante et porteuse d'espoir de feuilles vert pâle sur les briques désagrégées. De sa salle de bains, Lorimer avait vue sur le jardinet, et il devait avouer que, quand l'acacia était en feuilles, la clématite et les hortensias en fleurs, et que le soleil frappait en diagonale le bout de pelouse, le petit rectangle verdoyant de Lady Haigh possédait une sorte de sauvage séduction qui, comme tout ce qui poussait dans la ville, consolait et enchantait simplement.

Mais pas ce soir, pensa Lorimer, qui, précédé de son haleine condensée, suivait en pataugeant à travers la pelouse le faisceau de la lampe, ses chaussures s'imbibant rapidement dans l'herbe haute (Lady Haigh dédaignait toute forme de tondeuses : faute de moutons, prétendait-elle, elle utilisait des sécateurs). Au pied de l'acacia, un rond de lumière jaune sépia illuminait un petit bout de sol.

« Regardez, dit Lady Haigh en tendant le doigt, une fritillaire, n'est-ce pas étonnant ? »

Lorimer s'accroupit pour y mieux voir : en effet, une minuscule fleur en forme de clochette, presque grise sous la lumière de la torche, émergeait de la terre glacée, mais avec un dessin en damier plus foncé sur la corolle à la minceur de papier.

« Je n'en ai jamais vu aussi tôt, reprit Lady Haigh, même pas à Missenden, et nous en avions des masses là-bas. Et il n'y en a pas eu l'année dernière, j'ai cru que le gel les avait détruites.

– Vous devez avoir un petit microclimat dans le coin », déclara Lorimer, avec l'espoir de s'acquitter ainsi du commentaire intelligent de rigueur. « C'est certainement une fort jolie fleur. » Pas du style Marlobe, ne put-il s'empêcher de penser.

« Ah, les fritillaires », soupira Lady Haigh avec une nostalgie touchante avant d'ajouter : « J'ai mis de l'engrais autour de l'acacia, voyez-vous. Nigel m'en a donné deux seaux prélevés sur sa plate-bande. Ça l'a peut-être encouragée.

– Nigel ?

– Ce très gentil Rastafarien du n° 20. Charmant garçon. »

De retour dans la cuisine, Lorimer déclina gentiment l'offre d'une tasse de thé, prétextant le travail qui l'attendait.

« Après vous pour le *Standard*, si je puis... demanda-t-elle.

– Je vous en prie, prenez-le, Lady Haigh. Je l'ai déjà feuilleté.

– Quel gâterie ! s'écria-t-elle. Le *Standard* d'aujourd'hui ! »

Jupiter choisit ce moment pour arriver en se traînant du salon : il vint renifler une ou deux fois son bol de nourriture puis se posta devant pour le contempler.

« Il n'a pas si faim.

– Il sait, voyez-vous, dit Lady Haigh dans un soupir. Le condamné à mort. Il sait. Il ne touchera pas à son bon repas. » Elle croisa les bras. « Il vaut mieux que vous disiez adieu à Jupiter, il ne sera plus là demain.

– Pourquoi donc, que diable ?

– Je le fais piquer, je l'emmène chez le vétérinaire. C'est un vieux chien ancré dans ses habitudes et je ne veux pas que quiconque l'embête quand je serai partie. Non, non, dit-elle, refusant d'écouter les protestations de Lorimer, le prochain rhume ou la prochaine grippe m'auront, vous verrez. J'ai quatre-vingt-huit ans, pour l'amour du ciel, j'aurais dû disparaître depuis des années. »

Elle lui sourit, ses yeux bleu pâle brillant – d'une agréable anticipation, pensa Lorimer.

« Pauvre vieux Jupiter, s'exclama-t-il spontanément. Ça semble un peu dur.

– Sornettes ! J'aimerais bien que quelqu'un m'emmène, moi, chez le vétérinaire. Ça me rend folle.

– Quoi donc ?

– Toute cette attente. Je suis raide d'ennui. »

A sa porte, elle posa la main sur le bras de Lorimer et l'attira vers elle. Elle était haute de taille malgré son dos voûté, et Lorimer supposait qu'elle avait dû être autrefois une belle jeune femme.

« Dites-moi, demanda-t-elle en baissant la voix, croyez-vous que le docteur Alan puisse être un petit rien tapette ?

– Je ne crois pas. Pourquoi ?

– Je ne vois pas de filles aller et venir. Mais, après tout, je ne vois aucune fille aller et venir chez vous non plus. » Elle lui rit au nez, un gloussement bruyant, et se couvrit la bouche. « Je plaisante, cher Lorimer. Merci pour le journal. »

Lorimer travailla tard, revenant avec obstination sur les contrats Gale-Harlequin, et en particulier sur les documents relatifs aux accords avec Edmund, Rintoul Ltd. Lesquels confirmèrent ses soupçons, comme il l'avait pensé. Mais son travail ne put le distraire de cette sombre mélancolie qui semblait s'insinuer et s'étendre dans son âme comme une tache.

Il passa donc deux heures et demie à zapper d'une chaîne à l'autre sur sa télé câblée avant de tomber une fois encore sur la pub de Fortress Sure. Il brancha aussitôt sa vidéo et réussit à enregistrer les quarante dernières secondes. Il les repassa et, figeant l'image finale, il contempla pendant un moment le visage doucement tremblant de la fille. Maintenant il l'avait coincée, et c'était elle, sans aucun doute. Et sûrement, se dit-il, soudain ragaillardi, il devait bien exister un moyen simple de découvrir son nom.

A quatre heures et demie, il descendit sur la pointe des pieds et glissa un mot sous la porte de Lady Haigh.

> Chère Lady Haigh,
>
> Y a-t-il une possibilité quelconque d'empêcher le voyage de Jupiter chez le vétérinaire ? Et si je promettais solennellement de m'occuper de lui dans le cas improbable où il vous arriverait quelque chose ? Cela me ferait immensément plaisir. Bien à vous,
>
> Lorimer

Chapitre 4

Lorimer surveillait Edmund, Rintoul Ltd depuis deux jours et il ne prévoyait pas d'avoir à beaucoup prolonger sa planque. Il montait la garde dans un café de Old Kent Road en face de leurs bureaux, une série de pièces au-dessus d'un entrepôt de tapis en faillite. A l'arrière se trouvait un petit chantier de construction, festonné de barbelés et contenant deux camionnettes cabossées plus, fait inhabituel, la benne de la compagnie (qui était aussi à louer). Lorimer se retourna sur sa chaise pour commander une autre tasse de thé et finit par attirer l'attention du patron maussade qui, d'un air malheureux, étalait de la margarine sur une tour penchée de tranches de pain de mie. Il était 10 h 45 du matin et le café St. Mark fonctionnait au ralenti : à part Lorimer, il y avait une fille nerveuse, lèvres, nez et joues percés, qui fumait à la chaîne, et deux vieux bonshommes en imperméable qui annotaient le *Sporting Life*, attendant sans aucun doute l'ouverture du pub ou des bookmakers.

Le St. Mark était totalement dépourvu de prétention, pour ne pas dire totalement sans équivoque, mais Lorimer y prenait un plaisir pervers – ces cafés disparaissaient vite et ne seraient bientôt plus que de lointains souvenirs : ou alors ils étaient recréés amoureusement comme temples du kitsch post-moderne, servant des cocktails en même temps que des sandwiches-pommes frites. Il offrait un long comptoir, une vitrine réfrigérée, un sol en linoléum et une douzaine de tables en formica. Derrière le comptoir, un immense menu manuscrit détaillait laborieusement les multiples combinaisons possibles à partir de quelques ingrédients essentiels : œufs, bacon, frites, toasts, saucisses, haricots blancs, champignons, sauce et boudin noir. Les fenêtres sur Old Kent Road étaient embrumées et larmoyantes de condensation, et la vitrine réfrigérée ne contenait que trois composantes de sandwiches : jambon, tomate et œufs durs tranchés. Le thé était servi dans une théière en aluminium, le café était instantané, la vaisselle en pyrex, la coutellerie en plastique. Une frugalité aussi brutale était rare, quasiment un défi à la clientèle. Seuls les plus audacieux, les plus pauvres ou les plus ignorants cherchaient ici abri et sustentation. Lorimer le voyait facilement se qualifier pour sa série des Cafés classiques anglais, un registre personnel, qu'il tenait dans *Le Livre de la Transfiguration*, d'établissements similaires rencontrés au cours de ses errances dans la ville. Oublions les pubs, raisonnait-il, c'était là que résidait l'antique et véritable héritage culinaire du pays ; ce n'est que dans ces estaminets sans compromis qu'on trouvait la quintessence d'un unique style de vie anglais, en voie de disparition rapide...

On lui versa son thé brun fumant, il y ajouta du lait et du sucre (Hogg aurait approuvé) et il regarda de l'autre côté de la rue par le hublot de clarté trouble qu'il avait tracé dans la condensation sur la vitre.

Pour autant qu'il sache, Dean Edmund était l'âme de l'association et Kenneth Rintoul l'homme de contact avec les clients et les entrepreneurs. Ils approchaient tous deux de la trentaine. Garées sur le trottoir fissuré où poussaient les mauvaises herbes, devant les volets ornés de graffiti de l'entrepôt de tapis, se trouvaient deux voitures flambant neuves, une Jaguar et une BMW, valant à elles deux dans les cent cinquante mille livres. Celle de Rintoul (la BMW) avait de surcroît une plaque d'immatriculation personnalisée : KR 007. Edmund vivait avec sa femme et ses trois enfants dans une grande maison à Epping Forest ; la casbah de Rintoul était un loft converti dans Bermondsey avec vue sur le Tower Bridge au loin. On nageait visiblement dans pas mal d'argent. Rintoul arborait une petite queue de cheval et les deux hommes avaient une barbichette bien taillée. Lorimer avait rendez-vous avec eux à 11 heures mais il estimait toujours recommandable d'arriver dix minutes en retard : selon son expérience, les réunions se passaient mieux si elles débutaient par des excuses.

174. Le rêve lucide récurrent. *C'est la nuit, tu marches dans un corridor, le lino frais sous tes pieds nus, et tu te diriges vers une porte. Derrière cette porte s'élève le bruit d'une foule de gens hurlant et applaudissant, et le bla-bla indistinct d'une télé branchée à plein tube. Tu es vexé et agacé, le bruit t'embête, te met en rogne et tu veux qu'il cesse.*
Juste au moment où tu atteins la porte, tu te rends compte que tu es à poil. Tu ne portes qu'une chemise déboutonnée (vert pistache, pas repassée) et ses pans flottent au-dessus de tes fesses nues tandis que tu arpentes le corridor. On ne sait pas vraiment si tu bandes à bloc ou pas. Tu tends la main vers la poignée de la porte (alors que précisément un hurlement de joie collectif hyper bruyant éclate derrière dans la pièce, suivi par des ululements étouffés) mais tu la retires soudain. Tu fais rapidement demi-tour et tu reviens sur tes pas jusqu'à ta petite chambre où tu t'habilles aussitôt avec soin avant de ressortir dans la nuit.

Le Livre de la Transfiguration

« Par ici, Mr Rintoul et Mr Edmund vont vous recevoir tout de suite.

– Désolé, je suis un brin en retard », dit Lorimer au train arrière de la jeune et noire réceptionniste, lourdement parfumée, qui le précédait dans le petit couloir menant au bureau de Rintoul.

La veille, il s'était fait couper les cheveux qu'il avait, ce matin, un peu aplatis avec du gel. Il portait un blouson de cuir fauve, une chemise bleu pâle et une cravate en tricot rayée, un pantalon noir et des mocassins italiens. Il avait ôté sa chevalière pour la remplacer par un anneau d'or ciselé au majeur de sa main droite. Sa serviette était neuve, cuir poli et cuivres étincelants. Chaque expert en sinistres avait sa propre façon d'aborder le travail ; certains étaient agressifs, d'autres cyniquement directs, quelques-uns jouaient les durs ou décidaient d'inspirer la peur, d'autres fonçaient avec force et hostilité comme des tueurs, d'autres encore se comportaient en apparatchiks neutres exécutant les ordres sans aucune émotion, mais Lorimer était différent : il préférait de loin l'absence de menace. Il s'habillait ainsi non pas pour se déguiser mais, délibérément, afin de rassurer ; avec des vêtements coûteux mais qui ne menaceraient pas des gens tels que Edmund ou Rintoul : ils n'évoquaient pas d'autres mondes, des couches d'une société étrangère, hostile ou prête à juger. En théorie, on ne devait même pas remarquer ce qu'il portait, ce qui était en fait le but recherché et son *modus operandi* personnel et particulier de régler les sinistres. Personne n'était au courant de cette approche : les experts ne discutaient ni ne partageaient jamais entre eux la méthodologie, et Hogg ne jugeait que sur les résultats, il se fichait de la manière dont on les obtenait.

On se serra chaleureusement les mains : Rintoul souriant, vif, agité, copain-copain ; Edmund plus tendu, plus circonspect. On commanda des cafés, Priscilla, la réceptionniste, recevant l'ordre d'utiliser cette fois la machine à espresso, et pas de l'instantané (« On peut faire la différence, chérie »), et Lorimer entama ses excuses, rendant la circulation diabolique responsable de son retard. On glosa un bon moment sur le sujet tandis que le café était préparé puis servi, et les mérites de différents trajets pour pénétrer dans l'East End ou en sortir discutés en détail.

« Deano, dit Rintoul en désignant du doigt son associé, habite Epping Forest. C'est la cata, hein, Deano ? La circulation. » Rintoul ne cessait de bouger comme s'il ne savait quelle position prendre et qu'il les essayât toutes. Ses muscles faciaux étaient tout aussi mobiles, remarqua Lorimer : était-ce un sourire qui se formait ou bien une moue, un froncement de sourcils, une expression de surprise ?

« La M 11, non ? Le tunnel de Blackwall ? s'écria Lorimer.

Vous devez bougrement vous amuser ! Tous les jours, aller-retour ?

– Foutu cauchemar », confessa Edmund non sans réticence dans un reniflement.

C'était un homme plus bourru, plus lent, plus lourd, pas entièrement à son aise dans les bureaux, hors des chantiers. Sortant des manchettes en fin coton rayé de sa très chic chemise, ses poignets poilus paraissaient épais et disgracieux ; sa barbiche était mal rasée comme s'il l'avait laissé pousser à contrecœur, à cause d'un pari plutôt que par véritable affectation.

« Ouais, enfin, dit Lorimer concluant la discussion sur la circulation, tout cela fait partie du riche spectacle de la vie. »

Des rires polis accueillirent la déclaration. Puis, clic-clac : Lorimer fit jouer les serrures de son porte-documents.

« Eh bien, messieurs, réfléchissons à l'incendie du Fedora Palace. »

Incrédulité teintée de regret (c'était le plus gros contrat jamais obtenu par la compagnie), jurons rituels à l'égard de la malchance vraiment pourrie qui souvent s'acharnait sur les travailleurs du bâtiment. (« Essayez de trouver des plombiers convenables, dit Edmund avec une colère et un ressentiment réels, ils ont disparu, comme en voie d'extinction. Il n'y en a plus. ») Lorimer écouta, approuva du chef, puis tressaillit et dit :

« Il y avait une pénalité de dix mille livres par semaine de retard ? »

Un silence. Edmund répliqua, d'un air de défi, trop vite :

« On était dans les temps.

– Ça paraît un peu raide, compatit Lorimer. La clause la plus raide que j'ai jamais vue pour un boulot de ce genre.

– Foutrement vrai, dit Rintoul, amer. Mais c'est la seule manière pour des gens comme nous d'obtenir ce genre de travail, de nos jours. On nous baise sur la clause de pénalité.

– Ça n'a pas de sens : on vous contraint à travailler si vite que vous ne pouvez pas garantir la même qualité, pas vrai ? »

Lorimer débordait de sympathie à présent.

Rintoul sourit.

« Exactement. C'est comme ça que ça marche, vu ? Vous vous crevez la paillasse, vous finissez à temps. Alors ils vous baisent sur les finitions : "Ça, ça va pas, ça non plus." Ils refusent de régler le solde. » Il se tourna vers Edmund : « On n'a pas été payé à plein sur quoi ? Les trois derniers marchés ?

– Quatre.

– Vous voyez ? Ils vous ont. Par la peau des fesses. »

Lorimer consulta ses notes :

« Vous dites que vous étiez dans les temps pour terminer à la fin du mois.

– Certainement.

– Absolument. »

Lorimer se tut puis reprit : « Et si je vous disais que vous étiez en fait en retard, très en retard ?

– On était un peu à la bourre à cause de ce foutu marbre turc, répondit Edmund, mais on avait une clause d'abandon pour ça. Tout était en ordre.

– Les métreurs affirment que vous vous attendiez à une pénalité de dix à quinze jours.

– Celui qui vous a raconté ça, dit Rintoul d'un ton uni et plus calme, est un foutu menteur. »

Lorimer ne répondit rien : le silence pouvait être si éloquent, le silence pouvait faire office d'une marée montante sur un château de sable. Rintoul se renfonça dans son fauteuil et mit les mains derrière sa tête ; Edmund contempla ses genoux. Lorimer rangea ses notes.

« Je vous remercie, messieurs. Tout semble très clair. Je ne vous ennuierai pas davantage.

– Je vous raccompagne », dit Rintoul.

Dehors, devant l'entrepôt de moquette, Rintoul se mit dos au vent, serra sa veste contre lui et se pencha vers Lorimer.

« Monsieur Black, lança-t-il avec une calme véhémence, je sais ce qui se passe. »

Lorimer crut détecter un vague accent de la région ouest sous le nasillement cockney, une trace sédimentaire de la vie première de Rintoul dans le Devon ou le Dorset.

« Ah oui ? Et que se passe-t-il, monsieur Rintoul ?

– Je vous connais, vous, les assureurs. Vous ne voulez simplement pas payer, alors vous allez nous baiser de première avec cette histoire d'incendie de façon à ne pas avoir à rembourser Gale-Harlequin. Nous étions dans les temps, monsieur Black, pas question qu'on ait été en retard. C'est de notre vie qu'il s'agit, de notre gagne-pain. Vous pourriez tout nous foutre en l'air, facile, vous pourriez tout ruiner. Je vois bien votre manière de penser, je vois où tout ça nous mène... » Il sourit de nouveau. « Je vous en prie, ne prenez pas ce chemin-là, monsieur Black. »

Il n'y avait pas trace de menace dans sa voix mais Lorimer fut impressionné : l'homme était presque convaincant.

« Je crains de ne pouvoir discuter de mon rapport avec vous, monsieur Rintoul. Tout comme vous, nous essayons de faire notre travail aussi professionnellement que possible. »

Lorimer démarra et quitta la méchante rue en méandres qu'était Old Kent Road, l'esprit préoccupé, laissant derrière lui les nouvelles stations d'essence géantes, les salons de coiffure unisexe, les supermarchés, les dépôts de pneus et les pubs à karaoké. DÉBLAIEMENT DE MAISONS, proclamaient des pancartes et il en voyait la preuve partout dans le paysage. Marchands de bois, carrossiers, parcs à camions et magasins d'outillage électrique fermés derrière des grillages en losange défilèrent sous ses yeux jusqu'à ce qu'il passe le fleuve et émerge sur la rive droite, pour obliquer à l'est à travers Limehouse, Poplar et South Bromley vers Silvertown. Il appela le bureau afin de prendre rendez-vous avec Hogg. Janice lui indiqua quand il pourrait venir puis ajouta : « J'ai eu un coup de téléphone de Jenny, l'attachée de presse du Fort à propos de cette pub. On pense que le nom que vous cherchez est Malinverno. Je vous l'épelle : Flavia Malinverno. F-L-A-V-I-A... »

Debout dans son salon vide, devant ses fenêtres sans rideaux, Lorimer contemplait le paysage. Il distinguait très bien l'aéroport de la City, au-delà des eaux bleu-gris agitées d'Albert Dock, et, plus loin encore, se détachant sombrement sur le ciel, les hauteurs industrielles des raffineries Tate & Lyle, dont les divers tuyaux et cheminées laissaient échapper de minces volutes de vapeur, un Krakatoa d'acier menaçant d'exploser. A sa droite, à l'horizon, se dressait l'immense obélisque de Canary Wharf, son œil au sommet clignotant dans sa direction comme un phare par-dessus Canning Town, Leamouth et l'île aux Chiens. La lumière était froide et dure, l'horizon aplati au bulldozer, dépourvu de maisons, sillonné par les rubans de béton entrecroisés des routes et de la bretelle de la M 11, et les fines voies ferrées modernes du Dockland Light Railway se frayant un chemin en hauteur de Beckton à Canning Town. Tout ce qui était vieux disparaissait ici, soit transformé, soit chassé par le neuf. Il semblait qu'il y eût ici une ville différente, de pionnier, avec son vide et sa platitude, son espace froid et éclatant, ses grands docks et bassins inutilisés – même l'air y semblait différent, plus froid, intransigeant, engendrant les larmes – une ville pas faite pour les timides ou les hésitants. Et plus loin à l'est, au-delà des usines à gaz et des champs d'épandage, il pouvait voir la masse d'un nuage pourpre et gris acier, un continent de nuages s'avançant sur la cité, frangé par la clarté citronnée de la lumière de l'estuaire. Voilà la neige, pensa-t-il, arrivant tout droit de la lointaine Sibérie.

Sa maison petite, indépendante, se situait au centre d'un rectangle de boue ratissé, partie d'une tentative de lotissement appelé Albion Village et conçu par un entrepreneur optimiste. Au rez-de-chaussée se trouvaient garage, cuisine et salle à manger, et, à l'étage, un salon, une chambre et une salle de bains sur le palier. Une autre chambre mansardée, équipée d'une douche, se nichait sous le toit, éclairée par des Velux. L'endroit sentait la peinture, le mastic, la sciure de menuisier, et la moquette à côtes couleur miel tout juste posée était jonchée de chutes. De chaque côté, formant une sorte d'arc, se déployaient les six autres maisons d'Albion Village, toutes sur un modèle similaire mais avec des différences de déco, certaines occupées, d'autres les fenêtres encore barrées par les rubans adhésifs de l'entrepreneur. Une pseudo-communauté, en attente de ses membres, avec ses pelouses tout juste semées et ses arbrisseaux chétifs fouettés par le vent, construite sur mesure à l'extrême frange est de la ville, un léger empiétement de plus sur les terrains vagues.

Et tout ça lui appartenait, acheté et payé. Sa petite maison de Silvertown... Il entreprit de noter le minimum requis pour la rendre habitable : lits, draps, oreillers, couvertures, canapé, fauteuil, bureau et chaise, télé, stéréo, casseroles. La cuisine était agencée, il n'envisageait pas de donner des dîners, par conséquent quelques conserves et quelques plats surgelés suffiraient. Des rideaux ? Il pouvait fort bien vivre avec les stores automatiques fournis gracieusement avec la maison. Une lampe de table ou deux seraient les bienvenues mais, par définition, elles exigeaient des tables : or il voulait la maison prête aussi vite que possible, le moins d'histoires et de problèmes de choix possible. Pourquoi avait-il besoin d'un autre endroit où vivre ? Bonne question, Lorimer. Une affaire d'assurance, sans doute. Toujours la même chanson.

Ainsi, c'était Flavia Malinverno. Le nom ne pouvait pas être mieux, plus parfait. Et comment prononceriez-vous ça, Miss ? Flahavia ? Ou bien Flaïvia ?

Marlobe lui brandit sous le nez un journal dont la manchette dénonçait un revirement total du gouvernement sur ses projets d'impôts et de pension-vieillesse.

« On dirait qu'il va neiger, dit Lorimer.

– Ce pays a besoin d'une foutue révolution, mon pote. Faut les balayer, politiciens, financiers, profiteurs, fonctionnaires, aristos, rupins, vedettes de la télé. Les pendre haut et court. Redonner les rênes au peuple, aux gens qui travaillent dur. Vous et moi. Notre espèce. Une foutue putain de révolution bien saignante.

– Je sais ce que vous voulez dire. Il y a des jours...

– J'ai des œillets blancs pour vous, mon pote... spécial. Cinq livres. Merci. »

Une feuille pliée en deux était pendue à sa porte, tenue par un bout de scotch décoré pour cadeaux de Noël. La note disait :

> Mon cher Lorimer,
>
> Un jour bientôt Jupiter sera à vous. Merci infiniment. Éternellement vôtre,
>
> C. H.

En relisant le petit mot, Lorimer mesura les conséquences de sa générosité et sentit des regrets inutiles l'envahir... Si seulement il ne s'était pas précipité ainsi... Enfin, il supposait qu'il avait fait là une bonne action. Au moins, Jupiter retrouverait peut-être son appétit maintenant qu'il n'était plus question de son exécution.

Dans son entrée, il posa rituellement sa paume tour à tour sur les trois casques et se demanda soudain si Ivan les prendrait en échange partiel du casque grec. Un rapide calcul de leur valeur d'ensemble lui indiqua qu'il serait encore assez loin du montant requis mais aurait fait un grand pas en direction de son but. Ainsi ragaillardi, il mit sur son lecteur de CD *King Johnson Adewale et ses Ghanat-beat Millionnaires*, avant de se servir un petit verre de vodka. Lady C. Haigh. Curieux, il ne s'était jamais interrogé sur son prénom, n'avait même jamais imaginé qu'elle en eût un. « C », l'initiale de quoi ? Charlotte, Celia, Caroline, Cynthia, Charis ? Un nom de jeune fille, évoquant les années vingt et trente, les pantalons très amples, des jeunes gens brillants, des chasses au trésor, des week-ends clandestins dans des hôtels provinciaux au bord de la rivière... Tandis que la vodka faisait son effet et que les rythmes highlife résonnaient doucement à travers l'appartement, Lorimer se permit un petit sourire d'auto-congratulation.

Chapitre 5

Lorimer régla son réveil pour un lever matinal – geste gratuit, puisque, dès 4 h 45, complètement réveillé, il ne cessait de se retourner. Il s'obstina à lire pendant un moment, réussit à sommeiller un peu de nouveau et fit surface à 7 heures se sentant drogué et stupide. Il prit un bain, se rasa, changea les draps de son lit puis, comme un automate, passa l'aspirateur dans l'appartement, essuya les plans de travail dans la cuisine, emporta ses chemises et ses slips à la laverie et deux costumes chez le teinturier, fit un tour à sa banque et acheta de quoi se nourrir chez EconoShop dans Lupus Street. Ces rites ordinaires de la vie de célibataire ne le déprimaient pas : il les considérait plutôt comme une belle preuve de son indépendance domestique. Qu'avait dit Joachim à Brahms ? *Frei aber einsam :* libre mais solitaire. Brahms avait peut-être été le plus endurci des célibataires du monde, pensait-il à présent, tout en choisissant quelques freesias au stand de fleurs récemment installé par EconoShop. Brahms avec son génie, ses habitudes immuables, son immense dignité et son ineffable tristesse. C'était là l'exemple, ce à quoi il devait aspirer, songeait-il, alors qu'il s'offrait des aruncus et remarquait de grandes tulipes abricot, des plantes variées du vert le plus vif, bruyères, eucalyptus, gypsophiles, des piles de cartons de narcisses à un tiers du prix demandé par Marlobe. Mais pas d'œillets : Marlobe en détenait solidement la franchise.

A la caisse, il se retourna et examina les files de clients qui attendaient patiemment de payer – sans pouvoir identifier quiconque –, là encore il avait éprouvé cette étrange sensation d'être observé, comme si quelqu'un qui le connaissait rôdait dans les parages, hors de son champ de vision, jouant à cache-cache avec lui, simplement pour voir combien de temps il lui faudrait pour être découvert. Il attendit un moment à la porte, près du kiosque à journaux, tout en achetant des quotidiens et des magazines, mais personne ne sortit qui lui fût familier.

Il décida de prendre son petit déjeuner au café Matisse tout proche (café classique anglais n° 3) où il commanda un sandwich à l'œuf et au bacon avec un cappuccino et feuilleta sa pesante provision de lecture. Il préférait le Matisse à tout autre à cette heure de la journée, tôt, avant l'arrivée des troupes de clients pour la pause-café, quand l'endroit était encore livré aux serpillières et relativement peu enfumé. Il le fréquentait depuis quatre ans, régulièrement, sans avoir encore jamais reçu le moindre signe de bienvenue de la part des serveurs. Remarquez, il leur avait survécu à tous : le changement de personnel au Matisse était extraordinaire. La grande Sud-Africaine était toujours là ainsi que la lugubre Roumaine. Il se demanda vaguement si la minuscule Portugaise était partie – celle qui flirtait avec les motocyclistes, les riches zozos d'âge mûr, bedaine sous blouson de cuir, qui débarquaient en groupe à des jours fixes de la semaine pour boire un café et contempler amoureusement leurs impeccables Harleys garées et exposées sur le trottoir, tous chromes dehors, à la vue des populations. Peut-être était-elle vraiment partie, peut-être avait-elle mis le grappin sur un de ces libertaires ventrus et fortunés pour s'en faire épouser ? En effet, une nouvelle fille s'occupait des tables du devant : une Latine brune aux longs cheveux raides, le corps menu d'une gamine de seize ans mais le visage d'une duègne hautaine.

« Merci », dit-il à la Roumaine qui venait de lui flanquer avec fracas son sandwich sous le nez.

Elle fila comme toujours sans dire un mot, dans un mouvement de sa chevelure noir de corbeau.

Le Matisse devait son nom à une seule et unique reproduction de l'œuvre de ce maître, un nu bleu de la dernière période, pendu au mur entre les toilettes-dames et les toilettes-messieurs. La cuisine était en principe italienne mais le menu offrait de nombreux plats classiques anglais : poisson-frites, côtelettes d'agneau et pommes rôties, tarte aux pommes et crème anglaise. Dans la mesure où Lorimer pouvait en juger, pas un seul Italien ne travaillait ici mais ce devait être les traces de leur influence, s'attardant peut-être dans la cuisine au sous-sol, qui assuraient au moins la surprenante excellence du café. Il commanda un autre cappuccino et observa les allées et venues des clients. Tout le monde fumait au Matisse, sauf lui, il semblait que ce fût quasiment une des conditions d'entrée. Le personnel derrière le comptoir et les serveuses fumaient durant leurs pauses et chaque client, jeune ou vieux, mâle ou femelle, suivait avec ferveur leur exemple comme s'ils utilisaient les lieux pour un bref accès de tabagie, un répit dans leurs journées sans cigarettes. Il examina les spécimens divers éparpillés dans la grande et sombre salle rectangulaire. Un couple d'âge moyen, style intellectuels d'Europe centrale – l'homme ressemblait incroyablement à Bertolt Brecht –, tous deux portant lunettes, tous deux vêtus de blousons imperméables sales à fermeture Éclair. Une table de quatre hippies poitrinaires, trois garçons avec des cheveux plats et de méchantes barbes, et une fille (roulant ses cigarettes) enguirlandée de colliers, une fleur tatouée sur sa gorge. Dans un des box sur le côté, le couple paumé de service, deux filles au visage crayeux, habillées de noir, échangeant, soucieuses, des chuchotements furieux – des filles trop jeunes, des filles à problèmes, de la chair à souteneur. Et, derrière elles, un homme fumant une pipe minuscule, genre membre des Brigades internationales de la guerre d'Espagne, chevelure ébouriffée, pataugas boueux, pas rasé, chemise sans col et costume en velours côtelé informe. Au bar, deux filles anormalement grandes fumaient et réglaient leur addition. Dépourvues de poitrine et de hanches, elles avaient des têtes minuscules sur des cous de cygne – des mannequins, sans doute, il devait y avoir une agence dans le coin ; elles ne cessaient d'entrer et sortir du Matisse, ces grandes bringues bizarres, pas belles, juste différemment faites de toutes les autres femmes au monde. La vie sous ses aspects les plus divers ne cessait de s'aventurer à l'intérieur enfumé du Matisse : il suffisait d'y rester assez longtemps pour y voir tout le monde, chaque prototype que l'espèce humaine avait à offrir, chaque produit du fonds génétique, riche ou pauvre, béni ou affligé – ce qui était, à son avis, la clé de la séduction étrange et durable de cet endroit. Même lui, Lorimer s'en rendait compte, devait parfois susciter de vagues suppositions – qui est ce jeune homme tranquille en costume rayé ? Un journaliste appartenant à un hebdomadaire intello ? un avocat ? un courtier en euro-obligations ? – avec son paquet de chez le teinturier et sa pile de journaux.

« Ça te dirait un verre, ce soir ? » demanda Torquil, en passant la tête par la porte du bureau de Lorimer.

Puis il entra et se balada tout en bavardant, tripota le cadre d'une reproduction (Paul Klee) et le laissa un peu de travers, taquina les feuilles des plantes vertes, tapota un air sur l'ordinateur.

« Épatant, répliqua Lorimer sans enthousiasme.

– Où sont-ils tous ? s'étonna Torquil. J'ai vu personne depuis des jours. Jamais connu un bureau pareil, avec autant d'allées et venues.

– On est tous sur des boulots différents, expliqua Lorimer. Un peu partout. Dymphna est à Dubaï, Shane à Exeter, Ian à Glasgow.

– Je ne crois pas que notre chère Dymphna m'aime beaucoup, dit Torquil avant de sourire. Une croix qu'il faudra me résigner à porter. Qu'est-ce que tu fais en ce moment ?

– Je termine quelques trucs », répondit Lorimer, ambigu. Hogg était tout à fait opposé à ce qu'ils discutent de leurs affaires respectives. « Hogg m'a donné cette histoire Dupree à finir. Paraît très simple. De la paperasse, en réalité.

– Enfin, oui, maintenant qu'il est mort. S'est suicidé, non ?

– Ça arrive. Ils pensent que leur univers a été détruit et,

bon... » Il changea de sujet. « Écoute, j'ai rendez-vous avec Hogg. Où se retrouve-t-on ?

– El Hombre Guapo ? Tu connais, Clerkenwell Road ? 6 heures ?

– J'y serai.

– Ça ne te dérange pas que j'amène quelqu'un, hein ? »

*

Vêtu de son manteau, son écharpe autour du cou, Hogg attendait au centre de son tapis orange.

« Suis-je en retard ? s'enquit Lorimer, perplexe.

– Je vous retrouve dans Finsbury Circus dans dix minutes. Je sors par la porte de service, donnez-moi cinq minutes. Partez par la grande entrée – et n'en dites rien à Helvoir-Jayne. »

Quand Lorimer le rejoignit, Hogg était assis sur un banc à côté du terrain de boules dans le petit square ovale ; le menton sur la poitrine, l'air pensif, les mains dans les poches. Lorimer se glissa à côté de lui. Tout autour du jardin central, bien soigné, s'alignaient les platanes dépourvus de feuilles avec leur toile de fond de solides bâtisses ouvragées ; quelques ouvriers gelés fumaient et frissonnaient sur les pas de porte. La vieille ville, se répétait Hogg, telle qu'en elle-même à la belle époque – la raison pour laquelle il aimait tant Finsbury Circus.

Vingt mètres plus loin, un homme jonglait adroitement avec trois balles rouges pour pas un chat. Lorimer se rendit compte que Hogg contemplait le jongleur avec fascination, comme s'il n'avait jamais vu une performance de ce genre.

« Vachement superbe, dit Hogg. Du genre hypnotisant. Courez là-bas pour moi lui donner une livre, soyez gentil. »

Lorimer obtempéra et jeta la pièce dans un bonnet de laine aux pieds du jongleur.

« Merci, camarade », dit l'homme, les balles continuant à suivre leurs trajectoires apparemment maîtrisées.

« Vachement superbe ! » cria Hogg de l'autre côté du square

en levant le pouce à l'adresse du jongleur, avant de partir à grandes enjambées sans un regard en arrière.

Avec un soupir, Lorimer le suivit d'un pas vif, mais il ne l'avait toujours pas rattrapé quand Hogg pénétra dans un pub moderne bizarrement installé à l'angle d'un immeuble de bureaux avec une excellente vue du moule à gaufre ocre géant du Broadgate Center, en face.

A l'intérieur, le pub sentait la vieille bière et le tabac froid. Une rangée de jeux électroniques aux couleurs criardes clignotaient et cliquetaient, tonnaient et chuintaient, essayaient d'attirer les joueurs, le technobarrage affrontant avec succès du jazz au mètre émanant de Dieu sait où. Hogg se faisait verser un demi de lager pâle mousseuse à la pression.

« Que prendrez-vous, Lorimer ?

– De l'eau minérale. Gazeuse.

– Commandez une boisson convenable, pour l'amour de Dieu !

– Un demi de cidre, alors.

– Jésus ! Parfois, je désespère, Lorimer. »

Ils transportèrent leurs verres aussi loin que possible des machines caquetantes et pépiantes. Hogg but les deux tiers de sa bière en quatre larges gorgées, s'essuya la bouche et alluma une cigarette. Ni l'un ni l'autre ne retira son manteau – l'abominable pub était glacial de surcroît.

« OK, allons-y, dit Hogg.

– Incendie criminel classique. Les sous-traitants étaient en retard, encouraient une grosse amende et ils ont donc allumé dans le gymnase un feu qu'ils n'ont pas pu maîtriser. Pas question pour eux de détruire cinq étages et le reste.

– Alors ?

– Alors, je ne vois toujours pas vingt-sept millions de livres de dégâts. Je ne suis pas orfèvre en la matière mais l'hôtel n'était pas ouvert, n'était pas fini. Je ne comprends pas pourquoi la demande de dédommagements est si énorme. »

Hogg fouilla à l'intérieur de son manteau et sortit une photocopie pliée qu'il tendit à Lorimer.

« Parce que l'endroit est assuré pour quatre-vingts millions. »

Lorimer déplia la copie de la police Fortress Sure et la feuilleta. Il ne put déchiffrer la signature au bas de la dernière page. Il désigna du doigt le gribouillis : « Qui est-ce ? »

Hogg termina sa bière et se leva, prêt à aller en chercher une autre.

« Torquil Helvoir-Jayne », dit-il avant de prendre la direction du bar.

Il revint avec un paquet de chips au raifort et un autre demi de bière mousseuse. Il mâchouillait ses chips n'importe comment, provoquant une petite avalanche de débris sur le devant de son manteau. Il se rinça les dents avec sa lager.

« Donc Torquil a surassuré.

– Beaucoup trop.

– Grosse prime. Ils étaient prêts à payer.

– Tout était au poil jusqu'à ce que ces connards aient mis le feu.

– Ça sera dur à prouver, dit Lorimer, circonspect. Ces types, Rintoul et Edmund, il y a une sorte de désespoir là. Seminucléaire, je dirais.

– Ce n'est pas leur problème. Ou plutôt, corrigea Hogg, collons le problème à Gale-Harlequin. Faisons-leur porter le chapeau. Disons que nous soupçonnons un coup tordu et qu'on ne crachera pas au bassinet.

– Nous aurons à payer quelque chose.

– Je sais, cracha Hogg avec venin. Du moment que ça n'a rien à voir avec vingt-sept millions ! Mettez la barre très bas, Lorimer.

– Moi ?

– Pourquoi pas ?

– Eh bien... Je n'ai jamais manié quelque chose d'aussi gros. Il pourrait s'agir de millions de livres.

– J'espère bien, Lorimer. Un gros bonus pour vous, mon fils. Grand jour pour GGH. Grands sourires à Fortress Sure. »

Lorimer médita un instant le propos.

« Torquil a foutu la merde, remarqua-t-il, pensif.

– A pleins tubes, approuva Hogg presque avec jubilation, et maintenant nous devons tirer le bébé du buisson en feu. »

Lorimer admira à la fois la métaphore complexe et l'utilisation de la première personne du pluriel.

« Allez chez Gale-Harlequin, ordonna Hogg. Dites-leur que nous soupçonnons un incendie criminel. Police, pompiers, inspecteurs, auditions, poursuites éventuelles. Ça pourrait prendre des années. Des années.

– Ils ne vont pas être contents.

– C'est une guerre, Lorimer. Ils le savent. Nous le savons.

– Ils ont payé une très grosse prime.

– Ce sont des promoteurs. Mon cœur saigne pour eux ! »

Malgré ses craintes instinctives, Lorimer sentit le sien battre plus vite à l'idée de ce qui se présentait. En appliquant la formule compliquée qui calculait, graduait et raffinait encore davantage le montant du bonus du régleur de sinistres, il considérait qu'il pouvait atteindre les six chiffres. Toutefois, un autre détail le troublait.

« Monsieur Hogg, commença-t-il lentement, j'espère que ma question ne vous ennuie pas, mais pourquoi, après toute cette histoire, Torquil est-il venu travailler à GGH ? »

Hogg avala une grande gorgée de bière et expulsa bruyamment un souffle chargé d'acide carbonique.

« Parce que Sir Simon Sherriffmuir me l'a demandé comme un service personnel.

– Pourquoi ça ? Qui est Torquil pour Sir Simon ?

– Son filleul.

– Ah !

– Ouais. Clair comme de la pisse de chat, hein ?

– Pensez-vous que Sir Simon sache quelque chose ?

– Prenez un autre cidre, Lorimer. »

12. Le spécialiste. *Hogg te dit : « C'est un vaste monde, Lorimer. Laissez votre esprit jouer un moment avec la notion de "forces armées". Cette idée contient votre armée de terre, votre marine et votre aviation, sans parler des services auxiliaires* *ou subsidiaires : toubibs, ingénieurs, cuisiniers, ambulanciers, police, etc. Ces trois groupes sont divisés à leur tour en corps d'armée, brigades, régiments, bataillons, escadres, escadrilles, escadrons, sections, pelotons et le reste. Le tout très organisé, Lorimer, tout propre et bien fait, tout parfaitement au-dessus de tout soupçon et aussi évident qu'une miche de pain chaud tranché. Pensé à fond, exposé à la vue de tous pour contemplation et analyse.*

» Mais dans vos forces armées, vous avez aussi vos unités d'élite spécialisées. Membres très limités en nombre et soumis à des procédures de sélection très exigeantes. Beaucoup échouent en route. Le choix est fondamental, absolu, l'éligibilité très restreinte. Vos services spéciaux, vos bombardiers invisibles, vos avions espions, vos saboteurs, votre FBI et votre MI5, vos agents et vos clandestins sur le terrain. Le secret les enveloppe, Lorimer, comme un linceul. Nous en avons tous entendu parler mais on ne sait presque foutre rien à leur sujet, en réalité. Et pourquoi est-ce le cas ? Parce qu'ils font des boulots indispensables, des boulots d'une importance vitale. Opérations clandestines. Contre-guérilla. Faisant toujours partie de la notion plus large de « forces armées », oui, mais une minuscule sous-sous-section et aussi, il ne faut pas l'oublier, une des composantes les plus mortelles et les plus violemment efficaces des forces en question.

» Voilà ce que nous sommes, Lorimer. C'est la comparaison à laquelle il faut s'accrocher. Comme eux, nous sommes des spécialistes, les spécialistes des règlements de sinistres. Tout un chacun sait ce qu'un expert en sinistres fait dans le grand et vaste monde, au-dessus de tout soupçon. Mais, exactement comme pour les unités d'élite, personne ne sait vraiment ce que, nous les spécialistes, nous faisons. Et le vaste monde a besoin de nous, Lorimer. Oh oui ! Tout comme les forces armées doivent s'appuyer, dans des circonstances spéciales, sur le SAS, les fabricants de bombes ou les assassins. Voyez-vous, nous seuls pouvons faire certains boulots, les boulots difficiles, les boulots discrets, les boulots secrets. C'est à ce moment-là qu'on fait appel aux spécialistes des règlements de sinistres. »

Le Livre de la Transfiguration

« Monsieur Rintoul ?

– Ouais.

– Lorimer Black. GGH.

– Ah ouais. Comment va ?

– Bien. J'ai pensé qu'il fallait vous informer que nous allions contester la demande de dédommagements pour le Fedora Palace.

– Ah bon ! » Rintoul se tut puis reprit : « Qu'est-ce que ça a à faire avec moi ?

– Tout.

– Je ne vous comprends pas.

– Vous avez mis le feu à cet hôtel parce que vous ne vouliez pas payer la pénalité de retard.

– Foutu mensonge. Des bobards.

– Nous allons contester la demande de Gale-Harlequin pour cause d'incendie volontaire de votre part. »

Silence.

« J'ai pensé juste de vous en informer.

– Je te tuerai Black. J'aurai ta peau. Plus un mot ou je te tue.

– Cette conversation a été enregistrée. »

Le récepteur fut violemment reposé et Lorimer raccrocha, sa main tremblant un peu. Quel que fut le nombre de menaces de mort qu'il avait reçues dans son travail – une bonne demi-douzaine – elles continuaient à le décontenancer. Il ôta la cassette de son répondeur et la mit dans une enveloppe qu'il marqua « Fedora Palace. Rintoul. Menace de mort ». Cela irait chez Janice pour le dossier original conservé dans le bureau de Hogg. Sur la bande, Rintoul n'avait pas reconnu avoir mis le feu et donc l'enregistrement ne pourrait pas servir de preuve légale : il ne l'incriminait pas directement. Mais la menace de mort était sans équivoque et Lorimer espérait ainsi se protéger – ça suffisait, en général. Quand ils savaient qu'ils avaient été enregistrés, ils se tenaient à carreau. C'était un supplément utile d'assurance.

92. Deux types de sommeil. *J'ai appris au cours de mes conversations avec Alan qu'il existe deux types de sommeil :*

le sommeil à mouvements oculaires rapides (MOR) et le sommeil à mouvements oculaires lents (MOL). Le sommeil MOR est paradoxal, le sommeil MOL est orthodoxe. Alan m'a dit, après avoir étudié mon EEG, que je connaissais beaucoup plus de sommeil MOR que la normale, ce qui, selon lui, me rend vraiment très paradoxal.

Il m'a expliqué les stades du sommeil MOL. Stade 1 : l'endormissement. Stade 2 : plus profond ; on observe des changements dans les rythmes de l'EEG, des fuseaux, des complexes K, mais on est encore conscient des stimuli extérieurs, l'activité du cerveau prenant la forme de courtes séquences d'ondes. Stades 3 et 4 : vous plongent dans un état de vigilance décroissante, c'est ce qu'on appelle « sommeil profond ». On pense, dit Alan, que le sommeil MOL dans la phase de sommeil profond est essentiel pour la régénération du corps. Le sommeil MOR sert à la régénération du cerveau.

Le Livre de la Transfiguration

El Hombre Guapo, sur Clerkenwell Road, était un grand bar à tapas, tapissé de plaques d'acier soigneusement martelées, avec un sol également en acier, et des morceaux du mur de Berlin suspendus à l'horizontale, sur des chaînes accrochées à de hautes poutres, créant ainsi une sorte de faux plafond très distinctement séparé. Le personnel portait des combinaisons grises avec de multiples fermetures Éclair (du genre utilisé par les pilotes de chasse) et la musique impitoyable était diffusée très fort. Un endroit populaire chez les tenants de la rubrique « Style » dans divers canards et les spécialistes des marchés à terme et dérivés. Lorimer jugea le choix étrange pour Torquil.

Comme toujours, Torquil était déjà installé au bar, ayant bu la moitié de son verre, du whisky à en juger par son haleine. Il offrit à Lorimer une cigarette qui fut poliment refusée. Lorimer commanda une triple vodka-soda avec beaucoup de glace – les paroles de Rintoul résonnaient encore à son oreille.

« C'est vrai, tu ne fumes pas, dit Torquil, incrédule. Pourquoi pas ? Tout le monde fume.

– Enfin, pas exactement. Les deux tiers d'entre nous ne fument pas.

– Foutaises. Toutes les statistiques sur la tabagie sont des mensonges, crois-moi, Lorimer. Tous les gouvernements mentent à ce sujet, ils y sont obligés. On fume de plus en plus dans le monde et ça leur convient parfaitement, bien qu'ils n'osent pas l'avouer. Alors ils produisent ces chiffres. Mais regarde autour de toi.

– Tu as probablement raison », admit Lorimer.

A dire vrai, sur les cinquante personnes ou à peu près qui se trouvaient dans le bar, quatre-vingt-dix-huit pour cent fumaient et les deux pour cent restants paraissaient prêts à le faire, fouillant dans leurs poches et leurs sacs à la recherche d'une cigarette.

« Comment s'est passée ta journée ? s'enquit Torquil en allumant une cigarette lui-même. Plus excitante que la mienne, j'espère.

– Les mêmes trucs habituels.

– Comment ?

– Les mêmes trucs habituels ! »

Lorimer haussa la voix jusqu'à presque crier. Tout le monde était obligé de parler fort afin de se faire entendre par-dessus la musique.

« Crois-moi, Lorimer, si ce n'était pas pour l'argent, je me tirerais de ce boulot en moins de deux. »

Torquil commanda un autre whisky et une assiette de *croquetas* qu'il entreprit d'avaler l'une après l'autre rapidement, sans en offrir aucune à Lorimer.

« Pas de dîne-dîne pour Torquil, dit-il en se penchant vers Lorimer. Binnie est chez Papa-Maman.

– Binnie ?

– Mon épouse chérie.

– Dans le Gloucestershire ?

– Absolument.

– Les gosses sont avec elle ?

– Ils sont tous en pension, Dieu merci.

– Je croyais que le benjamin n'avait que sept ans.

– Oui. Il est dans une école près d'Ascot. Mais il revient les week-ends.

– Ah, parfait.

– Eh bien, non, ce n'est pas parfait, en réalité. » Torquil fronça les sourcils. « Ça paraît le perturber. Il a commencé à faire pipi au lit. Il ne s'adapte pas. Je répète à Binnie que c'est la faute de tous ces retours à la maison aux week-ends. Il ne veut plus repartir, tu comprends. Je dis qu'il devrait s'y faire. »

Lorimer regarda sa montre.

« Eh bien, il faudrait que je...

– La voilà. »

Lorimer se retourna pour voir une jeune fille dans les vingt ans, un manteau de daim boutonné jusqu'au cou, se frayer prudemment un chemin à travers la foule tapageuse. Elle avait de fins cheveux blond-roux et des yeux lourdement maquillés. Elle paraissait vaguement familière.

« Lorimer, je te présente Irina. Irina, voici le jeune Lorimer, mon collègue. »

Lorimer serra la main de la fille et s'efforça de ne pas trop la dévisager tandis qu'il essayait de la resituer. Puis la mémoire lui revint : la serveuse de chez Cholmondley.

« Tu te souviens de Lorimer, non ?

– Non, je ne crois pas. Comment allez-vous ? »

Torquil, sans s'occuper d'elle, se tourna pour lui commander une bière pendant que Lorimer lui rappelait leur première rencontre et lui posait quelques questions courtoises. Il s'avéra qu'Irina était russe et étudiait la musique à Londres. Torquil, dit-elle, lui avait affirmé qu'il pourrait l'aider à obtenir son permis de travail. Elle accepta une des cigarettes de Torquil et pencha la tête pour l'allumer. Elle expédia des volutes de fumée au plafond, tenant gauchement la cigarette d'une main et sa bouteille de bière de l'autre. Lorimer se sentit encerclé par la mélancolie qu'elle exsudait. Puis elle dit quelque chose mais aucun des deux hommes ne l'entendit.

« Comment ?

– Je dis que c'est un endroit charmant, hurla-t-elle. Où sont les toilettes ? »

Elle s'éloigna pour aller à leur recherche et Torquil la regarda partir avant d'adresser à Lorimer un sourire suffisant puis de se pencher pour lui coller sa bouche sur l'oreille.

« J'ai pensé que j'avais été un peu désagréable au cours de ce déjeuner, expliqua-t-il. Alors j'y suis retourné l'autre jour pour m'excuser et lui offrir un verre. C'est une flûtiste, apparemment. Des lèvres fermes et souples, j'imagine.

– Elle semble gentille. Quelque chose de fondamentalement triste en elle, j'ai l'impression.

– Mon cul ! Écoute, Lorimer, ça ne te ferait rien de te tirer maintenant, hein ? Je crois avoir fait ce qui convenait. Je dirai que tu as été appelé ailleurs.

– Faut que je parte, en fait. »

Le soulagement le propulsa hors du bar mais Torquil le rattrapa à la porte.

« J'allais oublier, dit-il. Que fais-tu le prochain week-end ? Viens dîner samedi, et passer la nuit. Et apporte tes clubs de golf.

– Je ne joue pas au golf. Écoute, je...

– Je dirai à la Binns de t'envoyer un mot avec les détails. Pas loin, Hertfordshire. »

Il tapota affectueusement l'épaule de Lorimer et repartit en direction du bar où Irina l'attendait, se débarrassant de son manteau de daim. Sous les lumières bleuâtres d'El Hombre Guapo, Lorimer aperçut des bras et des épaules pâles, blancs comme du sel.

Chapitre 6

Cette nuit-là il dormit mal, même selon ses modestes normes. Alan lui avait dit qu'il était seul à l'institut et d'habitude cela l'aidait. De plus, conformément aux instructions d'Alan, il avait réfléchi longtemps à la vie difficile et désolante de Gérard de Nerval mais son esprit refusait d'obéir, hésitant de manière fantasque entre les images de Flavia Malinverno et le règlement en perspective de Gale-Harlequin. Il le força à revenir à ce pauvre malheureux Gérard et à son amour sans espoir pour Jenny Colon, l'actrice. Nerval s'était pendu un soir glacial d'hiver, le 25 janvier 1855. Or, c'était là une chose qu'on lisait dans une biographie sans beaucoup s'y arrêter à moins d'avoir vu un pendu soi-même. Mr Dupree, Gérard de Nerval. Rue de la Vieille-Lanterne, s'était pendu à une balustrade, apparemment... Jenny Colon rompit avec Nerval et épousa un flûtiste. Irina était une flûtiste... Étaient-ce là des coïncidences ou des signes ? Subtils parallèles... Il existait une photographie de Nerval par Nadar à la fin de sa vie – Lorimer n'avait jamais contemplé un visage aussi dévasté, aussi ravagé... *visage buriné**, disaient les Français, une vie entière d'angoisse et de chagrin gravée dessus... Il devait avoir dormi à un moment donné parce qu'il rêva : il rêva de Flavia et de Kenneth Rintoul. C'était Rintoul qui attendait, triste et les cheveux en bataille, devant son joujou de *mews*, Rintoul qui courait prendre Flavia dans ses bras...

Lorimer s'était réveillé et avait dûment noté les faits dans le livre des songes à son chevet. Puis il avait sommeillé un moment, l'esprit préoccupé de temps à autre par des détails pratiques de son travail, se demandant s'il devait passer plus de temps à faire des recherches sur Gale-Harlequin ou simplement foncer et agir au pifomètre. Vers 4 h 30, il se fit une tasse de thé très fort – deux sachets, trois minutes d'infusion – et réussit à avoir une heure de sommeil sans rêves.

« Un seul rêve... lui dit Alan plus tard ce matin-là, d'une voix lourde de déception.

– J'ai beaucoup de soucis, protesta Lorimer. Tu as de la veine que j'aie même un peu dormi, tu as de la veine d'avoir quelque chose. Jésus !

– Ce type », Alan consultait le livre des rêves, « Rintoul. Tu ne l'aimes pas ?

– Enfin, c'est lui qui ne m'aime pas. Il a menacé de me tuer.

– Intéressant. Mais tu n'as pas pu l'éradiquer de tes rêves cette Némésis ?

– Ce n'était pas un rêve lucide, Alan.

– Et la fille, tu la connais ?

– Je l'ai vue dans un taxi. Elle joue dans une pub à la télé. J'ai découvert son nom.

– Tu n'as pas pu t'interposer sexuellement dans ce rêve ?

– Ce n'était pas un rêve lucide, Alan. La dernière chose que je souhaite voir c'est ce mec, Kenneth Rintoul, avec Flavia Malinverno dans ses bras.

– Merde. Merde et remerde. Il y a là des ingrédients prometteurs, Lorimer. La prochaine fois, concentre-toi dessus.

– J'ai tenté le coup avec Nerval, comme tu avais dit.

– La prochaine fois, laisse Nerval sur le banc des remplaçants. La prochaine fois, je veux que tu fantasmes sur cette fille. Des fantasmes sexuels très forts, aussi pervers que tu voudras. Tu peux venir ce soir ? »

Lorimer répliqua que non. Il commençait à avoir des doutes au sujet du programme des rêves lucides d'Alan. Un programme qui lui avait paru pas mal au début mais qui, à présent, ne l'aidait pas du tout. Les dormeurs légers, prétendait Alan, avaient cinquante pour cent de plus de rêves lucides que les gens ordinaires, et il soutenait que dans les manipulations du rêve lucide – la manière dont celui-ci était contrôlé et influencé par le rêveur – résidait la solution aux désordres du sommeil. Mais, à partir de là, la théorie devenait un peu vague, les liens de la chaîne causale se brisaient, et Lorimer cessait de comprendre de quoi parlait Alan, le jargon était trop opaque. Plus irritant encore, après six semaines de participation au programme de l'institut, il devenait très clair pour Lorimer que c'était la section rêve de la recherche, plutôt que le résultat thérapeutique, qui intriguait au plus haut point le docteur Kenbarry.

« Tu te fiches que je dorme normalement un jour ou pas, pas vrai ? l'accusa Lorimer alors qu'ils descendaient vers l'entrée du rez-de-chaussée.

– Ridicule, dit Alan, avec emphase. Si tu ne finis pas par dormir normalement, mon travail ne vaut rien, c'est toute la question. »

Son assurance désinvolte était encourageante et Lorimer se sentit saisi d'un léger frémissement d'espoir. C'était l'heure où l'on balaye et cire les couloirs, et l'air retentissait du fredonnement plaintif de la machinerie industrielle. Il régnait aussi une odeur fraîche de restauration collective émanant d'une quelconque cantine ou cafétéria, et les premiers étudiants de la journée, les traits ensommeillés, le cheveu plat, se rassemblaient en silence près des portes à tambour, tout en sifflant des magnums de Coca sirupeux et en roulant patiemment de minces cigarettes.

« Comment peux-tu être aussi sûr que ça marche, Alan ? s'inquiéta Lorimer, de nouveau en proie au scepticisme. Parce que moi je ne suis pas sûr, pas sûr du tout.

– Je vois les signes, dit l'autre, énigmatique. Tu es le meilleur de mes dormeurs légers, Lorimer. Sept rêves lucides *bona fide* en cinq semaines.

– Six.

– Déjà six semaines ? Ne me laisse pas tomber, fils. N'abandonne pas alors que tu es en tête.

– Ouais, mais je...

– Une fois que j'aurai découvert tes déclencheurs de rêves

lucides, tu rigoleras. Le médecin qui se guérit tout seul, ce genre de truc. » Il sourit. « Reviens vite, nous sommes à la veille de grandes choses, mon enfant. Fais gaffe où tu mets les pieds. »

C'était une journée anormalement sombre. La masse des nuages semblait s'être installée, calme et immobile, à quinze mètres au-dessus des toits environnants. Ni la neige ni la pluie ne menaçaient mais la lumière était absurdement faible pour cette heure du jour, fatiguée et chétive, tachant de gris tout ce qu'elle frôlait. Peut-être souffrait-il du syndrome de carence solaire ou de la DSE, déficience saisonnière d'ensoleillement, ou Dieu sait quoi, songea Lorimer, en se glissant dans sa voiture. Peut-être devrait-il s'asseoir une heure de temps devant une lampe à forte puissance comme, disait-on, le faisaient les mélancoliques Scandinaves pour se sortir de leur torpeur hivernale – un bon coup d'ultraviolets pour chasser leurs bleus à l'âme ?... Au moins, il ne pleuvait pas.

Alors qu'il regagnait Pimlico – Church Street et Creek Road, traversant la Tamise à Tower Bridge, continuant par Lower Thames Street, Parliament Square puis Vauxhall Bridge Road – il s'interrogea de nouveau sur la crédibilité et la validité du programme d'Alan. Vrai : il était largement, pour ne pas dire spectaculairement, subventionné ; le laboratoire du sommeil et les machines de contrôle avaient été entièrement payés par un fonds de recherches du département de l'Éducation, et Alan avait deux assistants de troisième cycle chargés de réunir et d'enregistrer les données, ainsi qu'un contrat avec des presses universitaires pour le livre éventuel : *Timor Mortis : le phénomène du rêve lucide* (titre de travail). On parlait même en chuchotant de documentaire télévisé. Pourtant Lorimer n'arrivait pas à se débarrasser de ce sentiment qui le chagrinait : pour Alan, il n'était qu'un spécimen intéressant, un ensemble exemplaire de symptômes. Il avait l'impression de ressentir la même chose que des rats pris dans un labyrinthe de psychiatre, ou les caniches salivant de Pavlov, ou un chimpanzé arrosé de parfum et de lotion après-rasage. Franchement, Alan ne se souciait guère de ses nuits troublées ; en fait, pour lui, plus elles étaient troublées, mieux c'était.

A la porte d'entrée, dans Lupus Crescent, un Noir maigre, pourvu de dreadlocks aussi épaisses que des câbles coaxiaux, parlait avec animation à Lady Haigh. Il fut présenté comme Nigel – sans doute, le Rastafarien du n° 20, le fournisseur de terreau. Lady Haigh expliqua qu'elle envisageait un parterre herbacé et que Nigel savait où dégoter de l'excellent compost. Nigel travaillait pour le service des parcs de la municipalité de Westminster et s'occupait des quelques squares oubliés de Pimlico – Eccleston, Warvick, St. George, Vincent – ainsi que des ronds-points fleuris et des plantations en bordure des rues. Il paraissait assez gentil, se dit Lorimer en grimpant l'escalier menant à son appartement, se rendant compte qu'il devrait décidément réprimer son immédiate tendance à soupçonner tous les employés des parcs municipaux. C'était injuste : une pomme pourrie ne gâtait pas tout le panier ; tous les jardiniers de la mairie ne ressemblaient quand même pas à Sinbad Fingleton.

54. La maison de Croy. *Je suis allé en Écosse pour m'évader, être seul, et, je suppose, selon les conventions établies, pour me trouver moi-même. Tout ce que je savais, après avoir terminé mes études secondaires, c'est qu'il me fallait partir, partir très loin de Fulham et de la famille Blocj. Je me suis donc mis en quête de la plus lointaine des institutions du pays pouvant m'offrir un cours pour lequel je serais qualifié ; je décidai, après quelques recherches, que l'Institut des sciences et de technologie de la Calédonie du Nord me fournissait les conditions géographiques et universitaires idéales. Je pris le train pour le nord et fis avec impatience les neuf cents kilomètres jusqu'à la coquette ville d'Inverness, avec son château, sa cathédrale, sa rivière claire et peu profonde, et son enveloppe de collines pourpres. Ce fut pour un temps tout ce que j'avais désiré.*

Je perdis ma virginité au cours du deuxième trimestre avec Joyce McKimmie, une étudiante confirmée (dans les vingt-cinq ans) qui participait à certains des cours d'histoire de l'art auxquels j'assistais. Joyce était une rousse mal peignée, au teint frais qui paraissait pleine d'assurance alors que c'était tout le contraire : ses réponses en classe commençaient d'une voix incertaine se faisant très vite chuchotement pour même se terminer souvent en un murmure totalement inaudible, ce qui nous obligeait tous à tendre l'oreille avec soin, ou à interpréter avec imagination son quasi-silence et à achever ses phrases pour elle. Elle portait de volumineux et incroyables assemblages de vêtements, de longues jupes de dentelle avec des baskets cloutés et un anorak en nylon, ou bien, l'été, se promenait les seins nus sous un gilet d'homme avec un pantalon corsaire et des claquettes sur ses pieds crasseux. Elle avait un enfant de trois ans, un garçon, Zane, qui vivait chez sa mère, à Stonehaven, durant les sessions universitaires. Pendant qu'elle était au College, elle louait, dans un village du nom de Croy, une maison de bonnes dimensions dont elle sous-louait des chambres à un étrange assortiment d'individus.

Joyce, comme beaucoup de timides, se libérait dans l'alcool, et notre premier accouplement eut lieu dans la chambre de quelqu'un d'autre, pendant une soirée, alors que nous étions tous deux saouls. Nous revînmes à l'aube en autobus à Croy et je passai là les trois jours suivants. Joyce paraissait avoir plus d'argent que nous tous – allocations familiales, contribution du père de Zane ? – et cela lui avait permis de louer cette maison qu'elle dirigeait – chose surprenante – comme une sorte de commune collet monté, très stricte, instituant des tours de machine à laver, de recyclage des ordures, organisant un réfrigérateur compartimenté avec des bouteilles de lait et des boîtes de café bien étiquetées, tout en adoptant une attitude tolérante à l'égard des activités sexuelles, de l'alcool et de la drogue. Au centre de cette routine, il y avait le repas du soir, servi à 8 heures tapantes, auquel tous les membres présents de la maisonnée devaient assister. Parmi les locataires se trouvait un noyau de réguliers, Lachlan et Murdo, deux braves frères à la face de lune originaires de l'île de Mull, une Japonaise diplômée nommée Junko (qui étudiait les sciences de la vie, études dont les buts mystérieux l'amenaient à passer quantité de jour-

nées en mer sur des bateaux de pêche, à mesurer et analyser les prises), Shona, le cousin de Joyce (maigre, nerveux, sans grand sens moral), et Sinbad Fingleton, le fils propre à rien et abruti d'une huile du coin, récemment renvoyé de son école privée avec un seul et unique certificat de biologie à son crédit, et qui travaillait pour le service des parcs de la municipalité d'Inverness. A ma vague surprise, je découvris que j'aimais bien la compagnie sans complication de Joyce, et le curieux régime de la maison de Croy, avec son mélange de permissivité et d'ordre, et que je préférais passer plus de temps là que dans la petite cellule que j'occupais au foyer du College, avec sa vue sinistre sur des terrains de football boueux et le vert sombre, impénétrable, des collines couvertes de pins, au-delà.

Le Livre de la Transfiguration

Gale-Harlequin S.A. occupait un immeuble de granite et d'acier poli sur Holborn. Dans le hall d'entrée, de l'art abstrait et de sombres massifs de palmiers, de fougères et de figuiers pleureurs. Des vigiles en uniforme sévissaient derrière une ziggourat d'ardoise brute. Le logo Harlequin était subtilement présent dans les toiles accrochées au mur, variations sur son thème peintes par d'éminents artistes contemporains : depuis la rue, à travers la paroi de verre armé, Lorimer put en identifier deux. Un léger frisson de mauvais augure vint l'avertir qu'il n'allait pas s'agir là d'un simple règlement : l'endroit respirait la riche respectabilité, le poids de la solvabilité et du succès.

Il vérifia son carnet de notes : Jonathan L. Gale, président-directeur général, et Francis Home (prononcé « Hume », sans doute), directeur financier, étaient les hommes qu'il lui fallait rencontrer. Rien à voir avec Deano Edmund et Kenny Rintoul, il devait l'admettre, mais, il devait l'admettre aussi, ces types sophistiqués pouvaient, à l'occasion, en remontrer à quiconque côté cupidité et vénalité. Il tourna les talons et prit la direction de Covent Garden, en essayant de se laver l'esprit de tout souci : l'entrevue était prévue pour le lendemain et il n'avait pas l'intention d'aller plus loin dans ses préparatifs. Ce règlement devait se faire dans la spontanéité, rondement et en douceur – selon l'expression en cours à GGH –, tel un nouveau-né sorti du ventre de sa mère, innocent et sans tache, rondement et en douceur.

Stella avait téléphoné et laissé un message sur son répondeur : pouvaient-ils se rencontrer, avec Barbuda, pas moins, dans Covent Garden pour un déjeuner avant séance d'achats ? On sentait dans sa voix une hésitation inhabituelle, elle semblait moins plaider pour sa demande urgente que s'en excuser. Lorimer se demanda vaguement ce qui se passait, tout en essayant d'écarter tout désagréable pressentiment – son avenir était assez sombre comme ça, il lui fallait garder un peu de lumière dans sa vie.

Il était bien trop en avance, comme il s'en rendit compte en descendant le vaste escalier circulaire qui menait à l'immense pièce en sous-sol qu'était l'Alcazar. Au-delà du généreux bar en fer à cheval, on dressait les tables au milieu des bruits de verres qu'on empilait sur des étagères ou de bouteilles qu'on fourrait dans des casiers, comme des munitions dans des culasses, prêtes pour l'offensive du jour. Un barman (tête rasée, petit point de barbiche sur le menton) leva les yeux de son réfrigérateur à porte de verre et lui annonça qu'il allait s'occuper de lui d'ici deux sec', chef.

Lorimer s'assit sur un tabouret de bar, sirota son jus de tomate et choisit un journal dans la pile étalée à l'usage des clients. Il se demanda ce qu'avait été l'Alcazar avant sa réincarnation récente en bar-restaurant. Un bar-restaurant en faillite, probablement, ou un night-club, ou un entrepôt. Pourtant le plafond était haut, avec beaucoup de moulures, la corniche soulignée en vert citron et indigo. Lorimer aimait bien se trouver dans ces établissements au moment où ils se préparaient au coup de feu. Il vit un jeune type portant un costume mais pas de cravate entrer discrètement, un numéro de *Sporting Life* sous le bras, et commander une bouteille de champagne – et un seul verre. Il paraît encore plus fatigué que moi, se dit Lorimer. Un autre dormeur léger, peut-être ? Fallait-il l'introduire à l'Institut des rêves lucides du Dr Kenbarry, lui faire résoudre ses problèmes de sommeil ? Puis deux autres jeunes gens s'amenèrent nonchalamment, l'air en pleine forme, portant aussi complet-veston mais paraissant bizarrement à côté de leurs pompes dans ces vêtements formels, comme si leurs corps étaient plus habitués aux shorts, pantalons de jogging, T-shirts et autres survêts. Ils commandèrent des demis de lager extra-forte avec une larme de vodka-citron – une intéressante variation sur un vieux thème, pensa Lorimer, qui prit mentalement note de la recette pour l'essayer quand il se sentirait lui-même particulièrement au bout du rouleau. Une famille japonaise fit son entrée, des parents d'âge mûr avec des adolescentes, et demanda à s'installer illico pour déjeuner – ridiculement tôt. Peu à peu, l'Alcazar se mit en phase avec son afflux de clients : on brancha la musique de fond, on débarrassa les caisses vides derrière le bar, on trancha les derniers citrons. Deux jeunes femmes aux visages froids et aux maquillages durs (style cabaret berlinois dans les années vingt) prirent position près du pupitre en fer forgé à l'entrée du restaurant et consultèrent le registre à la manière de déchiffreurs de hiéroglyphes sur le point de trouver la solution. *Sporting Life* fut rejoint par un ami qui commanda aussi sa propre bouteille de champagne. Lorimer consulta sa montre : Stella avait stipulé entre 12 h 45 et 13 heures, la table était retenue à son nom, avait-elle dit, et Lorimer se demanda si, étant donné l'attitude réfrigérante des deux maîtresses de cérémonie, il ne devrait pas confirmer qu'au moins un des...

Flavia Malinverno entra.

Flavia Malinverno entra et Lorimer sentit le sang lui monter aux oreilles, une écume de vagues mousseuses sur une plage sablonneuse. D'étranges portions de son corps – les rebords de ses narines, les petits bouts de peau entre ses doigts – se firent bizarrement brûlantes. Un instant, il eut le sentiment – absurde – qu'il devait détourner la tête, avant de se rappeler, une seconde plus tard, qu'elle ne le connaissait pas, ne le connaissait ni d'Ève ni d'Adam. Aussi, en douce, mine de rien, se déplaçant légèrement sur son tabouret de bar, il l'observa par-dessus son journal. La vit lancer une phrase brève à l'adresse des dames de glace à leur pupitre, prendre un siège dans un endroit éloigné de la section bar et commander quelque chose à boire. Un rendez-vous ? De toute évidence. En avance, comme moi, hyper ponctuelle, bon signe. Il secoua ostensiblement son journal, tourna et lissa une page indisciplinée. Extraordinaire coïncidence. Penser que. En chair et en os. Il l'examina à loisir, la but du regard, l'imprima pour toujours dans sa mémoire.

Elle était grande – bon, bien –, mince, vêtue de différentes nuances et textures de noir. Un blouson de cuir noir, un chandail, un genre de poncho noir. Son visage ? Rond, des traits réguliers presque doux. Elle paraissait nette et soignée. Ses cheveux séparés par une raie, raides, courts, coupés juste à la hauteur de la mâchoire, des cheveux châtain foncé brillants, un châtain avec un reflet pourpre – une sorte de henné ? Devant elle, sur la table, un épais agenda en cuir, un paquet de cigarettes, un gros briquet en argent mat. Sa boisson arrive, un grand verre de vin jaune. Elle boit mais ne fume pas. Intéressant. Elle a quelque chose d'un peu garçon manqué. Bottines de cow-boy noir mat, petits talons cubains obliques. Jean noir. Elle jeta un coup d'œil autour de la salle et il sentit son regard passer sur lui comme le rayon d'un phare et poursuivre sa trajectoire.

Il desserra sa cravate, très légèrement, et du bout des doigts ébouriffa ses cheveux. Puis, à son grand étonnement, il se retrouva en train de traverser la salle dans sa direction, une voix dans son oreille – son moi intérieur – lui criant « bon Dieu tu es complètement givré ! » tandis qu'il s'entendait lui dire, sur un ton très raisonnable :

« Excusez-moi. Seriez-vous par hasard Flavia Malinverno ?

– Non.

– Je suis tout à fait désolé, je croyais...

– Je suis *Flavia* Malinverno. »

Ah, Flahvia, pas Flaïvia. Idiot. Abruti.

« Je suis navré de vous ennuyer, mais je vous ai vue à la télévision l'autre soir et...

– Dans *Le Baladin du monde occidental* ? »

Qu'est-ce que diable... ? Vite, maintenant.

« Ah, non. Une publicité. Une publicité pour Fortress Sure. Cette, ah, publicité que vous avez tournée.

– Oh, ça. »

Elle fronça les sourcils. D'une manière qui plut aussitôt à Lorimer, énormément. Un plissement sérieux, sans équivoque, du front, une réunion de ses sourcils témoignant d'un immense doute. Et d'une certaine suspicion.

« Comment savez-vous mon nom alors ? dit-elle. Je ne pense pas que les pubs aient un générique, non ? »

Nom de Dieu.

« Je, euh, je travaille pour Fortress Sure, voyez-vous. Service des relations publiques, études de marché. Il y a eu une projection, une présentation. Hum, ces choses me restent en tête, les noms, les dates. Je l'ai revu l'autre jour sur le câble et je me suis dit que c'était très bien...

– Vous avez l'heure ?

– 1 h 5. »

Il s'aperçut que ses yeux étaient bruns comme du thé sans lait ; elle avait une peau pâle, du genre qui ne bronze pas, et les ongles rongés. Elle paraissait un peu fatiguée, un rien épuisée, mais quoi, n'était-ce pas le lot de tout un chacun ? Nous avons tous l'air un peu fatigué, ces temps-ci, certains jours plus que d'autres.

« Hum, dit-elle, j'étais censée rencontrer quelqu'un ici à midi et demi. »

Cela semblait signaler un changement de ton, ce changement de sujet, une admission partielle de son interlocuteur dans sa routine du jour.

« Je voulais simplement vous dire que je vous ai trouvée épatante dans cette pub.

– Vous êtes bien aimable. » Elle le regarda carrément, avec scepticisme, vaguement curieuse. L'accent était neutre, difficile à identifier, la voix classe moyenne de la population urbaine. « Je dois être à l'écran cinq bonnes secondes.

– Exactement. Mais certaines présences peuvent...

– Lorimer ! »

Il se retourna pour voir Stella qui lui faisait signe depuis le pupitre. A ses côtés, Barbuda contemplait le plafond.

« Enchanté de vous connaître, dit-il faiblement, désespérément. J'ai simplement pensé que je, vous comprenez... »

Il ouvrit ses paumes, lui fit un sourire d'adieu et traversa la zone du bar pour aller rejoindre Stella et Barbuda, sentant son regard dans son dos et entendant dans sa tête un bredouillis étrangement joyeux d'accusation et d'allégresse, de honte, de plaisir et de regret – regret que le moment fût passé, passé pour toujours. Heureux – étonné – de son audace. Furieux, fou de rage d'avoir oublié de regarder ses seins.

Il embrassa Stella et esquissa un geste de bienvenue à l'adresse de Barbuda car il soupçonnait fortement qu'elle détestait être embrassée par lui ou n'importe quel mâle de plus de vingt ans.

« Salut, Barbuda, alors en vacances, non ? »

85. Les sept dieux de la chance. *A la fin d'un trimestre à Inverness, Junko me fit un cadeau. Elle distribua des présents à toute la maisonnée (elle repartait au Japon pour les vacances), de la nourriture ou bien des vêtements très personnels, le résultat, présumait-on, de l'opinion particulière que se faisait Junko du caractère du récipiendaire. Shona, par exemple, reçut une seule boucle d'oreille, Joyce un ensemble complet de sous-vêtements thermiques, y compris un soutien-gorge, tandis que Sinbad avait droit à deux bananes. « Pourquoi deux ? », demanda-t-il en plissant le nez avec un sourire déconcerté et en écartant d'une chiquenaude les méchettes en tortillon qu'il aimait laisser pendre devant ses yeux. « Une pour chaque main », répliqua Junko avec un sourire poli qui réduisit Sinbad au silence.*

Elle me donna une carte postale rigide et brillante achetée au Japon, l'image, aux couleurs vives, représentait sept personnages symboliques à bord d'une jonque sur une mer en fureur stylisée de manière extravagante.

« Qui sont-ils ? m'enquis-je.
– Les Shichifukujin. Les sept dieux de la chance. Ce que tu dois faire, Milo, c'est mettre cette carte sous ton oreiller dans la nuit du 1er janvier et ainsi ton premier rêve de l'année sera heureux.
– Cette carte va me porter chance ?
– Bien sûr. Je crois que tu es quelqu'un qui a bien besoin de chance, Milo.
– N'est-ce pas notre cas à tous ?
– Mais pour toi, Milo, je souhaite une chance spéciale. »
Elle m'expliqua qui étaient les sept dieux et j'écrivis leurs noms : Fukuro kujo et Jurojin, les dieux de longue vie ; Benzaiten, la seule femelle, la déesse de l'amour ; Bishamonten, martial, vêtu d'une armure, le dieu de l'amour et de la bonne fortune ; Daikokuten, le dieu de la richesse ; Hotei, dieu du bonheur, avec son ventre rebondi ; et finalement, portant un poisson, Ebisu, le dieu de l'effacement de soi, la divinité du travail ou de la carrière de chacun.
« Ebisu est mon préféré », déclara Junko.
Au jour de l'an, je fis ce qu'elle avait suggéré : je glissai la carte sous mon oreiller et tentai de faire un rêve heureux, afin de forcer la chance avec l'aide des sept dieux. Je rêvai de mon père – était-ce de bon augure ou non ? L'année se révéla mauvaise pour lui et mémorablement désastreuse pour moi, changeant ma vie. Les sept dieux de la chance. Pas les sept dieux de la bonne chance. La chance, il faut s'en souvenir, comme beaucoup de choses dans la vie, a deux faces – la bonne et la mauvaise – un fait que les sept dieux reconnurent dans leur petit bateau à la dérive sur la mer déchaînée. Dans l'émotion de mon départ précipité, j'oubliai la carte de Junko. Pendant un moment cette perte me troubla plus que de raison.

Le Livre de la Transfiguration

Il sentit qu'elle partait alors qu'arrivaient leurs hors-d'œuvre. Il jeta un regard de côté et, du coin de l'œil, aperçut l'espace d'une seconde, au bas de l'escalier, une sombre silhouette qui s'enfuyait. Il se retourna mais elle avait disparu.

Stella parlait : elle semblait fringante, guillerette aujourd'hui. « N'est-ce pas gentil ? ne cessait-elle de répéter. Nous trois. » A un moment, elle passa la main sous la table et la remonta en douce le long de la cuisse de Lorimer jusqu'à ce qu'elle effleure sa queue.

« Barbuda va à sa première grande soirée...

– Maman, j'ai déjà été à des tonnes de...

– Et je crois qu'un certain jeune homme sera présent. Mmm ? Et donc, il nous faut trouver quelque chose de très giga-méga séduisant, n'est-ce pas ?

– Maman, je t'en prie ! »

Lorimer refusait de participer. Il ne se rappelait que trop bien ces mortifiantes plaisanteries d'adultes au cours de sa propre abominable adolescence. Seule, il le savait, la perspective de l'achat imminent de vêtements coûteux expliquait la tolérance boudeuse de Barbuda à l'égard de ces conjectures polissonnes. Pour sa part, il se souvenait de moments comparables d'inquisition lubrique chez Slobodan au sujet de son inexistante activité sexuelle, mais sans la moindre promesse pour faire passer la pilule. « Pour qui t'as le béguin, alors ? Faut bien que ce soit quelqu'un. Comment qu'elle s'appelle, alors ? Elle a des lunettes ? C'est Sandra Deeds, hein ? Doggy Deeds. Il a le béguin pour Doggy Deeds. Dégoûtant. » Et ainsi de suite, indéfiniment.

Il adressa à Barbuda un sourire qu'il espéra compréhensif, sans condescendance ni familiarité avunculaire. C'était une gamine gauche, rendue plus dondon par la puberté, avec des cheveux bruns et un visage aigu, malicieux. Ses petits seins pointus lui causaient un immense embarras et elle s'emmaillotait dans les cardigans les plus difformes, par-dessus des couches de chemises et de blousons. Aujourd'hui elle s'était maquillée : une trace de gris au-dessus des yeux et un rouge à lèvres violet qui rapetissait encore sa petite bouche. On aurait dit une version plus sombre, plus aigre, de sa mère dont les traits fermes exprimaient l'assurance et la volonté. Peut-être était-ce la contribution génétique du mystérieux Mr Bull qui faisait ressortir chez elle ces traces d'une pauvre estime de soi, d'un esprit médiocre destiné à ne rencontrer que déception dans la vie.

« Maman, dis à Lorimer, d'accord ? »

Stella soupira théâtralement.

« Un tas de sottises, déclara-t-elle. Enfin, écoute ça : Barbuda ne veut plus qu'on l'appelle Barbuda. Elle veut qu'on l'appelle – attends un peu – Angelica !

– C'est mon deuxième nom.

– Ton deuxième nom est Angela, pas Angelica. Barbuda Angela Jane Bull. Qu'est-ce qui cloche avec Jane, hein Lorimer ? Je te le demande. »

Jane Bull, pensa Lorimer, fâcheuse idée.

« Les filles à l'école m'appellent toutes Angelica. Je déteste Barbuda.

– Sornettes. C'est un très beau prénom, n'est-ce pas Lorimer ?

– C'est le nom d'une île, pas un prénom ! s'écria Barbuda-Angelica avec une haine passionnée.

– Je t'appelle Barbuda depuis quinze ans, je ne peux pas passer soudain à Angelica.

– Pourquoi pas ? Plus de gens m'appellent Angelica que Barbuda.

– Eh bien, pour moi, jeune fille, tu seras toujours Barbuda. » Elle se tourna pour quérir le soutien de Lorimer. « Dis-lui qu'elle est sotte et stupide, Lorimer.

– En fait, avança Lorimer, prudent, vois-tu, je comprends un peu d'où ça lui vient. Pardonne-moi, il faut que je donne un coup de fil. »

Au moment où il se levait de table, il intercepta le regard sincèrement étonné de Barbuda. Si seulement tu savais, petite... songea-t-il.

Dans la cabine téléphonique, près de l'escalier, il fit le numéro d'Alan à l'université.

« Alan, c'est Lorimer... ouais. J'ai besoin d'un service. Tu connais quelqu'un à la BBC ?

– Je les connais tous, chéri.

– Il me faut le numéro d'une actrice qui jouait dans *Le Baladin du monde occidental*, l'autre soir. BBC 2, je crois.

– C'était Channel Four, en fait. Ne crains rien, j'ai mes sources. Une actrice, hein ? Avec qui couche-t-elle ? »

Lorimer eut une inspiration.

« C'est la fille dans mon rêve. La fille de la pub. Il se trouve qu'elle jouait dans cette pièce. Je crois que je pourrais être sur une piste, Alan, côté rêve. Si je pouvais la voir, la rencontrer, lui parler même. Je crois que je pourrais rêver lucidement toute la nuit.

– Dire que j'ai pensé que tu allais m'annoncer que tu étais tombé amoureux. »

Ils éclatèrent de rire tous les deux.

« J'ai juste une intuition. Elle s'appelle Flavia Malinverno.

– Je vais te la "procurer". En deux coups de cuiller à pot. »

Lorimer raccrocha, imprégné d'un étrange sentiment de confiance, sachant que s'il y avait un bon motif susceptible de galvaniser Alan Kenbarry, c'était la perspective d'une fontaine jaillissante de rêves lucides.

381. Les forces du marché. *Ce soir, Marlobe m'a dit, en me pointant le tuyau mouillé de sa pipe sur la poitrine : « C'est les putains de loups qui se bouffent entre eux, mon ami. Les forces du marché. Vous pouvez pas vous opposer au marché. Enfin, regardez, on est tous, que ça vous plaise ou pas, des capitalistes. Et ce que je paye en putains d'impôts m'autorise personnellement à dire à ces putains de pique-assiette pleurnichards : Allez vous faire foutre ! Et toi, mon zigoto, tire-toi dans ton propre putain de pays puant, où qu'il se trouve. » Deux vieilles dames qui attendaient l'autobus s'éloignèrent, furieuses, disant à haute voix qu'elles allaient prendre leur bus à une station plus agréable. Marlobe parut ne pas les entendre. « Vous comprenez ces choses, dit-il. Vous dans votre business, tout comme moi dans le mien. On n'a pas le choix. C'est le règne de ces putains de forces du marché. Si vous allez dans le mur, vous allez dans le mur. » Je décidai alors de lui deman-*

der son sentiment à l'égard du stand de fleurs récemment installé dans l'EconoShop. « Un tas de foutues conneries, dit-il, quoique son sourire parût un peu faiblard. Qui veut acheter des fleurs à une caissière ? On veut du service personnalisé. Quelqu'un qui connaît la flore, les fluctuations saisonnières, les soins et l'attention à donner aux fleurs. Je leur donne un mois. Ils vont perdre une fortune. » Je fis une grimace soucieuse et lançai, courageusement à mon sens : « Eh bien... Les forces du marché ?... » Il éclata de rire, exhibant ses dents blanches et d'apparence étonnamment solides (sont-elles fausses ?) : « Je vais leur en foutre, moi, des forces du marché ! s'écria-t-il. Attendez voir ! »

Le Livre de la Transfiguration

Chapitre 7

Sa mère lui passa un petit plateau rond de sandwiches de pain de mie empilés.

« Tiens, Milo, apporte ça à Lobby, mon chéri, tu veux bien ? »

Il y avait probablement vingt ou trente sandwiches, coupés en triangle, avec des garnitures variées de viande, et tous bien arrangés en cercles concentriques comme pour être offerts à la ronde au cours d'une petite fête de bureau ou d'un déjeuner de travail.

« Ils ne sont tout de même pas tous pour lui ?

– C'est un jeune homme en pleine croissance, dit sa grand-mère.

– Il a quarante ans, Mémé, je t'en prie ! »

Sa grand-mère s'adressa à sa mère dans leur langage, disant quelque chose qui les fit toutes deux glousser.

« Qu'est-ce que c'est ? demanda Lorimer.

– Elle dit : si un homme mange trop de poisson, c'est qu'il a pas assez de viande.

– Vas-y, vas-y, Milo. Lobby n'aime pas attendre son déjeuner. »

Du hall, il pouvait voir Komelia promenant doucement son père le long des murs anguleux, soutenant avec soin son coude d'une main. Son père portait un blazer bleu avec un insigne sur la poche de poitrine et un pantalon bleu pâle. Sa barbe blanche avait été récemment rafraîchie, les bords bien nets sur la peau rose.

« Regarde, Papa, voilà Milo », dit Komelia, alors que le circuit les ramenait face à la porte ouverte sur le hall.

Les yeux vifs et plissés du vieil homme scintillèrent, le sourire permanent ne s'altéra pas.

« Fais-lui un signe, Milo. »

Lorimer leva sa main une seconde ou deux et la laissa retomber. C'était trop foutrement triste, se dit-il, désespérément triste. Komelia reprit la promenade, les pieds de son père avançant précipitamment, à petits pas courts traînants.

« Il n'est pas en pleine forme ? Salut, Papa. Regarde, Milo est ici. »

Surgie sans bruit d'une autre partie de la maison, Monika vint se placer à côté de Lorimer. Elle prit un des sandwiches de Slobodan.

« De la langue ? s'exclama-t-elle en mâchant. Depuis quand est-ce qu'il a droit à de la langue ?

– Il paraît bien, dit Lorimer, avec un mouvement de la tête en direction de son père. Comment se porte-t-il ?

– Il a soixante-cinq ans, Milo, et il ne va pas à la selle autant qu'il devrait.

– Ce qui veut dire ?

– Le médecin va venir. Nous pensons qu'il a besoin d'un tout petit lavement. »

Lorimer descendit le plateau de Slobodan au rez-de-chaussée et le porta dans la rue jusqu'au bureau de B & B. Un vent vif et froid soufflait par à-coups mêlé à une pluie fine et Lorimer maintint sa paume ouverte à deux centimètres au-dessus des sandwiches pour empêcher que l'un d'eux soit emporté par la forte brise. Dans le bureau, Drava, installée devant un terminal de visualisation, faisait les comptes ; plus loin, une demi-douzaine de chauffeurs attendaient sur deux canapés brillants d'usure, en lisant les journaux et en fumant. Il y eut des murmures de bienvenue.

« Milo.

– Ciao, Milo !

– Salut, Milo !

– Dave, Mohamed, Terry. Salut, Trev, Winston. Comment va ?

– Super.

– Impeccable.

– Tu vas à un mariage, Milo ?

– Je te présente Mushtaq. Il est nouveau.

– Salut, Mushtaq.

– C'est le petit frère de Lobby.

– C'est le cerveau de la famille. Ha, ha !

– File-nous donc un « des sandaouiches de Lobby », lança Drava. Elle enleva ses lunettes et se pinça très fort le haut du nez. « Comment ça va, Milo ? T'as l'air un peu vanné. Ils te font travailler trop dur ? Très chic, j'avoue.

– C'est le poids de ce portefeuille qu'il lui faut trimballer, ha, ha ! dit David.

– Je vais bien, affirma Lorimer. J'ai une réunion en ville. J'ai appris que Papa n'allait pas fort, je me suis dit que je passerais.

– Il souffre d'une horrible constipation. Solide comme du roc. Ça refuse de bouger. Attends donc, mais c'est de la langue !

– Ôtez vos sales pattes de mon déjeuner ! ordonna Slobodan surgissant de la salle de contrôle. Trev, prends le relais, veux-tu ? Mohamed ? Un colis à Tel-Track. Comment va, Milo ? Il a l'air un peu fatigué, pas vrai, Drava ? »

Slobodan le soulagea du plateau, lui fit un clin d'œil et entama un sandwich.

« De la langue, dit-il avec satisfaction, de la bonne. » Et il tira la sienne à Drava. « Je reviens dans une demi-seconde. Tu veux que je passe un message à Phil de ta part ?

– Oui, des obscénités !

– Je vais lui dire ça et il ne sera pas trop content, Drava. Viens, Milo. Allons parler dans mon bureau. »

Lorimer suivit son frère dehors, jusqu'au coin de la rue, dans sa petite maison. Il nota que Slobodan avait tressé sa queue de cheval qui, pendant qu'il marchait, frappait sans pitié, comme raidie par du fil de fer, une épaule après l'autre. La maison était un produit de son bref mariage (six mois), quelque huit ou neuf ans auparavant. Lorimer n'avait rencontré qu'une seule fois sa belle-sœur, Teresa – au mariage, en fait –, et se rappelait vaguement une brunette zozotante et vive. A sa visite suivante, le mariage était fini et Teresa partie. Mais l'achat du foyer nuptial avait au moins assuré le départ de Slobodan du sein de la maisonnée Blocj, et il vivait depuis au coin de la rue, en célibataire fauché mais, semblait-il, content. Il était toujours partant pour des confidences sur sa vie sexuelle et ses partenaires occasionnelles (« Je peux pas faire sans, Milo, c'est pas naturel ») mais Lorimer n'encourageait pas ce genre de révélations.

Slobodan, il faut lui rendre cette justice, tenait bien sa maison. Il avait mis du gravier sur l'étroit bout de jardin en façade et fait pousser une clématite autour de la porte d'entrée. Tout en mangeant, il s'arrêta à la grille et agita son plateau de sandwiches en direction de son étincelante voiture, une très antique et très aimée Cortina couleur bordeaux.

« Elle est belle, hein ?

– Étincelante !

– Je l'ai astiquée hier. Elle en est sortie superbe. »

Il n'y avait pas de tableaux sur les murs de l'impeccable maison de Slobodan et le strict minimum de mobilier dans les pièces. Une odeur persistante de désodorisant s'attardait dans les lieux comme si quelqu'un les arpentait régulièrement de haut en bas avec un aérosol répandant des bouffées de « rêve de clairière » ou de « champ de lavande » dans tous les recoins. Au-dessus de la cheminée du salon se trouvait le seul et unique ornement de la maison, un grand crucifix avec un Christ, au quart de sa taille réelle, contorsionné et couvert de sang. La télévision était branchée et Phil Beazley, l'ex-mari de Drava et l'associé de Slobodan dans B & B : radio-taxis et courriers internationaux, regardait le journal de 13 heures, boîte de bière en main.

« Hé, Milo, mon pote ! s'écria Phil.

– Salut, Phil.

– Qu'est-ce que tu bois, Milo ? »

Slobodan se penchait sur sa table-bar roulante surchargée :

plus de cinquante breuvages à disposition, se vantait-il fièrement. Lorimer déclina l'offre. Phil prit une autre bière et Slobodan se prépara un Campari-soda. Phil s'accroupit et baissa le son de la télé. C'était un petit homme maigre – dangereusement maigre, se dit Lorimer – avec des joues creuses et d'étroites hanches saillantes. Il décolorait ses cheveux fins et portait une boucle d'oreille. Ses yeux bleus étaient un peu astigmates et il cultivait une attitude joyeuse de bon petit gars qui sonnait entièrement faux. La première et durable impression que laissait Phil, c'était de la suspicion. Par exemple, Lorimer soupçonnait fortement que Beazley n'avait épousé Drava – une intuition renforcée par le baptême de Mercedes – qu'à cause des associations automobiles euphoniques de son nom.

« Ça fait plaisir de te voir, Milo, dit Phil en regagnant son siège. Ça fait un bail. Il a sacrément bonne mine, pas vrai, Lobby ?

– Beau comme un sou neuf, Phil.

– Espèce de chouette salaud. Je peux voir que la vie te traite bien, pas de soucis », dit Beazley.

Lorimer sentit une sorte de lassitude lui tomber dessus, doublée d'un alourdissement métaphorique et concomitant de son carnet de chèques dans sa poche de poitrine, comme si les feuilles s'étaient changées en plomb.

Il fut révélé en temps voulu que le problème de cash-flow de B & B était insignifiant et temporaire, ainsi que Slobodan et Phil l'en informèrent avec chaleur. Un client apprécié avait fait faillite, laissant quatre mois de factures impayées. Ce client apprécié s'était révélé un putain d'enfant de sale con car, bien que se sachant à la veille de couler corps et biens, il avait continué à commander des voitures comme « s'il allait en manquer ! ». Des voitures ici, des voitures là, des voitures pour emporter des colis à Bristol et à Birmingham, des voitures pour des allers-retours avec attente, les compteurs tournant pendant des heures devant des pubs et des night-clubs. Phil déclara qu'il aurait voulu démolir à coups de marteau les rotules du précieux client ou lui faire une tapisserie dans le dos avec une agrafeuse mais que Lobby ici présent l'en avait dissuadé. Ils avaient engagé davantage de chauffeurs pour rattraper l'argent perdu mais, dans l'intérim, temporairement, sans qu'ils y soient pour rien, ils avaient besoin d'une injection de capital.

« Au-dessus de tout soupçon, Milo, pas de faveurs, voici ce que je propose. Je, moi, je vais te vendre la Cortina.

– Combien ?

– Trois sacs.

– J'ai une voiture, dit Lorimer. Que veux-tu que je fasse de ta Cortina ? Tu en as besoin.

– J'ai une bagnole neuve, une Citroën. La Cortina est un classique. Considère-la comme un investissement. »

A la télé se succédaient des images d'un village africain en flammes. Des soldats enfants brandissaient des kalachnikovs devant la caméra.

Lorimer sortit son carnet de chèques.

« Trois sacs feront l'affaire ? »

Phil et Slobodan se regardèrent comme pour se dire : merde, on aurait dû demander plus.

« Tu pourrais pas donner ça en liquide par hasard, Milo ?

– Non.

– Est-ce que ça va te poser un problème, Phil ?

– Oh non. Peux-tu le faire au nom de mon paternel ? Anthony Beazley. Super. Géant, Milo, t'es un as.

– Un chef, renchérit Slobodan. Un chef doré sur tranche. »

Essayant d'éliminer la résignation dans sa voix, Lorimer tendit le chèque.

« Remboursez-moi quand vous pourrez. Gardez la voiture pour la compagnie. Trouvez un autre chauffeur, utilisez-la, faites-la travailler pour vous.

– Bonne idée, Milo. Bien vu, Phil, non ?

– C'est pour ça qu'il est un vrai gentleman de la City, Lobby, pas comme nous autres pauvres cons. Excellente idée, Milo. »

Alors qu'il repartait à l'est – New King's Road, Old Church Street, le long de l'Embankment et du fleuve encaissé, léthargique avec ses bancs vaseux, passant les ponts (Albert, Chelsea, Vauxhall, Lambeth) – vers Parliament Square, son palais couleur de miel et sa masse d'arcs-boutants et de sculptures baroques (objet de l'inexhaustible bile de Marlobe) une pensée peu charitable s'insinua dans l'esprit de Lorimer : comment Slobodan avait-il su qu'il viendrait aujourd'hui et s'était-il arrangé pour que Phil Beazley soit présent ? Réponse : parce que, au moment où il avait appelé sa mère, celle-ci lui ayant dit que son père n'allait pas bien, il avait immédiatement décidé de lui rendre visite. Mais son père ne lui avait pas paru changé, ou du moins pas pire que d'habitude, malgré ce diagnostic claironné à propos de l'état de ses intestins. Et cette histoire de sandwiches – sa mère et sa grand-mère le poussant pratiquement hors de la cuisine... Comme s'il avait été piégé, piégé par sa propre famille pour une arnaque de trois sacs afin de sortir Lobby Blocj de la panade.

214. Lorimer Black. *Si vous voulez changer votre nom, dit l'avocat, faites-le, tout simplement. Si suffisamment de personnes vous appellent par ou vous connaissent sous votre nouveau nom, alors vous avez effectivement, et en tout état de cause, changé votre nom. En tant qu'adulte, vous êtes parfaitement libre de le faire, ainsi que le cas de nombreux acteurs et artistes le démontre.*
Mais cela te parut trop facile, trop éphémère. Et les papiers ? demandas-tu. Quid du permis de conduire, du passeport, des assurances, du plan de retraite ? Que se passe-t-il si on veut que tous les documents de votre vie portent votre nouveau nom ?
Cela nécessitera une officialisation, dit l'avocat. Soit par acte de notoriété ou bien par ce qu'on appelle une attestation, contresignée par un avocat. Vous soumettez l'attestation comme preuve formelle de votre changement de nom.
C'était cela que tu voulais, tu voulais ton nouveau nom sur tous les registres bancaires et les disques durs des ordinateurs,

dans les dossiers et les annuaires du téléphone, sur les listes électorales, sur ton passeport et ton plan épargne-logement. Ce n'était qu'ainsi que tu pouvais véritablement endosser ta nouvelle identité. Ton vieux nom est effacé, devient une espèce en voie d'extinction puis, finalement, meurt.

C'était ce qui dominait tes pensées quand tu es revenu si brusquement d'Écosse. Un schisme clair et net devait être établi. Milomre Blocj ne serait pas entièrement oblitéré mais continuerait à vivre sans bruit, connu seulement d'une poignée de gens dans un coin de Fulham. Pour le reste du monde, il cesserait d'exister : ton attestation y pourvoirait, désormais tu pourrais devenir et tu deviendrais Lorimer Black.

Tu revins soudain d'Écosse pour changer ton nom et ta vie et tu trouvas ton père malade.

Il était couché, le teint gris, la barbe pas coupée, plus blanche et plus épaisse que tu ne t'en souvenais.

« Qu'est-ce qui ne va pas, Papa ? t'enquis-tu. Tu travailles trop ?

– Je n'arrête pas d'avoir l'impression de m'évanouir, dit-il. Tout est comme brumeux. Le bruit aussi, j'entends pas bien le bruit. Je me sens fatigué. Peut-être j'ai un virus.

– Repose-toi, Papa.

– Tu es revenu, Milo. Tout va bien ?

– J'ai besoin de trouver un boulot, Papa. J'ai besoin de ton aide.

– Qu'est-ce que tu veux faire ? EastEx n'est pas au mieux en ce moment. Tu pourrais travailler avec Slobodan dans les voitures.

– Il me faut quelque chose de différent. Quelque chose sans risques. Quelque chose d'ordinaire. »

Tu pensais : neuf à cinq, lundi à vendredi, un bureau, stable, anonyme, routine, gris, calme. Tu pensais : comptabilité, une banque, fonctionnaire, vente de téléphones, contrôle de crédits, directeur adjoint, personnel...

« Tu me dis, Milo, j'ai plein d'amis. Je peux te trouver job. Mais dépêche-toi, OK ? Je crois pas je suis très bien. Quel métier tu veux faire, Milo ? »

Tu répondis, très spontanément :
« L'assurance. »

Le Livre de la Transfiguration

Lorimer se gara dans le parking sur plusieurs étages de Drury Lane et demeura tranquillement assis cinq minutes dans sa voiture pour rassembler ses pensées, répétant calmement les phrases qu'il allait utiliser et les inflexions qu'il allait leur donner. Puis il changea de cravate – soie mais très discrète – passa le gilet sous sa veste et mit des chaussures lacées à la place de ses mocassins à pompons. Touche finale, il se recoiffa et déplaça sa raie de deux centimètres sur la gauche. La plupart de ces petits signifiants échapperaient à l'attention de quatre-vingt-dix-neuf pour cent des gens qu'il connaissait ; le un pour cent restant, qui les enregistrerait presque machinalement, les considérerait comme normaux et par conséquent sans la moindre importance. Et c'était ce qu'il recherchait, en fait : les minuscules altérations dans son apparence étaient conçues d'abord pour lui-même, pour la paix de son esprit, l'encourageant à avoir confiance dans la personnalité qu'il avait décidé d'endosser. Elles fonctionnaient, en un sens, comme une forme d'armure quasi invisible, et, ainsi protégé, il était prêt à mener bataille.

*

Le vaste bureau en coin de Jonathan L. Gale surplombait Holborn face à la cathédrale St. Paul et, au-delà, les hautes tours éparpillées de la City. La journée était plus fraîche, le ciel bleu parsemé d'une dense flottille de nuages, filant vent arrière vers le nord. Le soleil clignota sur les hautes fenêtres lorsqu'il tourna la tête.

« Vous ne le croirez pas, disait Gale, sciant le panorama de la tranche de sa paume, je vais en fait gâter la vue que j'ai d'ici. Notre nouveau projet va bloquer à peu près les trois quarts du dôme de St. Paul... » Il haussa les épaules. « C'est vraiment un bâtiment super, je dois avouer.

– Tout compte fait, c'est bien Wren le patron, approuva Lorimer.

– Comment ? Oh non, je veux dire notre nouveau projet. »

Gale poursuivit en citant avec fierté le nom d'une firme d'architectes qu'il employait et dont Lorimer n'avait jamais entendu parler.

« Vous pourrez toujours déménager, suggéra Lorimer.

– Ouiiiii. Puis-je vous offrir café, thé, *aqua minerale* ?

– Non, merci. »

Jonathan Gale s'assit derrière son bureau, en prenant soin de ne pas froisser sa veste. C'était un homme négligemment élégant, la cinquantaine, un bronzage artificiel uniforme et une chevelure clairsemée châtain aplatie à la brillantine. Lorimer était détendu, Gale appartenait aux quatre-vingt-dix-neuf pour cent, il avait surcompensé. Et Gale était aussi un peu trop bien habillé, à l'aune de Lorimer. Costume de Savile Row, oui, mais la taille trop cintrée, les revers un peu trop larges, les fentes de la veste un peu trop longues. La chemise d'un bleu cobalt vibrant avec col et manchettes blanches, le rouge drapeau de la cravate étaient aussi franchement criards – et par là-dessus le cuir noueux inconnu (mamba, iguane, dragon komodo ?) et le pointu de ses chaussures confinaient au dandysme, le péché suprême pour Ivan Algomir, la pire sorte de prétention. La montre était ostentatoire, lourde, en or, s'élevant à un bon centimètre au-dessus du poignet avec de multiples cadrans et des remontoirs saillants. Ce chronomètre fut consulté et il s'ensuivit quelques conjectures sur le retard de Francis lequel arriva aussitôt, se confondant en excuses.

Francis Home avait la peau olivâtre, il portait un costume vert dollar – le genre de costume que seuls les Français et les Italiens arrivent à faire accepter. Il avait des cheveux crépus bruns et une fine chaîne en or autour du poignet droit. Il sentait un après-rasage ou une eau de Cologne aux vagues relents de conifères, de cèdre. Chypriote ? Libanais ? Espagnol ? Égyptien ? Syrien ? Grec ? Lorimer le savait par expérience personnelle : il existait quantités de types d'Anglais.

Lorimer serra la main à la chaînette d'or.

« Monsieur Hume, prononça-t-il avec soin, enchanté. Je suis Lorimer Black.

– Homey, dit Home avec une légère raucité gutturale sur le H. Le E n'est pas muet. »

Lorimer s'excusa, répéta le nom correctement ; du café fut commandé et apporté, et chacun prit position.

« Nous sommes tout bonnement atterrés par l'incendie, dit Gale. Choqués. N'est-ce pas, Francis ?

– C'est une affaire extrêmement grave pour nous. Le contrecoup sur nos opérations est... est...

– Désastreux.

– Précisément », approuva Home. Il avait un très léger accent ; américain, jugea Lorimer. « La déclaration a été faite, poursuivit-il. Je présume que tout est en ordre, ajouta-t-il, sachant pertinemment qu'il n'en était rien.

– Je crains que non, répondit Lorimer avec tristesse. Il s'est révélé que l'incendie du Fedora Palace était délibéré. Incendie criminel. »

Gale et Home échangèrent un regard vif, contenant des messages d'alarme non feinte.

« Le feu a été mis par un de vos sous-traitants, Edmund, Rintoul, pour éviter les pénalités de retard. Bien entendu, ils le nient catégoriquement. »

La surprise de Gale et Home s'accrut. Ils auraient voulu parler, jurer, s'exclamer, supposait Lorimer, mais une profonde prudence les réduisit au silence. Ils se regardèrent de nouveau comme attendant l'aide d'un souffleur endormi : l'atmosphère se fit sombrement grave, les enjeux devenant plus sérieux de seconde en seconde.

« Délibérément ? En êtes-vous sûr ? réussit à dire Gale, se forçant à un sourire décontenancé.

– Ça arrive tout le temps. Un délai de deux ou trois semaines, c'est tout ce qu'ils visent : une suppression de la clause de pénalité. Force majeure, ce genre-là. L'ennui avec le Fedora Palace, c'est que les choses ont mal tourné, le feu a méchamment échappé à tout contrôle. Quelques dégâts dans le gymnase auraient suffi – ils n'avaient aucunement l'intention de détruire cinq étages et le reste.

– C'est scandaleux. Qui sont ces gens ? Ils devraient être sous les verrous, bon Dieu.

– Ils nient en bloc.

– Vous devriez les poursuivre, coupa Home, brutal. Les traîner devant les tribunaux. Les ruiner. Eux et leurs familles.

– Ah, mais ce n'est pas notre problème, monsieur Home. C'est le vôtre. »

Il y eut un silence. Home commençait à avoir l'air sincèrement embêté : il n'arrêtait pas de se frotter les mains, produisant un irritant crissement de chair moite.

« Vous voulez dire que cela risque d'affecter d'une certaine manière le règlement de notre demande de dédommagements ? hasarda Gale.

– Oui, j'en ai peur, répliqua Lorimer. De manière significative. » Il se tut puis reprit : « Nous ne payerons pas.

– Ce n'est pas une question de désaccord sur l'estimation des dégâts ? s'enquit Gale, encore poli.

– Non. Mais, à notre avis, c'est devenu une affaire criminelle. Il ne s'agit plus d'une simple demande de dédommagements pour dégâts d'incendie. Un de vos propres entrepreneurs a délibérément détruit une bonne partie de l'immeuble. Nous ne pouvons tout bonnement pas rembourser des incendiaires, vous devez le comprendre. La ville entière serait en feu.

– Que dit la police ?

– Je n'en ai aucune idée. Nos conclusions sont le résultat de nos propres investigations, menées par nous sur mandat de vos assureurs. » Lorimer marqua une pause. « Je n'ai pas eu d'autre choix, dans ces circonstances, que d'aviser Fortress Sure de ne pas honorer cette demande. » Il se tut de nouveau, offrant la trace d'un sourire attristé. « Jusqu'à ce que ces choses soient résolues de manière satisfaisante. Cela pourrait prendre longtemps. »

Gale et Home se regardèrent, Gale faisant un effort pour garder un visage composé.

« Vous serez obligé de nous payer, à la fin. Nom de Dieu, mon vieux, avez-vous vu nos primes ?

– Les primes n'ont rien à voir avec notre compagnie. Nous ne sommes que des experts en sinistres. Notre opinion, c'est qu'il s'agit d'une affaire criminelle et, en conséquence, il serait tout à fait inapproprié... »

La discussion se prolongea sur ce ton pincé et hostile, les sous-entendus apparaissant nets et clairs à tout un chacun, Lorimer en était certain. Puis on lui demanda de quitter la pièce un moment et il fut gratifié d'une tasse de thé par une alerte matrone qui ne se donna guère la peine de dissimuler la haine qu'elle lui portait. Au bout de vingt minutes, il fut rappelé : Home n'était plus là.

« Voyez-vous une manière quelconque de nous sortir de ce... ce mauvais pas ? » demanda Gale sur un ton plus raisonnable. « Un compromis quelconque auquel nous pourrions parvenir afin d'éviter des retards incalculables ? »

Lorimer soutint son regard sans ciller : il était vital d'écarter toute impression d'embarras, de honte déguisée, d'admission tacite de culpabilité.

« C'est possible, répliqua-t-il. Nos clients tiennent en général beaucoup à trouver une solution : une sorte de moyen terme acceptable par les deux parties est usuellement la meilleure façon d'avancer.

– Vous voulez dire, si j'accepte moins ?

– Si vous comprenez les difficultés que ce cas présente pour nous et si vous décidez que, dans le but de hâter les choses...

– Combien ? »

Cela était trop direct, Lorimer résolut donc d'insister, formellement.

« Si vous décidez, afin de hâter les choses, de réduire le montant de votre demande de dédommagements. Si je retourne chez mes clients avec cette information, je suis certain que nous pourrons parvenir à un compromis. »

Gale le regarda avec froideur.

« Je vois. Et quelle sorte de chiffre croyez-vous que Fortress Sure pourrait accepter ? »

Le moment était venu : Lorimer sentit le rythme de son cœur s'accélérer – vingt millions ? quinze millions ? Il regarda Gale et son instinct le fit s'exprimer sans ambages.

« Je dirais... » Il fronça les sourcils comme s'il se livrait à un rapide calcul mental, mais sa décision était déjà prise. « Je pense que vous pourriez sans risque parler de dix millions. »

Gale laissa échapper un son rauque, moitié rire, moitié juron.

« Vous me devez vingt-sept millions et vous m'en offrez dix ? Seigneur Jésus !

– Rappelez-vous : il ne s'agit plus d'une affaire normale, monsieur Gale. Vos entrepreneurs ont mis le feu délibérément. Nous aurions le droit de ne rien proposer du tout. »

Gale se leva, alla à la fenêtre et contempla la vue, bientôt condamnée, de l'antique cathédrale.

« Me mettriez-vous ça par écrit ? Cette offre de dix millions ?

– C'est vous qui faites l'offre, lui rappela Lorimer. Je suis sûr que si elle est acceptable on vous en informera officiellement.

– Eh bien, je ferai l'offre officiellement, monsieur Black. Vous m'obtenez une acceptation par écrit, et nous procéderons à partir de là. » Il baissa la tête. « Si dix millions vous paraît le chemin de moindre résistance, alors je réduirai, mais à mon corps défendant, le montant de ma demande de dédommagements pour le Fedora Palace. »

A la porte, Gale se retourna pour faire face à Lorimer, bloquant ainsi la sortie. En montant à ses joues bronzées, la colère avait fait virer son visage au rouge brique.

« Des gens comme vous, c'est dégueulasse, Black, vous êtes la lie de la terre. Vous ne valez pas mieux que des voleurs, des foutus menteurs de gangsters. Vous prenez gaiement notre argent, mais quand il s'agit de payer...

– Voulez-vous, je vous prie, me laisser partir. »

Gale continua à lui lancer des jurons à voix basse tandis que Lorimer reculait.

« Dès que nous aurons reçu votre communication, nous reprendrons contact, monsieur Gale. Demain, probablement. »

Tandis qu'il sifflotait dans l'ascenseur et regagnait le hall, sa luxuriante verdure et son éclairage discret, Lorimer sentit son crâne l'élancer un peu, sa poitrine se remplir et s'alléger, comme pleine de bulles effervescentes et – un fait étrange, c'était là une grande première – des larmes retenues lui piquer les yeux. Mais sous sa jubilation, son allègre sentiment de triomphe, retentissait un vif signal d'alarme. Gale avait paru fumasse, certes – il venait de perdre dix-sept millions dont il aurait pu penser raisonnablement qu'ils allaient lui revenir –, mais il ne l'avait pas été suffisamment, estimait Lorimer, pas suffisamment du tout, c'était là le problème. Pourquoi ? Voilà qui était inquiétant.

117. Le premier règlement. *Tu as prospéré dans l'assurance au cours de ces premières années. Les relations de ton père te procurèrent un emploi modeste mais sûr d'actuaire, tu travaillas avec zèle, fus dûment récompensé et automatiquement promu. Dans le cadre d'un plan de diversification et d'expérimentation pratique, tu fus détaché à une firme de liquidateurs de sinistres. Ton premier cas fut celui d'un magasin de chaussures d'Abingdon dont le stock avait été détruit par une inondation du sous-sol due à une canalisation éclatée, inondation passée inaperçue car advenue durant un long week-end.*

Comment as-tu su que le propriétaire mentait ? Comment as-tu su que l'accablement et les lamentations étaient feints ? Hogg expliqua plus tard que c'était pur instinct. Tous les grands experts en sinistres, affirma Hogg, peuvent détecter sur-le-champ un menteur parce que, à la base, ils comprennent le besoin de mentir. Ils peuvent être des menteurs eux-mêmes – et dans ce cas, ce sont d'excellents menteurs – mais ce n'est pas nécessaire. Ce qui est nécessaire, c'est cette compréhension de la philosophie d'un mensonge, l'impulsion instinctive de cacher la vérité, sa grammaire compliquée, ses structures secrètes.

Et tu as su que cet homme mentait à propos de son stock détrempé, tu as su que sa femme mentait aussi tandis qu'elle tentait bravement de retenir ses larmes tout en contemplant, à tes côtés, la destruction de leur affaire de famille. Mr Maurice, c'est ainsi qu'il s'appelait.

Tu as regardé la bouillie de papier mâché des boîtes à chaussures imbibées d'eau, les flaques brillantes sur le sol, tu as senti la puanteur du cuir mouillé et quelque chose t'a fait te tourner vers Mr Maurice pour lui dire : « Comment pourrais-je savoir si vous n'avez pas simplement ouvert votre tuyau d'arrosage sur le reste de votre stock durant le week-end, monsieur Maurice ? Il semble que les dégâts soient énormes pour une seule canalisation éclatée. »

C'est la qualité de leur rage qui les trahit. La rage est toujours là, elle éclate sans faute, et celle de Mr Maurice était impressionnante, mais quelque chose dans le degré et le ton de la rage d'un menteur sonne faux, dérange le tympan, tel le gémissement d'un moustique dans une chambre obscure, de façon nette et infaillible.

Tu as donc dit à Mr Maurice que tu allais conseiller à ses assureurs de refuser d'honorer sa demande pour cause de fraude. Peu après, Mr Maurice était prêt à accepter un paiement immédiat en liquide de deux mille livres pour toute compensation. Tu as économisé quatorze mille livres à la compagnie d'assurances, tu as gagné ton premier bonus, il était inévitable que tu deviennes un spécialiste des règlements de sinistres, et ton succès remarquable et continu dans ton domaine d'élection attira un beau jour l'attention de George Gerald Hogg.

Le Livre de la Transfiguration

« Bien, bien, bien ! » lança Hogg d'une voix sonore. Il alluma une cigarette avec son petit cérémonial habituel. « Bien, bien, bien. Dix millions. » Il leva son verre de bière. « A votre santé, petit. Bravo ! »

Lorimer se porta un toast à lui-même avec son demi de Guinness. Il avait fait ses calculs aussi complètement que possible en revenant ; s'il ne se trompait pas, son bonus, sur la base d'un ajustement de dix-sept millions, s'établissait à cent trente-quatre mille livres, à quelques centaines près. Zéro virgule cinq pour cent jusqu'à un million et puis, à mesure de l'augmentation de la somme, une échelle compliquée de pourcentages diminuant de manière exponentielle par tranche de un pour cent. Il se demanda à combien se monterait la commission de la compagnie. Largement dans les sept chiffres, supposait-il. C'était une grosse affaire que celle-ci : seule Dymphna traitait habituellement de sommes pareilles, avec ses projets de barrages avortés, ses centrales électriques non construites et ses jumbo-jets disparus. Il s'agissait là d'une économie simple et directe pour Fortress Sure. Aucun risque n'avait été réassuré. Une bonne journée au bureau pour toutes les personnes concernées, alors pourquoi Hogg n'était-il pas plus heureux ?

« Des problèmes ? s'enquit Hogg. Projectiles ? Hurlements ?

– Non. Juste les insultes et jurons habituels.

– Tu l'as dit, bouffi. Tout de même, je vous lève mon chapeau, Lorimer. Même moi, je ne crois pas que j'aurais osé fixer la barre si bas. Et donc – vaste question – pourquoi a-t-il accepté ? »

Lorimer haussa les épaules : « Je ne sais pas. Je ne comprends pas en fait. Des problèmes de liquidité ? J'en doute. Un peu vaut mieux que rien du tout ? Peut-être. Ils me paraissent une organisation plutôt sûre.

– C'est le cas, dit Hogg, pensif. C'est drôle, ça. J'aurais cru que l'explosion serait plus considérable : des mises en demeure, des menaces, des coups de téléphone...

– Je dois dire que j'ai été un peu surpris aussi », avoua Lorimer.

Hogg lui lança un regard pénétrant.

« Filez au Fort. Voyez Dowling, aux finances, allez porter la bonne nouvelle.

– Moi ? » dit Lorimer, étonné.

C'était là normalement le rôle privilégié de Hogg, un rôle auquel il tenait.

« Vous méritez l'honneur, fils. Buvez. Je vais commander une autre tournée. »

Dowling se montra sincèrement ravi. Cordial, rondouillard à grosse bedaine, traînant après lui une puanteur de cigares postprandiaux, il serra chaleureusement la main de Lorimer et parla beaucoup d'atterrantes bévues, de plafond d'indemnités et de l'économie appréciable pour la compagnie. Puis, s'excusant, il quitta la pièce et revint, deux minutes après, avec Sir Simon Sherriffmuir en personne. De près, le visage de Sherriffmuir était plus charnu et plus couturé qu'il ne l'avait paru lors de la soirée d'adieux de Torquil. Mais Lorimer ne put trouver matière à critique dans ses vêtements : un costume rayé noir, évitant tout juste l'ostentation, une chemise beurre frais et une cravate rose pâle uni à gros nœud. Du sur mesure, y compris la cravate. Il ne portait pas de montre : Lorimer se demanda s'il avait une montre à gousset quelque part. Intéressant : il n'était pas au fait du protocole concernant les montres de gousset – peut-être devrait-il s'en parer ? – il lui faudrait vérifier auprès d'Ivan.

« Voici le jeune homme, disait Dowling, qui nous a économisé tout cet argent. »

Sherriffmuir sourit machinalement ; son serrement de main fut ferme et vif.

« La meilleure nouvelle de la journée. Et vous êtes ?

– Lorimer Black. »

Il s'empêcha juste à temps d'ajouter un servile « monsieur ».

« Ainsi, vous êtes un des brillants jeunes samouraïs de George ? dit Sherriffmuir rêveur, en le regardant presque affectueusement. Une fichue salade, cette affaire du Fedora, je vous suis très reconnaissant. Pouvez-vous en finir rapidement ? Nous souhaitons mettre tout ce gâchis derrière nous.

– J'ai accepté la nouvelle demande d'indemnisation, intervint Dowling.

– Bien... bien. »

Lorimer sentit que Sherriffmuir continuait de l'observer avec un rien de curiosité.

« Vous n'êtes pas le plus jeune fils d'Angus Black, non ?

– Non, répliqua Lorimer, pensant : je suis le plus jeune fils de Bogdan Blocj, et éprouvant une rare et brève bouffée de honte.

– Transmettez mes amitiés à votre papa, voulez-vous ? Dites-lui qu'il va nous falloir l'attirer bientôt au sud de la frontière, dit Sherriffmuir qui n'écoutait pas et se tournait vers Dowling. Peter, je vous vois à...

– ... cinq heures et demie. Tout est arrangé. »

Sherriffmuir gagna tranquillement la porte, le dos un peu arrondi, comme tous les hommes de haute taille, les cheveux de sa nuque frisant au-dessus de son col.

Il adressa à Lorimer un vague signe d'adieu.

« Merci, Lorimer, bon travail. »

Lorimer se sentit malgré lui rempli de fierté, soudain ennobli, vengé par les louanges de Sir Simon et l'utilisation familière de son prénom. Pour l'amour de Dieu, se tança-t-il aussitôt : ce type n'est pas Dieu tout-puissant, il travaille seulement dans les assurances, comme nous tous.

Cigarette au bec, sans cravate, la chemise déboutonnée jusqu'au nombril, comme s'il était en vacances, Rajiv se pencha sur son comptoir.

« Salut au héros conquérant, lança-t-il sans sourire.

– Merci, Rajiv, dit Lorimer. Le succès, ça va, ça vient. »

Rajiv glissa une main sous sa chemise et massa sa poitrine dodue. A présent, il souriait, un petit plissement de ses joues rondes.

« Ne la ramène pas trop, dit-il. Hogg est dans ton bureau. »

Alors que Lorimer passait dans le couloir, Shane Ashgable sortit la tête de son alcôve, leva un pouce et grimaça : « Hogg. » Une solidarité aussi rare, songea Lorimer, ne pouvait avoir qu'une seule signification : Hogg traversait une de ses crises de mauvaise humeur.

Lorimer s'arrêta devant sa porte, à travers le rectangle vitré, il vit Hogg fouiller ouvertement dans ses dossiers et dans le courrier arrivé. Il jeta un coup d'œil du côté de chez Dymphna – assise à son bureau, elle pleurait et se tamponnait les yeux avec un bout de kleenex. Mauvais, très mauvais signe, se dit Lorimer. Mais pourquoi ce changement d'humeur ? Que s'était-il passé ? De toute évidence la première vague de la rogne de Hogg s'était abattue sur la malheureuse Dymphna : il allait falloir se montrer plus gentil avec elle, pensa-t-il soudain, charitable, peut-être aurait-elle besoin d'un verre après le boulot.

Hogg ne se retourna pas et n'abandonna pas son examen des papiers de Lorimer quand celui-ci entra.

« Avez-vous eu d'autres nouvelles de la police sur ce suicide ? demanda Hogg.

– Juste une visite de mise à jour. Pourquoi ?

– Y a-t-il eu une enquête du coroner ?

– Pas encore. Y en aura-t-il une ?

– Naturellement. »

Hogg fit le tour du bureau et se laissa glisser lentement dans le fauteuil de Lorimer, examinant ce dernier d'un œil agressif.

« Ça s'est bien passé avec Dowling ?

– Bien. Sir Simon est venu.

– Ah. Sir Simon lui-même. Quel honneur ! »

Lorimer pouvait voir une feuille arrachée à un bloc-notes au milieu de son buvard. Il lut à l'envers : Dr Kenbarry, suivi d'un chiffre au-dessus d'une adresse. Il sentit sa gorge s'assécher, se serrer.

Hogg luttait furieusement avec quelque chose coincé dans la poche de sa veste et jurait en silence. Il sortit enfin l'objet et le tendit à Lorimer : un disque compact, encore dans son emballage d'origine. Sur un fond blanc ordinaire, une main enfantine avait écrit, en lettres aiguës : *David Watts. Angziertie.* En bas du carré figurait la photo de trois mouches à viande sur le dos, leurs six paires de pattes fragiles à moitié crispées.

« *Angziertie*, lut lentement Lorimer. C'est allemand ? Ou une mauvaise orthographe ?

– Fichtre, comment le saurais-je ? » s'écria Hogg en colère.

Il est vraiment en rogne, conclut Lorimer, se demandant ce qui avait bien pu tomber sur le dos de Dymphna.

« Qui est David Watts ? insista-t-il.

– Votre prochain boulot, déclara Hogg.

– Mais qui est David Watts ?

– Bon Dieu de merde, même moi je sais qui est David Watts !

– Désolé.

– C'est un chanteur. Un chanteur de “rock”. Vous connaissez sa musique ?

– La seule musique contemporaine que j'écoute ces temps-ci, c'est de la musique africaine.

– D'accord, ça c'est le pompon ! » Furieux, Hogg se mit soudain au garde-à-vous. « Vous savez, Lorimer, parfois, bon Dieu, je vous crois foutrement cinglé, cinglé à lier. Enfin, mon gars, merde ! » Il se mit à arpenter, furieux, le bureau. Lorimer se gara contre le mur. « Enfin, nom de Dieu, quel âge avez-vous ? A quoi bon employer des jeunes ? Vous devriez connaître par cœur ces trucs de culture populaire. C'est un foutu chanteur de rock. Tout le monde le connaît.

– Ah, oui. Ça me dit quelque chose, maintenant. *Le* David Watts.

– Nom de Dieu, ne m'interrompez pas quand je parle !

– Désolé. »

Hogg se planta devant lui et le contempla d'un air lugubre, le sourcil froncé.

« Parfois, je pense que vous n'êtes pas normal, Lorimer.

– Définissez “normal”...

– Faites gaffe, d'accord ? » Hogg pointa sur lui un doigt carré jauni par la nicotine, puis il soupira, laissa ses traits s'affaisser, sifflota et secoua la tête. « Je ne sais pas, Lorimer, je ne sais tout bonnement pas... Je ne suis pas un type très gai en ce moment. Ma vie manque de gaieté. Janice a le dossier sur ce David Watts. Ça me paraît taillé sur mesure pour vous. »

Il s'arrêta devant la porte, vérifia qu'elle était fermée, puis, d'une curieuse démarche en crabe, revint vers Lorimer, tout en gardant un œil sur le couloir à travers le panneau vitré. Il souriait à présent, montrant ses petites dents jaunes par la fente de ses lèvres.

« Savez ce que je vais faire lundi ? La première chose, lundi matin ?

– Non, monsieur Hogg, quoi donc ?

– Je vais virer Torquil Helvoir-Jayne. »

> **388. Un verre de vin blanc.** *Torquil n'est pas un type particulièrement fier ni vaniteux : je ne dirais pas que l'orgueil figure dans la liste de ses nombreux péchés mais il se montre sauvagement défensif quant à ce qu'il considère comme son unique prétention à la gloire éternelle, et il défend son droit à cette obscure célébrité avec une folle passion. Il réclame, il demande, il exige qu'on le crédite, qu'on lui reconnaisse le titre d'auteur, de seul inventeur d'une histoire apocryphe, d'un bout de folklore contemporain qu'il a lui-même engendré mais qui, à sa fureur permanente, est devenu à présent monnaie courante, tout en restant inattribué.*
>
> *Ça s'est passé au cours d'un week-end dans le Wiltshire (ou le Devon, le Cheshire, Gloucestershire ou Perthshire). Le samedi soir, les invités, tous en dessous de la trentaine (on était encore dans les années quatre-vingt), hommes et femmes, célibataires, couples, quelques-uns mariés, s'échappant à la campagne pour leurs précieux week-ends, fuyant leurs foyers citadins, leurs boulots, leurs assommantes personnalités quotidiennes, les invités donc avaient copieusement bu. Torquil avait sans doute été le plus ivre de tous, ce samedi soir-là, saoul comme un cochon, mélangeant les boissons n'importe comment, whisky sur porto après bordeaux sur champagne. Il s'était levé tard le dimanche, passé midi, alors que les autres invités avaient déjà pris leur petit déjeuner, fait une promenade, lu les journaux du dimanche avant de se réunir dans le salon pour un verre avant le déjeuner.*
>
> *« Je suis arrivé en bas, raconte Torquil, poursuivant l'histoire, complètement dans le cirage, la vraie cata, un mal de crâne monumental, la bouche comme un cendrier, les yeux comme*

des trous de pisse dans la neige. Et ils sont tous là avec leur bloody mary, leur gin-tonic, leur vodka-jus d'orange. Je titube parmi eux, complètement flagada, on me chahute un peu, on me flanque quelques coups de coude et la fille chez qui on est – j'ai oublié son nom – vient vers moi. Tout le monde me regarde, tu comprends, parce que je suis tellement en retard et que j'ai l'air d'un vrai cadavre ambulant, tout le monde se fout de moi, et cette fille s'approche et me dit : « Torquil, que vas-tu boire ? Gin-tonic ? Bloody mary ? » En fait, pour être franc, l'idée me donne envie de vomir et donc je réponds très sérieusement, très spontanément : « Ah non, merci, je ne pourrais vraiment pas toucher à une goutte d'alcool, je prendrai juste un verre de vin blanc. »
Arrivé là, il s'arrête, me regarde longuement et dit : « Bon, tu as déjà entendu cette histoire, non ?
– Oui », je me souviens lui avoir dit. « Oui. Je ne sais plus où. C'est une vieille blague, n'est-ce pas ?
– Non. C'était moi, proteste Torquil faiblement, d'un ton brisé. C'était moi. Je l'ai dit : j'ai été la première personne à le dire. C'était ma réplique. Aujourd'hui, n'importe quel petit malin dégringole les escaliers un dimanche matin et se paye son petit succès à bon marché. Ce n'est pas une "vieille blague", c'est quelque chose que j'ai dit. Je l'ai dit le premier et tout le monde l'a oublié. »

Le Livre de la Transfiguration

Il composa le numéro de téléphone qu'Alan lui avait donné, en se rendant compte qu'il fonctionnait sur une sorte de pilotage automatique personnel ; il agissait par pur instinct, sans réfléchir, sans analyser ni penser aux conséquences au-delà du moment présent. Le téléphone sonna et resonna.
« Ouais ? »
Une voix d'homme. Lorimer sortit brusquement de sa rêverie robotique : il réfléchit à toute allure.
« Allô, pourrais-je parler à Mr Malinverno ?
– Lui-même.

– Ah, bien. J'appelle de... »

Lorimer raccrocha. Pourquoi n'y avait-il pas pensé avant ? Comment cette probabilité, ou possibilité, n'était-elle même pas entrée dans ses calculs ? Ainsi donc elle était mariée. Non : ce pouvait être un frère, ou un père ; voire même un oncle (tout juste). Tout cela était faible invention, illusion. Un Mr Malinverno avait répondu au téléphone : il y avait de fortes chances qu'il s'agisse de l'homme de sa vie.

Histoire de s'éclaircir les idées et de se calmer, il se tourna vers d'autres affaires plus pressantes. Sur son magnétophone de poche, il dicta une lettre pour Gale-Harlequin, confirmant qu'une demande d'indemnisation réduite à dix millions serait acceptable par ses clients, Fortress Sure. Janice la ferait taper et envoyer demain matin – au moins, une sorte de point final satisfaisant avait été mis à ce chapitre de sa vie.

Dymphna avait encore les yeux gonflés et ourlés de rouge mais elle semblait avoir recouvré sa bonne et chaleureuse humeur habituelle. Cela tombait bien, c'était le *happy hour* et ils étaient à La Clinique – le choix de Dymphna –, un nouveau grand pub à thème sur Fleet Street. Avec barmen en blouses blanches et serveuses en uniformes d'infirmières très courts. Dymphna buvait un cocktail baptisé Aspirine soluble qui, autant que Lorimer pouvait en juger, se composait d'une sélection hasardeuse d'alcools blancs (gin, vodka, rhum blanc, Cointreau triple sec) assaisonnée d'un nuage de lait de coco. La musique était d'une raucité bruyante et l'endroit bourré de jeunes gens en costume trois pièces et de jeunes filles en tailleur, tous las de leur travail et à la recherche de distraction. Dymphna alluma une cigarette et envoya la fumée dans le nuage bas et gris qui tourbillonnait au-dessus de leurs têtes. Lorimer avait une légère migraine dont l'épicentre se situait à deux centimètres au-dessus de son sourcil gauche.

« C'est un salaud achevé, dit Dymphna. Il voulait simplement me faire pleurer, Dieu sait pourquoi. Il n'a pas cessé de m'asticoter. Tu sais ce qui m'a fait craquer ? Je suis tellement en rogne contre moi... Furieuse.

– Tu n'as pas besoin de me faire un dessin...

– Il m'a dit : "Ne venez plus avec des jupes de cette longueur, je vous prie."

– Quel culot ! »

Lorimer baissa les yeux sur la jupe caramel de Dymphna dont l'ourlet se situait aux cinq centimètres autorisés au-dessus de ses genoux un peu dodus.

« Il a dit que j'avais de grosses jambes.

– Nom de Dieu. Eh bien, si ça peut te consoler, il m'a dit que j'étais fou à lier. Il était d'une humeur de chien. »

Dymphna, pensive, tira une grosse bouffée de sa cigarette.

« Je n'ai pas de grosses jambes, si ?

– Bien sûr que non. C'est juste un pauvre salaud.

– Quelque chose le tracasse vraiment. Il est toujours grossier quand il est embêté. »

Lorimer se demanda s'il devait lui parler du renvoi imminent de Torquil. Puis, dans un brusque accès de lucidité, il comprit que c'était exactement ce que Hogg attendait qu'il fît : un des plus vieux pièges connus et il avait failli tomber tout droit dedans. Peut-être Hogg avait-il informé tout le monde, peut-être s'agissait-il d'un test de loyauté, de qui parlerait le premier ?

« Une autre Aspirine soluble ? suggéra-t-il avant d'ajouter, innocemment : Je pense que la présence de Torquil pourrait y avoir sa part.

– Ce branleur ! s'écria Dymphna d'un ton maussade en lui tendant son verre blanchâtre. Oui, une autre, après quoi tu pourras faire de moi ce que tu veux, mon joli Lorimer. »

Voilà ce qui arrivait quand on essayait d'être « gentil », songea Lorimer en commandant une autre Aspirine soluble et une bière peu alcoolisée pour lui. Il était certain que Dymphna ne savait rien de la descente en flammes de Torquil mais, quoi qu'il en soit, il allait, lui, avoir sans tarder à éteindre ses avances amoureuses...

Flavia Malinverno surgit de l'autre côté de la salle. Il se mit sur la pointe des pieds pour mieux voir – la tête de quelqu'un lui bouchait la vue. Puis elle bougea et il vit que ce n'était pas elle, personne qui lui ressemblât. Bon Dieu, pensa-t-il, ça montrait ce qui le hantait : il en venait presque à halluciner de désir.

Dymphna avala une gorgée de sa blanche boisson et regarda fixement Lorimer par-dessus son verre.

« Que se passe-t-il ? dit-il. C'est trop fort ?

– Tu me plais vraiment, Lorimer, tu sais ? J'aimerais bien te connaître mieux. »

Elle lui prit la main. Lorimer sentit son moral entamer une lente descente.

« Allons, fais-moi un bisou, dit-elle. Vas-y.

– Dymphna. Je fréquente quelqu'un.

– Et alors ? Je veux juste un coup de baise.

– Je suis... je suis amoureux d'elle. Je ne peux pas.

– Veinard. » Elle eut un petit rire amer. « C'est difficile de rencontrer quelqu'un qui vous plaît. Et puis quand ça arrive, tu découvres qu'il a déjà quelqu'un. Ou bien qu'il n'a pas envie de toi.

– Je t'aime bien, Dymphna, tu le sais.

– Ouais, nous sommes de grands "copains", hein ?

– Tu sais bien ce que je veux dire.

– Alors qui est cette sacrée nana ? Je la connais ?

– Non. C'est une actrice. Rien à faire avec nous, avec notre monde.

– Sage. Comment s'appelle-t-elle ?

– Flavia. Écoute, as-tu entendu parler d'un chanteur, un chanteur de rock nommé David Watts ?

– Flavia ? Quel prénom affreusement séduisant ! Est-elle très "glamour" ? David Watts ? Moi, j'adore David Watts. »

> **114. Sommeil MOR.** *Tu as beaucoup de sommeil MOR, beaucoup plus que la moyenne. Serait-ce parce que ton cerveau a besoin de plus de réparation chaque nuit ?*
> *Sommeil MOR. Les mouvements des ondes intermentales opèrent sur une fréquence beaucoup plus rapide, les battements*

de cœur et la respiration sont accélérés, la tension peut augmenter et les muscles faciaux offrent plus de mobilité. Le visage peut être agité de tics, les globes oculaires peuvent bouger derrière les paupières closes, l'afflux du sang au cerveau augmente, le cerveau devient plus chaud. Parfois, dans le sommeil MOR, le cerveau émet plus de neutrons que lorsqu'on est éveillé.

Mais, en même temps, le corps éprouve une forme de légère paralysie : les réflexes vertébraux déclinent, il y a augmentation de l'inhibition motrice et suppression de la tonicité musculaire. Excepté dans une partie du corps : une autre particularité du sommeil MOR, c'est l'érection du pénis ou l'engorgement du clitoris.

Le Livre de la Transfiguration

Les croissants d'acier des pointes et des talons de ses semelles résonnant, martiaux, sur le sol en béton du parking sur plusieurs étages, les ampoules fluorescentes blanches absorbant les couleurs vives des rangées de voitures étincelantes, le bruit de ses chaussures, tout contribuait à l'ambiance de menace naissante qui semblait toujours régner, à la nuit tombée, parmi ces ponts empilés, avec cet éclairage artificiel, ces plafonds bas oppressants, les places de stationnement pleines de voitures mais vides de chauffeur ou de passagers. Lorimer songeait à Hogg et à ses humeurs changeantes, à ses provocations de petit dur. Derrière le franc-parler et la gouaille, Hogg et lui s'étaient toujours bien entendus ; leurs échanges contenaient la notion implicite – et ses collègues le remarquaient souvent en plaisantant – que Lorimer était le chouchou, l'élu, le dauphin du Roi-Soleil Hogg. Aujourd'hui, cependant, ça n'avait pas été le cas : l'immense assurance qui permettait à Hogg de rouler des mécaniques dans son petit fief était absente – ou plutôt, elle était bien là mais contrainte et forcée, et par conséquent plus moche. Il avait paru franchement inquiet et Lorimer n'avait jamais encore associé Hogg à cet état d'esprit.

Mais d'où venait donc son trouble ? Que voyait-il venir d'en haut que lui, Lorimer, ne pouvait pas voir ? Il existait là un tableau plus grand mais Lorimer n'avait pas toute la toile sous les yeux. Il avait raison sur ce point aussi : la nouvelle du renvoi de Torquil était une flagrante tentative de piège. Hogg attendait de voir à qui il allait parler, il attendait de voir si lui, Lorimer, parlerait à Torquil. Mais pourquoi Hogg le pensait-il capable de ça, lui, son chouchou ? Pourquoi le mettait-il à l'épreuve de la sorte ?

Lorimer ralentit le pas tandis que la réponse lui venait. Hogg, troublé, perturbé, conscient de dimensions encore inconnues de Lorimer, voyait – ou croyait voir – un rôle joué par Lorimer lui-même. Hogg, comprit soudain Lorimer avec un vrai choc, le soupçonnait. Il s'arrêta, à quelques mètres de sa voiture, le cerveau en action. De quoi s'agissait-il ? Que voyait Hogg qu'il ne voyait pas ? Quelque chose lui échappait, un fil conducteur dans les événements récents... Cette incertitude était alarmante et encore plus s'il considérait les conséquences naturelles de cette suspicion ; si Hogg le soupçonnait, la conclusion était évidente : George Gerald Hogg n'avait plus confiance en Lorimer Black.

Quelqu'un s'était attaqué à l'avant de sa voiture. En s'approchant, il découvrit une inscription en lettres de sable, du sable déversé sur le capot et moulé en stries de cinq centimètres de haut pour former le mot BASTA.

Il regarda autour de lui. Alerté par le cliquetis guerrier de ses talons, l'auteur du crime avait-il fui ou bien se cachait-il/elle encore dans les parages ? Il ne vit personne, rien ne bougea, et il balaya le sable froid du capot. Comment expliquer ça ? Était-ce dirigé contre lui ou bien était-ce un effet du hasard, de son manque de chance ? Basta, cela signifiait « assez » en italien. A moins qu'il ne s'agisse d'un « bâtard » tronqué, une injure à l'égard du statut marital de sa mère ? Basta. Assez. Assez comme ça. Assez de questions. Il espérait dormir cette nuit mais il en doutait, il ne songeait plus déjà qu'à son projet suivant : demain matin, il téléphonerait à Flavia Malinverno.

Chapitre 8

« Allô ?

– Pourrais-je parler à Flavia Malinverno ?

– Vous êtes ?

– Lorimer Black à l'appareil. Nous nous sommes rencontrés...

– Qui ?

– Lorimer Black. Nous...

– Est-ce que je vous connais ?

– Nous avons fait brièvement connaissance l'autre jour. A l'Alcazar. C'est moi qui avais été tellement séduit par votre interprétation. Dans le film publicitaire de Fortress Sure.

– Ah, oui. » Silence. « Comment avez-vous eu mon numéro ?

– Je vous l'ai dit : je travaille pour Fortress Sure. Ce genre d'info se trouve dans les dossiers. » Il pataugeait un peu. « Les dossiers de la compagnie qui a produit le film. Vous savez, les feuilles de présence, euh, les registres de transports...

– Vraiment ?

– Ils adorent les dossiers. Il s'agit d'une compagnie d'assurances, ne l'oubliez pas. Tout est toujours en fiche quelque part.

– Ah. Pas possible.

– Oui. » Tant qu'il y était... « Je me demandais si nous pourrions nous voir. Vous offrir un verre, à déjeuner ou autre ?

– Pourquoi ?

– Parce que... Parce que ça me ferait plaisir, pour être franc. » Silence. Lorimer déglutit. Pas de salive dans sa bouche en papier.

« D'accord, dit-elle. Je suis libre dimanche soir. Où habitez-vous ?

– A Pimlico. Lupus Crescent, ajouta-t-il comme si cela rendait la chose plus séduisante et plus chic.

– Non, ça ne colle pas pour moi. Je vous verrai au café Greco dans Old Compton Street. 18 h 30.

– 18 h 30. Café Greco, Old Compton Street. J'y serai.

– A bientôt, Lorimer Black. »

175. La Sottise de Sinbad. *Sinbad Fingleton avait des cheveux châtain indisciplinés, souvent sales, qui formaient d'épais tortillons, pareils à des copeaux de bois, et pendaient sur son front étroit juste en dessous de ses yeux. Il souffrait d'une sinusite chronique, ce qui signifiait qu'il reniflait beaucoup et était obligé de respirer par la bouche. Une bouche qu'il gardait donc ouverte la plus grande partie de la journée et, certainement, de la nuit. Il aimait les efforts physiques simples : casser du bois, tondre le gazon, tailler les plantes, creuser, transporter – raison pour laquelle son père, au désespoir, téléphonant à un de ses copains au conseil municipal, avait réussi à lui obtenir une basse besogne au service des parcs. Son autre plaisir, Sinbad le trouvait dans la marijuana et ses dérivés, et, d'après les histoires qu'il racontait, il semblait que ses collègues partageaient ses goûts et qu'ils passaient leurs heures de travail à s'occuper des pelouses et des parterres, des arbustes et jeunes plants d'Inverness dans de plaisantes et planantes brumes. Sinbad était toujours ravi d'expérimenter d'autres drogues et, un ami lui ayant vendu des tablettes de LSD, il était parti à bord d'une Land Rover du service des parcs pour un trip de trente-six heures dans le désert rocailleux de Glen Afriq (d'où la nécessité d'une autre série de coups de téléphone pacificateurs de la part du paternel, et l'effacement d'un supplément de reconnaissances de dette). Ç'avait été, déclara Sinbad à ses colocataires, la plus étonnante expérience de sa vie et il désirait offrir, gratis, un peu de LSD à n'importe lequel d'entre eux qui souhaiterait goûter à l'intensité de changement de perception que procurait la chose. Lachlan et Murdo accep-*

tèrent, disant qu'ils emporteraient le LSD à Mull pour l'essayer. Le reste de notre groupe déclina l'offre avec indifférence mais politesse (Joyce le faisant aussi au nom de Shona – bien qu'il fût partant).

Sinbad fut déçu par ces réticences et, un soir, alors que Joyce préparait notre repas communautaire – un énorme hachis Parmentier –, il jeta trois tablettes d'acide dans la viande hachée qui mijotait, afin de s'assurer que nous ne raterions pas cette expérience euphorique dont il était certain qu'au fond de notre cœur nous la désirions. J'étais resté coucher là-bas ce soir-là.

Le Livre de la Transfiguration

Ivan Algomir examina le billet griffonné de Binnie Helvoir-Jayne, donnant de son énorme écriture à boucles des instructions pour le dîner.

« Smoking ? dit-il. Ça fait plutôt tocard, non ? » Il renifla. « Je suppose que c'est tout juste permis de nos jours. Il doit y avoir un invité très important.

– Je n'en sais rien.

– S'il s'agit simplement d'une bande d'amis, c'est impardonnable. Où diable se trouve donc Monken Hadley ?

– Croyez-le ou pas, dans la circonscription urbaine de Barnet.

– Priddion's Farm, Monken Hadley ? On pourrait s'imaginer au fin fond du Gloucestershire.

– C'est à un ou deux kilomètres de l'entrée de l'A 1.

– Ça me paraît très douteux. Enfin, si vous devez vous mettre en smoking, rappelez-vous : pas de col cassé, un vrai nœud papillon que vous nouez, et un noir, absolument pas de couleur ; pas de stupides pantoufles en velours ; pas de ceinture turban ; pas de chemise à ruchés ; pas de chaussettes noires, pas de pochette. La veste en velours convient. Je sais, dit-il, avec un brusque sourire, dévoilant la débâcle de ses grandes dents en ruine, vous pouvez y aller en kilt. Parfait. Le tartan de la Black Watch. Idéal, Lorimer.

– Puis-je porter un poignard ?

– Absolument pas.

– Qu'est-ce qui cloche avec les chaussettes noires ?

– Seuls les maîtres d'hôtel et les chauffeurs portent des chaussettes noires.

– Vous êtes un génie, Ivan. Que pensez-vous des montres de gousset ? J'en aimerais bien une.

– Aucun gentleman ne porte une montre de gousset. Horrible affectation. Si vous refusez physiquement de porter une montre de poignet, alors mettez-en simplement une dans votre poche. C'est de loin préférable, croyez-moi.

– D'accord, dit Lorimer. Et maintenant, à propos de ce casque. »

Il étala trois clichés Polaroid de sa collection et tendit à Ivan la liste des pièces et de leur provenance. Ivan y jeta un coup d'œil et les repoussa.

« Pas intéressé par la bourguignotte ni la barbute mais ce numéro-là a bonne allure. Je vous en donne cinq mille. Oh, allons, bon, sept mille pour les trois.

– Top-là. » Lorimer faisait un bénéfice mais là n'était pas le propos : il n'achetait jamais ses casques en vue d'un profit. « Je les ai dans la voiture.

– Faites-moi un chèque de treize mille et il est à vous, dit Ivan tendant le bras vers la table sur laquelle se trouvait le casque grec et le posant devant Lorimer. Je couvre à peine mes frais là-dessus. »

Lorimer réfléchit.

« Je peux vous faire un chèque, à condition que vous ne le mettiez pas à l'encaissement avant que je vous le dise. J'ai un joli petit bonus à l'horizon mais il n'est pas encore finalisé. »

Ivan le contempla avec tendresse. Lorimer savait que son affection était sincère et pas simplement due au fait qu'il fût bon client. Ivan se plaisait dans son rôle de *consigliere* et source générale de toute science concernant les affaires d'habillement et de société. Comme beaucoup d'Anglais, il se souciait peu de ce qu'il mangeait ou buvait – un gin-tonic et un sandwich à la banane lui convenaient à toute heure du jour –, mais en matière de décorum Lorimer le traitait positivement en oracle, et Ivan était amusé – et assez flatté – d'être consulté. Que Lorimer ne discutât jamais une seule opinion ou déclaration d'Ivan ne gâtait rien.

« Je vais l'empaqueter et vous pourrez l'emporter avec vous », dit-il. Puis, se tournant vers l'escalier, il cria : « Petronella ? Champagne, chérie, nous venons de faire une vente. Amène le Krug ! »

32. La philosophie des assurances selon George Hogg. *Que font les assurances, que font-elles vraiment ? nous demandait Hogg. Et nous disions, faisant écho avec zèle aux manuels, que la fonction première des assurances est de substituer la certitude à l'incertitude au regard des conséquences économiques d'événements désastreux. Elles donnent un sentiment de sécurité dans un monde peu sûr. Elles vous font donc vous sentir à l'abri ? poursuivait Hogg. Oui, répondions-nous : quelque chose de tragique, de catastrophique, de gênant ou d'irritant peut s'être produit mais il y a récompense sous la forme d'une somme d'argent prédéterminée. Tout n'est pas complètement perdu. Nous sommes couverts d'une certaine manière, protégés dans une certaine mesure contre le risque – la malchance – d'une attaque cardiaque, d'un accident de voiture, d'un handicap, d'un incendie, d'un vol, d'une perte, des choses qui peuvent nous affecter et nous affecteront tous à certains ou plusieurs moments de notre vie.*

Cette attitude, disait alors Hogg, est fondamentalement immorale. Immorale, malhonnête et fallacieuse. Une telle interprétation encourage et étaye l'idée naïve que nous grandirons tous, que nous serons heureux, en pleine santé, que nous trouverons un travail, tomberons amoureux, fonderons une famille, gagnerons notre vie, prendrons notre retraite, jouirons de notre grand âge et mourrons paisiblement dans notre sommeil. Un rêve séduisant, grondait Hogg, la plus dangereuse des illusions. Chacun de nous sait que, en réalité, il n'en va pas ainsi dans la vie. Alors qu'a-t-on fait ? On a inventé les assurances – qui nous donnent le sentiment d'avoir la moitié d'une chance, une occasion d'y arriver, de sorte que même si quelque chose va mal – moyennement ou affreusement – nous avons prévu un amortisseur contre le désastre.

Mais, disait Hogg, pourquoi un système que nous avons inventé serait-il d'une nature différente que la vie que nous menons ? Pourquoi les assurances seraient-elles solides et sûres ? Quel droit avons-nous de penser que les lois de l'incertitude qui gouvernent la condition humaine, tout effort humain, toute vie humaine, ne s'appliquent pas à cette construction artificielle, cet emplâtre qui affecte d'adoucir les coups de la malchance et du mauvais sort ?

Hogg nous regardait, les yeux brillants de mépris et de pitié. Nous n'en avons pas le droit, déclarait-il avec solennité. Une telle attitude, de telles croyances sont profondément, fondamentalement peu philosophiques. Et c'était là que nous – les experts en sinistres – entrions en scène. Nous avions un rôle vital à jouer : nous étions les personnes qui rappelaient aux autres que rien en ce monde n'est vraiment certain, nous étions l'élément malin, le facteur instable dans l'univers ostensiblement stable des assurances. Je suis assuré, donc je suis au moins en sécurité, aimons-nous penser. Il n'en est rien, disait Hogg secouant un doigt pâle, ah, ah, pas question. Nous avons un devoir philosophique à accomplir lorsque nous ajustons les pertes, affirmait-il. Quand nous procédons à nos ajustements, nous frustrons et renions toutes les douces promesses des assurances. Nous incarnons, à notre modeste manière, un des grands principes inflexibles de la vie : rien n'est sûr, rien n'est certain, rien n'est sans risque, rien n'est totalement couvert, rien ne dure toujours. C'est une noble vocation, disait-il, allez dans le monde et faites votre devoir.

Le Livre de la Transfiguration

Priddion's Farm, Monken Hadley, se révéla être une grande villa d'agent de change des années vingt, brique et crépi, avec colombage et cheminées en flèche pseudo-élisabéthains. Elle était située dans un vaste jardin fait de plusieurs pelouses en terrasse avec vue sur un terrain de golf, la grande autoroute du nord et, au loin, les toits de High Barnet. Bien que Monken Hadley fît partie de la grande ville, perché à sa frange nord extrême, pour Lorimer il avait l'air d'un village miniature, avec un pré communal, une église en moellons rocailleux – Sainte-Vierge-Marie – et un vénérable manoir.

Priddion's Farm était dans une certaine mesure cachée de la route et de ses voisins par de gros massifs de lauriers et de rhododendrons ; il y avait aussi un assortiment de grands arbres : cèdres, marronniers, érables, araucarias et saules pleureurs stratégiquement disséminés sur les pelouses, sans doute plantés à l'origine par le riche constructeur de la maison.

Lorimer gara sa voiture à côté de trois autres dans l'allée de gravier devant le porche d'entrée et tenta de faire coïncider ce manoir bourgeois avec le Torquil Helvoir-Jayne qu'il croyait connaître. Il entendit des rires et des voix et contourna la maison pour découvrir un terrain de croquet sur lequel Torquil et un autre type en pantalon de velours côtelé rose faisaient une partie bruyante émaillée de jurons. Une jeune femme maigre en jean regardait en fumant et en hennissant de temps à autre, puis elle lança un cri d'encouragement tandis que Torquil alignait la balle de son adversaire avant de la frapper violemment et de l'expédier à travers la pelouse et un parterre de fleurs, hors de vue, d'où on l'entendit rebondir sourdement sur les dalles de pierre d'une terrasse inférieure.

« Espèce de foutu salaud ! beugla à l'adresse de Torquil l'homme au pantalon rose qui s'en alla trottinant chercher sa balle.

– Tu me dois trente tickets, espèce de cul ! hurla en retour Torquil, alignant son coup suivant.

– Faut payer, faut payer ! cria à tue-tête la jeune femme. Et fais-toi donner du liquide, Torquie.

– On dirait qu'on s'amuse, lança Lorimer à la jeune femme qui se retourna pour le regarder avec indifférence.

– La Folle, dis bonjour à Lorimer, l'encouragea Torquil, sois gentille. »

Lorimer tendit machinalement sa main qui, après une seconde de surprise, fut faiblement serrée.

« Lorimer Black, dit-il. Salut.

– Je suis Folle, répliqua-t-elle. Vous n'aimez pas le croquet ? Oliver est bon à rien, c'est un si mauvais perdant.

– Et ce crétin croulant est Oliver Rollo, annonça Torquil alors que le jeune type en pantalon rose revenait avec sa balle. Lorimer Black. Lorimer était à Glenalmond avec Hugh Aberdeen.

– Comment va ce vieux Hughie ? » s'enquit Oliver.

Il était grand et très gros, avec de longs bras, deux taches roses sur ses joues empourprées par sa courte remontée de la terrasse inférieure. Il avait une grande mâchoire molle, d'épais cheveux noirs rétifs, et la braguette de son pantalon de velours côtelé était grande ouverte.

« Pas la moindre idée, répondit Lorimer. Torquil s'accroche à l'idée que je le connais.

– Bon, face de con, tu l'as dans le dos », dit Oliver, Lorimer se rendant vite compte qu'il s'adressait à Torquil.

Il laissa tomber sa balle sur l'herbe et s'empara de son maillet.

« Si tu dois pisser dans mon jardin, ça ne te ferait foutrement rien de ne pas t'exhiber, s'écria Torquil en pointant le doigt sur la braguette d'Oliver. Sacré pervers. Comment supportes-tu ça, la Folle ?

– Pasque c'est un joli p'tit gars, chantonna la Folle avec la voix d'une vieille Londonienne des quartiers populaires.

– Parce que j'ai une queue de vingt-cinq centimètres, dit Oliver Rollo.

– Continue à rêver, chéri », lança la Folle, acide, et un regard glacial vola de l'un à l'autre.

Une jeune femme d'allure imposante et gaie surgit en trombe d'une porte-fenêtre donnant sur le terrain de croquet. Elle avait une grosse poitrine tombante sous un chandail informe de couleur vive couvert d'étoiles bleues, et des cheveux blonds secs retenus par un cercle de velours. Ses joues étaient affectées d'une sorte d'eczéma et elle avait un restant d'un bouton de fièvre à la commissure des lèvres. Mais son sourire était chaleureux et sincère.

« Lorimer Black, je présume, dit-elle en lui serrant la main. Je suis Jennifer. Binnie. »

Ils entendirent derrière eux un énorme rugissement de déception : Torquil venait de rater un coup tout cuit.

« Con, connard, triple con !

– Les garçons ! cria Jennifer-Binnie. Rappelez-vous, les voisins ! Et votre langage, s'il vous plaît ! » Elle se tourna vers Lorimer : « Votre petite amie vient d'appeler de la gare. Voulez-vous que j'aille la chercher ?

– Pardon ? Qui ? »

Avant que Lorimer ait pu poser une autre question, Torquil, surgissant à ses côtés, l'attrapait fermement par l'épaule.

« Nous y allons, dit-il. Viens, Lorimer. »

En route vers High Barnet, Torquil s'excusa. Il paraissait excité, tendu comme un ressort, animé d'une sorte de folle énergie.

« J'aurais dû t'informer d'abord, je suppose, dit-il sans conviction. Je n'ai pas eu le temps de m'arranger avec toi. J'ai pensé qu'on serait capables de jouer le coup. J'ai raconté à Binnie que vous aviez juste commencé à vous fréquenter. » Il eut un sourire salace. « Ne t'en fais pas, vous ne coucherez pas ensemble.

– Et qui est au juste ma petite amie ce week-end ?

– Irina. La mouquère russe. Tu te souviens ?

– La tristounette ? »

Lorimer fit la grimace.

« Je ne pouvais pas l'inviter seule, hein ? Qu'aurait pensé Binnie ? » Torquil tapota le genou de son passager. « T'inquiète, je n'ai eu cette idée qu'hier. Je ne t'avais pas prévu comme chaperon dès le début.

– Bien. »

Lorimer n'en était pas certain. Mais cela expliquait la jubilation anormale de Torquil.

« Elle semblait un peu seulette, vois-tu. Sans amis. J'ai pensé que ça allait la requinquer. Mais évidemment il me fallait inventer quelque chose de plus convaincant pour la Binns.

– Évidemment.

– Oh, et puis je dois m'excuser pour ce dîner en smoking. Une des petites manies de Binnie.

– Pas de problème.

– Et tant que j'en suis à la contrition, je m'excuse aussi pour la baraque.

– Pourquoi ?

– Tu comprends, elle a été léguée à Binnie par un de ses oncles, un oncle éloigné. » Il se tut et regarda Lorimer avec une expression voisine de la stupéfaction : « Tu ne penses pas sérieusement que j'aurais choisi de vivre à Barnet, non ? Dès que le marché repart, je bazarde la bicoque. »

Il se gara devant la station de métro de High Barnet et ils aperçurent Irina qui, vêtue d'un duffle-coat et portant un sac à dos de nylon rouge, attendait seule à l'arrêt d'autobus. Lorimer vit Torquil aller l'accueillir, l'embrasser sur les deux joues et lui parler très vite pendant quelques minutes – Irina hochant la tête sans mot dire –, avant de la précéder dans la voiture.

« Tu te souviens de Lorimer, hein ? lança Torquil avec un aimable sourire alors qu'Irina s'installait sur la banquette arrière.

– Je pense que vous étiez au restaurant, répliqua-t-elle, anxieuse.

– Oui, dit Lorimer. C'est moi. Ça fait plaisir de vous revoir. »

Lorimer attacha son *sporran* dont il vérifia la position sur son aine dans la psyché. Il était content de remettre un kilt après tant d'années et surpris, comme toujours, par la transformation que cela opérait sur lui – il ne se reconnaissait presque plus. Il redressa les épaules tout en contemplant son reflet : la courte veste noire avec ses boutons d'argent, le vert foncé du tartan (Hunting Stewart, il n'y avait plus de Black Watch en location), les chaussettes blanches à hauteur de genou et leur croisement de lacets au-dessus des chevilles. Une image aussi proche du

« Lorimer Black » paisible qu'il ait jamais désiré, une métamorphose aussi complète qu'il aurait pu souhaiter. Le plaisir que lui procurait son apparence chassa momentanément la déprime qui s'installait en lui à la perspective de la soirée à venir.

Il dormait dans une chambre au bout d'un long corridor en L, au deuxième étage de la maison, sous les toits, une grande pièce mansardée avec deux lucarnes et de nombreuses et manifestement inutiles poutres au plafond, destinées à créer une impression d'ancienneté. Torquil s'était excusé pour les poutres et les colombages extérieurs, pour les appliques en cuivre dans les couloirs, la salle de bains couleur prune et le bidet de même quand il avait montré sa chambre à Lorimer. Il continuait à reporter tout le blâme sur le goût exécrable de l'oncle éloigné de Binnie (« Nouveau riche, ayant vécu la moitié de sa vie en Rhodésie ») et refusait la moindre responsabilité quant au décor de sa propre maison. Lorimer recula et virevolta, admirant la manière parfaite dont les plis de son kilt s'ouvraient et tourbillonnaient suivant le mouvement de ses hanches.

Il sortit dans le corridor, au bout duquel il aperçut Torquil, sans sa veste de smoking, tenant par la main un petit blondinet en pyjama qui paraissait avoir dans les sept ans.

« Voici Lorimer, annonça Torquil. Dis bonjour à Lorimer, il dort dans la chambre à côté de toi. »

Le petit garçon écarquillait les yeux devant la splendeur écossaise de Lorimer.

« Salut, dit Lorimer. Je sais qui tu es, tu es Sholto.

– Sholto, le célèbre pisseur au lit, précisa son père, ce qui déclencha les larmes de Sholto.

– C'est pas juste, Papa, l'entendit gémir Lorimer tandis que Torquil le repoussait dans sa chambre. J'y peux rien, Papa.

– Ne fais pas ta chochotte. Tu peux pas supporter la plaisanterie, non ? Nom de Dieu ! »

En bas dans le salon les rideaux étaient tirés, les bougies allumées et le feu ronronnait, un vrai feu, nota Lorimer, devant lequel étaient réunis Binnie, la Folle, Oliver et un autre couple, présenté comme Neil et Liza Pawson, un directeur d'école et sa femme. Tout le monde fumait, sauf Neil Pawson.

« J'adore les hommes en kilt », déclara à l'entrée de Lorimer Liza Pawson avec une audace forcée.

C'était une femme maigre, à lunettes, avec un long cou raide dont la tension massive était visible, une veine bleue cursive battant à sa tempe. Sa robe était délicatement fleurie avec une touche artisanale de dentelle ajoutée pour la soirée au col et aux poignets.

« Vous avez le cul qu'il faut pour un kilt, dit Oliver Rollo en jetant son mégot dans la cheminée. C'est essentiel. »

Lorimer aurait pu jurer qu'à la mention du mot « cul » un froid soudain avait envahi ses fesses.

« Och ! Ouais ! C'est un véritable Écossais, s'écria la Folle derrière lui, soulevant l'ourlet du kilt à deux mains, il ne porte pas de culottes ! »

Lorimer réussit à garder un sourire collé sur son visage, son brûlant embarras couvert par l'explosion de rires nerveux qui suivit et les joviales réprimandes à l'adresse de l'irrépressible Folle et de ses célèbres polissonneries. Sa main tremblait encore un peu lorsqu'il se servit largement de vodka à la table des boissons nichée un peu à l'écart, derrière un piano demi-queue couvert de photos encadrées.

« Je crois comprendre que votre amie est russe », dit Neil Pawson, rappliquant pour remplir son verre.

Un homme flou, indistinct, teint clair, taches de rousseur, avec des sourcils blonds très fournis et une mèche juvénile de cheveux poivre et sel lui barrant le front.

« Qui ?

– Votre, euh, votre jeune amie. Binnie me dit qu'elle ne veut plus retourner en Russie.

– Probablement. Enfin, probablement pas. »

Neil Pawson lui adressa un sourire aimable.

« Binnie dit qu'elle est ici pour étudier la musique. Quel est son instrument ? Je suis un peu musicien amateur moi-même. De quoi joue-t-elle ? »

Lorimer fit rapidement l'inventaire d'un orchestre entier avant de se fixer, sans savoir pourquoi, sur le saxophone.

« Du saxophone.

– Un choix inhabituel. Je suis clarinettiste. »

Il lui fallait se débarrasser de ce type.

« Elle joue de beaucoup d'instruments, lança-t-il sans réfléchir. Presque tous : violon, timbales, contrebasse. Des instruments à cordes, en général, euh, et puis le hautbois. La flûte, s'écria-t-il avec soulagement, la mémoire lui revenant. Son instrument, c'est la flûte.

– Pas le saxophone alors ?

– Non. Oui. Parfois. Ah, tiens, la voilà. »

Lorimer se précipita avec enthousiasme pour l'accueillir mais Torquil était déjà derrière elle, une main pleine de sollicitude posée sur la chute de ses reins, disant : « Voyons, qui n'a pas encore fait la connaissance d'Irina, la jeune amie de Lorimer ? » Elle portait une blouse de satin argent qui accusait son teint blême, à la limite de l'exsangue, en dépit de la balafre de son rouge à lèvres et de l'ombre bleu foncé de ses paupières. Dans les mouvements divers qui suivirent l'entrée des nouveaux arrivants, Lorimer se retrouva dans un coin à côté d'une Binnie au teint rose vif, plus grosse et plus substantielle dans une volumineuse robe de velours ouatiné marron avec un effet bizarre de petite cape richement rebrodée autour des épaules. Il avait chaud rien qu'à la regarder et il écarta un peu les jambes sous son kilt, sentant ses couilles à l'air se rafraîchir. Merveilleux vêtement.

« ... tellement contente que vous ayez pu venir, Lorimer, disait Binnie, de petites gouttes de sueur coincées sur le duvet de sa lèvre supérieure. Vous êtes la seule personne que j'ai rencontrée parmi celles qui travaillent avec Torquil. Il dit que vous êtes son seul ami au bureau.

– Ah oui ? Vraiment ?

– Il dit qu'il n'a rien de commun avec qui que ce soit d'autre. »

Lorimer jeta un coup d'œil à Torquil qui passait à la ronde

un bol d'œufs de caille et lorgnait la Folle ; celle-ci venait d'ôter l'écharpe de mousseline scintillante drapée jusqu'alors autour de ses épaules et de révéler ainsi une naissance de seins modestes.

« C'est ça, la Folle ! Roploplos à l'air ! s'exclama Torquil d'un ton engageant. Oliver a du pot ce soir, hein ?

– Zieute bien », dit-elle, en écartant d'un doigt le bord de son décolleté.

Torquil se précipita pour en profiter.

« Zut. T'as un soutien-gorge !

– Est-ce que la Folle n'est pas impayable ? cria Binnie à Lorimer au milieu des rires qui suivirent. Quelle fille exquise !

– Pourquoi tout le monde l'appelle-t-il la Folle ? Est-ce parce qu'elle est timbrée ?

– C'est son nom : Annabelle Foll. FOLL. Depuis quand Irina et vous vous fréquentez-vous ?

– Qui ? Oooh, pas très longtemps.

– Torquil prétend qu'il entend déjà les cloches du mariage carillonner... »

Binnie le gratifia d'un regard en coin plein d'espièglerie.

« Ah oui ? Un peu prématuré, dirais-je.

– Une fille si jolie. J'adore ce look russe. »

Au dîner, Lorimer se retrouva placé entre Binnie et Foll ; Torquil était flanqué d'Irina et de Liza Pawson. Une grande bringue appelée Philippa fut présentée aux invités comme la cuisinière. Elle servit aussi à table avec l'aide de Binnie. On commença par une terrine de légumes sans goût et encore à moitié congelée, suivie par un saumon trop cuit garni de pommes de terre nouvelles. Il y avait huit bouteilles de vin, quatre de rouge et quatre de blanc placées au hasard sur la table, et Lorimer découvrit qu'il buvait de manière presque incontrôlable, saisissant chaque occasion de resservir Binnie et Foll avant de remplir de nouveau son verre. Peu à peu, l'effet anesthésiant recherché l'envahit et un sentiment d'indifférence simultané remplaça sa terreur. Il n'était pas détendu mais il cessa de s'en faire, cessa de s'inquiéter.

Foll farfouillait dans son sac à la recherche d'une autre cigarette et Lorimer s'empara d'un bougeoir. A sa surprise, il vit Torquil placer quatre autres bouteilles ouvertes – deux de blanc, deux de rouge – sur la table tandis que Philippa débarrassait le saumon. Il y avait maintenant un tel nombre de bouteilles que Lorimer ne voyait plus que la tête des gens en face. D'un geste de sa cigarette, Foll refusa le fromage que Binnie posa alors devant lui.

« ... pouvions plus supporter Verbier, trop d'affreux touristes, racontait Foll, alors j'ai dit à Ollie : et pourquoi pas Val d'Isère ? Mais il peut pas supporter les petits écoliers français qui font irruption dans les queues. Je dois dire, donnez-moi des petits Français plutôt que des Allemands – ou est-ce que je veux dire des Suisses ? En tout cas, j'ai dit : qu'est-ce que tu penses des États-Unis ? Et il a pratiquement eu une attaque. Alors on va en Andorre – en tout cas, la paix enfin.

– Ouais. Dieu merci, nous aimons tous les deux l'Italie ! » lança Oliver Rollo.

Foll se tourna délibérément vers Lorimer : « Où allez-vous ?

– Quoi faire ?

– Du ski.

– Je n'en fais pas. Plus maintenant – je me suis cassé la jambe, méchamment. Interdit par la Faculté.

– Dommage. Merci. » Elle alluma enfin sa cigarette au chandelier qu'il lui tendait. « Je dois dire que vous avez de jolies petites fesses poilues, Lorimer.

– J'ai entendu, beugla Oliver de l'autre côté de la table. Tu laisses ses fesses tranquilles ! Qu'est-ce qui cloche avec les miennes ?

– Elles sont grasses et boutonneuses. »

Liza Pawson se força à sourire. Aucun de ses voisins, pas plus Torquil qu'Oliver Rollo, ne lui avait parlé depuis plus de vingt minutes, mais l'interjection d'Oliver libéra Binnie qui partit à la recherche d'un supplément de pain.

Lorimer entendit Liza Pawson demander à Oliver : « Que faites-vous ? » Non, pensa-t-il, ne lui pose pas de questions sur leurs jobs, ils détestent ça, ça les déprime.

« Êtes-vous dans le même domaine que Torquil ? insista-t-elle.

– Je vends des maisons, répliqua avec brusquerie Oliver, à travers une molle bouchée de fromage avant de tourner le dos aussitôt. Envoie le rouge par ici, Torq, veux-tu ?

– Est-ce que l'Écosse vous manque, Lorimer ? s'enquit Binnie en revenant s'asseoir à ses côtés.

– Oui, je suppose », répondit Lorimer, soulagé de ne pas avoir à mentir pour une fois mais sans grande envie, malgré tout, d'encourager ce genre de questions. Et, mêlant Foll à la conversation : « Avez-vous jamais skié à Aviemore ?

– J'adore l'Écosse, dit Binnie, tendrement nostalgique. Nous chassions autrefois tous les ans dans le Perthshire. Vous connaissez le Perthshire ?

– Nous sommes plus au nord, répliqua Lorimer demeurant aussi vague que possible.

– Aviemore ? répéta Foll. Est-ce que c'est les Grampians ?

– Cairngorms.

– Vous chassez ?

– Plus maintenant. J'ai un tympan éclaté. Ordres de la Faculté.

– Vous n'avez pas de veine avec le sport, dit Foll, sournoise. Quid du bridge ?

– Où au nord, précisément ? insista Binnie. Qui veut encore du fromage ?

– Qu'est-ce qu'il y a pour le dessert ? cria Torquil.

– Hum, Inverness, dans le coin, un endroit du nom de Loch... », Lorimer encouragea son cerveau ramolli à l'action, « Loch Kenbarry.

– Ça c'est en Irlande, pas vrai ? dit Foll.

– Je crois comprendre que vous jouez dans un orchestre, lui lança de l'autre côté de la table Liza Pawson, cherchant désespérément à nouer conversation, les flammes des bougies dansant sur les verres de ses lunettes.

– Non, pas exactement.

– Je vous ai entendus, mon mari et vous, parler d'instruments de musique. Un groupe des nôtres a formé un petit orchestre de chambre. Je pensais qu'il essayait de vous recruter.

– Non, je ne joue pas, c'est... » Il fit un geste en direction de sa petite amie supposée, de sa future fiancée, et se rendit compte qu'il avait complètement oublié son nom. « C'est elle, euh, elle, elle est la musicienne. Je travaille dans les assurances.

– On cause pas boutique ! lui hurla Torquil. Foutez ce type à l'amende ! Qui veut du cognac ? »

La crème brûlée intacte de Lorimer lui fut retirée de sous son nez par une Philippa menaçante.

« Voilà qui est parlé, Helvoir-Jayne ! s'écria Oliver Rollo en boxant l'air.

– Loch Kenbarry... » Binnie fronçait les sourcils, essayant toujours de situer l'endroit. « Est-ce près de Fort Augustus ?

– Pas loin. »

Foll lui offrit une de ses cigarettes pour la septième ou huitième fois de la soirée. Il refusa de nouveau et lui tendit une bougie. Elle se pencha vers la flamme, baissa la voix, immobilisa sa cigarette, et dit, en remuant à peine les lèvres :

« Je dois avouer que j'ai trouvé très excitant d'être assise à côté de vous, à poil sous votre kilt.

– Binnie ! cria Torquil avec impatience.

– Pardon, chéri. » Binnie se leva. « Nous y allons, mesdames ? »

Lorimer imaginait déjà le hennissement de dérision d'Ivan Algomir. *Les femmes ont quitté la pièce ?* Foll sauta sur ses pieds et fila, Liza Pawson se déplaça avec moins de certitude. Seule la jeune Russe ne bougea pas.

« Irina ? » appela Binnie avec un geste en direction de la porte. Irina. C'était son nom.

« Qu'est-ce qu'il y a ? Où allons-nous... »

Pour la première fois ce soir-là, elle se tourna vers Lorimer pour lui demander de l'aide.

« C'est une coutume, expliqua-t-il. Une coutume anglaise. Les femmes laissent les hommes à la fin du repas.

– Pour quoi faire ?

– Parce qu'on raconte des histoires dégueu, dit Oliver Rollo. T'as du porto dans ce bistro, Torquil ? »

Lorimer était content de lui. Quand les dames eurent quitté la pièce, et tandis que Torquil et Oliver discutaient avec pédanterie de la manière d'allumer leurs cigares, il questionna Neil Pawson sur son orchestre de chambre, et l'homme parla, ravi, de sa passion pour la musique, des difficultés et des joies de la gestion d'une formation d'amateurs, s'exprimant de surcroît sur un ton de pédagogue, très directeur d'école, qui ne souffrit pas d'interruption pendant dix bonnes minutes. Ce n'est que les raclements de gorge répétés d'Oliver Rollo qui alertèrent Torquil du fait qu'un ennui mortel s'installait, il suggéra alors d'aller rejoindre les dames pour prendre le café devant la cheminée.

La soirée se termina rapidement : les Pawson partirent presque aussitôt, Lorimer les gratifiant d'un au revoir chaleureux, posant même un baiser sur la joue de Liza, certain de ne jamais les revoir de sa vie. Irina déclara qu'elle était fatiguée et Binnie se leva vivement pour l'emmener avec agitation dans sa chambre. Puis Oliver et Foll montèrent se coucher, au milieu de moult suppositions lubriques de Torquil. Durant un moment bizarre, Lorimer et Torquil demeurèrent seuls dans la pièce, Torquil enfoncé dans son fauteuil, jambes écartées, tirant sur le mégot mouillé de son cigare et faisant tourner deux centimètres de cognac dans son verre.

« Magnifique soirée, dit Lorimer, sentant qu'il devait briser un silence prégnant d'intimité.

– C'est tout ce qui importe, répliqua Torquil. De bons amis. De la bonne bouffe et de bons carburants. Un peu de conversation. Un peu de rigolade. C'est ça la vie, tu vois, c'est ce qui la fait aller.

– Je crois que je vais me tirer, dit Lorimer, tentant d'ignorer la migraine sourde qui s'installait entre ses yeux.

– Fous la Foll hors de ton pieu si elle essaye de s'y glisser, conseilla Torquil avec un sourire déplaisant. Une chatte sur un toit brûlant, celle-là. Elle pense qu'à ça !

– Alors Oliver et elle ne sont pas...

– Oh si. Ils se marient dans un mois.

– Ah ! »

Binnie revint.

« Vous n'allez pas vous coucher, non, Lorimer ? Seigneur Dieu, 1 h 50 ! Il est tard.

– Super soirée, Binnie, dit Lorimer. Merci infiniment. Délicieux dîner. Ravi d'avoir rencontré tout le monde.

– Foll est marrante, n'est-ce pas ? Et les Pawson sont si gentils. Croyez-vous qu'Irina se soit amusée ?

– J'en suis sûr.

– C'est une silencieuse, non ?

– J'ai pensé qu'on irait faire une balade dans le parc, demain, intervint Torquil. Avant le déjeuner. Prendre l'air. Petit déjeuner tard, descends quand tu veux.

– Connaissez-vous Peter et Kika Millbrook ? s'enquit Binnie.

– Non, dit Lorimer.

– Des amis du Northamptonshire qui viennent déjeuner. Avec leur petit garçon Alisdair. De la compagnie pour Sholto.

– C'est le dyslexique ? demanda Torquil. Alisdair ?

– Oui, dit Binnie. C'est terrible. Horriblement dommage.

– Un dyslexique et un pisseur au lit. Sacrément chouette. Ça va faire de grands copains.

– Ça, c'est très cruel, Torquil, dit Binnie, la voix soudain dure, tremblante d'émotion. C'est une horrible remarque.

– Je m'en vais, dit Lorimer. Bonsoir tout le monde. »

De sa fenêtre, Lorimer apercevait le chapelet des phares sur la grande route du Nord. Pourquoi tant de voitures, songea-t-il, quittant la ville un samedi soir, en direction du nord ? Quels voyages débutaient là ? Quels nouveaux commencements ? Il ressentit soudain une envie poignante d'être avec eux, conduisant dans la nuit, mettant le plus de kilomètres possible entre lui et Priddion's Farm, Monken Hadley.

> **221.** *Conduisant tard le soir à travers la ville, tu fouillais les ondes à la recherche d'une station de radio qui ne diffusât pas de la musique populaire de la fin du XX*e *siècle. Tandis que tu tripotais les boutons, tu entendis une mélodie et une belle voix enrouée qui te firent oublier ta règle un moment et écouter. C'était Nat King Cole qui chantait et les paroles simples se logèrent sans effort dans ta tête. « La plus belle chose / que tu apprendras jamais / C'est simplement d'aimer / et d'être aimé en retour » Pourquoi cela t'attrista-t-il aussi indiciblement ? Était-ce juste la mélancolie dans la voix sèche de Nat, rongée par un cancer des poumons ? Ou la chanson te toucha-t-elle d'une autre manière, en découvrant cette permanente petite poche de dénuement que nous cachons tous en nous ? Puis tu tournas le bouton et tu tombas sur du Fauré, délicat, sensuel, qui te changea les idées. La plus belle chose que tu apprendras jamais.*
>
> *Le Livre de la Transfiguration*

Une main insistante sur son épaule sortit Lorimer de son sommeil. Lentement, il se rendit compte qu'il avait l'haleine fétide, le corps empoisonné par l'alcool et que sa tête résonnait à grands coups d'une douleur pure et immodérée. Penché sur lui dans l'obscurité, vêtu seulement d'une robe de chambre : Torquil. Un cri montait de quelque part, mi-hurlement mi-gémissement, pareil aux ululements d'un rituel de deuil primitif. Un instant, Lorimer se demanda si c'était le son de protestation de son cerveau maltraité mais il comprit assez vite que cela venait des profondeurs de la maison : il s'agissait du problème de quelqu'un d'autre, pas du sien.

« Lorimer, dit Torquil, il faut que tu partes. Tout de suite, s'il te plaît.

– Jésus ! » Lorimer désirait par-dessus tout se laver les dents, puis manger quelque chose de salé, d'épicé et de savoureux et après quoi se relaver les dents. « Quelle heure est-il ?

– Cinq heures et demie.

– Nom de Dieu ! Que se passe-t-il ? Qu'est-ce que c'est que ce barouf ?

– Il faut que tu partes, répéta Torquil, se reculant du lit tandis que Lorimer tombait en roulant sur les genoux puis, à partir de cette position, se mettait debout après un moment et s'habillait aussi vite que possible.

– Il faut que tu emmènes Irina avec toi, annonça Torquil. Elle est prête.

– Que s'est-il passé ?

– Eh bien... » Torquil souffla avec lassitude : « Je suis allé dans la chambre d'Irina et nous...

– Irina et toi ?

– Oui. J'y suis allé en douce vers 3 heures – pourquoi diable crois-tu que je l'ai amenée ici ? – et, bon, tu comprends, on a baisé. Et puis je me suis connement endormi et elle aussi. » Il regarda sa montre pendant que Lorimer fourrait son kilt et son *sporran* dans son sac. « Et puis, il y a à peu près une demi-heure, Sholto est venu dans notre chambre – celle de Binnie et moi. Le petit salaud avait fait pipi au lit.

– Je vois.

– Il ne le fait jamais ici. Jamais ! s'écria Torquil avec une fureur sincère. Je ne sais pas ce qui lui a pris. »

Lorimer ferma soigneusement son sac refusant de dire quoi que ce fût, refusant d'interjeter une requête en clémence au nom de Sholto.

« Alors Sholto dit : “Où est Papa ?” Binnie s'inquiète. Binnie regarde autour d'elle. Binnie réfléchit. Et tout ce que je sais c'est que je me réveille les couilles à l'air à côté d'Irina, Binnie au pied du lit la couette dans les mains en train de hurler. Elle n'a pas cessé depuis.

– Merde. Où est-elle ?

– Je l'ai enfermée dans notre chambre. Il faut que tu sortes cette fille d'ici.

– Moi ?

– Oui.

– Mais et Oliver et Foll ?

– J'en ai besoin. Foll est avec elle. C'est la meilleure amie de Binnie.

– Ah oui ? Vraiment ? Bon, je suis prêt. »

Habillée, son visage étrangement doux, libre de toute peinture et poudre, Irina pleurait doucement dans le hall. Elle ne pipa mot, laissant Torquil et Lorimer la guider gentiment dehors jusqu'à la voiture de Lorimer. Il faisait un froid glacial et il gelait si fort que le gravier sous leurs pieds ne crissait pas tant il était durement saisi. Leurs haleines se condensaient très joliment autour d'eux, en nuages qui s'attardaient, évanescents.

« Bonne chance, dit Lorimer, se demandant pourquoi il exprimait un tel souhait. Enfin, j'espère que tu...

– Elle va se calmer, le coupa Torquil, frissonnant, en serrant sa robe de chambre autour de lui. Elle l'a toujours fait jusqu'ici. Remarque, ça n'a jamais été aussi... graphique, si tu vois ce que je veux dire.

– Vaut mieux que tu rentres, conseilla Lorimer, ou tu vas attraper la mort.

– Foutrement glacial. » Torquil se tourna vers Irina, avec un air d'indifférence totale comme s'il inspectait un réfrigérateur à la recherche d'un snack. Elle ne croisa pas son regard. « Dis-lui que, tu vois, je la contacterai ou autre. » Il tendit la main par la vitre baissée et tapota l'épaule de Lorimer : « Merci, Lorimer, s'écria-t-il avec conviction. Tu es un homme sensible et un gentleman. »

C'était là le dernier compliment que Lorimer souhaitait se voir décerner par Helvoir-Jayne.

Lorimer conduisit prudemment le long des rues désertes, blanchies et assourdies par la morsure du gel. Il lui avait fallu plusieurs tentatives avant d'établir où Irina habitait, si intense était son sentiment solipsiste de désespoir, et si irréelle sa compréhension d'un monde au-delà de son petit cercle de honte. Elle finit par lever les yeux vers lui, cligner plusieurs fois des paupières et dire d'une voix rauque : « Stoke Newington. » Il alla donc de Monken Hadley à Stoke Newington – en passant par Barnet, Whetstone et Finchley, suivant les panneaux indicateurs pour la City, puis contournant Archway, pour arriver sur Stoke Newington après Finsbury Park. En traversant le boulevard extérieur nord, il se rendit brusquement compte qu'il n'avait dormi qu'à peu près trois heures ; par conséquent, techniquement, en termes d'alcool consommé et non encore absorbé par le corps, il pouvait sans doute être classé comme complètement saoul, même s'il n'avait jamais été aussi inconfortablement et manifestement conscient de sa sobriété. Sur Seven Sisters Road, il se rappela qu'on était dimanche matin et qu'il avait rendez-vous avec Flavia Malinverno dans juste douze heures. Sa joie fut mitigée par son endolorissement physique. Il lui fallait être prêt pour cette rencontre, la plus importante des importantes rencontres de sa vie – il fallait vraiment qu'il reprenne un peu en main sa manière de vivre.

Chapitre 9

Au retour de Stoke Newington dans l'aube grise, conduisant avec une attention et un soin minutieux, Lorimer s'était arrêté à une pompe à essence et avait acheté les journaux du dimanche ainsi qu'une bouteille de deux litres de Coca-Cola (normal) dont il absorbait des lampées à intervalles réguliers tout en traversant la ville lentement mais sans problèmes sur des kilomètres de rues désertes. Il arriva à Pimlico le ventre gonflé de gaz douceâtre et les dents frangées d'un velours sucré. Une fois chez lui, il prit quatre aspirines, se lava les dents et barbota une demi-heure dans un bain chaud. Puis il s'habilla, se relava les dents, attrapa un journal au passage et partit petit déjeuner.

Lady Haigh le guettait en bas, ses yeux bleu pâle le scrutant par le mince entrebâillement de la porte.

« Bonjour, Lady Haigh.

– Comment s'est passé votre week-end ? Des gens agréables ?

– C'était très intéressant.

– J'ai pensé que vous aimeriez peut-être faire faire une promenade à Jupiter.

– Je sors juste prendre mon petit déjeuner.

– C'est parfait. Il n'y verra pas d'inconvénient à condition que vous lui donniez un bout de saucisse ou de bacon. Je me suis dit que vous deviez mieux faire connaissance, tous les deux.

– Bonne idée.

– Après tout, il vous appartiendra bientôt. »

Lorimer hocha la tête, pensif. Il n'existait pas de réponse convenable au calme pronostic de Lady Haigh quant à sa mort.

« A propos, dit-elle, cet homme est encore revenu vous demander hier.

– Quel homme ?

– Il n'a pas laissé son nom. S'exprimant très bien. Il a dit qu'il était un de vos amis.

– Était-ce l'inspecteur ? Rappaport ?

– Pas celui-là. Courtois, pourtant, tout comme un policier. »

Elle ouvrit la porte en grand et fit sortir Jupiter. Il portait, ceinturé sous le ventre et la poitrine, un bizarre manteau de laine à carreaux qui lui enveloppait le corps. Le regard chassieux du chien se posa sur Lorimer avec un impressionnant manque de curiosité.

« Il a fait ses besoins, affirma Lady Haigh sur le ton de la confidence, et donc vous ne devriez pas avoir de problème dans la rue. »

Lorimer se mit en route avec Jupiter cheminant à ses côtés : il avançait visiblement avec effort, à la manière d'un vieil homme aux artères usées, mais maintenait une allure régulière. Au contraire d'autres chiens, il ne s'arrêtait pas à tout bout de champ pour renifler trottoirs, pneu, saleté ou étron, pas plus qu'il n'éprouvait le besoin de lever la patte contre chaque grille ou réverbère ; comme si l'effort d'aller de A à B requiérant toute son attention il n'avait pas le temps de se livrer à d'autres frivolités canines. Ils arrivèrent donc d'un bon pas, par cette belle matinée froide, au café Matisse. Lorimer attacha la laisse de Jupiter à un parcmètre et entra commander le petit déjeuner le plus intensément calorifique que la maison puisse concocter. L'endroit était calme, quelques habitués à l'abri derrière les écrans bruissants de leurs journaux, et Lorimer trouva une place devant, d'où il pouvait garder un œil sur Jupiter. La duègne espagnole enregistra sans battre un cil sa requête de deux œufs sur pain frit avec bacon, saucisses, tomates et champignons grillés, haricots blancs et frites, avec un supplément de frites. Lorsque le tout arriva, il arrosa l'énorme assiettée avec de généreuses giclées de ketchup et se mit au travail. Jupiter, près du parcmètre, attendait patiemment, pareil à un vieux clochard dans son manteau à carreaux défraîchi, se léchant de temps à autre les babines. Lorimer, se sentant coupable, lui apporta une saucisse mais Jupiter se contenta de la renifler avant de regarder ailleurs avec dédain. Lorimer la posa par terre à côté de ses pattes de devant mais elle était toujours là, froide et intacte, quand il émergea vingt minutes plus tard, son ventre gonflé tirant sur sa ceinture, se sentant gavé de façon grotesque mais sa gueule de bois maîtrisée, améliorée au moins à cinquante pour cent.

Il vit Rintoul qui le suivait ou plutôt marchait à la même hauteur que lui sur le trottoir d'en face. Rintoul le précédait un peu, avec la volonté d'être vu, et, quand leurs regards se croisèrent, il lança dans sa direction un poing agressif, comme pour héler un taxi. Mal à l'aise, Lorimer s'arrêta, réfléchissant que c'était ce qu'exigeait le geste, et regarda autour de lui : la rue était calme, quelques lève-tôt se hâtant de rentrer chez eux avec leurs journaux et leurs bouteilles de lait ; mais tout de même Rintoul ne pouvait rien lui faire de violent ou de fâcheux ici ? Ce serait le summum de la témérité – ou du désespoir –, et en tout cas il avait, lui, Jupiter pour lui flanquer la trouille.

Rintoul traversa la rue d'un pas décidé. Il portait un mince manteau de cuir qui ne semblait pas assez chaud pour cette matinée froide, glaciale, et sous l'éclairage à l'oblique du soleil son visage paraissait pâle et transi. Lorimer n'ouvrit pas la bouche – il présumait que Rintoul avait quelque chose à lui dire.

« Je voulais que vous soyez le premier à savoir, Black, lança Rintoul, un peu hors d'haleine, lui faisant face, se balançant d'un pied sur l'autre avec de petits mouvements agités. Nous sommes poursuivis par Gale-Harlequin pour négligence et avaries criminelles.

– Leur décision, monsieur Rintoul, pas la nôtre.

– Il y a mieux : ils retiennent tous les paiements dus. Ils ne nous règlent pas le travail fait. Notre compagnie est donc mise en redressement judiciaire. »

Lorimer haussa les épaules.

« C'est une affaire entre Gale-Harlequin et vous.

– Ouais, mais c'est vous qui les avez mis au parfum.

– Nous avons fait un rapport.

– Combien Gale-Harlequin ont-ils accepté ?

– Confidentiel, monsieur Rintoul.

– On est fauchés. On va à la banqueroute. Savez-vous ce que ça veut dire, Black ? Le coût humain ? Deano est père de famille. Quatre jeunes mômes.

– Voilà ce qui arrive quand on met le feu à des immeubles luxueux, j'en ai peur.

– On n'a jamais eu l'intention que ça tourne aussi... »

Rintoul se tut, se rendant compte qu'il était trop tard, qu'en l'occurrence une moitié de confession en valait une entière. Il se lécha les lèvres, dévisagea Lorimer avec une haine sans équivoque, puis jeta un coup d'œil du haut en bas de la rue, comme en quête d'une issue de secours. Ou d'une arme, pensa Lorimer, quelque chose avec quoi m'assommer. Son regard errant se fixa enfin sur Jupiter toujours assis patiemment aux pieds de Lorimer.

« C'est votre chien ? s'enquit Rintoul.

– Dans un sens, oui.

– Je n'ai jamais vu de ma vie un animal plus flapi, plus pathétique. Pourquoi ne vous trouvez-vous pas un cabot convenable ?

– Il s'appelle Jupiter.

– Vous allez foutrement payer pour tout ça, Black. D'une manière ou d'une autre, vous – vous, camarade, vous allez souffrir pour ce que vous nous avez fait. Je vais...

– Une tentative d'intimidation de plus, un mot violent de plus, et nous vous traînerons devant les tribunaux », dit Lorimer, élevant délibérément la voix pour que tout passant l'entende, avant de se lancer dans la réponse GGH standard à une menace verbale publique, et qui devait toujours être exprimée à la première personne du pluriel. « Vous ne pouvez pas nous menacer ainsi. Nous savons tout de vous, monsieur Rintoul, et avez-vous une idée du nombre d'avocats qui travaillent pour nous ? Que vous osiez lever le petit doigt sur nous ou nous menacer une fois de plus, nous les mettrons à vos trousses. Vous serez vraiment finis alors, vraiment lessivés. La loi vous aura, monsieur Rintoul, pas moi, la loi. Notre loi. »

Lorimer vit des larmes dans les yeux de Rintoul, des larmes de frustration et d'impuissance, ou peut-être une simple réaction à la froidure aiguë du vent qui commençait à souffler. Il fallait que ce fût un procédé finement ajusté cette contre-attaque – parfois elle avait l'effet opposé à celui recherché, elle poussait les gens trop à bout, à des extrêmes incontrôlables au lieu de les clouer, de les immobiliser au bord des représailles. Mais à présent Rintoul était paralysé, son moteur revanche en panne, inerte entre ces deux forces en compétition : sa propre rage, son envie de frapper, contre la puissance perçue dans l'impressionnante réplique de Lorimer.

Rintoul tourna les talons et s'éloigna, une épaule bizarrement courbée, comme s'il souffrait d'un torticolis. Lorimer éprouva une sorte de regret mitigé à son égard – le petit voleur à qui on colle un meurtre commis par un vrai bandit ; l'apprenti bagarreur qui s'attaque au champion du monde de boxe – tout en se sentant étrangement entaché – il avait rarement usé de la contre-menace légitime, son *modus operandi* la rendait en général inutile –, mais il était passé un moment par le monde de Rintoul, le monde des loups qui se mangent entre eux ou, plutôt, des gros loups qui mangent les petits, il avait partagé ses termes de référence, parlé un langage de déloyauté et d'injustice que Rintoul ne comprenait que trop bien.

Mais pas question de se relâcher, rien ne signifiait qu'il fût désormais en sécurité. Rintoul pouvait fort bien, par une nuit sombre, le faire attaquer anonymement – après tout, Lorimer Black était le seul lien objectif qu'il eût, le symbole présent, vivant, de tous ses maux... Lorimer se demanda s'il devait informer Hogg – le temps était venu d'une « purge », en langage GGH, une autre ressource à la disposition d'employés inquiets pris dans la ligne de mire. Un peu d'huile de foie de morue destinée à flanquer les jetons, un moyen d'effrayer dont Lorimer ne connaissait que fort peu les détails dans la mesure où le contrôle exclusif en appartenait à Hogg. « Alors, disait-il en souriant, on a besoin d'une dose d'huile de morue pour écarter les rhumes et la grippe. Laissez ça à Oncle George. » Lorimer regarda la silhouette courbée disparaître au bout de la rue et pensa que ce ne serait peut-être pas nécessaire, après tout. Du moins, il savait maintenant qui avait mis le sable sur sa voiture.

« Allez, viens, mon vieux, dit-il à Jupiter qui continuait à attendre, patient. Rentrons à la maison. »

211. *Tu sens parfois que ton boulot te salit, tu es malheureux du niveau de duplicité et de manipulation qu'exige le travail. Tu te sens corrompu et, à ces moments-là, le monde te paraît un évier dans lequel seuls les puissants et les sans-scrupules prospèrent et où les idées de justice et de loyauté, d'honneur et de décence, de bravoure et de bonté deviennent des illusions enfantines.*

Qu'as-tu fait la dernière fois où tu as éprouvé ça ? Tu es allé voir Hogg.

« Alors, vous voulez qu'on vous console ? demanda Hogg avec une commisération exagérée, entièrement feinte. Vous pensez que le monde est un endroit où seuls méfaits et corruption vous mènent là où vous voulez ?

– Parfois, ça paraît ainsi, avouas-tu.

– Ça dépend de là où vous êtes. Laissez-moi vous dire quelque chose : il y a toujours eu dans le monde plus de gens bien que de salauds. Beaucoup plus. Les salauds ont toujours été surpassés en nombre. Ce qui se passe donc, c'est que les salauds se rassemblent dans certains endroits, au sein de certaines professions. Les salauds préfèrent la compagnie des salauds, ils aiment faire des affaires avec d'autres salauds, comme ça tout le monde se comprend. Le problème pour des gens comme vous – et des gens comme moi – se pose quand vous vous trouvez, vous un type bien, avoir à vivre et travailler dans le monde des salauds. Ça peut se révéler difficile. Où que vous regardiez, le monde paraît un cloaque et il ne semble y avoir

que deux options de survie – devenir un salaud vous-même ou bien vous abandonner au désespoir. Mais cela arrive simplement parce que vous vous trouvez dans votre petit monde de salauds. Dehors, dans le plus grand monde, le vrai monde, il y a plein de gens bien, et ce monde marche selon des règles que les gens bien peuvent, en gros, comprendre. Nous avons plein de salauds dans notre pré carré et c'est pourquoi vous le trouvez rude ; mais écartez-vous, changez de point de vue et vous verrez que tout n'est pas si noir. Vous verrez ce qu'il y a de bon dans le monde. Ça aide. »
Vous verrez ce qu'il y a de bon dans le monde. Ça marche vraiment, ça a marché pour toi, un bout de temps, jusqu'à ce que tu te demandes si Hogg croyait un seul mot de ce qu'il disait.

Le Livre de la Transfiguration

Le café Greco était un local petit, sombre, un rectangle noir coincé entre une boutique de bookmakers et un magasin de vins et spiritueux, avec un comptoir et une machine à café dans le fond et des étagères à hauteur de poitrine le long des murs contre lesquelles les clients étaient censés se tenir, boire leur café rapidement puis s'en aller. Il y avait trois tabourets ; tous occupés, quand Lorimer arriva, à 18 h 15.

Il commanda un espresso et réfléchit à ce que lui racontait le choix de cet endroit. Le café Greco n'aurait jamais mérité d'être choisi pour sa collection des Cafés anglais classiques, à cause de son européanisme recyclé et de son côté mode consciencieux, un peu défraîchi : murs noirs, reproductions cent fois vues de photos en noir et blanc, plancher de bois nu, salsa latino-américaine. On servait seulement des variétés de café et des boissons sans alcool en boîte ; sous une cloche en plastique se trouvaient quelques pâtisseries et une timide sélection de *panini*. Non, le décor et ses prétentions ne lui racontaient rien, comprit-il avec lassitude, c'était la configuration du café lui-même qui comptait. Cette rencontre devait être *brève* : les couples qui se retrouvaient dans un endroit où rester debout était la norme n'avaient pas l'intention de s'attarder. Cependant, c'était bien vu de la part de Flavia, il se devait de le reconnaître : à sa place il aurait fait pareil.

Il avait réfléchi longuement à ses vêtements. Ôté sa chevalière et mis un mince bracelet d'argent. Sous une vieille veste de cuir, il portait un blouson de jogging vert dont la capuche pendait par-dessus le col de la veste comme un sac vide et dessous un T-shirt blanc avec, au cou, une maille filée sur deux centimètres. Son jean noir était délavé, virant au gris inégal, et ses solides chaussures noires aux épaisses semelles de caoutchouc n'étaient pas cirées. Il avait ébouriffé ses cheveux et, délibérément, ne s'était pas rasé. Les ambiguïtés et les contre-signaux s'équilibraient gentiment, calcula-t-il – style, et manquement voulu de style ; coût présent mais impossible à évaluer – il aurait pu être n'importe qui – aurait pu travailler dans une librairie ou un bar ; être un producteur de vidéocassettes, un facteur en civil, un acteur de café-théâtre, le régisseur d'un studio d'enregistrement. Parfaitement démocratique, pensa-t-il, rien qui surprendrait Flavia, pas d'indications involontaires.

A 6 h 35, les doutes commencèrent à affleurer. Tout en se disant qu'il y avait probablement une explication parfaitement raisonnable à son arrivée tardive, il commanda un autre café et lut avec zèle, page après page, un *Standard* abandonné. A 7 heures, il emprunta un crayon au bar et commença à faire les mots croisés.

« Lorimer Black ? »

Elle était là devant lui, juste devant lui, avec une grande veste matelassée et une écharpe couleur maïs tissée lâche enroulée plusieurs fois autour du cou. Ses cheveux étaient différents, plus foncés que la dernière fois, presque aubergine, du sang de bœuf très foncé. Elle avait à la main ce qui paraissait être un scénario tapé à la machine. Il se laissa glisser de son tabouret, un sourire stupide s'étalant sur son visage.

« Vous avez attendu, dit-elle, sans s'excuser. Vous étiez donc sérieux.

– Oui. Que puis-je vous offrir ? »

Il alla leur chercher à tous deux un cappuccino et resta debout près de son tabouret pendant qu'elle fouillait ses poches sans succès à la recherche d'une cigarette. Lorimer, le cœur battant violemment dans sa cage thoracique, ne pipait mot, content d'être à côté d'elle et d'avoir cette occasion de l'observer de très près.

« Avez-vous une cigarette ? » demanda-t-elle.

Des dents blanches, régulières. Qu'avait-elle fait à ses cheveux ?

« Je ne fume pas. »

Un soupçon d'avancée de la mâchoire inférieure donnait un côté pugnace à sa beauté. Il proposa de lui acheter des cigarettes mais elle refusa.

« Ça ne me tuera pas. »

Des sourcils bien dessinés, non épilés, fournis. Ces yeux bruns.

« Ainsi donc », dit-elle, reposant sa tasse de café. « Monsieur Lorimer Black. »

Il lui demanda, par politesse, et histoire d'entamer la conversation, ce qu'elle avait fait et elle lui répondit qu'elle sortait de la lecture d'une pièce écrite par un ami.

« Un tas de conneries en fait. Il n'a aucun talent. »

Enfin, elle ôta sa veste et son écharpe, et enfin il put examiner, à la dérobée cette fois, ses seins. D'après les agréables convexités et concavités du chandail vermillon à col roulé, il calcula qu'ils étaient d'une taille parfaitement normale mais plutôt plats que proéminents, plus du genre moitié de pamplemousse que très coniques. Heureux d'avoir satisfait à cette curiosité masculine atavique mais capitale, il reporta toute son attention sur la beauté animée et lumineuse du visage de Flavia, encore incapable de croire à son étonnante chance, tandis qu'elle continuait à débiner et, d'une manière générale, démolir les aspirations et prétentions des œuvres de son ami auteur dramatique.

« De quoi s'agit-il, Lorimer Black ? lança-t-elle soudain, plus brusque. Que se passe-t-il exactement ?

– Je vous ai vue un jour dans un taxi et j'ai pensé que vous étiez très belle, lui avoua-t-il, candide. Puis, quelque temps après, je vous ai vue dans ce film publicitaire et je me suis dit : "C'est le Destin"...

– Le Destin ! s'écria-t-elle avec un rire ironique.

– Et quand vous êtes arrivée à l'Alcazar l'autre jour à l'heure du déjeuner, j'ai compris qu'il me fallait agir. Il fallait que je vous rencontre.

– Vous êtes en train de me dire que vous avez le béguin pour moi, non, Lorimer Black ? »

Pourquoi n'arrêtait-elle pas de répéter son nom en entier, comme si ça l'amusait ?

« Je suppose que oui, confessa-t-il. En tout cas, merci d'être venue.

– Mais je suis une femme mariée, moi, dit-elle, et il faut que je tape quelqu'un d'une cibiche. »

Les cinq autres personnes qui consommaient alors dans le café Greco fumaient toutes, elle n'avait donc que l'embarras du choix. Une bonne femme rondouillarde avec des cheveux roux en épis raides et une flopée d'anneaux aux oreilles se sépara d'une de ses cigarettes et Flavia revint triomphante reprendre place sur son tabouret. Lorimer fut ravi d'avoir l'occasion de la contempler une fois de plus, notant sa taille, la longueur de ses jambes, l'amplitude de sa démarche, et son corps mince presque dépourvu de hanches. Pratiquement idéal, pensa-t-il, rien à critiquer de ce côté-là.

« Et donc vous n'avez pas de pot, Lorimer Black, conclut-elle.

– Je remarque que vous ne vous êtes pas décrite comme femme mariée et "heureuse en ménage".

– Cela va sans dire, non ?

– Vraiment ?

– Je l'aurais pensé. Vous n'êtes pas marié, si je comprends bien.

– Non.

– En main, alors ?

– Non plus.

– Et que faites-vous donc à Fortress Sure ? Cette vie m'a l'air d'un ennui mortel.

– Je suis ce qu'on appelle un expert en règlements de sinistres.

– Expertiser un sinistre... Quelqu'un qui "règle" les sinistres... » Elle réfléchit un moment. « Ça pourrait être bien – et ça pourrait aussi donner foutrement la chair de poule. » Elle lui jeta un regard perçant, les yeux plissés. « Est-ce que votre boulot est de rendre les gens heureux ? Les gens qui ont perdu quelque chose, ils vous appellent pour l'évaluer, rendre le malheur moins difficile à supporter ?

– Enfin, pas exactement. Je...

– Comme quand leur vie est cassée d'une certaine manière et qu'ils vous appellent pour la réparer.

– Pas exactement, répéta-t-il, avec prudence, incapable d'identifier son ton – naïf ou très ironique ?

– Non. Ça paraît trop beau pour être vrai. »

Ironique, donc, conclut Lorimer. Profondément.

Il la regarda et elle le regarda en retour droit dans les yeux. C'était absurde, se dit-il, analysant à toute vitesse ses sentiments, c'était presque embarrassant mais néanmoins vrai : il aurait pu rester, là tout content, à simplement contempler son visage pendant des heures. Il se sentait léger, sans substance, comme fait de balsa ou de polystyrène expansé.

« Hummm, fit-elle, pensive. Je suppose que vous aimeriez m'embrasser.

– Oui. Plus que tout au monde.

– Vous avez de jolies lèvres... et de beaux yeux las. »

Il se demanda s'il oserait se pencher et presser ses lèvres contre les siennes.

« Et je vous aurais peut-être permis de m'embrasser, reprit-elle, si vous aviez pris la peine de vous raser avant de venir me rencontrer.

– Désolé. »

Un mot sans commune mesure avec l'affreux regret qu'il éprouvait.

« Mentez-vous parfois, Lorimer Black ?

– Oui. Et vous ?

– M'avez-vous jamais menti ? Depuis le peu de temps que nous nous connaissons ?

– Non. Oui, mais un pieux mensonge et j'avais de bonnes...

– Nous nous connaissons depuis à peu près cinq minutes et vous m'avez déjà menti ?

– J'aurais pu mentir là-dessus. »

Ce qui la fit rire.

« Désolé, je suis en retard, ma puce », lança une voix masculine derrière lui.

Lorimer se retourna et vit un homme de haute taille, brun comme lui, élégamment décoiffé, plus vieux d'environ cinq ans. Lorimer enregistra très vite : repousses de barbe irrégulières, longs cheveux frisés, un visage maigre, beau, malin, pas aimable.

« Mieux vaut tard que jamais, dit Flavia. Une chance que mon vieux copain Lorimer ait été là pour m'empêcher de mourir d'ennui. »

Lorimer sourit, sentant l'homme l'évaluer, contrôler l'allure, la présence, le soupeser, subtilement.

« Je ne crois pas que tu aies déjà rencontré l'Artiste, n'est-ce pas, Lorimer ? »

L'Artiste ?

« Non. Salut, l'Artiste », dit Lorimer, réussissant à demeurer impassible.

Ce n'était pas difficile, il sentait son corps reprendre sa masse, toute sa gravité spécifique, son avoirdupoids.

« L'Artiste Malinverno, mari numéro un. »

Malinverno proféra un bonjour paresseux puis se retourna vers Flavia.

« Faut qu'on y aille, mon cœur », dit-il.

Flavia écrasa sa cigarette, enroula sa longue écharpe autour du cou et mit sa veste sur ses épaules.

« Ravie de t'avoir revu, Lorimer. »

Malinverno s'avançait déjà vers la sortie tout en gardant l'œil sur eux.

« Ah oui, ajouta Flavia. N'oublie pas de me donner le numéro de Paul.

– Sûr ! » s'écria Lorimer, soudain fier de pareille astuce. Il prit son stylo, inscrivit son numéro de téléphone et son adresse dans la marge d'une page du *Standard* qu'il déchira et lui tendit. « Paul a dit que tu pouvais l'appeler n'importe quand. Vingt-quatre heures sur vingt-quatre.

– Merci, à la prochaine », répliqua-t-elle sans battre un cil.

Tandis qu'ils quittaient le café Greco, Malinverno la prit par le cou et Lorimer se détourna. Il refusait de les voir ensemble dans la rue, mari et femme. Peu lui importait qu'elle eut donné aussi rendez-vous à Malinverno ici – son assurance à elle, sans doute –, il faisait durer au contraire le chaud rayonnement de leur conspiration, de leur complicité. Il savait qu'ils se reverraient – impossible de déguiser cette charge d'attraction mutuelle qui oscille entre deux êtres – et il savait qu'elle l'appellerait, elle aimait ses beaux yeux las.

> **104. Pavor nocturnus.** *Gérard de Nerval a dit : « Le Rêve est une seconde vie. Je n'ai pu percer sans frémir ces portes d'ivoire ou de corne qui nous séparent du monde invisible. » Je comprends ce qu'il veut dire : comme pour tout ce qui, dans la vie, est bon, nourrit, réconforte et restaure, il y a un mauvais côté, un côté troublant, déconcertant, et le sommeil ne fait pas exception. Somnambulisme, somniloquie, apnée, énurésie, bruxisme,* incubus, pavor nocturnus. *Marcher et parler en dormant, ronfler, pisser au lit, grincer des dents, cauchemar, terreur nocturne.*
>
> *Le Livre de la Transfiguration*

Il dormit à peine cette nuit-là : il n'en fut pas surpris. En fait, il ne souhaitait pas particulièrement dormir tant sa tête fourmillait de réflexions à propos de sa rencontre avec Flavia. Il analysa ses courants conflictuels sans grand succès, ne progressant que peu dans son interprétation de ses humeurs changeantes et de leurs nuances – instants d'hostilité et d'accord, tons d'ironie et d'affection, coups d'œil de curiosité et d'indifférence. A quoi tout cela revenait-il ? Et cette offre d'un baiser, qu'impliquait-elle ? Flavia était-elle sérieuse ou était-ce pure bravade, un acte de séduction ou une forme cruelle de moquerie ? Étendu sur son lit, il écoutait la quiétude croissante de la nuit, ne cessant d'approcher le silence mais sans jamais l'atteindre vraiment, son avance arrêtée par les changements de vitesse grinçants d'un camion, une sirène ou une alarme de voiture, le cliquetis du diesel d'un taxi, jusqu'à ce qu'à l'aube les premiers jumbos commencent à arriver d'Extrême-Orient – de Singapour et Delhi, Tokyo et Bangkok –, le rugissement rauque de leurs moteurs semblable à une vague se brisant lentement haut dans le ciel tandis qu'ils tournaient et viraient au-dessus de la ville au cours de leur approche finale sur Heathrow. Puis il s'endormit pendant un moment, rempli de l'étrange conviction que sa vie avait, d'une certaine manière, irrévocablement changé et que plus rien désormais ne serait jamais tout à fait pareil.

Chapitre 10

En arrivant au bureau, Lorimer entendit Hogg au bout du couloir chanter d'une voix tonitruante : « J'ai eu une fille à Kalamazoo-zoo-zoo », et il comprit que Torquil avait été viré.

Il s'arrêta et attendit le départ de Hogg avant de se glisser discrètement dans sa pièce où il s'installa pour examiner avec zèle les coupures de journaux que contenait le dossier David Watts et parcourir une biographie écrite à la va-vite et n'importe comment intitulée *David Watts. Énigme ambulante*, publiée deux ans auparavant. Qu'il eût « David Watts » pour nom de scène représentait ce que ledit David offrait de plus fascinant. Il était né Martin Foster, à Slough, où son père travaillait pour la Compagnie des eaux de la Tamise en qualité de directeur adjoint des champs d'épandage à l'ouest de l'aéroport de Heathrow. Curieux, songea Lorimer, cet échange d'un nom quelconque pour un autre qui le soit tout autant. Les détails de sa vie et de son ascension à la célébrité étaient irréprochables. Fils unique, très intelligent, peu communicatif, montrant un talent précoce pour la musique, il avait abandonné ses études au Royal College et, avec un ami, Tony Anthony (allons bon, s'agissait-il d'un nom de théâtre ?), il avait formé un orchestre de rock composé de quatre musiciens et baptisé d'abord simplement Team avant de se transformer en David Watts and the Team. Leurs deux premiers albums avaient obtenu le disque de platine ; il y avait une amourette prolongée avec une fille appelée Danielle qui travaillait pour un journal de musique avant de devenir la maîtresse-en-résidence de David Watts ; ils avaient fait deux tournées à guichets fermés aux États-Unis... Lorimer faillit piquer du nez sur le bouquin : jusqu'ici, rien que de prévisible. La biographie se terminait sur une envolée évoquant de brillants lendemains : le monde ne demandait qu'à être conquis ; le bruit courait que Danielle était enceinte ; les sucs créatifs se déversaient à torrents. Tout était possible.

Cela remontait à deux ans et les coupures de journaux reprenaient l'histoire là où la biographie l'avait laissée. Les amours avec Danielle avaient fait naufrage : elle était partie, était tombée malade puis, devenue anorexique, avait disparu, avait sans doute avorté (un sujet inépuisable pour les tabloïds : l'enfant perdu de David Watts). L'orchestre s'était séparé avec pas mal d'acrimonie ; Tony Anthony avait traîné David Watts devant les tribunaux avant de consentir à un arrangement à l'amiable, on avait retrouvé Danielle à Los Angeles, hagarde et lessivée, en cure de désintoxication et vivant avec une ex-gloire du rock tout aussi peu faite pour elle. Elle débinait David Watts avec l'intarissable animosité de rigueur (« égomaniaque, dictateur, sataniste, nazi, communiste, martien, connard », etc.). David Watts avait publié son premier album en solo avec des accompagnateurs choisis parmi les meilleurs musiciens de studio du monde ; *Angziertie*, contre toute attente, avait battu les records de vente de l'ensemble des disques précédents. On parlait d'une tournée de dix-huit mois à travers trente-cinq pays. Et c'est alors que David Watts avait eu une dépression nerveuse.

Ici, les journaux cédaient la place aux polices d'assurances. Une demande de dédommagements de deux millions de livres avait été déposée pour indemnisation des coûts provoqués par l'annulation de la tournée. En feuilletant les documents, Lorimer tomba sur plusieurs déclarations sous serment faites par des médecins et des psychiatres de Harley Street attestant de la réalité de la *crise* de David Watts. Des lettres de plus en plus irritées avaient commencé de pleuvoir en provenance de DW Management Ltd, signées par le manager de Watts, un certain Enrico Murphy, tandis qu'un premier lot d'experts en sinistres de Fortress Sure étudiaient avec obstination chaque facture ou dépense. Une demande d'un million et demi de livres pour compensation de perte de revenus avait été formulée, et une ou deux des plus grandes arènes (un terrain de base-ball dans le New Jersey, un bassin de radoub à Sydney, Australie) ainsi que des imprésarios étrangers de bonne foi avaient été payés. Dans la dernière lettre du dossier, Enrico Murphy, furieux, exigeait le règlement d'arriérés se montant à deux millions sept cent mille livres et menaçait d'un procès en résultat de ces « incroyables tracas » qui minaient encore davantage la santé déjà fragile de son client. En outre, il se proposait de porter l'affaire sur la place publique : la presse était toujours avide de nouvelles concernant David Watts.

Shane Ashgable frappa discrètement à la porte de Lorimer et se glissa dans la pièce avec des airs de conspirateur. C'était un homme mince, en pleine forme, dont l'impitoyable programme d'exercices avait transformé le visage aux muscles maxillaires proéminents en un carré presque parfait. Il marchait comme s'il avait eu le derrière serré en permanence (d'où la mémorable remarque de Hogg : « Croyez-vous qu'Ashgable ait une pièce de cinquante cents entre les fesses ? »). Il avait une fois avoué à Lorimer qu'il faisait un millier de pompes par jour.

« Helvoir-Jayne a été viré, dit Ashgable.

– Nom de Dieu ! Quand ça ?

– Ce matin. Il a fait un aller-retour aussi rapide que de la merde dans un sifflet. Jamais rien vu de pareil. Dix minutes.

– Que se passe-t-il ?

– Aucune idée. Hogg ne se possède plus. Qu'est-ce que tu en penses ? »

Ashgable n'était pas un idiot, Lorimer le savait. Il avait passé un an à la Harvard Business School, d'où son penchant pour l'argot américain.

« Je n'en sais rien du tout, affirma Lorimer.

– Allons donc, dit Ashgable avec un sourire entendu. C'est ton ami.

– Qui dit ça ?

– Helvoir-Jayne soi-même. Constamment. Tu as passé le

week-end chez lui, pas vrai ? Il devait avoir eu vent de la chose. Personne n'est aussi insensible.

– Je te jure qu'il n'en a pas donné le moindre signe. »

Ashgable se montra franchement sceptique.

« Eh bien, en partant, il n'a pas arrêté de demander où tu étais.

– Peut-être faudrait-il que j'aille voir Hogg...

– On veut un rapport complet, Lorimer. »

A l'étage, dans le hall, gisait un carton contenant divers objets provenant du bureau de Torquil débarrassé en hâte. Lorimer entr'aperçut une photo posée d'une Binnie tout sourire et collier de perles entourée de ses trois enfants potelés et astiqués.

Janice leva les sourcils d'un air désespéré et laissa échapper un petit sifflement flûté comme si c'était là le seul moyen d'illustrer son incrédulité. Elle fit signe à Lorimer d'approcher et chuchota : « Ça a été brutal et soudain, Lorimer, et le langage grossier de part et d'autre. » Elle jeta un coup d'œil du côté de la porte close de Hogg. « Je sais qu'il veut vous voir, il n'arrête pas de demander si vous avez quitté l'immeuble. »

« Entrez ! » aboya Hogg au premier coup frappé par Lorimer. Celui-ci s'avança et Hogg, sans mot dire, lui désigna du doigt une chaise déjà placée devant le bureau vide. « Il n'a pas eu la moindre idée de ce qui lui tombait dessus, rien du tout, déclara Hogg, la voix empreinte d'un orgueil manifeste. Très satisfaisant. Cet air d'incrédulité totale sur le visage. Des instants à chérir, Lorimer, des instants à se rappeler dans son vieil âge.

– Je n'ai rien dit à personne, fit remarquer Lorimer.

– Je sais. Parce que vous êtes intelligent, Lorimer, parce que vous n'êtes pas bête. Mais ce qui m'intrigue, justement, c'est jusqu'à quel point vous êtes intelligent.

– Je ne comprends pas.

– Pensez-vous être intelligent au point de pouvoir nous mener tous en bateau ? »

Lorimer commençait à se sentir offensé et blessé par ces insinuations abstruses : la paranoïa de Hogg dépassait les bornes. Il percevait aussi de nouveau sa propre ignorance, le sentiment de n'être en possession que de quelques-uns des faits, et pas des plus cruciaux.

« Je fais seulement mon travail, monsieur Hogg, c'est tout, comme je l'ai toujours fait.

– Alors, vous n'avez pas à vous inquiéter, s'pas ? » Hogg marqua un temps d'arrêt avant d'ajouter, d'un ton dégagé : « Comment s'est passé votre week-end chez les Helvoir-Jayne ?

– Oh, bien. Mondain, purement mondain. »

Hogg joignit les mains derrière sa tête, une vague expression d'amusement lui plissant le coin des yeux et agitant ses lèvres minces, comme si un gros rire tentait de s'en échapper. Qu'avait dit Ashgable ? *Hogg ne se possédait plus.*

Lorimer se leva.

« Faut que j'y aille, dit-il. Je travaille sur le dossier David Watts.

– Excellent, Lorimer, extra. Ah, et puis emportez le fourbi de Helvoir-Jayne quand vous partirez, voulez-vous ? Je suis sûr que vous le reverrez bien avant moi. »

210. Hachis Parmentier. *On avait presque fini le hachis Parmentier, je me rappelle, car je songeais à placer une réclamation pour une autre assiettée quand la pièce devint jaune, pleine de jaunes – citron, blé, tournesol, primevère – et de blancs éblouissants, comme au cours d'un processus d'impression ou de sérigraphie, en attendant les couches des autres couleurs de base. Je fus aussi frappé d'une sorte de trouble de l'ouïe : les voix devinrent indistinctes et grêles, comme mal enregistrées des décades auparavant. Je tournai ma tête avec une lenteur extrême, je vis que Sinbad racontait en bafouillant et avec de grands gestes des mains une histoire interminable, et que Shona s'était mis à pleurer doucement. Lachlan (Murdo était absent) s'écarta en sursautant de son assiette avec l'air d'avoir découvert quelque chose de dégoûtant dessus puis commença à fouiller, fasciné, avec sa fourchette, dans les bouts de viande et de purée comme s'il s'apprêtait à déterrer un objet coûteux du genre pierre précieuse ou bague en or.*

Je pris de longues inspirations tandis que la pièce et son contenu devenaient blancs, tous les jaunes disparus, puis se mettaient à chatoyer et à tourner en tremblant au vert bilieux, électrique.

« Oh, mon Dieu, dit Joyce doucement, oh oh oh.

– C'est fantastique, non ? » s'écria Sinbad.

J'entendais le sang se retirer de ma tête, un bouillonnement mortel, pareil à de l'eau tourbillonnant au-dessus d'un trou de vidange trop petit. Joyce me tendit des doigts tremblants à travers la table et serra ma main. Junko, debout, vacillait comme sur le pont d'un de ses bateaux de pêche en plein tangage. Puis Shona parut se déverser, fondu ou désossé, de sa chaise et se reformer en une grosse boule fœtale, sanglotant tout haut maintenant de détresse manifeste.

« Super, approuva Sinbad. Géant. »

Pour ma part, le vert avait laissé place à des bleus et des noirs d'une profondeur interstellaire et je prenais conscience de la formation sur les murs et le plafond de la cuisine d'une espèce de croissance cryptogamique broussailleuse.

« Il faut que je sorte d'ici avant de mourir, dis-je à Joyce sur un ton raisonnable. Je retourne au foyer du College.

– S'il te plaît, emmène-moi avec toi, supplia-t-elle. S'il te plaît, ne me laisse pas, mon amour chéri. »

Nous les quittâmes – Shona, Junko, Lachlan et Sinbad. Sinbad était en train de rire à présent, les yeux clos et ses lèvres humides en cul de poule, ses mains tripotant sa braguette.

Dehors, ça alla mieux : le froid, le dur éclat des réverbères semblaient aider, calmer un peu le jeu. Enlacés, nous attendîmes dix minutes un autobus sans dire grand-chose, agrippés l'un à l'autre comme des amants que l'on va séparer. Je me sentais désincarné, assourdi ; les couleurs se modifiaient, bougeaient, s'affadissaient et se ravivaient mais je pouvais m'en accommoder. Joyce semblait se retirer en elle-même avec de petits miaulements de chaton. A l'arrivée de l'autobus, tout son parut coupé et je ne pus plus rien entendre : ni Joyce, ni le moteur du bus, ni le sifflement d'air comprimé au moment de l'ouverture de la porte, ni le bruit du vent dans les arbres. Le monde se tut et devint totalement silencieux.

Le Livre de la Transfiguration

La fille boudeuse qui lui ouvrit la porte de DW Management dans Charlotte Street avait un je-ne-sais-quoi de séduisant dans le genre pas net, dut reconnaître Lorimer. Peut-être était-ce seulement son extrême jeunesse – dix-huit ou dix-neuf ans –, peut-être était-ce la décoloration délibérément ratée de ses cheveux courts, ou l'étroitesse de son T-shirt imprimé façon léopard, ou bien les trois anneaux en cuivre qui perçaient son sourcil gauche, ou encore le fait qu'elle fumât tout en mâchant du chewing-gum ? En tout cas, il émanait d'elle, en même temps qu'un mélange d'agressivité latente et de lassitude massive, un charme au rabais qui le remua brièvement. Il y avait là de nombreuses petites escarmouches en perspective, il le sentait, seule la contre-attaque fonctionnerait ici : politesse et civilité seraient une perte de temps.

« Ouais ? dit-elle.

– Enrico Murphy. »

Il ajouta à sa voix un petit accent nasillard londonien.

« Pas ici.

– On est bien à DW Management, ouais ?

– Cessation d'activité. J'emballe. »

Dissimulant son étonnement, Lorimer jeta un coup d'œil autour de lui : il avait cru que les bureaux étaient simplement en pagaille mais il commençait à discerner des traces d'ordre dans ce foutoir, des documents empilés, des plantes vertes dans un carton.

« Eh bien, eh bien, dit-il, en regardant la fille droit dans les yeux, ça, c'est une sacrée surprise !

– Ouais, extra. » Elle repartit derrière le bureau d'accueil. « David l'a viré, sam'di. »

Tout le monde est en train de se faire jeter, pensa Lorimer.

« Où est Enrico, de toute façon ?

– A Hawaii. »

Elle laissa tomber sa cigarette dans une timbale de polystyrène contenant un fond de thé froid.

« Y en a qui s'en font pas, hein ? »

Elle tripotait une fine chaîne d'or à son cou.

« Il a dû venir ici pendant le week-end – il a pris plein de dossiers, il a pris les disques de platine. » Elle montra du doigt des rectangles plus sombres faisant tache sur le mur tapissé de jute. « Même le putain de téléphone est coupé.

– C'est Enrico qui a fait ça ?

– Non, David. J'avais pensé les faucher. J'ai pas encore été payée ce mois-ci, vous comprenez.

– Qui est le nouveau directeur alors ?

– Il se dirige tout seul maintenant. De chez lui. »

Lorimer réfléchit : il existait d'autres moyens, certes, mais celui-ci était sans doute le plus rapide. Il sortit son portefeuille et compta sur le bureau devant la fille cinq billets de vingt livres avant de prendre un stylo et une feuille de papier et de les poser sur les billets.

« J'ai simplement besoin de son numéro de téléphone, merci beaucoup. »

Il contempla la coupure noire que traçait sa raie dans ses cheveux blond-blanc tandis qu'elle se penchait pour griffonner les chiffres sur le papier. Il s'interrogea sur la vie de cette jeune femme, ce qui l'avait amenée ici, le chemin qu'elle allait prendre maintenant. Il se demanda ce que Flavia Malinverno faisait aujourd'hui.

> **8. Assurances.** *Les assurances existent pour remplacer prévoyance et confiance raisonnable dans un monde dominé par l'appréhension et la chance aveugle.*
>
> *Le Livre de la Transfiguration*

Plusieurs messages l'attendaient sur son répondeur quand il rentra chez lui ce soir-là. Le premier disait : « Lorimer, c'est Torquil... Allô ? Tu es là ? Prends l'appel si tu es là. C'est Torquil. » Le deuxième consistait en un sifflement assourdi suivi d'un clic. Le troisième reprenait : « Lorimer, c'est Torquil, un truc horrible est arrivé. Peux-tu m'appeler ?... Non, je te rappellerai. » Le quatrième venait de l'inspecteur Rappaport :

« Monsieur Black, nous avons une date pour l'enquête sur le décès. » Suivaient l'heure et le jour en question plus diverses instructions concernant la venue de Lorimer au tribunal de Hornsey. Le cinquième était sans ambages : « C'est pas fini, c'est pas encore fini, Black. » Rintoul. Bon sang, se dit Lorimer, peut-être que la situation exigeait une dose d'huile de foie de morue, après tout. Il eut le souffle coupé tout au long du sixième : « Lorimer Black. Je veux que vous m'invitiez à déjeuner. Sole di Napoli, Chalk Farm... J'ai retenu une table, mercredi. »

Il glissa *Angziertie* dans son lecteur de CD et le retira au bout d'environ quatre-vingt-dix secondes. David Watts avait une voix flûtée et monotone, bien que mélodieuse, sans caractère, et la parfaite prétention de ses paroles était rebutante. Le vernis et le polissage fatal des plus coûteux studios d'enregistrement du monde dépouillaient la musique de toute authenticité. Lorimer savait que cette réaction le plaçait dans une minuscule minorité, tenait presque de la perversité monstrueuse, mais il n'y pouvait pas grand-chose : c'était comme si un de ses cinq sens avait disparu, l'odorat, le goût ou le toucher ; il était tout bonnement incapable de supporter aucune musique rock anglaise, américaine ou européenne des dernières décennies. Elles lui semblaient mortellement fausses, sans âme ni passion, une conspiration de goûts manipulés, de fadeur et de marketing avisé. Il remplaça David Watts par *L'Empereur Bola Osanjo et son ensemble Viva Africa* et s'assit, tentant de maîtriser le ridicule sentiment d'allégresse qui montait en lui. Il songea au beau visage de Flavia Malinverno, à la manière dont elle vous regardait, la manière qu'elle avait de toujours paraître vous défier à moitié, de vous provoquer... Pas de question, sans aucun doute elle...

La sonnette de la porte d'entrée retentit et il prit l'interphone, soudain inquiet que ce puisse être Rintoul.

« Oui ?

– Dieu soit loué ! C'est Torquil. »

Torquil posa sa valise et procéda à l'inspection de l'appartement de Lorimer avec la plus franche admiration.

« Jolie crèche, commenta-t-il. Incroyablement nette et du genre solide si tu vois ce que je veux dire. C'est du vrai ?

– C'est grec, dit Lorimer en ôtant doucement le casque des grosses mains de Torquil. Dans les trois mille ans d'âge.

– Est-ce que tu as un carburant quelconque ? Je crève de soif. Quel putain d'affreuse journée ! As-tu une idée de ce que coûte un taxi de Monken Hadley jusqu'ici ? Quarante-sept livres. C'est scandaleux. Whisky, s'il te plaît. »

Lorimer versa à Torquil un whisky généreux et se servit lui-même une un peu moins généreuse vodka. Quand il se retourna, verres à la main, Torquil avait allumé une cigarette et se vautrait sur le canapé, cuisses écartées, cinq centimètres de mollet exposés au-dessus de sa chaussette gauche.

« Qu'est-ce que c'est, cette merde que tu écoutes ? »

Lorimer éteignit son lecteur.

« J'ai appris ce qui s'était passé aujourd'hui, dit-il d'un ton consolant. Fichu manque de pot. »

Un peu de l'assurance de Torquil se dissipa et il sembla soudain à plat et choqué. Il se frotta le visage et avala une longue gorgée de son whisky.

« Ça a été foutrement épouvantable, je peux te dire. C'est un méchant salaud, ce Hogg. Il m'a aussi confisqué les clés de la voiture, sur-le-champ. Le temps que je rentre à la maison après déjeuner, et elle avait été reprise. Salement embarrassant. » Il exhala un grand coup. « Dehors. Juste comme ça. J'ai laissé un message pour Simon mais je n'ai encore rien entendu. » Il regarda Lorimer d'un air malheureux : « As-tu une idée de ce qu'il y a derrière cette histoire ?

– Je pense, commença à répondre Lorimer tout en se demandant s'il était sage de se confier à Torquil, je pense que ça a un rapport avec le Fedora Palace.

– Je croyais que tu avais débrouillé tout ça.

– Certes. Mais il se passe autre chose. Je n'arrive pas à comprendre quoi. »

Torquil parut chagriné.

« OK, bon, j'ai déconné, je l'admets, et j'ai été dûment mis au rancart de Fortress Sure. Maintenant, je suis viré de GGH. C'est pas juste. Il devrait y avoir un genre de prescription. J'ai fait un mauvais calcul, c'est tout. Je peux pas continuer à être puni le restant de ma vie.

– C'est plus compliqué, à mon sens. Je n'arrive pas à mettre les morceaux ensemble. Mais, pour une raison quelconque, ça inquiète Hogg. Que t'a-t-il dit ?

– Il est entré et il a dit : "Vous êtes viré, foutez le camp, tout de suite." J'ai demandé pourquoi et il a dit : "Je n'ai pas confiance en vous", point final. Enfin, on s'est traités de quelques noms d'oiseaux. » Torquil fronça les sourcils et cligna des yeux, comme si le fait de se rappeler l'incident lui causait une souffrance physique. « Salaud ! » ajouta-t-il et il fit tomber distraitement la cendre de son mégot sur la moquette.

Lorimer alla lui chercher un cendrier et remplit son verre.

« Comment les choses se sont-elles passées après samedi soir ? » s'enquit-il d'un ton assez innocent mais sincèrement curieux.

Il ressentit en même temps une vague alarme : voilà qu'ils étaient là, tous les deux, Torquil et lui, en train de discutailler problèmes de bureau et problèmes domestiques. Ils avaient même maintenant une histoire en commun, tels deux vieux copains.

Torquil prit un air sinistre et rejeta la tête en arrière pour contempler le plafond.

« Ça a vraiment mal tourné, dit-il. Un cauchemar. Après s'être calmée, elle est devenue très silencieuse, la Binns, d'une froideur glaciale, pas du tout son genre, comme si elle s'était retirée à l'intérieur d'elle-même. Je me suis excusé, bien entendu, mais elle a refusé de me parler. » Il se tut. « Ce matin, pendant que je me faisais jeter, elle est allée voir un avocat. Et puis, elle m'a foutu dehors. M'a dit que je n'avais qu'à aller vivre avec Irina. Elle veut divorcer.

– D'où la valise.

– Mes biens de ce monde. Ça n'est pas terminé : il a fallu que je parle à son avocat. Il affirme que je dois commencer à verser régulièrement de l'argent à Binnie, une sorte de pension, pendant que le divorce se discute. J'ai dit à ce coco que, vu que je venais de me faire virer, ils pouvaient toujours s'accrocher. Apparemment, Binnie et lui ont passé au peigne fin les relevés de banque, les cartes de crédit, les comptes épargne-logement. Je suis, semble-t-il, dans le rouge de cinquante-quatre mille livres. Dieu merci, je n'ai pas d'emprunt sur la maison.

– Que dit ce vers déjà ? "Quand les chagrins viennent, ils ne viennent pas seuls mais en bataillons."

– Pardon ?

– Shakespeare.

– Ah oui. Le fait est, Lorimer, qu'en fin de compte tu es le seul ami que j'ai.

– Moi ? Et Oliver Rollo, alors ?

– Je peux pas le piffer. Un abruti sans cervelle.

– Et ta famille ?

– Ils ont tous plutôt pris le parti de Binnie, déclarent que je suis une honte. Je suis un paria, à vrai dire. On me fuit de tous bords.

– Je suis du côté de Binnie, moi aussi.

– Ouais, mais tu comprends, tu étais un peu dans le coup...

– Dans le coup !? Comment ça ? C'est toi qui as couché avec Irina, pas moi !

– Mais t'avais rencontré Irina. Et elle était censée être ta petite amie.

– Le maître mot c'est "censée". Je ne lui avais parlé que deux minutes en tout et pour tout.

– Je ne réfléchis pas, Lorimer. C'est le problème de ma vie : je ne réfléchis pas à l'avance. »

Lorimer savait ce qui allait suivre, une lourdeur prémonitoire revenait s'abattre sur lui.

« Je me demandais, avança Torquil avec un faible sourire, si je pourrais crécher ici une ou deux nuits, jusqu'à ce que ça se tasse.

– Que ça se tasse ? Que veux-tu dire ?

– Binnie me reprendra. Une fois qu'elle se sera calmée.

– Tu es sûr ?

– Bien entendu. Elle pardonne facile, cette vieille Binns.

– Bon, d'accord, mais juste une nuit ou deux », répliqua Lorimer en se disant sans grande conviction que Torquil connaissait sa femme mieux que lui. « Je vais te sortir la couette. »

211. Le récepteur de télévision. *Tu avais froid parce que tu étais nu et tu t'es collé contre le corps pâle et tacheté de rousseur de Joyce, les yeux fermés pour ne pas voir les couleurs. Tu es mouillé, tu es huileux, dit Joyce, écarte-toi, ne me touche pas. Quand tu ouvris les yeux, les changements de couleur s'étaient calmés mais ta petite chambre-boîte battait comme un cœur tremblant dans sa cage, s'étendant et se contractant comme si ses murs étaient faits de caoutchouc souple. Le bruit était le problème à présent, et tu soupirais après le silence parfait du trajet en autobus. Tout ce que tu pouvais entendre était l'assourdissant gémissement d'un récepteur de télévision à l'étage au-dessous et des cris de voyous, des vivats de malappris. Tu regardas ta montre mais tes yeux refusaient d'accommoder. Joyce se tourna alors contre toi, ses longs seins tombant et se serrant contre ton flanc, et tu ressentis, de manière vague, absurde, alarmante, une véritable excitation sexuelle – bien qu'en sachant assez pour te rendre compte que, dans ces circonstances, faire l'amour pouvait avoir des effets secondaires capables de changer la vie. Pourtant, peut-être...*

« Pourquoi crient-ils et hurlent-ils, Milo ? dit Joyce, et tu sentis le chatouillement de ses poils pubiens raides contre ta cuisse. Fais-les taire, Milo, fais-les taire, mon chéri. »

Joyce n'avait jamais encore utilisé de noms tendres, jamais exprimé d'affection, et ses mots te plurent, t'emplirent d'amour pour elle, et un désir intense embrasa ta rage contre la télévision et ses rugissements grossiers. Tu te levas, tu t'emparas de ta chemise et tu l'enfilas en t'y accrochant.

« Ceci me met foutrement en colère ! crias-tu. Je suis en fureur, je suis foutrement enragé !

– Arrête-les, mon amour, arrête-les ! » supplia Joyce se redressant sur le lit, ruisselante de larmes.

Furieux, tu ouvris la porte de ta boîte à chaussures et sortis au pas de charge dans le couloir, tes pans de chemise au vent, fonçant comme un fou vers la source du tintamarre, les rugissements, furieusement décidé à réduire pour toujours au silence le récepteur de télévision.

Le Livre de la Transfiguration

Il découvrit qu'il lui était impossible de dormir avec quelqu'un d'autre dans l'appartement, l'espace partagé, une autre source de bruits inhabituels. Il somnola par à-coups mais chaque fois que Torquil toussait, grognait ou se retournait sur le canapé, il se réveillait aussitôt, bourré d'adrénaline, le cerveau en marche, les yeux grands ouverts, en alerte – jusqu'à ce qu'il se rappelle la présence de son invité dans le salon.

Torquil continua à dormir, mort au monde, tandis que Lorimer, à grand renfort de claquements d'ustensiles et de porte, préparait avec fracas son frugal petit déjeuner dans la cuisine. Il jeta un œil dans le salon obscur et aperçut le large dos pâle et nu de Torquil, entendit ses ronflements rauques et agités, et la pensée déplaisante lui vint que Torquil pourrait bien être à poil sous la couette – mais enfin, tout de même, personne ne dormait à poil sur un canapé ? A poil sur le canapé de quelqu'un d'autre dans la maison de quelqu'un d'autre ?...

Il but son thé, laissa une note expliquant les modalités de fonctionnement de l'appartement et sortit dans la grisaille glaciale d'une aube londonienne. Il avait à la main un petit sac contenant un choix de vêtements et d'accessoires essentiels pour la session David Watts, quel que soit le moment où elle devrait prendre place. Il n'avait pas trouvé d'endroit où se garer dans Lupus Crescent, la veille au soir, et il fut donc obligé de marcher un peu pour atteindre sa voiture, parquée devant une église méthodiste dans Westmoreland Terrasse. Il sentait le froid lui piquer les joues et le front, et se découvrit nostalgique d'un soleil printanier, de journées douces et pleines de verdure. Le vent d'est, qui avait soufflé en rafales la nuit d'avant, ne s'était aucunement calmé : Lorimer le sentait tirer les pans de son manteau et l'entendait fouetter les branches dénudées des sycomores et des cerisiers, au coin de la rue. Les feuilles tourbillonnaient sur le trottoir et s'envolaient vers le ciel, des feuilles épaisses, sombres, de formes irrégulières – érable, peut-être, ou ginkgo –, qui s'en allaient danser ou sautiller entre les rangées de voitures. Les dernières feuilles de l'année passée, songea-t-il poétiquement, soudain arrachées à leurs branches après un tenace combat durant tout l'hiver pour aller valdinguer... Eh, minute ! se dit-il, il n'y a plus en cette saison dans le pays une seule feuille sur un arbre qui ne soit persistante. Que sont donc ces choses qui remplissent l'air ? Il se pencha et en ramassa une, une sorte de losange aux bords déchiquetés, aussi épais que du houx mais qui se brisa entre ses doigts comme de la laque ou de l'émail cassant...

Lorimer n'éprouvait ni affection ni nostalgie pour les nombreuses voitures qu'il avait possédées au cours de sa carrière d'expert en sinistres. En ce qui le concernait, une automobile n'était qu'un instrument efficace destiné à le transporter d'un point à un autre : les voitures ne l'intéressaient pas ; en fait, il cultivait un manque de curiosité délibéré à leur égard de façon que Slobodan n'ait aucune excuse pour se mettre à lui « parler bagnoles ». Il ressentit cependant un certain trouble à la vue de sa Toyota, sa peinture roussie, brûlée, cloquée, avec seulement quelques morceaux du vert foncé d'origine adhérant encore à la carrosserie. Le vent continuait à arracher des écailles de couleur mais la voiture était quasiment dépouillée de toute sa peinture, on l'aurait dit spécialement camouflée pour une toundra rocailleuse – un terrain de cailloux et de lichen avec de rares espaces herbeux. Une lampe à souder, pensa Lorimer, en passant ses doigts sur l'acier rugueux et maintenant froid, du genre boîte de camping gaz dont se servent les peintres, ou bien les cuisiniers pour caraméliser le sucre sur leurs crèmes brûlées. Un travail rapide aussi, jugea-t-il, deux ou trois hommes pouvaient faire toute la voiture en quatre-vingt-dix secondes. Il imagina des flammes bleu pâle, une odeur puissante, un crachotement et une boursouflure tandis que la peinture prenait feu. Qu'avait dit Rintoul ? « Ce n'est pas encore fini. » Il n'y avait pas d'autre choix à présent : il fallait faire appel à Hogg et à ses spécialistes de la purge. Si Rintoul et Edmund voulaient jouer aux durs, comme aurait dit Shane Ashgable, ils n'avaient aucune idée de ce qui les attendait au tournant.

Autrement la Toyota était en parfait état, du point de vue conduite, et Lorimer la mena sans problème, encore que non sans un peu d'embarras, à travers les débuts hésitants de l'heure de pointe, jusqu'à Silvertown. Il avait conscience, aux feux rouges ou bien lors des ralentissements à l'entrée des carrefours, des regards curieux jetés sur sa carrosserie brûlée. Il poussa le volume de sa radio et un Dvorak apaisant l'accompagna presque tout au long du trajet de Westminster à Canning Town, tandis qu'il gardait les yeux fixés sur la route.

Le camion transportant le mobilier arriva avec une étonnante promptitude à 9 h 30 et à 10 heures sa maison était en état. Il y avait un lit, des draps et des couvertures, un canapé, un divan pour la chambre d'amis, un téléphone, une télévision portable, une table en cerisier qui pouvait faire office de bureau et quatre chaises de salle à manger. Il avait acheté quelques lampes à pied d'allure moderne afin de ne pas avoir à s'en remettre seulement aux lumières du plafond ; et la cuisine était équipée d'un minimum de poêles et casseroles, d'une demi-douzaine de verres à vin, d'un tire-bouchon, d'un ouvre-boîtes et d'un ensemble de coutellerie et de vaisselle pour jeune couple débutant. Il ne lui fallait plus maintenant que du papier Q et quelques provisions pour que la maison soit prête à fonctionner.

Il sortit, descendit le sentier de dalles en ciment qui traversait le carré de boue destiné à devenir un jour sa pelouse, et contempla son nouvel environnement. Il semblait qu'il fût seul dans Albion Village ce matin. Un chat tacheté se glissa par-dessus une palissade, une voiture était garée devant le n° 2, et du linge humide battait et claquait au vent sur un tourniquet derrière le n° 7 mais il était le seul représentant bipède du coin. Puis, soudain, le bruit retentissant, déchirant, d'une moto qui démarrait se fit entendre et ladite moto surgit, avec un passager à l'arrière, et lorsqu'elle passa en accélérant devant lui Lorimer vit deux têtes aux yeux exorbités se tourner pour le regarder un instant. Salut vous ! pensa-t-il, en levant à moitié la main, je suis votre nouveau voisin. Puis la moto disparut, le bruit mourut, et il fut de nouveau seul dans Albion Village et son quasi-silence.

Ce qui lui convenait bien : tout était neuf ici et il se sentait neuf aussi, une nouvelle espèce d'homme, comme s'il était dans une ville plus nouvelle, entièrement différente, plus anonymement européenne en quelque sorte. Il se tourna vers l'est et cette Europe plus proche et se remplit les poumons : ce vent vif dans son visage avait couru et soufflé à travers la France ou la Belgique ou les Pays-Bas – il éprouvait une petite excitation intérieure maintenant qu'il était établi ici dans son nouveau fief. Il ne connaissait pas une âme et, mieux encore, pas une âme ne le connaissait.

Il redressa les épaules. Il était temps d'aller passer quelques coups de téléphone sur son nouvel appareil blanc : *primo*, convoquer la brigade des purgeurs pour qu'elle s'occupe de Rintoul ; *deuxio*, arranger la rencontre avec la légende du rock'n roll, David Watts.

206. *Alan m'a raconté qu'il y avait une tribu dans un coin éloigné des Philippines où vous étiez sévèrement puni si vous réveilliez un individu. Le sommeil est le plus précieux des biens, estiment les membres de cette tribu, et réveiller quelqu'un revient à lui voler quelque chose de très précieux.*
Être un si complet dormeur MOR m'inquiétait. Eh bien, a dit Alan, tu es un dormeur léger classique et le sommeil MOR est un sommeil léger. Mais il ne donne pas l'impression d'être léger, ai-je répliqué, il donne l'impression d'être profond. Ah ! a dit Alan, c'est parce que ce n'est que dans le sommeil MOR que tu rêves.

Le Livre de la Transfiguration

David Watts habitait dans une rue calme donnant sur Holland Park Avenue, une grande maison de stuc blanc du genre dit « ambassadorial ». Elle possédait son propre mur d'enceinte avec un portail, et des caméras de surveillance situées çà et là couvraient tous les angles d'approche possible.

Ayant beaucoup réfléchi à la manière de se présenter pour cette rencontre, Lorimer était plutôt satisfait du résultat. Il ne s'était pas rasé depuis son rendez-vous avec Flavia et ses mâchoires étaient noires de repousse. Aussi, lorsqu'il se rasa, il laissa un rectangle de la grandeur d'un timbre-poste juste sous sa lèvre inférieure. Il choisit un vieux costume de confection gris souris et y ajouta un chandail bleu roi à col en V, une chemise en nylon blanche, une cravate étroite, vert olive rayée en diagonale d'une mince bande pistache, et des bottines très astiquées à semelles de caoutchouc et coutures jaunes en guise de chaussures. Il avait décidé de porter des lunettes, carrées, à monture d'argent et verres clairs, auxquelles il ajouta – un joli détail, ça, se dit-il – un bout de scotch sur la charnière de droite. Le look, espérait-il, traduisait une médiocrité recherchée ; les prétentions du personnage qu'il voulait paraître devaient être *presque* imperceptibles.

Il était assis dans sa voiture, à cent mètres du palais Watts, contemplant son reflet dans le rétroviseur quand il se rendit soudain compte que le bout de barbe sous la lèvre n'allait pas du tout. Il prit son rasoir électrique et se rasa sur-le-champ. En guise de touche finale, il aspergea d'eau minérale un peigne et le passa dans ses cheveux pour en éliminer tout reflet brillant. A présent, il était prêt.

Il lui fallut deux minutes pour avoir accès au portail, et trois autres avant de se faire ouvrir la porte d'entrée. Pendant qu'il attendait, il fit les cent pas autour de la cour pavée avec ses urnes en terre cuite remplies de lauriers et de buis, conscient en permanence des imperceptibles mouvements des caméras qui suivaient chacun de ses mouvements.

L'homme qui vint enfin ouvrir était gros avec un visage poupin, sa bedaine couverte par un sweat-shirt marqué « La tournée Angziertie » (Lorimer se demanda si ça n'était pas précisément à son intention). Il se présenta comme Terry et le conduisit à travers un hall au parquet neuf sentant le vernis frais jusqu'à un petit salon meublé de divers fauteuils de cuir noir et de chaises en chrome inconfortables. Une énorme et luxuriante fougère poussait et s'étalait dans un coin et les murs s'ornaient d'affiches classiques sous Plexiglas : Campari, SNCF, ESSO, Aristide Bruant et son écharpe rouge. Dans un angle du plafond, à côté de l'œil rouge clignotant du détecteur de mouvements, se nichait une autre caméra de la taille d'une grosse boîte d'allumettes. Lorimer s'assit tour à tour sur deux ou trois sièges, en trouva un tolérable pour sa colonne vertébrale, ôta ses lunettes, les essuya, les remit puis ne bougea plus, les mains sur ses genoux, et attendit, inerte et indifférent.

Vingt-cinq minutes plus tard, David Watts entra avec Terry qui fit les présentations. Watts était grand mais d'une minceur frisant l'anorexie, avec une poitrine concave et les hanches en fuseau d'un adolescent prépubère. Il portait un pantalon de cuir et un chandail en shetland ras du cou troué à un coude. Les longs cheveux jaunasses qui figuraient sur la photo dans le livret du compact avaient disparu, remplacés par une coupe de fusilier marin à la tondeuse, et, chose curieuse, sa joue gauche n'était pas rasée – ça ressemblait à un petit carré de moquette collé sur le côté de son visage. Ses longs doigts osseux ne cessaient de tripoter et de caresser, de manière assez répugnante au goût de Lorimer, cette barbe partielle – comme s'il s'agissait d'un chiffon doux. Lorimer fut ravi de son rasage prémonitoire, à la dernière minute : deux bouts de barbe dans la même pièce auraient eu un air d'affectation un peu louche.

« Salut, dit Lorimer sans sourire. Lorimer Black.

– Ouais », fit Watts.

Terry offrit des boissons et Watts se décida en fin de compte pour de la bière italienne. Lorimer demanda un Pepsi et, quand on lui expliqua qu'il n'y en avait pas, déclara qu'il ne voulait rien d'autre – tout allait bien comme ça, merci.

« On a du Coca, non, Terry ?

– Coca, Diet Coke, Diet Coke sans caféine, Coca ordinaire sans caféine, Coke non régime avec caféine, tout ce que vous voudrez. »

Terry partit chercher la bière italienne et Watts alluma une cigarette. Il avait des traits fins réguliers, ses yeux étaient d'un brun grisâtre pâle et une série de minuscules verrues s'étalaient sous sa joue et le long de son cou, avant de disparaître sous le col de son pull.

« Z'êtes les assurances ? demanda Watts. Z'êtes les enculeurs qui nous branlent depuis des mois ? »

Lorimer expliqua brièvement les fonctions et devoirs d'un expert en sinistres : non pas indépendant mais impartial.

Watts le regarda, le sourcil froncé, et tira sur sa cigarette.

« Entendons-nous bien », dit-il, avec un très vague soupçon d'accent de l'ouest dans son parler guttural urbain, un mélange de Slough, Swindon et Oxford, « nous signons un contrat avec vous, espèce de fumiers, d'accord ? Nous payons la giga foutue prime, et puis, quand je tombe malade et que j'annule, on t'appelle toi, mec, pour discuter le bout de gras ?

– Pas toujours.

– Minute. On vous appelle pour les conseiller, professionnellement, sur la question de me payer ou non ce qu'ils ont déjà accepté par contrat de me payer si quelque chose va mal, d'ac ? Quand on a rédigé la police, je n'ai rien vu annonçant que ces connards d'experts me tomberaient sur le dos pour me dire à la gare, Oscar ! »

Lorimer haussa les épaules : il était absolument vital de rester de marbre.

« C'est dans les clauses en petits caractères, dit-il. Je n'ai pas inventé la manière dont ils mènent leurs affaires. Je travaille là, c'est tout.

– Comme disait le garde du camp de concentration quand il mettait les douches en marche. »

Lorimer renifla, se moucha.

« Je vous en prie, dit-il calmement.

– Et moi je t'en prie toi, espèce de fumier, répliqua Watts.

Quel est le dernier disque que tu as acheté, hein ? » Il énuméra plusieurs groupes de rock célèbres avec un mépris cinglant et sur un ton râpeux comme s'il avait une arête dans la gorge. « Non, dit-il, je parie que t'aimes Three Bodies Minimum. Juste en te regardant, je parie que tu es du genre Three Bodies Minimum. Je te parie.

– En fait, c'était... » Lorimer marqua un temps d'arrêt. « Kwame Akinlaye et ses Achimota Rhythm Boys. Un album intitulé *Sheer Achimota*.

– *Sheer* quoi ?

– *Sheer Achimota*.

– Qu'est-ce que c'est cet Achimota ?

– Je ne sais pas.

– *Sheer Achimota*... T'aimes la musique africaine, alors ?

– Ouais. Je n'écoute pas de musique européenne ou américaine post-1960.

– Ah ouais ? Et pourquoi ça donc ?

– Ça n'a aucune authenticité.

– Et mes trucs alors ? On peut pas faire plus foutrement authentique, mec.

– Je ne suis pas un familier de votre œuvre, j'en ai peur. »

Lorimer vit que cela donnait à réfléchir à Watts, le troublait de façon profonde encore que mal définie.

« Terry, hurla Watts, où est cette foutue bière, mec ? » Il se tourna vers Lorimer, ses doigts caressant les poils sur sa joue. « Vous ne croyez donc pas que je sois tombé malade, c'est ça ? »

Lorimer soupira et sortit un carnet de sa serviette.

« Deux semaines après l'annulation de la tournée Angziertie vous vous produisiez à l'Albert Hall...

– Hé ho, arrête. C'était pour un foutu truc de charité : Enfants malades en musique ou Dieu sait quoi. Merde. TERRY, JE CRÈVE DE SOIF ICI ! Où est ce gros enfant de pute ? Écoute, je peux vous rassembler une armée de médecins.

– Ça ne servira à rien. »

Watts parut sidéré.

« Je ferai un procès.

– Vous êtes libre de faire tous les procès que vous voudrez. En fait, nous préférons que ces affaires se traitent devant les tribunaux.

– Non mais enfin, qu'est-ce qui se passe exactement par ici ? s'écria Watts. Vous parlez de changer les règles en plein match ! Vous parlez de changer les poteaux de but ! Tout le monde s'assure, tout le monde, c'est la chose la plus commune au monde. Même les gens qui n'ont pas d'emprunt ont une assurance. Même les gens au chômage s'assurent ! Mais personne ne le fera si vous les branleurs z'arrêtez pas de vous précipiter pour modifier les objectifs. Enfin, quoi, espèce de fumiers, vous dites tout bonnement : “Pas de pot, on payera pas. Allez vous faire foutre”, pas vrai ? Si les gens savaient que ce genre de choses a cours...

– C'est une question de bonne ou de mauvaise foi.

– Ce qui veut dire ? TERRY !

– Ce qui veut dire que nous ne croyons pas que votre réclamation soit de bonne foi. »

Watts le regarda avec une curiosité voisine de la fascination : « Comment t'as dit que tu t'appelais ?

– Black, Lorimer Black.

– Fais juste une chose pour moi, Lorimer Black. Ne bouge pas ta tête et regarde aussi loin que tu pourras sur la gauche, aussi loin dans tous les sens que tes globes oculaires pourront tourner. »

Lorimer suivit les instructions de Watts : sa vue se brouilla, le profil transparent de son nez vacilla dans son champ de vision sur la gauche.

« Tu vois quelque chose ? demanda Watts, quelque chose d'inhabituel ?

– Non.

– Eh bien, moi si, mon pote. » Watts regarda sur sa gauche, roula des yeux autant qu'il le put. « Je distingue une forme noire, dit-il. A l'extrême gauche de mon champ de vision, je vois une forme noire. Tu sais ce que c'est ?

– Non.

– C'est le diable. C'est le diable assis sur mon épaule gauche. Il est installé là depuis six mois maintenant. C'est pour ça que je ne me rase pas la joue.

– Ah bon.

– Maintenant, dis-moi, monsieur le fumier expert en sinistres, comment est-ce qu'un musicien est censé entreprendre une foutue tournée de dix-huit mois à travers trente-cinq pays avec le diable installé sur son épaule ? »

Terry apporta son manteau à Lorimer qui attendait dans le hall.

« Je veillerai à ce que nous ayons du Pepsi la prochaine fois, dit-il avec entrain.

– Je ne crois pas qu'il y aura une prochaine fois.

– Ah ouais, certainement... répliqua Terry. Vous avez fait une grosse impression. Je ne l'ai jamais vu parler à qui que ce soit, à part Danielle, plus de deux minutes. Vous avez une carte ? Vous lui avez plu, mon vieux. Vous êtes son genre de type. »

Lorimer lui tendit une carte, ne sachant pas très bien s'il devait se sentir flatté ou inquiet.

« Pourquoi n'arrête-t-il pas de me traiter de fumier ?

– Il appelle tout le monde comme ça, expliqua Terry. Vous savez, à la télé, quand ils passent un film avec plein d'injures et d'insultes, de chiottes et de merde, ils le resynchronisent, vous comprenez, "foutu" devient "fichu", "merde" devient "mince", ce genre de truc...

– Ouais.

– Eh bien, si dans un film un personnage dit "enfoiré", ils le doublent pour la télé en "fumier". Vraiment, écoutez bien la prochaine fois. Ça lui a bien plu ça à David, ajouta Terry avec un sourire. Ce petit fumier ! »

Il prit tout droit de Holland Park Avenue à Marble Arch en passant par Notting Hill Gate et Bayswater Road, puis vira dans Park Lane jusqu'à Constitution Hill, tourna à gauche vers le pont de Westminster et Victoria Embankment. Il n'aurait pas su expliquer pourquoi il décida de quitter l'Embankment mais l'idée lui vint soudain et il la suivit aussitôt.

Le Fedora Palace, à moitié démoli, était réduit à trois étages, des camions emportaient les gravats, les pinces raides des pelleteuses s'attaquant aux murs extérieurs, les nuages de poussière de ciment épaississant l'air. Lorimer parla à un contremaître casqué qui l'informa que le site allait être rasé et les décombres enlevés. Il se promena de long en large tout en essayant de donner un sens à ce nouvel épisode, de le retourner sous divers angles mais sans grand succès. Il appela Torquil sur son portable.

« Dieu soit loué, tu téléphones ! s'écria Torquil. Je ne trouve pas ta machine à laver.

– Je n'en ai pas. Il faut que tu ailles à la laverie automatique.

– Non mais tu rigoles ! Ah ouais, et puis il y a un truc qui cloche avec tes chiottes. La chasse d'eau ne marche pas.

– Je m'en occuperai. Écoute, on est en train de démolir le Fedora Palace, ça te dit quelque chose ?

– Ah... » Torquil réfléchit. Lorimer pouvait presque l'entendre penser. « Non, dit-il finalement.

– Une sacrée perte sèche, tu ne trouves pas ? Il était pratiquement fini. Pourquoi le mettre à la casse, même avec les dégâts causés par l'incendie ?

– Ça me dépasse. Où est-ce qu'on peut dégoter un frichti convenable dans le coin ? »

Lorimer le dirigea sur le Matisse et éteignit son téléphone. Il décida de considérer comme clos le cas du Fedora Palace : il avait son bonus, secouer davantage le cocotier ne rimait à rien et, de toute façon, il était beaucoup plus inquiet de ce qui se passait dans son appartement.

Chapitre 11

Flavia Malinverno l'embrassait comme on ne l'avait encore jamais embrassé. Elle avait réussi à insérer sa lèvre supérieure entre la sienne et ses dents. Autrement, c'était un baiser classique, bon teint mais, dominant tout, il y avait cette étrange pression sur le haut de sa bouche. Une excitante première. Flavia s'écarta.

« Mmm, fit-elle. délicieux.

– Embrasse-moi encore », dit-il, et elle obéit, les paumes à plat sur les joues de Lorimer, suçant sa lèvre inférieure cette fois, puis s'attaquant à sa langue avec la force d'un veau qui tète...

C'était incontestablement un rêve lucide, sans aucun doute, se dit-il tout en en rédigeant une version expurgée dans le cahier à son chevet. Il avait voulu être embrassé de nouveau et s'était arrangé pour qu'il en soit ainsi dans son rêve – Alan serait content. Il s'assit bien droit sur son lit étroit dans la cellule de l'institut, un peu essoufflé et secoué par la vivacité de l'expérience, par l'irréfutable évidence de son érection, s'émerveillant une fois de plus de l'aptitude du phénomène mental à reproduire les plus complexes sensations physiques – mieux que reproduire, inventer de nouvelles combinaisons de sensations physiques. La manière dont sa lèvre... Un baiser d'une palpabilité maximale... et pourtant il était seul ici, à un étage élevé d'un bâtiment universitaire de Greenwich, à – il vérifia l'heure – 4 h 30 du matin. La cause du rêve s'expliquait facilement. Il devait revoir Flavia dans quelques heures, elle était pratiquement omniprésente dans ses pensées, chassant tout le reste : Torquil, Hogg, Rintoul, la maison de Silvertown... Il secoua la tête et exhala bruyamment, comme un athlète après l'entraînement, puis se rappela que deux autres cobayes dormaient aussi d'un sommeil léger dans l'institut cette nuit-là. Il se rallongea sur sa couchette, les doigts croisés sous la nuque et comprit qu'il était inutile de tenter de se rendormir, de tenter de recommencer son rêve lucide. Il sourit en se le remémorant : le rêve avait été un bonus, il n'avait pas eu l'intention de venir à l'institut hier soir mais cela lui avait paru une échappatoire bienvenue, pour ne pas dire nécessaire.

La veille, à son retour dans son appartement, il avait trouvé des traces de Torquil partout, telles des foulées d'éléphant. La couette froissée s'étalait sur le canapé à la manière d'une montre de Dalí, les oreillers gisaient cabossés sur une chaise voisine, une valise était à moitié ouverte au beau milieu du tapis, son contenu de linge sale exposé comme un livre animé particulièrement répugnant, trois cendriers pleins trônaient en divers endroits et la cuisine exigea dix minutes de nettoyage. Un léger titillement du flotteur dans la chasse d'eau avait enfin permis l'évacuation de divers étrons signés Helvoir-Jayne. Lorimer décida de faire mettre un verrou à la porte de sa chambre : Torquil, semblait-il, avait fouillé dans ses placards et sa commode, et une chemise manquait. Une rapide séance de rangement et un passage éclair d'aspirateur avait remis les lieux dans un état proche de la normale.

Et puis Torquil était revenu.

« La cata, annonça-t-il en fonçant droit sur le bar pour se servir trois doigts de scotch. J'en ai ras-le-bol, Lorimer. Aujourd'hui, j'aurais pu tuer, j'ai eu des envies de meurtre. Si j'avais pu tordre le cou de cette fouine d'avocat... » Il avait maintenant une cigarette au bec et allumait la télévision. « Le cauchemar, je te dis. Je t'ai emprunté une chemise, j'espère que tu t'en fous. Il faut que je mette la main sur du fric. Mille cinq cents livres ce mois-ci, les frais de scolarité et de pension d'ici quinze jours. Je suis complètement vanné. Qu'est-ce qu'il y a à dîner ?

– Je sors, inventa aussitôt Lorimer.

– Qui est cette vieille poufiasse en bas ? Je l'ai vue qui m'espionnait à travers sa porte.

– Elle s'appelle Lady Haigh. Tout à fait charmante. Tu lui as parlé ?

– J'ai juste crié "Hou !" et elle a claqué sa porte plutôt sèchement, je te le dis. Il faut que je trouve un boulot, Lorimer, un boulot bien payé, et fissa. Où vas-tu ?

– C'est un truc de thérapie du sommeil que je fréquente. Je ne serai pas là de la nuit.

– Ah ouais ? ricana à moitié Torquil, avant que ses problèmes ne reprennent le dessus. Je crois que je vais foncer sur le téléphone ce soir, appeler quelques copains, faire agir les réseaux, ouais. Y a-t-il un chinois potable dans ce coin perdu ? »

Lorimer grimaça et se retourna sur sa couche, en se demandant l'effet qu'aurait un repas chinois à emporter sur sa cuisine propre et bien tenue. Néanmoins, Torquil était le moindre de ses problèmes... Il avait amené la Toyota à l'arrière de l'immeuble de GGH où se trouvaient deux places de parking (une pour Hogg et une pour Rajiv) et une petite aire de chargement. Rajiv avait siffloté avec sympathie devant l'état de la peinture.

« Des mauvais coucheurs, hein, Lorimer ? Laisse-moi ça, on va t'en trouver une belle toute neuve. »

Lorimer avait été voir Hogg qui portait une cravate noire et un costume sombre, comme s'il revenait d'un enterrement, et lui avait raconté le passage au chalumeau de sa voiture.

« Comment savez-vous que c'est Rintoul ? dit Hogg, sèchement. Il pourrait s'agir de vandales.

– Il a laissé un message me menaçant sur mon répondeur : "Ce n'est pas encore fini", annonçait-il.

– Ça ne me paraît pas vraiment une menace. Quelqu'un a vu quelque chose, vous avez des témoins ?

– La voiture n'était pas garée dans ma rue, personne ne pouvait savoir que c'était la mienne.

– Hors de question, dit Hogg, ses mains plongeant dans ses immenses poches.

– Comment ça ?

– Je ne peux pas ordonner une purge sur une aussi vague supposition », répliqua Hogg avec une franchise pas très convaincante, tout en fourrant dans sa bouche un bonbon à la menthe récupéré dans sa poche. Il le fit cliqueter contre ses dents, émettant un bruit semblable à celui d'un bâton raclant une grille. « Savez-vous ce qu'implique une purge ? C'est une affaire grave, pour ne pas dire infâme. Il nous faut être absolument certains que c'est indispensable. Et en l'occurrence, mon joli, je ne le suis pas,

– Vous refusez de purger Rintoul ! s'écria Lorimer sans pouvoir cacher son incrédulité.

– Vous pigez vite, Lorimer. Si vous êtes tellement inquiet, agissez vous-même, c'est ce que je suggère. Prenez vos responsabilités : vous hachez des oignons, faites-les frire. »

Ça ne s'était pas arrêté là. L'après-midi, Rajiv lui avait téléphoné : « Désolé, petit, il refuse de remplacer ta bagnole.

– Pourquoi donc, nom de Dieu. Elle est assurée, non ?

– Ce n'est pas à nous de raisonner, Lorimer. Salut. »

Lorimer était donc rentré chez lui dans sa Toyota rôtie, le cerveau enfiévré, essayant de mettre le doigt sur la cause de l'hostilité désormais ouverte et provocante de Hogg. Il se demanda si Hogg savait que Torquil habitait chez lui – et il conclut que c'était probable car Hogg semblait savoir pratiquement tout, et il comprenait très bien, du point de vue de Hogg, que la cohabitation avec Helvoir-Jayne était un brin compromettante.

226. Rêves lucides. *Les rêves lucides sont des rêves que le dormeur peut contrôler et influencer. Ils sont un phénomène des niveaux plus profonds du sommeil REM et prennent place dans ce qu'on appelle l'état D. Le sommeil état D occupe 25 % du sommeil REM et se produit par courtes poussées intensives. « Ce qui est fascinant avec toi, dit Alan, et ce qui fait de toi*

mon cobaye de choc, c'est que ton état D apparaît occuper 40 % de ton sommeil REM.
– Devrais-je m'inquiéter ?
– Je ne sais pas. Mais ça veut dire que tu peux avoir plus de rêves lucides que l'individu moyen.
– Merci.
– Je pense que ça peut être une autre raison pour laquelle tu ne dors pas assez. Pour quelqu'un comme toi, le sommeil est trop excitant, trop épuisant. »

Le Livre de la Transfiguration

La neige vint par surprise, les gens manifestaient leur étonnement avec volubilité dans les magasins et les files d'attente des autobus, attestaient de leur manque de préparation vestimentaire et critiquaient vertement les prédictions erronées des météorologues. Les rafales de vent d'est avaient soudain tourné au nord et de nouveaux courants d'air balayaient à présent l'Europe, arrivant des fjords glacés de Scandinavie, de la mer Baltique et des franges frigorifiantes du continent arctique. Le temps que Lorimer atteigne Chalk Farm, la neige recouvrait les trottoirs sur trois centimètres d'épaisseur et les rues n'étaient plus que de la pâte d'amande sillonnée de traces de pneus entrecroisées. Les flocons étaient gros, pareils à des boules de polystyrène, et tombaient avec paresse mais régularité d'un ciel bas gris sulfureux.

Le contraste était marqué avec le Sole di Napoli, le restaurant choisi par Flavia Malinverno, napolitain d'origine – pas étonnant –, peint dans des tons de rose et de jaune vifs, rempli d'images et de symboles de la chaleur du sud : cruches pleines de fleurs séchées, épis de blé coincés derrière les cadres de miroirs, une fresque mal peinte au-dessus du four à pizzas montrant la baie bleu outremer de Naples et un Vésuve fumant, sans compter une pile de chapeaux de paille entassés avec soin sur le bar. Chaque table s'ornait d'un petit agave épineux et les serveurs arboraient un T-shirt bleu avec un soleil doré flamboyant au-dessus du sein gauche.

Lorimer secoua la neige de ses chaussures, épousseta les flocons de ses cheveux et fut conduit à sa table. Il se dit qu'il aurait peut-être fallu offrir aux clients une paire de lunettes de soleil, histoire d'entretenir l'ambiance, et il commanda, malgré le temps, un Campari-soda estival – la boisson préférée de grand frère Slobodan. Il était absurdement en avance, bien entendu, et Flavia arriva avec vingt minutes de retard. Il attendit patiemment, son cerveau au point mort en quelque sorte, contemplant sans penser les flocons qui s'accumulaient tout en buvant un premier puis un second Campari-soda. Il refusait toute conjecture sur les raisons à l'origine de cette invitation – il la considérait simplement comme une bénédiction, une chance étonnante – et il tenta en vain de bannir de son cerveau les images de son rêve lucide. Impossible de ne pas se l'avouer, il s'en rendait compte avec un plaisir aiguisé, il était éperdument amoureux, totalement ravagé, un cas à classer sous le terme « toqué ». Qu'elle fût mariée, qu'elle eût une sombre brute d'époux, ne changeait rien au tableau. Tout aussi hors de propos, se dit-il avec une petite pointe de culpabilité, le fait supplémentaire qu'il ait, lui, une liaison bien établie depuis plus de quatre ans avec Stella Bull... Non, l'heure n'était pas aux débats moraux, ces instants étaient faits pour des songes déraisonnablement optimistes, des conjectures exquises, des rêveries si ridicules, si impossibles que...

Flavia Malinverno fit son entrée dans le restaurant.

Les serveurs se précipitèrent sur elle : *« Bellissima ! »*, *« Flavia, mia cara ! »*, *« La piu bella del'mondo ! »*, et ainsi de suite – elle était d'évidence très connue. Le directeur s'empara de son manteau et l'accompagna, échine courbée tel un courtisan élisabéthain, jusqu'à la table où était assis Lorimer, le sphincter coincé, un genre de crise d'asthme s'attaquant à son système pulmonaire et une espèce de virus imbécile réduisant ses cellules grises à néant. La chevelure avait encore changé de couleur, une variation de terre de sienne rougeâtre avec des dégradés d'or sombre dont les reflets, dans les tons chatoyants du Sole di Napoli, vous donnaient envie de cligner des yeux. Ses lèvres étaient plus marron, pas aussi écarlates. Il n'avait pas vraiment remarqué ce qu'elle portait : une veste en daim, une écharpe, un gros pull à côtes informe.

Elle ignora la main tremblante qu'il lui tendait et se glissa en hâte sur sa chaise.

« Vous avez apporté la neige avec vous, je vois.

– Meuhum ?

– La neige, chéri. Truc blanc lui tombé du ciel. La neige de Pimlico. Il faisait beau et chaud ici ce matin.

– Ah !

– Vous avez vu cette voiture dehors ? Champagne, s'il vous plaît, *una bottiglia*, Gianfranco, *grazie mille*. Quelqu'un a dû y mettre le feu. Une œuvre d'art quasiment.

– C'est la mienne. »

Elle se tut et lui lança son regard tête relevée, yeux plissés. Il sentit une sorte de rire stupide, hennissant, gronder derrière ses dents et réussit à le transformer en une méchante quinte de toux.

« Doucement ! Buvez un peu d'eau. Que s'est-il passé ? »

Il avala une gorgée d'eau : peut-être aurait-il dû se renverser le reste sur le crâne juste pour compléter l'image du parfait connard ? Il se tapota doucement la poitrine et tenta de se reprendre.

« Quelqu'un lui a mis le feu. Avec une lampe à souder. Il n'y a que la peinture qui ait été endommagée. Tout le reste marche bien.

– Ça ne vous fait rien si je fume ? Pourquoi aurait-on voulu faire ça ?

– Pas du tout. Les risques du métier », dit-il. Puis, se corrigeant : « Des vandales, sans doute.

– Un boulot dangereux que le vôtre », répliqua-t-elle, en tirant une bouffée de sa cigarette avant de l'écraser dans le cendrier. Le champagne était arrivé et deux coupes avaient été remplies. « A la vôtre, Lorimer Black. On fête ça.

– On fête quoi ?

– Je vais faire du cinéma, annonça-t-elle d'une voix traînante. Deux jours de travail, mille livres. » Elle ouvrit de grands yeux écarquillés d'étonnement : « Mais Tiiimoothéééé, Maman m'avait dit que vous étiez agent de chaaange ! » Puis elle éclata durant une seconde en sanglots reniflants. « Vous voyez, j'ai même appris ma réplique ! »

Ils trinquèrent, et Lorimer nota que sa main tremblait toujours.

« A votre rôle !

– A votre voiture. Pauvre chose. Comment s'appelle-t-elle ?

– C'est une Toyota.

– Non, je veux dire : quel est son nom ?

– Elle n'a pas de nom.

– Quelle barbe ! Il faut donner un nom aux choses. Le travail d'Adam et le reste. Donnez désormais un nom aux choses dans votre vie, Lorimer Black, j'insiste. Ça rend tout plus... plus réel.

– Je ne suis pas vraiment intéressé par les voitures.

– Mais imaginez ! La passer au chalumeau ! Est-ce la pire aventure qui vous soit arrivée dans votre travail ?

– J'ai eu des menaces de mort. Assez inquiétantes.

– Je dois dire. Jéééésus, imaginez ! Et ça pendant que vous étiez sorti expertiser des sinistres ?

– Les gens peuvent se mettre assez en colère. »

Il fallait qu'il cesse de dire « assez ».

« Mais il n'y a jamais mort d'homme, j'espère ?

– Eh bien, il y a parfois un triste cas qui plie bagage.

– "Plie bagage" ?

– Adios, planète Terre.

– J'ai compris. Reprenez-en un peu. » Elle les servit et leva son verre : « Pas de malheur pour nos grands amis, grand malheur pour nos ennemis. D'où êtes-vous, monsieur Lorimer Black ? »

Pendant le déjeuner (gaspacho, spaghetti primavera, sorbet), Lorimer la gratifia de la version abrégée de son autobiographie : né et élevé à Fulham, université écossaise, quelques années d'errance avant que le besoin d'un revenu régulier (parents âgés à entretenir) l'ait fait échouer dans la branche expertise en sinistres d'une compagnie d'assurances. Il expliqua que cette profession n'était que temporaire, qu'il avait encore la bougeotte chevillée à l'âme. Tout à fait fascinant, dit-elle. Pour sa part, elle lui parla de quelques-uns de ses engagements d'actrice ou de mannequin, du nouveau film pour lequel elle venait d'auditionner, mais le thème dominant de son discours, auquel elle revenait avec régularité, était « Gilbert » qui se montrait « impossible, égoïste et révoltant, pas nécessairement dans cet ordre ».

« Qui est Gilbert ? s'enquit Lorimer, circonspect.

– Vous l'avez rencontré l'autre soir.

– Je croyais qu'il s'appelait l'Artiste.

– C'est son nom de scène. Son vrai nom est Gilbert. Gilbert Malinverno.

– Pas tout à fait la même résonance.

– Exactement. Et donc je l'appelle Gilbert quand je suis en rogne contre lui. C'est un prénom si débile.

– Que, heu, que fait-il ?

– C'est un jongleur. Très brillant, en vérité.

– Un jongleur ?

– Mais il a cessé de jongler pour écrire une comédie musicale.

– Il est musicien ?

– Un fabuleux guitariste. En conséquence de quoi, il n'a pas gagné un sou depuis des mois, ce qui est la raison pour laquelle je l'appelle Gilbert. Il est rempli de talent mais obtus. »

La haine de Lorimer pour Gilbert Malinverno était insondable.

« Vous êtes mariés depuis longtemps ? demanda-t-il comme si la question lui venait à l'instant à l'esprit.

– Près de quatre ans. En fait, je crois que l'ai épousé pour son nom. »

J'ai changé mon nom, moi aussi, aurait voulu dire Lorimer. Vous n'avez pas besoin d'épouser quelqu'un.

« Flavia Malinverno. C'était quoi avant ?

– Pas aussi joli. Vous savez que ça veut dire “mauvais hiver” en italien ? *Mal'inverno*. Tiens, à propos, dit-elle en regardant la neige dehors et tendant la main pour serrer le bras de Lorimer, prenons donc une grappa. »

Ce qu'ils firent. Et ils regardèrent l'après-midi s'alourdir en obscurité bleuâtre, la neige devenir moins insistante jusqu'à se réduire à un flocon tourbillonnant de-ci, de-là. Une couche de cinq centimètres s'était tassée et les rues se creusaient de sillons chocolat.

Ils se disputèrent gentiment l'addition et négocièrent un partage : à Flavia le champagne, à Lorimer la nourriture et le vin. Dehors, elle réenroula son écharpe autour de son cou et serra son blouson de daim autour d'elle.

« Froid, dit-elle. Bon Dieu, cette neige de Pimlico est glaciale. Bon Dieu, je suis ivre morte. »

Elle esquissa un pas et parut se pencher contre lui comme à la recherche de chaleur humaine et Lorimer sentit son bras, très naturellement, l'enlacer, la trouver frissonnante et, très naturellement, ils parurent se tourner l'un vers l'autre et ils s'embrassèrent, non pas comme dans son rêve lucide, mais sa langue s'enfonça profondément dans sa bouche et il fut sur le point d'exploser.

Les bravos des serveurs du Sole di Napoli, debout au grand complet derrière la vitre, criant et applaudissant, les séparèrent. Flavia fit une pirouette, une profonde révérence, et s'enfuit.

« R'voir, Lorimer Black ! cria-t-elle. Je vous appellerai. »

Elle tourna le coin de la rue et disparut avant qu'il ait pu prononcer son nom. Il regagna sa voiture caramélisée, écorchée, en écrasant doucement la neige, et en se demandant pourquoi soudain il avait le cœur si lourd.

Chapitre 12

« Il est un peu mal fichu, annonça Monika. Il a refusé de se lever lundi, il ne voulait pas bouger. J'ai compris qu'il ne se sentait pas tellement en forme. »

Lorimer et elle étaient dans le couloir devant la chambre de leur père, et ils parlaient à voix basse comme des médecins dans une salle d'hôpital. Lorimer frissonna : il faisait froid dans la maison. Dehors, la journée était rude et glaciale, la neige tenait encore, dure et bleue de verglas.

« On gèle ici, Monika, dit-il. Un problème avec le chauffage central ?

– Il se met en marche à 6 heures. Il est sur minuterie.

– Change la minuterie. C'est ridicule qu'il fasse aussi froid. Pense à Papa.

– Impossible de changer la minuterie, Milo. De toute façon, Papa est installé bien confortablement dans son lit avec sa couverture chauffante.

– Bon. Puis-je le voir ? »

Monika ouvrit la porte pour le laisser entrer.

« Ne reste pas trop longtemps, dit-elle. Je veux aller faire des courses. »

Lorimer referma doucement derrière lui. La chambre était petite et étroite, suffisante pour un lit à une place, une table de chevet, une télévision et un modeste fauteuil. Sur le mur, face au lit, se déployait un ensemble de portraits pauvrement encadrés de la famille Blocj : grand-mère, mère, les enfants à des âges divers, Slobodan, Monika, Komelia, Drava. Et bébé Milomre, le dernier-né.

Les yeux bleus de son père se tournèrent vers lui tandis que Lorimer s'approchait du lit en tirant le fauteuil.

« Salut, Papa, c'est moi. Tu ne te sens pas très bien, hein ? Qu'est-ce qu'il y a ? Un petit virus, peut-être. Il fait un temps misérable dehors. Un bon lit chaud, c'est là où il faut être. Tu vas te rétablir... »

Il continua un moment à débiter ces banalités, obéissant aux instructions de sa mère et de ses sœurs qui affirmaient que le malade comprenait tout. Mais ce n'était pas évident : un vague sourire demeurait la réponse constante, invariable, de son père au monde extérieur. Au moins, aujourd'hui, les yeux du vieil homme ne le quittaient pas : ils clignotaient avec régularité. Lorimer prit la main droite qui gisait sur le couvre-lit à hauteur de la poitrine, placée là, sans aucun doute, par Monika, toujours très soucieuse d'ordre, de choses toujours « comme il faut », y compris la posture de l'invalide. Lorimer n'arrivait pas à comprendre l'état de son père : il n'était pas paralysé, simplement très immobile. Il pouvait marcher, il pouvait remuer les membres quand on l'y encourageait gentiment, sinon il demeurait presque parfaitement inerte. En surface, en tout cas : à l'intérieur tout marchait normalement, semblait-il, pompant, oxygénant, nettoyant, filtrant, évacuant, etc. Mais à côté de l'homme tel qu'il apparaissait, un grand paresseux aurait eu l'air d'un redoutable agité. Peut-être était-il dans un état d'hibernation permanente, tel un python lové dans la fissure d'un roc ou un ours polaire dans sa cave de glace ? Lorimer supposait qu'il existait un terme médical pour désigner cela, une sorte d'« état végétatif ». Il préférait comparer son père à un ours endormi plutôt qu'à un légume.

« C'est ça, Papa, n'est-ce pas ? dit-il. Tu en as eu simplement assez, alors tu as tout débranché. Tu n'es ni une carotte ni une patate. » Il serra la main de son père et crut sentir une petite pression en retour. La main était sèche et lisse, sans callosité, les ongles coupés et polis, le dessus constellé de taches de vieillesse. Il faisait bon tenir cette main.

« Faut te rétablir, Papa », dit-il, la voix étranglée par la soudaine perspective de la mort de son père, telle une apparition se matérialisant dans la pièce, et il sentit le picotement des larmes dans ses yeux. Il comprit qu'il avait peur de se retrouver dans un monde qui ne contiendrait plus Bogdan Blocj, même un Bogdan Blocj aussi diminué que celui-ci.

Pour dissiper sa mélancolie, il repensa avec hargne aux soirées à la limite du supportable en compagnie de Torquil Helvoir-Jayne, son nouvel ami intime. Il semblait passer son temps à s'occuper de lui : mettre de l'ordre dans le foutoir que l'autre laissait partout, refaire les provisions qu'il consommait (trois bouteilles de whisky jusqu'ici) et écouter sans se plaindre sa litanie de gémissements, récriminations et autres expressions d'apitoiement sur son sort. Il était aussi devenu l'auditeur malgré lui de l'histoire de la vie de Helvoir-Jayne – le Boswell mourant d'ennui d'un intarissable Dr Johnson –, tandis que Torquil, ne cessant de passer au crible son passé à la recherche des causes de l'injustice dont faisait preuve le monde à son égard, tentait d'analyser les événements récents et les raisons pour lesquelles sa vie et sa carrière étaient dans un état aussi lamentable. Lorimer l'avait entendu parler sans fin de parents âgés et distants, d'une misérable décade passée en pension, de ses tentatives avortées d'une carrière militaire, de ses deux années comme officier subalterne dans un régiment sans renom, de son entrée réticente dans le monde de l'assurance, de ses diverses petites amies, de la cour qu'il avait faite à Binnie puis de son mariage, des horribles beaux-parents et beaux frères, de son intransigeance à elle, de ses modestes et ordinaires défauts à lui et de ses rêves d'un avenir nouveau et plus brillant.

« C'est à l'Est, disait-il à Lorimer, parlant de son avenir. La Hongrie, Budapest, la Roumanie, la République tchèque. Voilà la nouvelle frontière. » C'était le seul conseil résultant de ses innombrables coups de téléphone à ses copains, ses potes dans la City. « Si seulement je pouvais réunir quelques capitaux...

J'achèterais un immeuble de bureaux à Budapest, un supermarché à Sofia, une station d'essence sur une autoroute de Moravie. Pour des clopinettes. Apparemment des gens – des Angliches, comme toi et moi – font des fortunes là-bas. Des tonnes de fric, d'énormes profits. » Sa frustration faisait presque mal au cœur. Lorimer suggéra une expédition immédiate. « Mais je suis fauché, Lorimer, je suis raide comme un passe-lacet, j'ai pas une sapèque. Je suis endetté jusqu'au trognon. » Alors les brillantes aspirations le cédaient aux plaintes désormais familières : les ordures d'avocats, cette salope infernale de Binnie, ce démon incarné de Hogg, ces prétendus amis, des vendus égoïstes qui se taillaient quand vous aviez besoin d'eux (« présente compagnie exceptée, bien entendu »). Il en dressait la liste : les Rory, les Simon, les Hughy, et un entrepreneur américain du nom de Sam M. Goodforth auquel il avait autrefois rendu un énorme service, et dont il répétait le nom à la manière d'un mantra : « Goodforth, Goodforth, où est ce salaud de Sam Goodforth, aujourd'hui ? » Quand le niveau du whisky dans la bouteille baissait en dessous de la moitié, en général Lorimer allait au lit où il restait éveillé, pensant à Flavia Malinverno, condamné à entendre Torquil passer des coups de fil et zapper perpétuellement d'une chaîne de télé à l'autre.

Deux jours après leur inoubliable déjeuner, Flavia n'avait encore pas téléphoné. « R'voir, Lorimer, je vous appellerai », lui avait-elle crié à travers la neige qui tombait plus mollement. En fermant les yeux, il pouvait entendre exactement le ton de sa voix, voir sa haute silhouette disparaître au coin de la rue.

« Pourquoi lui tiens-tu la main ? demanda Drava qui venait d'entrer sans bruit dans la chambre.

– J'ai pensé que ça le réconforterait. »

Ça me réconforte moi en tout cas, pensa-t-il.

« C'est tout bonnement morbide, ça », dit Drava avec un frisson, récupérant la main de son père et la reposant sur le couvre-lit.

Dans le hall une odeur âcre de viande en train de cuire dominait et il entendit sa grand-mère et sa mère se déplacer bruyamment dans la cuisine, rire et bavarder dans leur langue. Dans le salon, la petite Mercy regardait une vidéo d'une violence tapageuse. Une couche semi-audible de musique se propageait d'on ne sait où.

« Hé, Milo, hurla avec vigueur sa grand-mère, reste déjeuner ! On a du cochon. Du bon porc bouilli. »

C'était ça l'odeur. Lorimer atteignit la porte de la cuisine et s'arrêta là – un pas de plus et il aurait la nausée. Il respira superficiellement par la bouche. Sa mère faisait des boulettes : elle roulait des morceaux de pâte entre ses paumes et les jetait dans une poêle de graisse bouillante.

« Quand est-ce que le médecin vient ? demanda-t-il.

– Ce soir, je pense, à 6 heures.

– Tu penses ? Il faut qu'il vienne. Insiste. Assure-toi que Papa a tout ce qu'il y a de mieux. Tous les examens. Je payerai.

– Oh, il va bien, juste un peu patraque.

– Reste déjeuner, Milo, dit Komelia surgissant derrière lui et lui enfonçant les doigts dans les côtes. Maigrichon. Il te faut du bon porc bouilli.

– Et des boulettes, cria Mercy, bondissant hors du salon. Des boulettes ! Des boulettes ! Des boulettes !

– Comme elle est intelligente, non ? s'exclama sa grand-mère. Plein de boulettes pour toi, ma chérie. Quand vas-tu me donner quelques petits-enfants intelligents de plus, Milo ? »

Il vit Drava sortir de la chambre de son père un pot de chambre à la main et comprit qu'il était temps qu'il s'en aille.

« J'ai une réunion, s'excusa-t-il faiblement. Où est Slobodan ?

– Où crois-tu donc ? ricana Komelia. Au Clarence ! »

Le Clarence, Le Duc de Clarence pour lui donner son nom complet, se situait à deux cents mètres environ, dans Dawes Road. Lorimer se fraya un chemin prudent sur la neige verglacée en direction du pub, le vent réfrigérant lui arrachant son haleine ; au nord, la lumière était menaçante et sinistre. C'était l'heure du déjeuner mais il semblait que la nuit fût déjà sur le point de tomber.

Le problème du Clarence, selon Lorimer, était sa totale absence de charme, son indiscutable manque de séduction – ce qui aurait pu passer pour une forme d'attraction, en cette époque de bistro à thème –, mais pas même le plus nostalgique des buveurs n'aurait su éprouver beaucoup d'affection pour ce désolant abreuvoir qui pouvait se vanter de rassembler tous les points faibles d'un pub : un maigre choix de bières mousseuses, de la musique au mètre, pas de nourriture mangeable, une multitude de machines à sous cliquetantes, clignotantes et crépitantes, une moquette à motifs, une télévision à antenne parabolique, un cabot âgé et puant, des vieux habitués maussades, des jeunes habitués saouls, un chauffage minimal, un éclairage de laboratoire – et de surcroît c'était le bistro de son frère, le pub favori de Slobodan.

Lorimer poussa les portes battantes et fut aussitôt assailli par les relents d'un million de cigarettes défuntes et de deux décennies de bière renversée. Un vieil homme semblait s'être évanoui derrière une table dans le coin, la bouche grande ouverte, son feutre mou graisseux glissant de sa tête. Peut-être avait-il simplement décidé de mourir, se dit Lorimer, le Clarence pouvait avoir cet effet sur vous, comme si les tenanciers ajoutaient une dose de *Weltschmertz* à leur bière gazeuse.

Slobodan et Phil Beazley étaient au bar où un jeune barman avec des moustaches de morse et un collier de chien tatoué autour du cou lavait des verres dans un évier rempli d'une eau d'un gris trouble.

« Milo, mon grand copain ! s'écria Beazley, sans doute pour la millième fois.

– Tiens, Kev, je te présente mon petit frérot. Il est millionnaire.

– B'jour, vieux », dit Kev, indubitablement australien et de toute évidence pas impressionné.

Lorimer se demanda ce qui l'avait fait traverser, depuis son pays plein de soleil, hémisphères, océans et continents pour échouer derrière le comptoir du pub Le Duc de Clarence à Fulham. Il comprit aussi que la mention ostentatoire de sa prétendue richesse était le code de Slobodan pour : « Ne réclame pas ton fric. » Il avait eu, il est vrai, la vague intention de s'enquérir du remboursement de son prêt étant donné que le courrier du matin contenait un mot d'Ivan Algomir se plaignant d'une « réclamation inopportune et intempestive du fisc » et demandant s'il pouvait mettre le chèque de Lorimer à l'encaissement. Ce qui lui rappela qu'il allait lui falloir courir derrière ce bonus de Gale-Harlequin ; les choses devenaient un peu limites...

« Qu'est-ce que tu veux boire, Mile ? dit Beazley.

– De l'eau miné... » Il se reprit : la seule eau du Clarence provenait du robinet. « Un demi de Speyhawk. »

La Speyhawk Special Strength Lager, conçue pour faire oublier un long après-midi. Lorimer porta la chope moussante à ses lèvres, avala une lampée et sentit son cerveau fléchir. Beazley et Slobodan buvaient des doubles gin et Coca-Cola. Lorimer insista pour payer la tournée.

« Papa ne... va pas bien », rota Lorimer.

Il hoqueta et toussa. Vache de boisson.

« Il va se remettre.

– La constitution d'un bœuf », dit Beazley qui, pour une raison inconnue, donna un coup de poing, inutilement fort, dans le haut du bras de Lorimer. « Hé, Milo, ça fait plaisir de te voir.

– Comment vont les affaires ? demanda celui-ci.

– Diabolique, s'écria Slobodan, la mine allongée. Tu connais le vieux Nick et le jeune Nick ? »

Père et fils, chauffeurs chez B & B.

« Ouais. Qu'est-ce qu'ils ont ?

– Ils se sont fait piquer.

– Comment ça ?

– En train de vendre de la drogue à la station d'Earl's Court. Paraîtrait qu'ils ont un champ de marijuana chez eux à Tonbridge... Un demi-hectare.

– Ce qui fait, ajouta Beazley l'air dégoûté, qu'on a deux chauffeurs en moins. J'aimerais bien foutre mon pied au cul du vieux Nick, j'te garantis. Ça travaille le mental, pas vrai, Lobby ? »

Lobby acquiesça avec véhémence. Rien de mental là-dedans.

L'ombre d'une idée, une idée dangereuse, une idée Speyhawk, commença à prendre forme dans l'esprit de Lorimer.

« Écoute, Phil, dit-il, il y a un type qui m'enquiquine un peu. Si je voulais, tu vois, lui foutre les chocottes, crois-tu, enfin, que tu pourrais l'envoyer un peu sur les roses ?

– Tu veux qu'on le passe à tabac ?

– Qu'on l'avertisse.

– Eh bien, on te doit un service, pas vrai Lobbs ?

– Qu'est-ce qu'il t'a fait ? s'enquit Slobodan, sincèrement curieux.

– Il a passé ma voiture au chalumeau.

– J'ai pas vu ça depuis des années, s'étonna Beazley. Ça prend un temps fou.

– Qu'est-ce qu'il conduit ? demanda Slobodan.

– Une grosse BMW, nouveau modèle.

– Je sais ce que tu penses, Lobby ! s'écria Beazley, vraiment excité. Œil pour œil, bagnole pour bagnole. » Il se pencha vers Lorimer et lui dit en confidence : « Lobby et moi on se pointe du côté de ce mec, d'ac ? Avec une paire de barres d'échafaudage – vlan, boum –, on se tire, et voilà un propriétaire de BMW drôlement emmerdé... Du nougat.

– Du nougat, approuva Slobodan. Tu nous dis quand, chef. »

Lorimer répliqua qu'il le ferait et mit par écrit le signalement de Rintoul, un peu nerveux à l'idée de ce qu'il pouvait déclencher mais se disant pour se rassurer que son action était purement préventive et qu'il ne faisait que suivre les instructions de Hogg. « Organisez votre purge », avait dit Hogg, sans y aller par quatre chemins. Donc, si Rintoul commençait à jouer au con, il aurait à faire à Beazley et Blocj, les exécuteurs, avec leurs barres d'échafaudage.

Il avala une autre gorgée de sa Speyhawk effervescente et sentit presque aussitôt la poussée de l'alcool dans ses veines. Il reposa sa chope, serra la main de son frère et celle de Beazley, fit un signe de tête à Kev et sortit avec prudence de l'horrible pub. Dans un miroir terni près de la porte, il aperçut le reflet de Phil Beazley se penchant avidement sur le comptoir pour s'emparer de la chope de bière encore pleine.

Dehors, la lumière avait viré au pourpre et l'air piquait à coups de cristaux de glace. Lorimer partit à grands pas en direction de sa voiture carbonisée et fit glisser de ses épaules, comme on se débarrasse d'un sac à dos, la lourde mélancolie du Clarence.

Malheureusement, il trouva à se garer pas loin de la baraque de Marlobe.

« Qu'est-ce que c'est que ce genre de caisse ? » demanda Marlobe.

Son étal resplendissait des couleurs de multiples variétés d'œillets.

« Dégâts d'incendie. Des vandales, je pense.

– Je les châtrerais, dit Marlobe d'un ton raisonnable. Je les châtrerais et puis je leur couperais la main droite. Joueraient plus beaucoup aux vandales, après ça. Ça vous dirait un joli bouquet d'œillets ? »

La haine de Lorimer pour les œillets n'ayant pas décru, il acheta un bouquet de dix narcisses aux boutons encore très fermés et d'une cherté à couper le souffle.

« Y a deux types dans une Rolls qui attendent devant chez vous. Sont là depuis des heures. »

Ce n'était pas une Rolls, mais une Maserati-Daimler ou une Rolls-Bentley ou une Bentley-Ferrari – un de ces hybrides en édition de luxe limitée qui vous coûte dans les deux cent mille livres –, en tout cas certainement la bagnole la plus chère ayant jamais honoré le macadam de Lupus Crescent. Au volant se trouvait le gros Terry, le factotum-coursier-majordome de David Watts.

« Salut, dit Terry toujours cordial. David voudrait vous dire un mot. »

La vitre en verre fumé de la fenêtre arrière s'abaissa pour révéler David Watts en survêtement Wolverhampton Wanderers assis sur de la vachette crème.

« Puis-je vous dire un mot, monsieur Black ?

– Voulez-vous entrer chez moi ? »

Planté dans l'appartement de Lorimer, David Watts regardait autour de lui comme s'il contemplait une exposition au musée de l'Homme.

« Désolé du désordre, dit Lorimer en ramassant des récipients en aluminium et en raflant au passage une chemise et une paire de caleçons. J'héberge un ami en ce moment. »

Il fourra dans la poubelle les récipients, la chemise, les caleçons et les narcisses – à quoi bon ? Quelque chose de noirci et de croustillant avait dégouliné sur la façade de sa cuisinière.

« C'est beau, dit Watts, le doigt tendu. C'est du vrai ?

– C'est grec, environ trois mille ans d'âge. Voulez-vous que je tire les rideaux ? »

Watts avait chaussé une paire de lunettes de soleil.

« Non merci. Vous avez une tonne de CD. Pas autant que moi, mais vous en avez pas mal...

– Je suis désolé de ne pas vous avoir recontacté mais il y a encore tout un processus de consultation à...

– Ne vous en faites pas pour l'assurance. Prenez votre temps. Non, c'est à propos de ce groupe que vous avez cité, Achimota. Sheer Achimota.

– Kwame Akinlaye et les Achimota Rhythm Boys.

– C'est ça. Croyez-vous à la *sérendipité*, au don de faire par hasard des découvertes heureuses, monsieur Black ?

– Pas vraiment. »

Il croyait au contraire, quel qu'en fût le nom.

« C'est la plus puissante des forces dans la vie de quiconque. Ça l'est dans la mienne. Il faut que je trouve le CD dont vous avez parlé. *Sheer Achimota.* Je sais qu'il va être très important pour moi.

– C'est un CD d'importation. J'ai l'adresse où le commander par correspondance. Il y a une boutique dans Camden... »

Vêtue d'une des chemises de Lorimer, Irina sortit de la chambre à coucher.

« Hello, Lorimer ! lança-t-elle avant de s'engouffrer dans la cuisine.

– Je ne vous interromps pas, j'espère ? s'enquit Watts poliment.

– Comment ? Non. Hum. Je...

– Cette fille a les jambes les plus blanches que j'aie jamais vues. Y a-t-il un moyen quelconque de vous acheter ce CD ? Dites-moi votre prix. Deux cents livres ?

– Je peux vous le prêter. »

Il entendait des placards s'ouvrir et se refermer dans la cuisine.

« Prêter ? s'étonna Watts comme si le concept était une nouveauté.

– Pouvez-vous m'accorder une seconde ? dit Lorimer. Excusez-moi. »

Torquil était installé dans son lit, appuyé sur des oreillers, nu et en train de lire, dans la mesure où Lorimer pouvait voir, un magazine porno. Heureusement le drap était entortillé sur son bas-ventre, entre ses jambes écartées.

« Ah, salut, Lorimer, devine qui est ici.

– Je viens de la voir. Qu'est-ce que tu fous au juste là-dedans, Torquil ?

– Nom de Dieu, qu'est-ce que j'étais censé faire ! »

Irina revint avec une bouteille de vin blanc et deux verres. Elle s'assit au bord du lit, les jambes pudiquement croisées et versa un verre à Torquil maintenant étalé en travers du lit, les fesses à l'air, à la recherche de cigarettes dans les poches de son pantalon. Dans un geste d'antique chevalerie, il en alluma deux et en tendit une à Irina.

« Lorimer ? dit Irina en soufflant la fumée par un coin de sa bouche.

– Oui ?

– L'homme dans la pièce... C'est David Watts ?

– Oui.

– Je peux pas croire moi dans maison, même maison avec David Watts ! »

Elle se mit à parler avec excitation en russe. Ses jambes étaient certes étonnamment blanches, nota Lorimer, longues et maigres, les veines bleues dans ses cuisses comme... Il réfléchit un instant : comme des rivières sous la banquise vue d'avion.

« Pas David Watts le chanteur ? s'écria Torquil, tout aussi impressionné. Dans cet appartement ?

– Oui. Je lui prête un CD.

– Va te faire foutre !

– Va te faire foutre toi-même.

– Salaud de menteur.

– Viens voir toi-même. »

Lorimer rejoignit Watts qui, les lunettes relevées sur son front, était à présent accroupi devant les étagères faites sur mesure pour ses collections de compacts. Il avait déjà trouvé Kwame Akinlaye – Lorimer rangeait ses CD par ordre alphabétique et pays d'origine.

« Z'avez pas mal de classiques, remarqua Watts. Des masses du Brésil.

– Autrefois j'écoutais seulement de la musique centre et sud-américaine, lui expliqua Lorimer. Je suis passé à l'Afrique il y a à peu près trois ans. J'ai commencé par le Maroc et j'ai continué vers le sud, autour du renflement, vous voyez. »

Watts fronça les sourcils.

« Intéressant. Où êtes-vous maintenant ?

– Au Ghana. En route pour le Bénin. La semaine prochaine, sans doute.

– C'est ce que vous appelez "authentique", non ?

– Comparé à la merde que nous produisons en Occident. »

Rhabillés en hâte, Irina et Torquil entrèrent et Lorimer fit les présentations. Torquil montra du doigt le survêtement de Watts et se mit à chanter : « Allez-y donc, vous les Wool-ves ! » Irina quémanda un autographe et Torquil fit de même pour une personne nommée Amy. Lorimer comprit avec une sorte de choc qu'il s'agissait de la fille de quatorze ans de Torquil (pour l'heure en pension). Il espérait qu'elle ne demanderait pas à son père comment il s'était procuré la signature de David Watts.

« J'espère que je n'ai rien interrompu, dit Watts, apposant son nom sur deux feuilles de papier. Un genre d'"amour dans l'après-midi".

– Non, non, nous avions fini, le rassura Torquil. En fait, tu dois partir, n'est-ce pas, Irina ? Tu dois partir, oui ? Partir ?

– Comment ? Ah oui, je dois partir. »

Elle ramassa son sac, fit ses adieux (Lorimer nota qu'il n'y avait pas eu d'autre contact physique entre elle et Torquil) et s'en alla. Watts accepta une des cigarettes de Torquil.

« Je suis stupéfait qu'elle ait su qui vous étiez, déclara Torquil. Irina, je veux dire. Elle est russe, vous savez.

– Tout le monde en Russie connaît David Watts, affirma David Watts. Je vends des millions de CD là-bas. Des millions.

– Vraiment ? Dites-moi, est-ce que le Team se reformera jamais ?

– Il faudra me marcher sur le corps, mon pote. Ce sont des voleurs, des escrocs. Je préférerais me couper la langue. Je préférerais m'arracher la trachée avec mes propres mains.

– Pas ce qu'on appellerait une séparation à l'amiable, alors ? Qu'est-il arrivé à Tony Anthony ? »

Watts ne s'attarda pas, troublé semble-t-il par le rappel insistant que faisait Torquil de l'histoire passée de l'ex-groupe. Lorimer lui prêta deux CD de plus – celui d'un chanteur de Guinée-Bissau et celui d'un orchestre composé principalement de cuivres, originaire de Sierra Leone. Watts annonça qu'il allait les enregistrer et les faire rapporter par Terry le lendemain : après quoi il demanda poliment, telle une douairière ou une tante demeurée vieille fille, si Lorimer pouvait le raccompagner à sa voiture. Terry les vit arriver et se hissa hors de son siège pour ouvrir la portière.

« Cette histoire d'assurances, dit Watts en envoyant balader d'une chiquenaude son mégot de cigarette, j'ai parlé à mes gens et je pense qu'il va y avoir un procès du tonnerre si ça n'est pas payé. Vingt, trente millions de livres.

– Parfait, répliqua Lorimer. Nous aimons bien que ces choses soient portées devant les tribunaux. »

Voilà qui devrait plaire à Hogg, songea-t-il sans gaieté.

« Rien de personnel, affirma Watts, mais ça ne fait pas bon effet, David Watts se faisant branler par une bande de scribouillards. Ça fait pas cool.

– Comme vous voudrez.

– Je vous ferai rapporter ces disques demain, vieux, répéta Watts en se courbant pour monter dans sa voiture. Merci beaucoup, Lorimer – je peux vous appeler Lorimer ? Ça pourrait être fructueux. *Sérendipité.* Gardez le contact. »

La voiture s'éloigna, en silence, semblait-il, sur ses larges pneus. Dans la rue, les gens s'arrêtèrent pour s'émerveiller. Lorimer se souvint que, selon une récente enquête dans un journal du dimanche, David Watts occupait le n° 349 dans la liste des personnes les plus riches du monde.

Lady Haigh l'attendait dans le hall. Elle était élégamment habillée d'un costume de tweed vert et coiffée d'un turban piqué d'une épingle à chapeau à tête de rubis. Derrière ses jambes, Jupiter, haletant paisiblement, contemplait Lorimer.

« Votre ami a ramené une fille avec lui ce matin.

– Je ne peux que vous présenter mes excuses, Lady Haigh.

– Il fait un terrible boucan, en se promenant à toute heure du jour et de la nuit.

– Je vais lui dire de se tenir tranquille.

– Je le trouve très grossier.

– Moi aussi, Lady Haigh, moi aussi. »

389. Sérendipité. *De Serendip, un nom antique de Ceylan, aujourd'hui le Sri Lanka. Un mot fabriqué par Horace Walpole qui l'inventa sur la base d'un conte populaire dont les héros ne cessaient de découvrir des choses qu'ils ne cherchaient pas.* Ergo : *sérendipité, le don de faire par hasard des découvertes heureuses.*

Alors quel est donc l'opposé de Serendip, une terre du sud, une terre d'épices et de chaleur, de verdure luxuriante et de colibris,

> *baignée par la mer, arrosée de soleil ? Pensez à un autre monde, loin au nord, stérile, pris dans les glaces, un monde de silex et de pierre. Appelez-le Zembla.* Ergo : *zemblanité, le contraire de sérendipité, le don de faire à dessein des découvertes malheureuses, malchanceuses. Sérendipité et zemblanité : les deux pôles de l'axe autour duquel nous tournons.*
>
> *Le Livre de la Transfiguration*

Ce soir-là, Torquil lui raconta avec enthousiasme et en détail ce qu'Irina et lui avaient fait dans le lit de Lorimer (les draps avaient déjà été emportés à la laverie automatique). Ils regardèrent un violent thriller de science-fiction sur une chaîne du câble (le choix de Torquil) après quoi Torquil commanda par téléphone des pizzas et des frites. Torquil fuma un paquet de cigarettes et termina le whisky avant de devenir larmoyant – « Oh, Binnie, Binnie, Binnie » – puis furieux, fulminant contre Oliver Rollo en particulier. Binnie avait été invitée au mariage d'Oliver et Foll mais pas Torquil : c'était là une vive indication de son statut de paria, et Lorimer voyait bien qu'il en souffrait. Il se mit à parler avec tendresse de l'Afrique du Sud. L'Europe de l'Est semblait avoir disparu du programme des fortunes à bâtir.

« Si je pouvais simplement réunir quelques capitaux, Lorimer, gémit-il avec frustration. C'est comme au bon vieux temps là-bas, Happy Valley, l'esprit pionnier, gin et polo... Tout ce que t'as à faire, c'est acheter un terrain de golf ou un vignoble. Le fric coule à flots. Mais il faut que tu aies quelque chose à vendre : une réserve de chasse, une marina. Les Britiches, les gens comme toi et moi, font des masses d'argent époustouflantes en Afrique du Sud. Des montants obscènes.

– Pourquoi ne vas-tu pas y faire un tour ? Par avion. Un billet pas cher, l'encouragea Lorimer.

– Ah, tu parles ! Il faut que je verse quinze cents livres demain à cette salope au cœur de pierre et j'en ai exactement... » il vida ses poches sur la table « ... dix-sept et de la mitraille. Et ça, c'est pas une pièce d'une livre, c'est une foutue pièce de cent pesetas. Seize livres, de la mitraille et cent pesetas ! »

Lorimer sentit le désespoir le saisir tandis que Torquil énumérait tous les points de vente qu'il avait visités et qui auraient pu perpétrer ce remplacement d'une livre par cents pesetas. Ça ne pouvait plus durer : sa propre vie – sa sécurité calculée, son ordre délibéré – était tellement sapée qu'il en prévoyait le grave effondrement. Il lui fallait trouver un moyen d'expulser cet intrus. Le coucou était dans le nid et s'y installait plus confortablement tous les jours, il ne restait que peu de temps avant que l'oisillon Lorimer ne puisse continuer à faire face.

« L'ennui, c'est que je n'arrive pas à reprendre le dessus, dit Torquil, noyé dans sa délectation morose. Je n'ai pas le temps. Tout s'accumule. Il faut que je trouve un moyen de me faire payer en liquide, d'avance ou sur-le-champ. » Il serra la mâchoire. « Je sais que c'est immoral, mais je ne pense pas avoir le choix, Lorimer. J'y suis obligé.

– A quoi ?

– Vendre de la drogue – ecstasy, héroïne, crack. Je m'en tape maintenant, je suis à bout de nerfs. La société me force à ça. C'est la faute de la société et de Binnie, pas la mienne. »

Lorimer vit soudain la solution avec une clarté absolue et s'émerveilla de la manière dont l'esprit fonctionnait parfois indépendamment de toute instruction.

« Écoute, Torquil, si je te trouvais un boulot bien payé, cash, qui résoudrait tes problèmes financiers immédiats mais qui exigerait dix-huit à vingt heures de travail par jour, le prendrais-tu ?

– Si je le prendrais ? Je travaillerai vingt-quatre heures sur vingt-quatre, s'il le fallait. Dis-moi où et quand.

– J'ai juste un coup de fil à passer d'abord. »

Lorimer fit le numéro sur le téléphone de la cuisine, sentant son cœur s'alléger à l'idée que le coucou soit sinon expulsé du moins absent pour la plus grande partie du temps.

« Ouais, répondit une voix à l'autre bout de la ligne.

– C'est Milo. Est-ce que la Cortina est toujours en bon état de marche ? Bien. J'ai un chauffeur pour vous. »

390. Origine du nom « David Watts ». *Torquil m'a raconté ceci. Un des rares faits intéressants que Torquil m'ait jamais relatés. « Tu sais pourquoi il s'appelle David Watts ? – Non, pourquoi ? – C'est à cause de cette chanson des Kinks. – Jamais entendu parler d'eux. – Seigneur Jésus, c'est pas possible, un des groupes de rock légendaires des années soixante ! – Ça me dit quelque chose maintenant que tu m'y fais penser. » Torquil se leva et, comme s'il était sur scène, se mit à chanter d'une voix de gorge à l'accent cockney : « FAH – fuh-fuh-FAH-FAH, FAH-FAH-FAH. » Il chanta la chanson en entier, par cœur. L'histoire est narrée par « un petit gars simple et ennuyeux qui ne peut pas distinguer l'eau du champagne » et qui fantasme sur David Watts, un écolier vraiment héroïque, querelleur épique, riche, capitaine de l'équipe de foot, chef de classe, et dont toutes les filles du voisinage sont complètement toquées. Les chœurs, le refrain répétaient avec nostalgie : « J'aimerais pouvoir être comme David Watts, J'aimerais pouvoir être comme David Watts, J'aimerais pouvoir être comme David Watts. » C'était une chanson sur quelqu'un qui ne pouvait rien faire de mal, quelqu'un qui était révéré et adoré par ses pairs, quelqu'un qui, en fait, était la perfection même. Je commençai à un peu mieux comprendre : c'était ainsi que Martin Foster était devenu David Watts.*

Le Livre de la Transfiguration

Chapitre 13

Hogg entra d'un pas nonchalant, sans frapper, dans le bureau de Lorimer. Il portait une courte veste en peau de mouton fourrée, une casquette plate en tweed, et ressemblait à un bookmaker ou à un fermier descendu en ville à l'occasion du Salon de l'agriculture.

Lorimer repoussa sa chaise et produisit son sourire le plus engageant.

« Bonjour, monsieur Hogg. »

Hogg pointa son doigt sur lui.

« Une petite croûte, vieille branche ? »

Ils prirent un taxi vers l'ouest jusqu'à Tottenham Court, puis allèrent à pied le long de quelques pâtés de maisons, la tour des Telecom se dressant à proximité, avant d'atteindre un restaurant appelé O'Riley, un établissement bas de plafond avec des banquettes en suédine dans des boxes de bois sombre et des murs tapissés de papier William Morris. Le propriétaire, un Marocain du nom de Pedro, accueillit Hogg avec effusion et guida les deux hommes vers un box au fond du restaurant absolument désert.

« Comme d'habitude, Señor Hogg ?

– *Gracias*, Pedro. Et apportes-en un pour le señor Black ici présent. » Hogg se pencha : « Le meilleur croque-monsieur de la ville. Je le recommande vivement, Lorimer. La tourte aux pommes n'est pas mal non plus. »

Pedro leur apporta deux grands verres d'amontillado et ils examinèrent le menu. « Éclectique » était le mot qui venait à l'esprit et Lorimer se rendit compte qu'il se trouvait dans une forme de restaurant anglais classique en voie de rapide disparition – il y avait bien longtemps qu'il n'avait pas vu le choix d'un « jus de tomate, jus d'orange ou jus de pamplemousse » offert en guise d'*entrée**. Hogg commanda le croque-monsieur et l'agneau souvlaki tandis que Lorimer optait pour des feuilles de vigne farcies et une côtelette de veau panée garnie de légumes. Le vin du jour était un sang de taureau hongrois, et la requête d'un Perrier par Lorimer fut tout de suite contrecarrée : « Ridicule. Apporte-lui un verre d'honnête et bonne eau de la Tamise, Pedro. »

Lorimer avait méchamment besoin d'eau car l'amontillado lui avait donné une migraine instantanée, juste au-dessus des yeux. Le sherry avait cet effet sur lui, accompagné d'un sentiment général de mélancolie. Mais il était aussi très tendu, il sentait les muscles de sa nuque se nouer et se tresser à travers ses épaules.

Hogg parla avec enthousiasme de l'excellente année que connaissait GGH Ltd. Le dernier trimestre avait été formidable mais celui-ci promettait de battre tous les records.

« Et aussi grâce à vous, Lorimer, dit-il vidant son verre et en réclamant un autre. Je songe à m'étendre, à ajouter un membre ou deux à notre petite famille, à soulager un peu le poids sur vos épaules.

– Je ne me plains pas, monsieur Hogg.

– Je sais, Lorimer. Mais vous n'êtes pas du genre à vous plaindre. »

Lorimer se sentit mal à l'aise. Le ton de Hogg semblait sous-entendre qu'il aurait dû précisément se plaindre. Il s'attaqua à ses feuilles de vigne (pourquoi, diable, avait-il commandé ça ?) y consacrant seulement une moitié de son esprit, l'autre cherchant à expliquer les raisons de cette invitation à déjeuner.

« Alors... dit Hogg, sciant un bout de son croque-monsieur d'une couleur orange gilet de sauvetage. Comment se passe le règlement David Watts ?

– Très délicat, répliqua Lorimer. Plus délicat que tout ce que j'ai jamais rencontré.

– Et pourquoi ça, Lorimer ?

– Parce que le type est un cinglé de première, timbré, siphonné, complètement jeté, monsieur Hogg.

– Vous lui avez fait une offre ?

– Ça ne marchera pas. Il n'est pas intéressé par l'argent. Si son manager avait encore été là, l'affaire aurait été simple, j'en suis certain. Mais Watts contrôle tout à présent, il se dirige lui-même et, je peux vous le dire, ça ne suit aucune logique. Il a menacé de, ou plutôt il a mentionné la possibilité d'un procès pour trente millions si nous ne le payons pas.

– On lui fera rendre gorge. » Hogg considéra l'expression sceptique de Lorimer. « Quel est votre avis professionnel, Lorimer ?

– Payez. Cette histoire est une bombe si j'en ai jamais vu une.

– Qui va nous exploser à la figure ? »

Hogg poignarda la croûte de fromage de son croque-monsieur tout en y traçant des dessins avec sa fourchette. Il releva la tête, son visage drainé de toute sa précédente fausse bonhomie.

« Je vois qu'ils ont démoli le Fedora Palace.

– Je suis passé devant l'autre jour.

– A quoi joue-t-on, Lorimer ? C'était un immeuble de valeur. Endommagé, mais encore de très grande valeur.

– Je n'en ai pas la moindre idée. »

Hogg remplit leurs deux verres à ras bord de sang de taureau. Le vin était d'un rouge si foncé qu'il en paraissait presque noir. Lorimer porta son verre à ses lèvres avec précaution, le respira, s'attendant à des relents affreux d'abattoirs, de tripes, d'organes, de sciure et d'étrons, mais le vin était résolument neutre – n'offrant guère plus au nez qu'une vague odeur de raisin. Il but avidement pendant que Pedro débarrassait les entrées et les remplaçait par le plat de résistance. Le service était d'une rapidité impressionnante, pensa Lorimer jusqu'à ce qu'il se rappelle qu'ils étaient les seuls clients de O'Riley. Nageant dans un petit lac de sauce, son veau pané disputait la place à des pommes de terre sautées et vapeur, du chou-fleur, des carottes et des petits pois vert olive – sortis tout frais d'une boîte.

« Ça pue, ça », dit Hogg en s'empiffrant d'agneau – il ne faisait pas allusion à la cuisine. « Toutes ces vieilles couilles rances puent à mort. Et je pense que vous savez pourquoi.

– Je ne le sais pas, monsieur Hogg. »

Mastiquant avec vigueur, Hogg pointa son couteau sur Lorimer.

« Alors, vous avez intérêt à le découvrir, mon petit chéri. En attendant, tout est en suspens.

– Ce qui veut dire ?

– Ce qui veut dire vous, votre boulot, votre avenir, votre bonus.

– Ce n'est pas juste !

– Là, vous êtes innocent comme l'agneau qui tète, Lorimer. La vie n'est pas juste. Vous devriez savoir ça, vous travaillez dans les assurances. »

Lorimer ne se sentait aucun appétit : en fait, il éprouvait le contraire de la faim – pas rassasié, pas nauséeux mais soudain atteint, curieusement, d'une sorte de phobie, comme s'il ne voulait plus jamais avoir à faire à de la nourriture. Il était cependant toujours très favorable à l'alcool, résolument porté sur l'idée de se cuiter. Il prit une lampée de sang de taureau : donne-moi des forces, pria-t-il, donne-moi la force d'un taureau hongrois. Hogg déchiquetait son agneau, couteau et fourchette lançant des éclairs, comme si la bête l'avait injurié personnellement. En douce, Lorimer remplit de nouveau leurs verres.

« Qu'avons-nous exactement ? dit Hogg. Un grave incendie, délibérément provoqué, dans un hôtel de luxe neuf, presque terminé. Un répugnant bâclage de contrat d'assurance qui mène à une demande d'indemnités de vingt-sept millions de livres. Puis un fabuleux règlement, positivement d'une beauté à en rêver. Une semaine plus tard, ledit hôtel est rasé. Une gigantesque perte sèche en termes d'investissement – où est la logique ? »

Lorimer avoua qu'il ne paraissait pas y en avoir, mais un des propos de Hogg, un défaut quelque part dans son raisonnement, avait par inadvertance déclenché une sonnette d'alarme. Il aurait à y réfléchir plus tard, Hogg continuait sur sa lancée :

« Et pire, quelques jours avant que tout ce fourbi file aux chiottes, on me fout dans les pattes, à la demande personnelle de Sir Simon Sherriffmuir soi-même, le petit connard de dixième catégorie qui a concocté le contrat. Je vire ce bon à rien de branleur dès que je le peux décemment et qu'est-ce qu'il fait ? Il va habiter dans l'appartement de mon expert préféré, celui précisément qui a fait le boulot doré sur tranche de Gale-Harlequin. Comment croyez-vous que je regarde tout ça ? » Hogg repoussa son assiette. « Il me semble, Lorimer, que quelqu'un est en train de la mettre dans le cul de George Hogg et George Hogg n'aime pas ça du tout !

– C'est une pure coïncidence, une pure méchante coïncidence, si Helvoir-Jayne habite chez moi, monsieur Hogg. »

Il aurait voulu lui parler de la « zemblanité », lui expliquer que cela était un parfait exemple de sa sinistre influence sur une vie, mais Hogg continuait son analyse des récents événements.

« Dans quelle mesure connaissez-vous Sherriffmuir ?

– Je ne l'ai rencontré qu'une seule fois. Vous ne croyez pas qu'il...

– Il voulait se débarrasser de Helvoir-Jayne *pronto*. Mais pourquoi me le coller à moi ? Parce que vous, vous travaillez pour moi et que vous alliez régler l'affaire Gale-Harlequin...

– Ça n'a aucun sens, monsieur Hogg. Ce sont de folles suppositions. »

Hogg sortit et alluma un panatella noueux.

« Quoi qu'il en soit, dit-il d'un ton mystérieux à travers des volutes de fumée bleuâtres, j'entends des tuiles tomber du toit.

– Il doit y avoir une explication. Qui utilise-t-on ? Qui est arnaqué ? Les seuls à avoir le droit de se plaindre sont Gale-Harlequin.

– Quelqu'un s'est mis dix millions dans la poche.

– Quarante pour cent seulement de ce qui leur était dû.

– Mais pourquoi démolir leur hôtel ?

– Ça me dépasse.

– Quelqu'un, quelque part, s'est servi ou se sert de nous pour faire une affaire malpropre.

– Mais laquelle ? Et qui ?

– Ça, c'est votre boulot, Lorimer. Vous trouvez l'explication et vous venez me la donner en mots d'une syllabe. Tout est bloqué tant que vous ne m'avez pas raconté les tenants et les aboutissants de cette affaire.

– J'ai vraiment besoin de ce bonus, monsieur Hogg. Je suis limite, côté finances.

– Manque de pot. Allons, goûtez donc un peu cette tourte aux pommes. »

392. *Hogg, un jour, du temps où il se montrait jovial, dans un pub après le bureau, devant un grand verre de Bristol Cream et un demi de bière pour faire passer, me demanda : « Savez-vous comment vous avez décroché ce boulot, Lorimer ? »*
MOI : Parce que j'étais un bon expert en sinistres pour Fortress Sure.
HOGG : Non.
MOI : Parce que j'étais très qualifié.
HOGG : Le monde est rempli jusqu'à ras bord de gens très qualifiés.
MOI : Parce que j'avais une mine enjouée ?
HOGG : Repensez à l'interview. C'est une de vos réponses qui a emporté la décision.
MOI : Je n'arrive pas à m'en rappeler.
HOGG : Moi, si. Ça a eu l'effet d'un lavement à l'eau glacée. Je me suis dit : ce garçon a ce qu'il faut, il a des co-johns.
MOI : Cojones. C'est de l'espagnol.
HOGG : Ridicule, c'est du belge. C'est une expression belge. Du flamand pour « couilles ».
MOI : Ça ne se prononce pas « co-johns », monsieur Hogg.
HOGG : Je m'en tamponne le coquillard, la manière dont ça se prononce. J'essaye de vous raconter, mon vieux, comment vous vous retrouvez dans ce pub en train de biberonner en ma com-

pagnie. Je vous ai posé une question juste à la fin de l'interview, vous vous souvenez ?

MOI : *Ah oui. Rappelez-moi laquelle, monsieur Hogg.*

HOGG : *J'ai dit : « Quel est votre plus grand défaut ? » Et qu'avez-vous répondu ?*

MOI : *Je ne sais plus. J'ai inventé, probablement.*

HOGG : *Vous avez dit – et je ne l'oublierai jamais –, vous avez dit : « J'ai un violent caractère. »*

MOI : *Vraiment ?*

HOGG *(méditatif) : Ça m'a impressionné, oui. C'est pourquoi je vous ai fait entrer dans la famille, dans GGH. Nous avons tous nos défauts, Lorimer, même moi j'ai des défauts, mais peu d'entre nous sont prêts à les reconnaître.*

Le Livre de la Transfiguration

« Slobodan, je te présente Torquil. Torquil, je te présente Slobodan.

– Appelle-moi Lobby. Tout le monde le fait à part Milo, ici présent.

– Milo ? »

Torquil regarda Lorimer avec curiosité.

« Un petit surnom de famille », répliqua Lorimer à voix basse.

De toute façon, Slobodan ne pouvait pas l'entendre, il était de l'autre côté de la Cortina en train de donner des coups de pied dans les pneus.

« Bienvenue à bord, Torquil, dit Slobodan. Tu es assuré, complètement couvert. Un permis de conduire vierge, prêt à travailler à toute heure. Tu nous as sauvé notre bifteck à la dernière minute.

– Pareil pour moi, Lobby », dit Torquil en serrant la main tendue.

Ils étaient tous debout devant la maison de Slobodan, un faible soleil pailletant les chromes de la Cortina, sur fond de gentil gargouillis de neige se liquéfiant dans les caniveaux.

« Je crois que je vous dois une avance sur frais ? » reprit Torquil en offrant à Slobodan une cigarette.

Chacun alluma la sienne.

« Quarante livres par semaine pour la radio. »

Torquil se tourna vers Lorimer qui lui donna quarante livres qu'il tendit à Slobodan.

« Merci beaucoup, Torquil.

– J'aurais sans doute besoin d'un petit supplément pour l'essence, dit Torquil, et les repas. »

Lorimer lui passa quarante livres de plus. Il s'en fichait, il était heureux.

« Viens que je te présente à mon associé, Mr Beazley, suggéra Slobodan. Nous allons organiser ta première course.

– J'ai mon *Londres de A à Z* avec moi, dit Torquil, en sortant de sa poche le plan des rues appartenant à Lorimer.

– C'est tout ce qu'il te faut pour ce boulot. Avec une voiture. Qu'est-ce que tu conduis d'habitude ?

– J'ai une Volvo. Un break.

– Jolie bagnole.

– Mais elle a été saisie.

– La poisse, ça existe, Torq. Elle tombe sur le poil des meilleurs d'entre nous.

– Je vous dis à plus tard, tous les deux, lança Lorimer. Bonne chance ! »

Il regarda les deux hommes partir en direction du bureau, cigarette au bec, tous deux du même âge, tous deux solidement bâtis, tous deux trop gros, l'un avec des cheveux courts et un costume rayé, l'autre avec une queue de cheval grise et un blouson de soldat de la Wehrmacht. Sans savoir pourquoi, Lorimer eut la prémonition qu'ils s'entendraient bien. Il avait ressenti un léger malaise à l'idée d'amener Torquil si près de sa famille, mais la nécessité absolue de mettre fin à la présence et à la pression permanentes de cet homme dans sa vie avait exigé des mesures rapides, et ceci était, dans les circonstances, la seule solution possible. Il avait simplement dit à Slobodan qu'au bureau les gens l'appelaient « Lorimer », Milomre étant difficile à prononcer. Slobodan y avait à peine prêté attention. En l'occurrence, pensa Lorimer, moins on en disait mieux c'était – tous deux étaient des individus résolument dépourvus de curiosité, rien ne semblait jamais beaucoup les surprendre. Quoi qu'il en soit, il avait d'autres problèmes plus compliqués à résoudre, tels que son insolvabilité imminente. Il était encore ébranlé par son déjeuner avec Hogg, les soupçons de l'homme nourrissaient sa paranoïa, intensifiaient, s'il était possible, sa totale cruauté. Mais comment pouvait-il résoudre rapidement l'énigme Gale-Harlequin ? Il aurait peut-être plus de chance maintenant que Torquil était plus ou moins sorti de sa vie.

Il s'apprêtait à sonner à la porte de l'appartement familial quand la porte s'ouvrit et Drava surgit, les bras remplis de dossiers.

« Comment va Papa ? s'enquit Lorimer. Est-ce que le médecin est venu ?

– Il va bien. Il dort à poings fermés. Le médecin n'a pas su dire ce qui clochait. Il lui a donné des antibiotiques et quelque chose pour le faire dormir.

– Dormir ? C'est sûrement la dernière chose dont Papa a besoin.

– Parfois, il ne dort pas pendant des jours. Tu vas dans sa chambre la nuit et il est là, étendu, les yeux grands ouverts. Excuse-moi, Milo, j'ai pas le temps de bavarder. »

Ainsi donc c'est de famille, se dit Lorimer, en repartant vers la City. Dans les gènes de mon père, cette histoire de dormeur léger. Il se demanda s'il devait aller passer une autre nuit à l'institut : l'endroit était tellement orienté sur le sommeil qu'il réussissait toujours à y dormir deux bonnes heures, même branché aux machines d'Alan. Il aurait aimé savoir ce que révélaient les données – ils devaient en avoir suffisamment maintenant – et si Alan allait pouvoir l'aider. Où était Alan ces jours-ci, d'ailleurs ? Il ne l'avait pas revu depuis une éternité.

Le Fedora Palace était réduit à un rez-de-chaussée, le béton déchiqueté des murs restant seul visible par-dessus les palissades qui, remarqua-t-il, s'ornaient à présent d'un nom et d'un logo tout neufs – BOOMSLANG PROPERTIES LTD –, à la typographie à l'antique cerclée du dessin stylisé d'un serpent vert acide. Boomslang – qui diable étaient-ils ?

« Aucune idée », répliqua le chef du chantier. Tout avait été vendu, quelques jours plus tôt à peine, à cette nouvelle compagnie et un jeune mec s'était pointé avec ces pancartes en plastique et les avait collées là.

Lorimer appela Boomslang Properties dans Battersea et prit rendez-vous pour 6 heures ce soir-là. Il avait raconté à la fille au bout du fil qu'il s'agissait d'une histoire d'assurances et qu'il enquêtait sur la possibilité d'un rabais. L'idée de recevoir de l'argent incitait toujours les gens à accorder promptement des rendez-vous.

Boomslang Properties se trouvait au-dessus d'une boutique qui vendait de la vaisselle et des ustensiles coûteux dans une rue réaménagée pas loin d'Albert Bridge. Une jeune fille portant un jean et un large sweat-shirt imprimé de personnages de bandes dessinées posa sa cigarette et son magazine et le regarda l'air ahuri.

« Nous nous sommes parlé cet après-midi. » Lorimer répéta patiemment son histoire. « Je viens pour le terrain du Fedora Palace. »

Il vit qu'elle ne comprenait toujours pas.

« Ah, mon Dieu, ouais... » Elle cria : « Marius ? Mr Fedora, des assurances ! » Elle n'obtint pas de réponse. « Il doit être au téléphone. »

Un géant de jeune homme, dans les vingt-cinq ans, un mètre quatre-vingt-quinze, blond, bronzage retour de ski, surgit depuis une porte du couloir, le bruit d'une chasse d'eau dans son sillage. Ses manches de chemise étaient roulées et il portait des bretelles. Il s'essuya les mains sur le fond de son pantalon avant d'offrir la droite en guise de bienvenue.

« Salut, dit-il. Je suis Marius Van Meer. »

L'accent était sud-africain, se dit Lorimer en suivant Van Meer – dont le dos avait la taille d'une grande table – dans son bureau, où il débita une vague histoire de possible mésestimation dans le règlement des indemnités et de possible versement d'une tranche supplémentaire si, etc. Marius Van Meer lui sourit aimablement – il était clair qu'il n'avait aucune idée de ce dont parlait Lorimer. Tant mieux : Lorimer laissa tranquillement tomber le sujet.

« Savez-vous qu'il y a eu un incendie dans cet hôtel ?

– Ah ouais, j'ai entendu quelque chose à ce sujet. Je skiais dans le Colorado ces dernières semaines.

– Mais vous avez acheté le terrain à Gale-Harlequin ?

– Il s'agit en réalité des affaires de mon père. Je fais seulement mon apprentissage, pour ainsi dire.

– Et votre père s'appelle ?

– Dirk Van Meer. Il est à Jo'burg. »

Le nom paraissait familier, celui d'un des nababs de l'hémisphère sud. Diamants, charbon, stations balnéaires, chaînes de TV, quelque chose de cet ordre.

« Serait-il possible de lui parler ?

– Il est un peu difficile à joindre en ce moment. En général, c'est plutôt lui qui m'appelle, vous comprenez. »

Lorimer examina le petit bureau : tout était neuf – moquette, chaises, stores, bureau, y compris le sac géant de clubs de golf parqué dans un coin. Il entendit la fille à l'extérieur organiser au téléphone un dîner avec une amie. Il était en train de perdre son temps.

Il se leva.

« A propos, qu'est-ce que Boomslang signifie ?

– L'idée vient de moi, dit fièrement Marius. Un boomslang est un serpent africain qui vit dans les arbres, il est superbe mais pas dangereux. Sauf si vous êtes un ig.

– Un ig ?

– Ouais. Il bouffe les igs. Il fauche les nids d'oiseaux. Un magnifique serpent vert citron. »

Lorimer parcourut lentement Lupus Crescent à la recherche d'un endroit où se garer, en vain, et sillonna les rues adjacentes pendant cinq minutes avant de découvrir quelques mètres de trottoir vacants dans Turpentine Lane. Il reprit péniblement le chemin de sa maison, encore plus déconcerté par la tournure de l'histoire Gale-Harlequin-Boomslang, et encore plus frustré : qu'attendait Hogg de lui ? Devait-il sauter dans un avion et se précipiter à Johannesburg ? Il jeta un coup d'œil à la fenêtre du sous-sol de Lady Haigh. Il y avait de la lumière, elle devait...

Le coup fut dévié sur le côté de son visage (c'est cette imperceptible inclinaison de sa tête vers la droite qui le sauva, conclut-il en analysant plus tard les événements) et son épaule gauche prit de plein fouet le coup de matraque. Une souffrance atroce irradia dans son bras gauche, piqué par dix mille aiguilles chauffées au rouge, le choc et la douleur le firent rugir et, presque machinalement – il valsait déjà en titubant sous l'impact du coup –, il fit tournoyer son attaché-case en un arc protecteur. Il entendit un craquement au moment où la tranche s'écrasait sur la figure de son assaillant, un bruit moins violent que paisible et domestique, à la manière d'un jet de lait tombant sur des cornflakes croustillants. Son attaquant hurla à son tour et recula en chancelant. Des lumières clignotaient devant le visage de Lorimer – tir anti-aérien au-dessus de Bagdad – et il expédia deux coups de pied en direction du corps qui se contorsionnait en rampant à tâtons dans l'obscurité : le second fit jonction avec une cheville. La silhouette, vêtue de noir, un capuchon sur la tête, se remit debout et s'enfuit en boitant, à une vitesse surprenante, un gourdin, une batte ou Dieu sait quoi à la main, et Lorimer tomba aussi, sa tête soudain en proie à une nouvelle forme de traumatisme nerveux. Doucement, il toucha ses cheveux au-dessus de son oreille gauche humide, horriblement tendre, une bosse grossissant sous ses doigts. Du sang.

Personne ne sortit et personne ne paraissait avoir entendu quoi que ce soit – la « bagarre » entière avait dû durer trois secondes. Chez lui, en regardant dans le miroir de la salle de bains, il se découvrit une coupure saignante de près de trois centimètres au-dessus de l'oreille et une bosse de la taille de la moitié d'une balle de ping-pong. Son épaule était rouge foncé et vilainement meurtrie mais aucun os ne paraissait cassé. Il se demanda s'il pourrait remuer son bras gauche le lendemain matin. Il sortit en vacillant de la salle de bains et se remplit un verre de whisky à titre thérapeutique. Il était ravi que Torquil ne soit pas là. Il coinça le téléphone sous son menton et tapa un numéro.

« Ouais ?

– Phil ?

– Qui le demande ?

– C'est Lor... c'est Milo.

– Hé, Milo, mon pote ! Lobby n'est pas ici. Comment va ?

– Pas si fort. Quelqu'un vient de me flanquer un coup de batte de base-ball sur la tête.

– Cette ordure qui t'emmerdait ?

– Rintoul.

– Veux-tu que, comme qui dirait, je m'occupe de lui au lieu de sa bagnole ? Lui briser tous les doigts ou autre ? Ça te fout proprement dans la merde, huit doigts cassés, je te le dis. Tu peux même plus pisser.

– Non, occupe-toi seulement de la bagnole. Il comprendra le message.

– C'est comme si c'était fait, Milo. Un vrai plaisir. »

Il but son whisky, prit quatre aspirines et réussit à se débarrasser de sa veste et à envoyer balader ses chaussures avant de se glisser sous la couette. Il sentit son épaule et son bras se raidir, comme sous l'emprise d'un engin réfrigérant. Il sentit aussi une énorme lassitude l'envahir tandis que son adrénaline s'échappait, s'asséchait ou faisait ce que l'adrénaline fait quand on n'en a plus besoin. Il sentit qu'il commençait à frissonner et soudain le contre-coup lui fit monter les larmes aux yeux. Quel vicieux... Quelle sorte de lâche désespéré avait pu... Sans ce petit mouvement de tête, dans quel état se serait-il retrouvé ? La seule consolation c'est qu'il savait que, pour la première fois depuis des années, il allait dormir une nuit entière.

Torquil le réveilla à 2 h 15 du matin. Le secoua, sa grosse patte maladroite s'agrippant à son épaule en compote.

« Merde, pardon ! » Torquil recula, affolé. « Qu'est-ce qui t'est arrivé ? T'as l'air d'un cadavre !

– Quelqu'un a essayé de me casser la gueule. J'ai pris un coup sur la tête.

– Le salaud. Devine combien je me suis fait ?

– Torquil, j'ai été attaqué, brutalisé, j'ai besoin de dormir.

– J'ai travaillé neuf heures d'affilée. Devine.

– J'ai besoin de dormir.

– Deux cent quatre-vingt-cinq livres ! Lobby m'a dit que j'aurais autant de boulot que je voudrais. Les nuits sont même encore meilleures. Il y a une surcharge après 10 heures du soir.

– Félicitations. »

Lorimer se fourra la tête sous l'oreiller.

« Je pensais que tu serais content pour moi, dit Torquil avec humeur.

– Je le suis, marmonna Lorimer. Je suis très content. Maintenant tire-toi et laisse-moi tranquille, sois gentil. »

> **234. 1953.** *C'est un des faits les plus étonnants de l'histoire des sciences, dit Alan, une des plus inexplicables occurrences dans l'histoire de l'étude du corps humain. Quoi donc ? Considère un peu ça, répond Alan. Après des millénaires de sommeil et de dormeurs, le sommeil MOR n'a été découvert qu'en 1953. 1953 ! Personne n'a-t-il jamais donc regardé quelqu'un d'autre dormir en se demandant pourquoi ses globes oculaires bougeaient ? Eh bien, dis-je, est-ce que ça existait avant 1953 ? Peut-être que le sommeil MOR est un tardif raffinement d'évolution chez les êtres humains. Bien sûr que ça existait, affirme Alan. Comment le sais-tu ? Parce que nous ne rêvons qu'en sommeil MOR et que les gens ont rêvé depuis le commencement des temps.*
>
> *Le Livre de la Transfiguration*

« ... Et voici Adrian Bolt, disait Hogg. Dymphna Macfarlane, Shane Ashgable, Ian Fetter et, enfin, mais surtout, Lorimer Black.

– Comment allez-vous ? » s'enquit Lorimer, forçant ses traits en ce qu'il espérait être un sourire accueillant.

Il savait maintenant ce que signifiait l'expression « gravé dans la souffrance ». Il se sentait comme Gérard de Nerval sur la photo de Nadar. Un burin très pointu avait fait son œuvre dans sa tête mais la douleur de son épaule avait montré d'ambitieux pouvoirs d'improvisation dans les heures qui avaient suivi l'agression. Son flanc gauche en entier était affligé de douleurs supplémentaires, et même son pied gauche semblait l'élancer sourdement par sympathie. Hogg était en train de présenter les experts en sinistres à leur nouvelle collègue, Felicia Pickersgill, une femme de quarante ans bien sonnés à l'air peu commode, des cheveux gris blaireau et le regard pénétrant de quelqu'un qui ne se laisse pas impressionner. Lorimer ne s'était pas vraiment concentré sur le préambule de Hogg mais il croyait se rappeler qu'elle avait occupé un rang élevé dans les marinettes ou l'armée, quelque chose chez les militaires en tout cas, avant d'aller travailler dans une banque et ensuite une compagnie d'assurances. Police militaire, sans doute... un genre d'emplois propres à beaucoup plaire à Hogg dans un CV. Cependant, tout ce sur quoi Lorimer entendait se concentrer c'était le vin dans les bouteilles, derrière les assiettes de canapés sur le bureau de Hogg. Il avait vomi deux fois au réveil ce matin et, en conséquence, avait généreusement arrosé son thé de cognac. Ses douleurs s'étaient atténuées un moment mais à présent il avait besoin d'une autre dose d'alcool salvateur.

« ... extrêmement content d'accueillir Felicia à GGH et je suis impatient de la voir contribuer par son expertise particulière au succès et à la réputation de notre compagnie.

– Bravo, bravo ! crièrent Rajiv et Yang Zhi en chœur, et Janice commença à applaudir mais Hogg leva la main pour réclamer le silence.

– Felicia sait, comme vous le savez tous, que vous représentez l'élite choisie de notre profession. Nous sommes peu nombreux mais notre pouvoir et notre influence sont sans rapport avec notre taille. GGH s'est hissé au tout premier rang dans le monde extrêmement compétitif des experts en sinistres. Une grosse part de ce succès vous est due, à vous et à vos efforts. Je sais que je peux vous paraître parfois un peu dur et sévère (gloussements de rigueur) mais c'est simplement parce que seuls les critères les plus exigeants nous permettent de réussir. Réussir et prospérer dans un monde difficile, que dis-je, très rude. Comme le disait un jour un artiste américain, quand la bagarre devient dure... »

Oh, arrête ton char ! pensa Lorimer.

« ... les durs entrent dans la bagarre. Seuls les plus durs survivent ici, et Felicia, je le sais, est capable d'apporter une précieuse contribution à nos "forces spéciales". Nous nous réjouissons à l'avance de travailler avec elle. »

Hogg donna le signal des applaudissements, Lorimer celui de la ruée sur la nourriture et les boissons. Il en était à son deuxième verre de chardonnay quand Hogg vint coller son gros visage contre le sien.

« J'espère que vous écoutiez, Lorimer, que vous vous étiez débouché les oreilles. Paroles en or. Qu'est-ce que vous avez ? Vous avez l'air d'un cadavre ambulant.

– Quelqu'un a tenté de me casser la figure hier soir. J'ai reçu un énorme coup sur l'épaule.

– Ah. Où en est-on de Gale-Harlequin ?

– Je crois avoir une nouvelle piste.

– Je songe à mettre Felicia sur l'affaire. Un peu de renfort pour vous. »

Le propos alarma Lorimer.

« J'aime autant être seul, je crois.

– Nous ne jugeons que sur résultats, ici, Lorimer. »

Hogg tourna les talons.

Lorimer fit un pâle sourire, engouffra un vol-au-vent, assécha son verre, le remplit de nouveau et partit à la recherche de Dymphna.

« Pourquoi marches-tu avec cette dégaine de déjanté, s'étonna-t-elle. T'as une mine affreuse.

– Hasard de la violence urbaine. Mais tu devrais voir l'autre type.

– Je n'aime pas l'allure de cette Felicia. Crois-tu qu'elle et Hogg soient amants ?

– Je refuse de considérer cette possibilité.

– Shane pense qu'on nous l'a envoyée pour nous espionner.

– Possible. Hogg souffre d'une dose fatale du syndrome de l'assiégé en ce moment. Écoute, Dymphna, tu connais des tas de journalistes. Pourrais-tu m'en présenter un qui s'y connaît en affaires immobilières ?

– Je peux toujours demander à Frank. »

Frank était son ex-petit ami qui avait travaillé à la section financière du *Times*.

« J'ai simplement besoin de quelqu'un qui connaisse les ficelles. Je lui fournirai les informations, il m'en fera l'analyse. »

Dymphna alluma une cigarette, l'air intéressé.

« De quoi s'agit-il ? Gale-Harlequin ?

– Oui. Non. Peut-être.

– Avec ça t'es couvert, dit-elle, ironique. J'ai entendu dire que Hogg refusait de payer ton bonus.

– Qui t'a raconté ça, bon Dieu ?

– Rajiv. T'en fais pas, je te trouverai ton journaliste. » Elle le regarda d'un air entendu : « Et quelle sera ma récompense ?

– Ma reconnaissance éternelle.

– Oh, il faudra faire mieux que ça, Lorimer Black. »

Chapitre 14

Le jour de l'enquête Dupree se leva beau et sans nuages, avec un ciel bleu d'une clarté quasi alpine et un soleil bas flamboyant qui projetait des ombres aiguës et se reflétait, aveuglant, sur les vitres des rangées de voitures garées devant le tribunal de Hornsey.

Lorimer descendit lentement les marches menant à la bâtisse en brique quelconque – l'allure d'un laboratoire des sciences dans un lycée neuf –, peu impatient de se présenter pour la première fois de sa vie en qualité de témoin principal. Il fit jouer machinalement les jointures de sa main gauche et grimaça. Tout mouvement semblait affecter de manière contraire le grand muscle de son épaule (le trapèze, il savait son nom à présent, après avoir consulté une encyclopédie) et déclencher une douleur qui remontait jusqu'aux fibres en marmelade. L'épaule avait tourné maintenant à un abominable brun prune, telle une algue affreuse infestant son épiderme.

« Bonjour, monsieur Black ! » L'inspecteur Rappaport, un petit cigare à la main, se tenait à l'abri des colonnes de béton de la porte principale. « Il fait bien beau. »

Lorimer nota que le tribunal voisinait avec un immeuble d'allure anonyme signalé comme étant l'Institut médico-légal. La pensée dérangeante lui vint qu'il pouvait contenir le corps de Mr Dupree, attendant le verdict concernant sa mort. Mieux valait ne pas savoir.

« Qu'aurai-je exactement à faire ? s'enquit Lorimer.

– Une formalité, monsieur Black. Dites-leur simplement

comment vous avez découvert Mr Dupree. Puis je débite mon boniment. Viendra aussi un membre de la famille avec quelques remarques sur l'état d'esprit de Mr D au moment de l'incident. Ça devrait se terminer en moins d'une heure. A propos, qu'est-il arrivé à votre voiture ? »

Lorimer le lui raconta et ils entrèrent puis montèrent à l'étage où, dans un hall obscur, des petits groupes nerveux chuchotaient, se parlaient à voix basse comme à un enterrement. Des délinquants juvéniles, astiqués, sapés et l'air contrit, accompagnés par leurs parents, des sans-espoir la mine morne, des petits chapardeurs, des commerçants contents d'eux traînant des débiteurs devant les tribunaux d'instance, des contrevenants au Code de la route, des conducteurs en état d'ivresse jurant, honteux, de demeurer sobres. Lorimer fut démoralisé de se retrouver parmi eux : « témoin d'un suicide », c'était là son étiquette, sa catégorie et, d'une certaine manière, cela le réduisait à leur niveau. Ici il s'agissait des chicaneries et des broutilles de la vie – pas de vrai problème, le syndrome de l'ongle cassé, l'ennui d'un petit mal de dents, l'effet d'une cheville foulée. Il n'y avait ni drame ni tragédie ni grande émotion autour de ces affaires : il n'était question que de petites incartades, avec avertissements, semonces, admonestations, amendes légères, suspensions de permis de conduire, interdictions administrées, dettes vérifiées, mises en demeure... Tout cela était trop médiocre.

Néanmoins, il avait encore la bouche sèche et ne se sentait pas rassuré quand il vint à la barre prêter serment et que le juge, une grosse femme avec des cheveux cendrés incroyablement permanentés, lui demanda de décrire sa découverte de Mr Dupree. Ce qu'il fit, rappelant le jour et l'heure de leur rendez-vous.

« Vous n'avez eu aucun soupçon que cette éventualité – le suicide de Mr Dupree – pouvait être, euh... possible ?

– En ce qui me concerne, il s'agissait d'un rendez-vous de pure routine.

– Pouvait-il souffrir de dépression ?

– Je l'ignore. Je le pense. L'incendie avait été très grave, sa fabrique complètement détruite. N'importe qui aurait eu le droit de se sentir déprimé en ces circonstances. »

Elle consulta ses notes.

« Vous êtes un expert en sinistres, je vois. A quel titre étiez-vous en rapport avec le défunt ?

– Notre travail est de nous assurer de la validité d'une déclaration de sinistre. Nous sommes employés par la compagnie d'assurances – afin de décider si la demande d'indemnités est juste.

– Et dans ce cas, elle semblait juste.

– Autant que je sache, dit Lorimer, évasif. Certains chiffres restaient à confirmer, dont la valeur exacte d'une commande en provenance des États-Unis. Je sais que notre enquête était pratiquement terminée. »

Rappaport lui succéda à la barre et lut d'un trait les faits pertinents : l'âge de Mr Dupree, l'heure du coup de téléphone de Lorimer, l'heure de la mort, la cause de la mort, l'authenticité du certificat de décès, l'absence d'indications d'un acte criminel. Il avait une voix forte, prenait un plaisir évident à jouer son rôle, si évident qu'il paraissait réprimer en permanence un sourire d'autosatisfaction.

Par la fenêtre à sa gauche, Lorimer apercevait un carré de ciel bleu qu'envahissaient des nuages d'un vilain gris... L'esprit distrait, il songea que pour la première fois de sa vie d'adulte il allait devoir demander une autorisation de découvert à son directeur de banque – mauvais signe, ça, sale présage. Maudit soit Hogg. Il n'entendit pas Rappaport quitter la barre et ne fut qu'à moitié conscient de la conversation entre le greffier et le coroner. Mais il aurait pu jurer que, en appelant le témoin suivant, le greffier prononça un nom très semblable à celui de « Mrs Malinverno ». Ce qui montrait combien elle dominait son...

Il se retourna pour voir une femme maigre au teint pâle, menton fuyant et nez pointu, vêtue d'un tailleur noir, entrer d'un pas nerveux dans la salle et prendre place avec grand soin – lissant sa jupe en abondance, époussetant ses manches avant de les relever – face au coroner. Elle portait à son revers de veste une broche d'ambre qu'elle ne cessait de caresser comme une sorte de talisman. Elle évita ostensiblement de regarder Lorimer, ses épaules étaient penchées de telle façon qu'on avait le sentiment d'un certain effort physique pour s'empêcher de se retourner vers lui. Le « membre de la famille », supposa Lorimer, jetant un œil sur Rappaport qui lui sourit, leva le pouce pour lui signifier un OK tout en formant avec les lèvres les mots : « très bien ».

Le coroner parlait.

« Madame Mary Vernon, vous étiez la sœur de feu Mr Dupree ?

– C'est exact. »

D'où le tailleur noir. Dupree était célibataire, d'après Rappaport, « marié à son travail », selon l'expression consacrée. Ce doit être un choc affreux, un suicide dans la famille, songea Lorimer, compatissant ; tant de questions sans réponses.

« J'étais en vacances en Méditerranée, disait Mrs Vernon née Dupree avec un léger tremblement dans la voix. J'ai parlé à mon frère au téléphone deux fois dans la semaine qui a précédé sa mort.

– Comment décririez-vous son état d'esprit ?

– Il était très inquiet et très déprimé et c'est pourquoi je suis venue tout droit de l'aéroport pour le voir. Il était bouleversé par le comportement de la compagnie d'assurances : les délais, les questions, le refus de payer.

– Cette compagnie, c'était Fortress Sure ?

– Il n'arrêtait pas de parler de l'expert en sinistres qu'on lui avait envoyé.

– Monsieur Black ? »

Elle tourna enfin les yeux vers Lorimer que la froideur inhumaine de ce regard écorcha. Seigneur Jésus, elle croit que c'est moi qui...

« Ce devait être lui, répliqua-t-elle. Osmond, mon frère, n'a jamais mentionné son nom, il ne cessait de parler de l'expert en sinistres.

– Mr Black dit que le rendez-vous avec votre frère était de pure routine.

– Pourquoi mon frère était-il donc si bouleversé ? Il redoutait la visite de l'expert, il la redoutait. » Sa voix montait : « Même quand je lui ai téléphoné pour la dernière fois, il répétait : "L'expert en sinistres va venir, l'expert en sinistres va venir." » Elle désignait Lorimer du doigt à présent. « Ces gens tourmentaient et terrorisaient un vieil homme émotionnellement dérangé dont toute la vie avait été détruite. » Elle se leva : « Je crois que l'homme assis ici, Mr Lorimer Black, a conduit mon frère à sa mort. »

A ce moment-là, le greffier s'écria : « Silence ! Silence ! », le coroner se mit à donner des coups de marteau sur son bureau et Mrs Vernon éclata en sanglots. Et Lorimer se demanda : Hogg, qu'avait fait Hogg pour terroriser Mr Dupree ? Certaines personnes n'étaient pas taillées pour traiter avec Hogg. Il était trop tout, trop puissamment malveillant, d'une force trop grande, Hogg... La séance fut suspendue pour cinq minutes tandis qu'on aidait Mrs Vernon à sortir, puis le coroner vint dûment rendre un verdict de mort par suicide.

« Et voilà », dit Rappaport en tendant le bout de papier sur lequel figuraient l'adresse et le numéro de téléphone de Mrs Vernon. Lorimer sentait qu'il devait lui téléphoner ou lui écrire pour expliquer et blanchir son nom, débarrasser sa réputation de cette abominable tache ou, mieux encore, s'arranger pour que Hogg en personne aille lui dire la vérité, ce qui serait beaucoup plus efficace. Rappaport avait conseillé à Lorimer de ne pas essayer de la joindre mais accepté de fournir l'adresse.

« Visiblement terrassée par le chagrin, analysa-t-il, sur le ton de la confidence. Ils ne veulent rien entendre, monsieur Black. Je n'y songerai pas une seconde. Ça arrive tout le temps. Des accusations folles, folles, sont lancées en permanence. Vraiment pas de mise. Une femme étrangement séduisante pourtant. » Ils étaient debout dans le hall près de la machine à café, buvant la lavasse chaude qu'elle produisait. « Non, poursuivit Rappaport avec philosophie, ils veulent blâmer quelqu'un, voyez-vous, ils en ont besoin, n'importe qui, en général à cause de leur propre culpabilité, quelque part le long de la ligne, et en général c'est contre nous, la police, qu'ils lancent leurs folles accusations. Une chance pour moi que vous ayez figuré dans le tableau. »

Il gloussa.

« Une chance pour vous ? dit Lorimer, avec amertume. Elle m'a pratiquement accusé de meurtre...

– Il faut que vous vous fassiez une peau plus épaisse, monsieur Black.

– Ma réputation professionnelle est en jeu, si cela se sait.

– Ah, à la recherche de la réputation transparente, monsieur Black ! Ne vous en faites pas pour ça. En tout cas, ravi de vous avoir revu. Salut. »

Rappaport s'éloigna d'un pas léger, tanguant comme un gangster en armes, à travers la foule des loubards, petits délinquants et plaideurs aux traits tirés. Peut-être n'est-il pas si bouché, après tout, se dit Lorimer, troublé, ressentant la suffisance du policier, son insouciance joviale, et se rendant compte que, en cet instant particulier, sa haine s'étendait à tout être humain sur la planète. Mais je suis innocent, aurait-il voulu crier à tous ces gens sournois, je ne suis pas comme vous. Hogg m'a encore fichu dedans.

> **100. La philosophie de l'assurance selon George Hogg.** *Hogg évoquait souvent cette théorie, elle lui tenait à cœur. « Pour le sauvage dans la jungle, disait-il, pour nos sauvages précurseurs, toute vie était une loterie. Toutes ses entreprises étaient hasardeuses à l'extrême. Sa vie était un grand pari permanent. Mais les temps ont changé, la civilisation est venue et la société s'est développée, et tandis que la société se développe et que la civilisation avance, cet élément de chance, de hasard, est peu à peu éliminé de la condition humaine. » Arrivé là, il se taisait, regardait autour de lui puis reprenait : « Y a-t-il quelqu'un ici d'assez idiot pour croire ça ?... Non, mes amis,*

la vie n'est pas ainsi faite, la vie n'avance pas sans heurts le long de rails posés par nos soins. Nous savons tous, dans le plus secret de nos âmes, que nos sauvages précurseurs ne se trompaient pas. Nous aurons beau croire en contrôler la majeure partie, avoir couvert toute éventualité, pris en compte tous les risques, la vie inventera quelque chose qui, comme dit la Bible, "dérange toutes les prévisions". Et c'est ce que nous, les experts en sinistres, personnifions. Ceci est notre vocation, notre métier, notre mission ; nous n'existons que pour une seule et unique raison : pour "déranger toutes les prévisions". »

Le Livre de la Transfiguration

L'humeur de Lorimer était encore sombre et troublée quand il regagna Chalk Farm et gara sa voiture non loin de la maison de Flavia. Il avait un besoin profond de la revoir, même clandestinement, toute l'affaire Dupree lui rappelant ce premier jour, cette première vision magique, onirique. C'était comme si la vue de Flavia en chair et en os devait confirmer sa santé mentale, lui assurer que tout n'allait pas complètement de travers dans son existence de plus en plus folle.

Il se gara à trente mètres de sa maison et s'installa, le cœur battant, pour l'attendre. La rue était bordée de tilleuls, et les vieilles maisons couvertes de stuc écaillé, eczémateux, construites sur une somptueuse échelle, avec grands bow-windows, perrons, marches et balustrades, étaient maintenant subdivisées en studios, appartements ou duplex, à en juger par les rangées serrées de sonnettes à l'entrée.

Les nuages avaient oblitéré le ciel bleu frais du matin et, à présent, des gouttes de pluie commençaient à battre contre le pare-brise. Il se recroquevilla sur son siège, les bras croisés, et consacra un moment à s'apitoyer sur son sort. La situation devenait impossible : Torquil, l'agression de Rintoul, les soupçons de Hogg, et maintenant cette diabolique accusation venant de Mrs Vernon. Même quand la juge avait rendu son verdict, il avait cru déceler une déplaisante nuance de doute dans son regard... Et du côté de Flavia, que se passait-il ? Flavia le rencontrant, flirtant, l'embrassant ? Mais ce baiser devant le restaurant avait été différent, d'un autre ordre, et suggérait un changement plus profond.

Il la vit, une heure et demie plus tard, monter la rue venant de la station de métro, parapluie ouvert, emmitouflée dans une fausse fourrure brun chocolat, un sac en plastique dans une main. Il la laissa dépasser la voiture avant de sortir et de l'appeler par son nom.

« Flavia ! »

Elle se retourna, surprise.

« Lorimer, que faites-vous ici ?

– Pardon, mais il fallait que je vous voie. J'ai eu le plus choquant...

– Il faut vous en aller, il faut vous en aller, répéta-t-elle d'une voix affolée, en jetant un coup d'œil par-dessus son épaule vers la maison. Il est là.

– Qui ?

– Gilbert, naturellement. S'il vous voit, il va devenir fou.

– Pourquoi ? Il paraissait content dans le café. »

Flavia recula derrière un arbre de façon à ne pas être vue depuis les fenêtres de son appartement. Elle prit une expression désolée.

« Parce que je lui ai dit quelque chose que, à la réflexion, je n'aurais sans doute pas dû lui dire.

– Quoi donc ?

– Que nous avions une liaison.

– Nom de Dieu !

– Il a trouvé votre numéro sur le bout de papier. Il a appelé et est tombé sur votre répondeur. C'est un type du genre follement jaloux.

– Pourquoi lui avoir raconté ça, alors ? Pour l'amour du ciel...

– Parce que j'avais envie de lui faire du mal. Il s'était montré ignoble, cruel, et ça m'a pratiquement échappé. »

Elle se tut, le visage assombri, comme si elle n'avait jamais pensé à toutes les conséquences de son audacieux mensonge.

« Je suppose que c'était un peu risqué. » Puis elle adressa à Lorimer un sourire radieux. « Croyez-vous que c'est parce que je désire vraiment avoir une liaison avec vous, Lorimer ? »

Il ravala sa salive. Il respira plus vite. Il serra et desserra les poings – que répondait-on à ce genre de remarque ?

« Flavia... je vous aime. »

Il ne savait pas ce qui l'avait amené à dire la phrase fatale, à prononcer cette déclaration éternelle ; la pure fatigue, sans doute. Le fait qu'il était en train de se détremper sous la pluie.

« Non. Non, il faut que vous partiez, dit-elle, d'un ton soudain nerveux, presque hostile. Il vaut mieux que vous ne m'approchiez plus.

– Pourquoi m'avez-vous embrassé ?

– J'étais ivre. A cause de la grappa.

– Ce n'était pas un baiser d'ivrogne.

– Eh bien, vous feriez mieux de l'oublier, Lorimer Black. Et vous feriez mieux de vous tenir à carreau. Si jamais Gilbert vous voyait...

– Que Gilbert aille se faire foutre. C'est à vous que je pense.

– Allez-vous-en ! » lui siffla-t-elle.

Et, quittant l'abri de son arbre, elle traversa à grandes enjambées la rue vers sa maison, sans un regard en arrière.

Jurant, Lorimer remonta à bord de sa voiture et démarra. La colère, la frustration, le désir, l'amertume, l'impuissance se disputèrent la première place dans son esprit jusqu'à ce qu'une note plus neuve et plus sombre l'emporte sur le reste : ce qu'il ressentait était proche du désespoir. Flavia Malinverno était entrée dans sa vie et l'avait transformée : il ne pouvait pas la perdre.

*

« Complètement hors de question, dit Hogg d'un ton raisonnable, sans aucune trace de désagrément. Vous me prenez pour qui ? Votre mère ? Résolvez vos propres problèmes, pour l'amour de Dieu !

– Elle me prend pour vous. Elle pense que c'est moi qui ai procédé à l'arbitrage Dupree. Il faut que vous lui disiez que je n'étais pas impliqué.

– Vous pouvez toujours courir, Lorimer. Nous ne revenons jamais, jamais, sur un arbitrage, nous n'avons plus jamais à faire avec le client, vous le savez. Ça pourrait tout foutre en l'air, c'est un business très délicat que le nôtre. Voyons, quoi de neuf avec Gale-Harlequin ? »

Lorimer cligna des yeux, secoua la tête, il était sans paroles.

« Crachez le morceau, petit.

– Des pistes. Je vous en reparlerai. »

Il ferma le téléphone et accéléra après les feux de Fulham Broadway. Il devait exister un moyen d'atteindre Hogg, un moyen de l'obliger à aller s'expliquer avec Mrs Vernon. Mais quelle que fût la stratégie, impossible d'y réfléchir pour l'instant. Son manque total d'idées ramena le désespoir en Lorimer.

A son arrivée, Slobodan était sur le trottoir devant le bureau en train de fumer et de prendre l'air en se balançant sur les talons.

« Vois-tu, je pourrais pleurer en voyant une bagnole dans cet état. D'ici une semaine, ce ne sera plus qu'un tas de rouille. Regarde-moi ça ! »

Il était vrai que des fleurs rouillées commençaient à s'épanouir sur la carrosserie rôtie de la Toyota.

« Torquil est là ?

– Ouais. Merde, qu'est-ce qu'il entasse comme heures ! A mon idée, il va bien rentrer dans les deux mille cinq cents livres cette semaine. Il en revient pas de tout le fric qu'il fait. Tu comprends, le problème avec Torquil c'est qu'il s'est jamais rendu compte de l'argent que des gens de la classe ouvrière pouvaient gagner. Il croyait qu'on était tous pauvres et misérables, ayant de la peine à joindre les deux bouts, à la recherche d'aumônes. »

Lorimer pensa qu'il s'agissait là du constat le plus profond que Slobodan ait jamais formulé. Il acquiesça et tous deux rentrèrent à l'intérieur où ils trouvèrent Torquil en grande et bruyante discussion avec les autres chauffeurs, étalés sur deux canapés, tasses de thé et cigarettes en main.

« Si tu fais la A 3, la M 25, tu es foutu. On parle de deux à trois heures pour Gatwick.

– Trevor deux-neuf a mis quarante minutes à traverser Wandsworth High Street hier.

– Épouvantable !

– Un cauchemar !

– OK, et si tu prends Battersea, Southfields... suggéra Torquil.

– Trevor un-cinq peut t'amener derrière Gatwick par Reigate.

– Non, écoute, ensuite New Malden mais laisse tomber Chessington et coupe par... » Torquil se retourna et aperçut Lorimer. « Ah, salut ! Lobby m'a dit que tu allais passer. On va casser une graine ? »

Phil Beazley passa la tête par la porte de la salle de contrôle et fit signe à Lorimer d'approcher.

« C'est fait, dit-il à voix basse.

– Fait quoi ?

– Hier soir. Moi et deux copains. On a bien astiqué la bagnole. »

Lorimer éprouva un frisson d'alarme, un choc, presque, à l'idée de ce qu'il avait fait. De sa vie, il n'avait jamais encore ordonné un acte de violence sur quiconque ni quoi que ce fût, et, par voie de conséquence, ressentit ça comme une perte d'innocence. Mais Rintoul aurait pu le tuer, il ne fallait pas qu'il l'oublie.

« J'ai un cadeau pour toi, dit Beazley en fouillant dans sa poche et en fourrant quelque chose dans la main de Lorimer. Un petit souvenir. »

Lorimer ouvrit sa main et découvrit une étoile à trois branches en chrome sertie dans un cercle. Le logo de Mercedes-Benz.

« Je l'ai arrachée au capot avant qu'on se mette au boulot avec le gros marteau et la clé à molette. »

Lorimer avala sa salive.

« Rintoul conduit une BMW, je t'avais dit.

– Non. T'as dit une Merc. Absolu. Je me souviens. De toute façon, on n'a pas vu de BMW. »

Lorimer hocha la tête, digérant peu à peu le propos.

« Ça ne fait rien, Phil. Bon travail. Nous dirons que ça rembourse le prêt.

– T'es un monsieur, Milo. Lobby sera content. »

« Tu vas bien ? s'enquit Torquil tandis qu'ils gagnaient à pied le Filmer Café. T'as pas l'air dans ton assiette. Sur les genoux. Tu ne dors toujours pas ?

– Dormir est le cadet de mes soucis », répliqua Lorimer.

Le Filmer Café (Grand Café britannique n° 11) était bondé ; il y régnait une chaleur étouffante et des gouttes de condensation dégoulinaient le long des fenêtres, la vapeur et les fumées s'échappant en volutes des casseroles et poêles tremblantes sur la grande cuisinière au fond et un nuage de fumée de cigarettes ajoutant à l'impression générale de brouillasse sale qui émanait de l'endroit. Dirigé par un couple natif de Gibraltar, le bistro exhibait un Union Jack très en évidence. Des banderoles aux couleurs britanniques ornaient les fenêtres et drapaient le portrait de Winston Churchill sur le mur du fond, des petits drapeaux flottaient parmi les condiments et les bouteilles de sauce au centre des tables, et le personnel arborait des tabliers en vinyle représentant le même drapeau. Torquil ôta sa veste et la jeta sur le dos de sa chaise. Il portait un chandail et un pantalon de velours côtelé, pas de cravate, et n'était pas rasé. Il commanda du bacon, des saucisses, des œufs, des haricots blancs et des frites avec en supplément des tranches de pain de mie. Lorimer réclama un verre de lait – il semblait avoir perdu l'appétit ces jours-ci.

« Qu'est-ce que tu penses de ça ? demanda-t-il en tendant une invitation arrivée au courrier du matin.

– "Lady Sherriffmuir recevra chez elle en l'honneur de Toby et d'Amabel", lut Torquil. T'es sûr que ça t'est destiné ?

– Mon nom est dessus, Torquil.

– Je suppose que la mienne sera allée à cette foutue Binnie. Putain. Merde ! Pourquoi est-ce qu'il t'invite ? Tu l'as rencontré ?

– Juste une fois.

– Tu dois avoir fait une sacrée impression. Très honoré.

– Je ne peux pas comprendre pourquoi non plus.

– Il a une jolie maison dans Kensington... »

Torquil grimaça comme si l'idée d'un « chez soi » le troublait. Il fit la moue, pinça les lèvres, versa un peu de sel sur la table et le tapota de l'index.

« Quelque chose te préoccupe ? » suggéra Lorimer.

Torquil lécha son index.

« J'espère que tu ne vas pas le prendre mal, Lorimer, mais je vais déménager chez Lobby.

– Très bien, je suis d'accord. Pas de problème. Quand ?

– C'est plus facile pour moi de travailler la nuit, tu comprends. C'est juste plus pratique. Je ne veux simplement pas que tu te sentes...

– Excellente idée.

– Enfin, si tu préférais que je reste, je ne songerais pas un instant à déménager. Je détesterais...

– Non, non, ça paraît beaucoup plus raisonnable !

– C'est très chic de ta part ! s'écria Torquil radieux de soulagement. Sais-tu un peu combien d'argent je vais me faire cette semaine ? Enfin, avec quelques courses de plus sur les aéroports et du bon boulot de nuit, je pourrais rentrer plus de deux mille livres. Phil Beazley va me filer des pilules pour m'empêcher de dormir. »

Il continua à parler avec étonnement de sa chance et comment il en était redevable à Lorimer. Binnie aurait son fric et, déduction faite des frais encourus à ce rythme, il pourrait se retrouver avec, en liquide, peut-être mille livres net par semaine, facile.

« Apparemment, on paye pratiquement pas d'impôts, dit-il. Tu déclares environ un dixième de ce que tu gagnes et tu déduis tous tes frais, essence, assurances. Et d'ailleurs, je n'ai pas le temps de dépenser quoi que ce soit. Jamais été autant à l'aise. Jamais eu autant de biftons dans ma vie. »

Lorimer pensa que Torquil et Slobodan cohabiteraient parfaitement : tous deux fumaient trop, buvaient à l'excès, mangeaient la même nourriture, aimaient la même musique rock classique, partageaient la même attitude résolument sexiste à l'égard des femmes, ne lisaient pas, étaient indifférents aux choses de la culture, vaguement racistes, pas intéressés par l'actualité et votaient machinalement pour les conservateurs. A part leur accent et les strates sociales qui les séparaient, on les aurait dit taillés dans la même étoffe.

Torquil repoussa son assiette vide, lança dans sa bouche le carré de pain replié qui l'avait débarrassée de ses dernières traces de gras et sortit ses cigarettes.

« Vois-tu, dit-il ruminant et pensif, si je travaillais dur avec un taxi pendant six mois, je pourrais passer le reste de l'année sans rien faire. Plus jamais besoin de vendre une seule police d'assurance.

– A ce propos, dit Lorimer, peux-tu te remettre en mémoire ce contrat du Fedora Palace ? »

Torquil se crispa.

« Vois-tu, le problème, c'est que je n'ai jamais demandé conseil à qui que ce soit. Je venais d'avoir une engueulade humiliante de Simon au sujet de mon attitude : il me reprochait de ne pas m'imposer, de manquer d'initiative et tout ça, alors quand – comment s'appelle-t-il ? – Gale m'a dit qu'il payerait cette énorme prime dans le but de hâter les choses, j'ai sauté dessus.

– Toi et Gale avez concocté ça entre vous ?

– J'ai cité un chiffre et il en a cité un plus important. Enfin quoi, c'est du simple bon sens des affaires, non ? Tu ne prends pas moins, dit-il fronçant les sourcils, pas vrai ? Enfin, quoi, c'était un hôtel, nom de Dieu. Des briques et du ciment. La pointe de la technique. Qu'est-ce qui pouvait mal tourner ?

– Pourquoi Gale était-il si pressé ?

– Je ne sais pas. Il voulait juste que ça se fasse vite. Ça m'a paru raisonnable. J'ai pensé que j'avais rendu service à tout le monde et gagné un bon petit paquet pour le Fort. Personne n'a rien dit à l'époque, pas un mot d'avertissement. Tout le monde a approuvé. » Il consulta sa montre. « Je suis bien content de ne plus rien avoir à faire avec ça, je te le dis. Il faut que je file. J'ai un aller-retour pour Bexley cet aprem. »

Il avait rêvé de tennis, son seul sport. Il se voyait servir, comme depuis une caméra-vidéo spécialement positionnée, regardait la balle jaune pelucheuse voler à sa rencontre et puis entendait – très clairement – le fouettement et la morsure des cordes de la raquette coupant la balle avec une brutale sévérité, l'expédiant en un arc avec un effet diabolique, l'un de ses rares seconds services réussis, pas rapide mais profond, avec une courbe en banane, frappant la surface du court (terre battue) et repartant à un angle différent, plus vite et plus haut, comme si une sorte de ressort avait été déclenché dans la balle même, apportant ces quelques kilomètres/heure supplémentaires d'une vélocité défiant la physique. Son partenaire dans ce jeu rêvé n'avait pas été Alan, son adversaire habituel, mais Shane Ashgable – avec qui il n'avait encore jamais joué parce que Shane s'imaginait être un grand joueur. Mais Shane ne pouvait pas s'accommoder de ces services qui lui arrivaient en boucle pardessus le filet, de son absence de réaction et de sa position incorrecte, risiblement mauvaises.

Lorimer se frotta les yeux et nota dûment le rêve dans son journal. Était-ce un rêve lucide ? A la limite. Certes, ses services étaient de consistance et d'efficacité surréalistes mais il ne se rappelait pas avoir voulu leur imprimer un tel rebond. Et il n'était pas strictement vrai que le tennis fût son seul sport, il aimait l'athlétisme aussi – plus précisément, il aimait regarder des réunions d'athlétisme à la télévision. Mais il avait été bon au javelot à l'école, lors de lointaines compétitions sportives, le lançant plus loin que des garçons plus forts, plus costauds. Ainsi qu'un swing au golf, un lancer de javelot dépendait davantage du tempo et de la position que de la force brute. Tout comme des golfeurs de petite taille expédiaient sans effort la balle cinquante mètres plus loin que d'imposants joueurs, le lanceur de javelot savait qu'il ne s'agissait ni de courage ni de testostérone. On reconnaissait un lancer correct à la manière dont le javelot se comportait, vibrant presque de plaisir, tandis que toute la puissance du bras et des épaules était transférée précisément – en une équation compliquée, une combinaison mystérieuse de force de torsion, de minutage, d'angle d'envoi – dans les deux mètres d'une barre en aluminium affûtée s'élevant dans les airs.

Le rêve du tennis, il le savait, était toujours annonciateur de l'été – encore à des mois de distance, il s'en rendait compte – mais peut-être était-ce un bon présage, aujourd'hui, une fissure dans le gel permanent. Pour lui, le premier rêve de tennis de l'hiver était comme la première hirondelle ou le premier coucou, un signe que, quelque part, la sève montait. Peut-être était-ce parce qu'il avait appris et joué son meilleur tennis en été en Écosse quand il était au College. Là se trouvait la source de ces associations saisonnières : les matches de championnat en double mixte joués durant les longues soirées d'été contre les clubs locaux – Fochabers, Forres, Elgin et Rothes –, contre les notaires et leurs élégantes épouses aux fines attaches, contre les jeunes fermiers et leurs beaux brins de petites amies. Les panachés de bière au gingembre sur les vérandas des club-houses tandis que le crépuscule écossais tentait sans conviction de s'établir contre un soleil nordique refusant de disparaître derrière l'horizon. Les taches de sueur sur les corsages brodés des jeunes assistantes dentaires, les franges brunes humides des réceptionnistes d'hôtel, un velouté de poussière d'argile sur les mollets rasés d'écolières championnes impitoyables, ce résidu qui demeurait dans la cuvette de la douche tel de l'or rouge tamisé. Le tennis, c'était l'été, la civilité, la sueur et le sexe, et le souvenir occasionnel d'un coup parfaitement exécuté – le poids sur la bonne jambe, la raquette bien préparée, l'avance sur le revers, tête baissée, l'accompagnement de la balle d'un coup rude, la faute de pied, les gentils applaudissements, les cris incrédules :

« Superbe ! » C'était tout ce dont tu avais besoin, en réalité, ces célébrations tennistiques étaient en fait ce que tu recherchais...

Il sentit sa vessie gonflée, alluma la lumière, se débrancha et enfila sa robe de chambre. Au retour de l'éblouissant petit coin, il crut distinguer une silhouette devant les lumières clignotantes de la rangée des moniteurs de contrôle.

« Hé, Alan, appela-t-il en s'approchant, ravi de le voir. Tu veilles tard.

– Parfois je passe quand vous dormez tous, juste pour vérifier mes cobayes. C'est un sacré rêve que tu faisais ! »

Alan désigna le tracé en dents de scie d'un diagramme imprimé.

« Je jouais au tennis.

– Contre Miss Quelésonnom ? Zuleika Dobson, hein ? Café ?

– Flavia Malinverno. Très amusant. Oui, s'il te plaît. »

Alan versa le café du thermos dans une tasse en carton. Il portait un pantalon de cuir noir et une chemise hawaïenne en satin ; des chaînes en or brillaient à son cou.

« Une nuit très occupée ?

– Chéri, j'aurais pu danser jusqu'à l'aube. La dernière fois, c'était la crème d'un rêve lucide.

– Dans lequel figurait Miss Flavia Malinverno », dit Lorimer avec une nostalgie un peu amère.

Puis, soudain, sans aucune raison, il raconta à Alan Flavia, les rendez-vous, le baiser, l'histoire de la « liaison », la folle jalousie de Gilbert, la brusque réticence de Flavia.

« Les femmes mariées, Lorimer. Tu devrais savoir...

– Elle n'est pas heureuse avec lui, je le sais. C'est un faiseur, complètement vain, je l'ai vu tout de suite. Il y a eu quelque chose entre nous, quelque chose de vrai en dépit du double jeu. Mais elle le nie. Pardon, je t'ennuie. »

Alan cacha son bâillement derrière quatre doigts.

« Il est très tôt dans la matinée. »

Lorimer sentit qu'il ne dormirait peut-être plus jamais.

« Que dois-je faire, Alan ? Tu es mon meilleur ami. Tu es supposé résoudre ces problèmes pour moi. »

Alan lui tapota le genou.

« Eh bien, on m'affirme que la pusillanimité n'a jamais gagné le cœur d'une jolie femme. »

212. Le récepteur de télévision. *Tout ce que tu avais dans la tête était le bruit assourdissant de la télévision et les braillements, applaudissements et sifflets qui l'accompagnaient. Le College entier paraissait s'être réuni dans la salle commune pour regarder... quoi ? Un match de football ? Miss Monde ? Le concours de chansons de l'Eurovision ? La formule-1 ? Tu entendais le battement de tes pieds nus sur le lino tandis que tu t'approchais, tu entendais le niveau des bruits monter et les rayons de lumière blanche tombant des barres de néon fluorescentes semblaient percer ton cerveau comme de longues aiguilles d'acupuncture. Joyce, terrifiée, pleurait ; tu étais malade, malade de rage et de fureur, et tout ce que tu savais c'est que le bruit de la télévision devait cesser. Tu t'arrêtas à la porte et ta main droite se tendit vers la poignée. Tu vis ta main agripper la poignée, la tourner et ouvrir, et soudain tu avançais dans la salle commune, hurlant qu'on fasse silence, tu avançais à grands pas au centre de la salle bondée, une centaine de paires d'yeux se tournant vers toi.*

Le Livre de la Transfiguration

Chapitre 15

« Allô ? Milo ? Milo ? Allô, Milo ?

– Allô, Maman. Je t'entends bien. »

Elle l'avait appelé sur le portable, le seul de ses numéros que la famille possédât. Il eut l'impression qu'on lui aspirait lentement l'air des poumons – c'était sûrement une mauvaise nouvelle. Il conduisait le long de l'Embankment, en direction de l'ouest, le fleuve sur sa gauche, l'horizon bas, le matin venteux, gris, encore que légèrement plus doux.

« Tout va bien, Maman ?

– Oui, tout va bien.

– Parfait.

– Est-ce que Lobby t'a appelé ?

– Non.

– Oh... Une nouvelle un peu triste. »

Quelque chose concernant Slobodan, donc, c'était moins inquiétant.

« Qu'est-ce que c'est ?

– Ton papa est mort hier soir.

– Oh bon Dieu ! Jésus. »

Il commença à freiner.

« Oui. Très tranquille. Très paisible. C'est une bénédiction, Milo.

– Oui, Maman. Tu vas bien ?

– Oh, moi, ça va. Tout le monde va ici. Enfin, les filles vont bien.

– Dois-je... Dois-je venir ?

– Pas de raison. Il n'est plus ici. On l'a emmené. »

Il sentit ses traits se crisper.

« Je te rappelle plus tard, Maman. Je suis en pleine circulation.

– Pardon de t'avoir dérangé, chéri. »

Lorimer ralentit et buta contre le trottoir ; il mit ses feux de détresse puis gagna à pied la balustrade en pierre. Il se pencha et contempla le vaste fleuve brun. La marée était haute mais sur le point de commencer à redescendre, le flot reprenant avec force la direction de l'est, vers la mer. Il aurait voulu pleurer mais les larmes refusaient de venir. Eh bien, se dit-il, ça y est : Bogdan Blocj, *Requiescat in pace*. Les yeux fixés sur la Tamise, il tenta de penser à quelque chose de profond, un vers ou deux, mais il ne lui vint à l'esprit que des faits concernant le Chelsea Embankment (construit en 1871-1974, coût : deux cent cinquante mille livres, conçu par un dénommé Bazalguette) qui s'étaient logés dans sa mémoire lors de la lecture d'un livre, il y avait très longtemps. Pauvre Papa. Pauvre vieux, cette dernière décennie n'avait vraiment pas été une vie. Peut-être cette mort était-elle une bénédiction, une bénédiction pour les cinq femmes qui avaient veillé sur lui durant ces longues années, qui l'avaient nourri, lavé, habillé, transporté dans la maison comme un pot de fleurs. Il y avait une petite consolation, cependant, dans le moment qu'ils avaient passé ensemble l'autre jour, tous les deux seuls, quand il avait tenu la main de son père, cette main sèche, propre, et qu'il avait senti cette légère pression en retour. Une sorte de réconfort.

Une caisse vint cogner contre l'un des piliers de l'Albert Bridge, puis le courant l'emporta rapidement en aval. Le regard de Lorimer s'en empara avidement et la chargea d'un symbolisme sentencieux : nous voilà, pensa-t-il, épaves emportées par la marée, expédiées vers notre destination finale, retenues ici, emportées là, stoppées dans un tourbillon un instant puis rejetées d'une pichenette par-dessus un barrage, incapables de contrôler notre avancée jusqu'à ce que nous échouions dans le calme estuaire en direction de la haute mer qui est sans limites et infinie...

La caisse vint s'échouer contre une jetée et racler le long du mur au-dessous de Lorimer. Il lut l'inscription gravée sur un des côtés : Château Cheval Blanc – 1982. Ça n'arrivait qu'à Chelsea, se dit-il : il y avait de toute évidence épaves et épaves.

280. Diéthylamide de l'acide lysergique. *J'ai demandé un jour à Alan si mon problème de sommeil léger, ma surcharge et mon déséquilibre de sommeil MOR, pouvait être un signe de névrose, d'une crise mentale profonde non identifiée, disons d'une dépression imminente.*
« Pas dans ton cas, je pense, répliqua Alan en fronçant très fort les sourcils. Non, je crois qu'il faut chercher ailleurs. Il est vrai que les gens déprimés dorment moins mais ils connaissent peu de sommeil MOR – ce qui passe souvent pour une indication que le sommeil MOR est d'une façon mystérieuse absolument vital pour notre bien-être, comme si nous avions besoin de rêver, dans un sens physiologique fondamental. » Il réfléchit. « On n'a découvert qu'une seule drogue qui semble promouvoir le sommeil MOR et c'est le diéthylamide de l'acide lysergique, ou LSD comme il est plus communément appelé. As-tu jamais pris du LSD ?
– Une seule fois.
– Quel effet ça t'a fait ?
– Ça a changé ma vie. »

Le Livre de la Transfiguration

D'après Flavia Malinverno, *Méchante Fiesta*, le film dans lequel elle jouait, était une « adaptation très libre » d'un roman de Percy Wyndham Lewis, un écrivain que ne connaissait pas Lorimer. Alors qu'il trouvait une place de parking, pas loin de l'hôpital vide de Chiswick où le plus gros du tournage avait lieu, et garait dûment sa Toyota en passe de se transformer en tas de rouille, il songea à s'approprier le titre pour son autobiographie, à supposer qu'il en écrivit jamais une : *Méchante Fiesta* semblait en effet résumer l'ambiance des dernières semaines. Il gagna l'hôpital à travers des files de camions mal rangés, des autobus déglingués, des caravanes et des groupes d'individus en anorak et coupe-vent qui bavardaient entre eux en buvant dans des gobelets en plastique, tous les signes annonciateurs d'un tournage de film dans les parages. L'air désœuvré de ces gens, leur léthargie, cette inertie résignée évoquaient pour lui un cirque dispersé attendant l'annonce de sa prochaine destination, ou une colonne de réfugiés relativement aisés arrêtés à un barrage depuis des jours tandis que les officiels et la milice discuteraient pour décider si ce curieux ramassis devait être autorisé à franchir la frontière.

Un jeune type frissonnant, mal équipé pour le froid, vêtu juste d'un chandail et d'une casquette de base-ball, vint, goutte au nez et walkie-talkie en main, demander à Lorimer s'il pouvait lui être d'une aide quelconque. Lorimer, qui avait procédé un jour à une expertise pour une compagnie cinématographique et avait, à cette occasion, pas mal traîné ses guêtres dans des décors de cinéma, connaissait le mot de passe magique, celui qui ouvrait toutes les portes.

« Le Syndicat des acteurs ! lança-t-il.

– Les acteurs sont dans le bâtiment principal, dit le jeune type, reniflant avec vigueur avant d'avaler sa morve. Vous verrez les pancartes. »

Lorimer suivit des méandres de câbles noirs aussi épais que le bras dans l'allée semi-circulaire, sous les colonnes de la majestueuse entrée et à travers les portes. Le hall était illuminé par d'énormes projecteurs, tous pointés sur un impressionnant escalier central qui montait puis se divisait contre le mur du fond, couvert de fleurs comme pour un bal ou un mariage. Plusieurs douzaines de personnes debout regardaient une femme en train de tripoter les fleurs et un homme maniant un aspirateur qui nettoyait chaque trace de poussière ou de peluche sur le tapis. On entendait quelque part le bruit répété d'un martelage énergique. Lorimer était le seul à porter un costume de ville, ce qui le distinguait parmi autant de cuir et de daim, vêtements de gros temps et vêtements de sport.

Une jeune femme décidée, armée d'écouteurs et d'un gobelet en polystyrène s'approcha de lui.

« Vous désirez ?

– Le Syndicat des acteurs, dit-il.

– Les acteurs par ici », répliqua-t-elle en indiquant une entrée très décorée.

Lorimer prit docilement la direction indiquée, passa devant dix mètres de tréteaux chargé de fontaines à thé et d'assiettes, de plateaux et de nourriture hautement calorique, le long desquels des gens goûtaient, mâchaient, buvaient, rotaient, attendaient. Il entendit un homme crier : « Tue cette blonde, Jim ! » mais personne ne parut y prêter attention.

Flavia lui avait dit que le film était une comédie romantique et la pièce voisine, supposa-t-il, devait contenir le décor qui la concernait et où elle prononcerait son immortelle réplique à propos du subterfuge de Tiiimooothééé. Une table de salle à manger vernie était entourée de seize chaises et dressée pour un repas substantiel à en juger par l'argenterie étalée. Des personnes essuyaient des verres en cristal et arrangeaient les centres de tables floraux. Au-delà de ce décor se trouvait une pièce haute de plafond qui avait dû être autrefois une salle d'hôpital, divisée en son milieu par une rangée de coiffeuses entourées d'ampoules et des portemanteaux remplis de vêtements. Il rencontra là les premiers acteurs, hommes et femmes en tenue de soirée des années vingt, dont on refaisait les coiffures, retouchait le rouge à lèvres, réarrangeait les bijoux à grand renfort de comparaisons avec de multiples clichés Polaroid.

Une femme, aux cheveux bleu nuit sauvagement crêpés, vint, une petite éponge à la main, lui demander en quoi elle pouvait lui être utile. Maintenant qu'il était parmi les acteurs, il revint à la vérité.

« J'appartiens à la compagnie d'assurances, dit-il.

– Ah. Alors, il vous faut, heu, Fred Gladden. Si ça ne vous

fait rien d'attendre un peu, je vais envoyer quelqu'un vous le chercher.

– Merci. »

Lorimer savait par expérience que cette recherche pourrait prendre une minute, une heure ou ne jamais aboutir. Il s'éloigna donc et s'appuya contre un mur, en sécurité pour un moment. La minute s'écoula pendant qu'il attendait là, discrètement, les bras croisés, observant les allées et venues, aussi significatives pour lui que les courses affolées d'une colonie de fourmis. Puis il se rappela soudain, sans raison, que son père était mort quelques heures auparavant et se rendit compte que, déjà, depuis un certain temps, il n'avait pas pensé à lui, qu'en fait il l'avait complètement oublié, lui et sa mort, et ceci l'emplit d'une insupportable tristesse. La tristesse de constater combien il était facile de ne pas penser à Bogdan Blocj, facile de se trouver dans un état où on ne regrettait pas de ne plus jamais pouvoir tenir sa main.

Sa vue se troubla et les brillantes lumières acquirent des halos embrumés. Il exhala et inspira, remplissant d'air ses poumons, et se demanda ce qu'il faisait là, sur ce plateau de cinéma, sous un prétexte fallacieux, engagé dans cette quête idiote et désespérée ? Avec son père mort depuis si peu d'heures, n'aurait-il pas dû être en train de faire quelque chose de respectueux, de sobre, d'opportunément mélancolique ? Quelque chose comme quoi ? Son père s'en serait fichu. En fait, le vieux Bogdan Blocj aurait peut-être approuvé une attitude si luxurieusement inconvenante : essayer de reconquérir sa bien-aimée... Il fit un autre effort filial et s'évertua à conjurer l'idée d'un homme autre que celle de « Papa », un homme qu'il se rappelait surtout dans sa combinaison de travail marron, clipboard en main, lunettes sur le bout du nez, parmi ses étagères de cartons bien emballés... Mais rien ne vint. L'être qu'il connaissait le mieux, c'était l'invalide muet et souriant, une silhouette silencieuse, tirée à quatre épingles, avec son blazer, son pantalon de flanelle, sa barbe blanche bien taillée, dont les yeux papillotants semblaient voir tout et rien... Nom de Dieu ! se dit-il, se secouant, reprends-toi : il avait sa propre vie devant lui et c'était une vie qui prenait rapidement la pente descendante. Il fallait trouver le moyen de freiner avant que tout ne se disloque.

Flavia Malinverno entra dans la pièce, un livre à la main, et s'assit sur un banc en bois.

Il s'avança peu à peu, en faisant le tour et en approchant de biais, sans qu'on lui fasse barrage ni qu'on le questionne, comprenant que, dans son costume de ville classique, les gens pouvaient le prendre pour un figurant. Flavia portait une perruque noire, coupée court avec une grande frange qui paraissait reposer sur ses faux cils invraisemblablement longs. Elle lisait *Méchante Fiesta* de Wyndham Lewis – un bon point pour toi, petite, se dit-il, actrice professionnelle et zélée –, et le cœur de Lorimer battit et palpita d'un désir pathétique et humiliant. Mais qui dans l'histoire de l'humanité s'était jamais montré capable de faire quoi que ce fût à propos de ce genre de situation, pensa-t-il en se glissant centimètre après centimètre sur le banc à côté d'elle – sans qu'elle lève les yeux. Qui avait jamais été capable de contrôler cette catégorie de sentiment à l'état pur ?

« C'est bien ?

– En fait, ça n'a rien à voir avec ce film, je peux vous le dire... »

Elle leva alors les yeux et le vit, sa bouche se pinça aussitôt, sa mâchoire se serra. Son visage était opaque sous une couche de fond de teint blanc, ses lèvres du plus cerise des rouges et il y avait un grain de beauté au milieu de sa joue gauche. Elle portait une robe de crêpe de chine gris taupe et d'immenses colliers de perles se baladaient jusque sur ses genoux.

« Flavia...

– Lorimer, je vous ai dit de ne plus m'approcher.

– Non. Il faut que vous m'entendiez.

– Écoutez, je vais appeler les types de la sécurité, je suis sérieuse...

– Mon père est mort ce matin. »

Elle se rassit lentement. La mention de la mort de son père avait fait monter les larmes aux yeux de Lorimer qui s'aperçut que pour une fois, peut-être la première, elle le croyait.

« Écoutez, je suis désolée... Mais cela n'a rien à voir avec...

– C'est vous qui êtes responsable. Si vous n'aviez rien raconté à Gilbert, rien ne serait allé aussi loin, aussi vite. Vous avez tout déclenché. »

Elle fouilla dans un sac emperlé et sortit ses cigarettes, en alluma une et souffla un jet de fumée droit devant elle.

« OK. Je n'aurais pas dû, je le regrette et je suis désolée s'il peut sembler que je me sois servie de vous. Maintenant, il faut que vous partiez.

– Non. Je veux vous revoir. »

Sa mâchoire s'allongea en un cri d'incrédulité moqueuse. Elle secoua la tête, comme pour chasser une mouche bourdonnante.

« Pour l'amour de Dieu, je suis mariée.

– Mais vous n'êtes pas heureuse, je le sais.

– Ne me faites pas un sermon sur l'état de mon mariage, mon coco.

– Salut. Vous êtes de la Bond Company ? » Lorimer leva la tête et se trouva face à un jeune homme aux cheveux clairsemés, vêtu d'un jean et d'un blouson de cuir, qui lui tendait la main. « Je suis Fred Gladden. Coproducteur.

– Je crois qu'il est parti par là-bas, indiqua Lorimer d'un geste. J'appartiens au Syndicat des acteurs. » Il désigna Flavia : « Un cafouillage dans ses cotisations.

– Oh, pardon ! s'excusa Fred Gladden sans qu'il en fût besoin. On m'a seulement parlé d'un homme en costume de ville... Par ici ?

– Oui, affirma Lorimer. Il a un attaché-case. »

Fred Gladden s'éloigna à la recherche d'un type en costume de ville portant un attaché-case.

« Regardez-vous un peu, dit Flavia en s'efforçant de ne pas sourire. Voyez comme vous mentez. C'est pas croyable, on dirait un réflexe tant ça vous vient facilement !

– Je suis un homme désespéré, répliqua Lorimer. Et je pense que, côté duplicité, vous pourriez me donner des leçons. »

L'impérieuse jeune femme aux écouteurs cria : « Scène 44. Le dîner. Répétition. »

Flavia se leva.

« C'est à moi. Écoutez, je ne peux plus vous revoir, c'est trop compliqué. Il y a des choses que je n'ai pas racontées. Adieu.

– Quelles sont les choses que vous n'avez pas racontées ? »

Lorimer la suivit sur le plateau. Elle avait une jupe à taille basse frangée et la frange se balançait au rythme de ses hanches. Il éprouva une bouffée de désir si palpable que la salive jaillit dans sa bouche.

« Flavia, il faut que nous...

– Allez-vous-en, Lorimer !

– Je vous téléphonerai.

– Non. C'est fini. C'est trop difficile, trop dangereux. »

Ils avaient atteint le plateau où un vieil homme au visage rougeaud parlait sur un portable tout en indiquant à chaque acteur sa place autour de la table.

« Flavia Malinverno, cria-t-il, tu es là-bas, chérie ! Dis simplement à ce flemmard de salaud de ramener ses fesses par ici, il a un film à faire. »

Flavia jeta un coup d'œil à Lorimer toujours derrière elle.

« Charlie, dit-elle au rougeaud, je crois que ce type me suit. »

Charlie le rougeaud s'avança sur Lorimer et ferma son portable. Lorimer suivit des yeux Flavia et la regarda prendre place au dîner.

« Que se passe-t-il, mon ami ? »

La suspicion dans la voix de Charlie était menaçante, un homme de toute évidence accoutumé à voir ses ordres obéis.

« Comment ? J'appartiens à la Bond Company et je cherche Fred Gladden. »

Dûment informé de l'endroit où il pourrait trouver Fred Gladden, Lorimer fut contraint de s'en aller. Il lança un dernier regard par-dessus son épaule, vit Flavia en rieuse conversation avec l'acteur assis à côté d'elle et fut traversé d'un éclair de jalousie très satisfaisant. Il avait accompli quelque chose mais ce n'était pas assez, une misère comparé à ce dont il avait rêvé.

Il émergea de la chaleur et de l'irréelle luminescence de l'hôpital dans la tristesse morne et nacrée d'un matin de Chiswick, les paquets de nuages bas filtrant la lumière sans ombre, et il sentit sa dépression s'abattre pesamment de nouveau sur lui, comme si on avait rempli ses poches de cailloux. Il sentit aussi une colère irraisonnée monter en lui contre Hogg, et se rendit compte, avec un certain choc, que, finalement, seule la nouvelle de la mort de son père avait amené Flavia à lui parler. Un ultime service rendu à son fils par Bogdan Blocj, et depuis l'au-delà. C'était humiliant et ça donnait à réfléchir : il avait lâché la nouvelle tout à trac mais enfin, quand même, c'était sûrement quelque chose qui devait être dit à la femme qu'il aimait ? Il avait confiance en l'ombre de Bogdan Blocj, où qu'elle errât, elle ne le condamnerait pas.

« Merci, Papa, dit-il à haute voix, les yeux au ciel, et attirant quelques regards curieux. Je te dois ça. » Et, pensif, il regagna sa Toyota passée au gril d'un pas un peu plus léger, se demandant ce que Flavia voulait dire par « trop difficile, trop dangereux ». Les difficultés pouvaient être surmontées, quant au danger, eh bien, c'était une constante dans sa vie.

132. Chaussures marron. *Je me rappelle le jour où je crus avoir coincé Ivan. Il portait un costume de tweed épais vert morve, avec des chaussures noires. Je les montrai du doigt et dis : « Ivan, l'ultime péché : des chaussures noires avec du tweed.*

– Ah, mais vous vous trompez complètement, Lorimer, cela est tout à fait acceptable. Cependant je suis content que vous l'ayez remarqué. C'est le signe d'un malaise plus profond, quelque chose qui m'a fait souci depuis des années.

– De quoi s'agit-il ?

– Ça a été difficile mais j'ai décidé que la chaussure marron devait être condamnée. En daim oui, une bottine marron – tout juste. Mais je pense que la chaussure marron est fondamentalement de mauvais goût. Il y a quelque chose d'irrémédiablement petit-bourgeois dans une chaussure marron, de typiquement banlieusard et d'indigne. J'ai jeté toutes les miennes la semaine dernière, quatorze paires, certaines que je possédais depuis des dizaines d'années. Je les ai jetées à la poubelle. Je

ne peux pas vous dire à quel point je suis soulagé, le poids qui m'a été ôté de l'esprit.
– Toutes les chaussures marron ?
– Oui. Aucun gentleman ne devrait porter de chaussures marron, jamais. La chaussure marron est finie. La chaussure marron, Lorimer, doit disparaître. »

Le Livre de la Transfiguration

Lorimer rédigea un chèque de trois mille livres et le tendit en s'excusant à Ivan Algomir.

« Comptez-moi les intérêts sur le reliquat, Ivan, je vous en prie. Je vous payerai le reste dès que je pourrai – il y a un cafouillage administratif au bureau. »

Ivan plia le chèque et le mit dans sa poche, l'air triste.

« Je comprends très bien, mon vieux. Mais ceci va m'aider. Ils sont comme des loups à la poursuite d'une diligence, les impôts, si on leur jette un morceau de temps à autre, on peut tout juste arriver à leur échapper. »

Un autre épouvantable embarras dû à Hogg, pensa Lorimer. Pour commencer, il détruit ma vie et maintenant il met en péril mes amitiés.

« Je me sens horriblement gêné par cette affaire, Ivan. Et si je vous rapportais le casque ?

– Dieu du ciel, ce n'est que de l'argent, Lorimer. J'esquiverai. Dites-moi, vous êtes très élégant ! »

Lorimer lui expliqua où il se rendait : Lady Sherriffmuir recevait « chez elle ».

« A Kensington, dit-il. Regardez, j'ai fait retoucher les manchettes. »

Il releva les manches de sa veste pour montrer les manchettes à un seul bouton avec vraie boutonnière. Ivan lui avait dit combien il abominait les manchettes à deux, trois ou quatre boutons, comme étant prétentieuses et *arrivistes**. Une manchette était une manchette : elle était là pour vous permettre de replier votre manche et non pas comme une décoration.

« La chemise est de première classe », dit Ivan.

Lorimer l'avait fait faire selon le modèle d'Ivan aussi, le col délibérément mal taillé de sorte qu'une des pointes passait sur le revers de la veste de manière un peu maladroite mais, ainsi qu'Ivan le souligna, c'était un défaut qui ne se présentait que dans les chemises sur mesure, et quel était l'intérêt d'avoir des chemises faites sur mesure si elles n'étaient pas reconnues comme telles ? « Seuls les gens qui possèdent eux-mêmes des chemises sur mesure comprendront le problème, l'assura Ivan, mais ce sont les seuls dont vous souhaitez qu'ils le remarquent. »

Lorimer souleva le bas de son pantalon pour montrer ses chaussettes bleu nuit.

« Les chaussures sont juste passables, dit Ivan. Dieu merci, vous n'avez pas de pompons mais je ne sais pas si j'aime beaucoup ces mocassins américains. Très *nouveau**. N'empêche.

– Je pense qu'elles conviennent pour ces gens de la City.

– A peine. Bon Dieu, d'où sort cette cravate ?

– Celle de mon école. Balcairn. »

En fait, c'était une cravate que son tailleur lui avait confectionnée. Bleu marine avec des rayures mauves et un blason non identifiable.

« Ôtez-la tout de suite. Je vais vous en prêter une autre. Les cravates d'école sont pour les écoliers et les maîtres d'école. Aucun adulte ne devrait être vu mort avec une cravate de ce genre. Même chose pour les cravates de régiment et de club. D'un mauvais goût atterrant. »

Ivan revint avec une cravate en soie verte couverte de minuscules araignées bleues. « Amusons-nous un peu. Après tout, il s'agit d'une réception intime. » Il examina Lorimer des pieds à la tête d'un air affectueux, presque possessif, le vieux chevalier expédiant son écuyer jouter dans les arènes de la haute société.

« Très bien, Lorimer. Même moi, je n'arrive pas à vraiment trouver de défaut. »

Chapitre 16

Pour Lorimer, l'idée d'une réception « chez soi » évoquait l'image d'une demi-douzaine de bouteilles de chardonnay dans le réfrigérateur, d'un bol de punch, peut-être, des cacahouètes et des chips, quelques olives, deux baguettes découpées en rondelles et une demi-lune de brie. Dès l'instant où le garde en bonnet à poil ouvrit le portail donnant accès à la cour du manoir des Sherriffmuir, Lorimer comprit que Lady Fiona et lui ne parlaient pas le même langage. De chaque côté de l'allée pavée menant au porche à colonnes se trouvaient, immédiatement à sa gauche, un fakir sur une planche à clous et, à l'opposé, une troupe d'acrobates à peau sombre, bondissant d'épaules en épaules ou s'expédiant mutuellement en triple saut. Plus loin, un cracheur de feu soufflait son haleine pétrolifère dans le ciel nocturne, un charmeur de serpents serinait un air de flûte à l'adresse d'un cobra ondulant, et un cosaque menait un petit ours trébuchant au bout d'une chaîne tandis qu'un autre cosaque jouait d'un mini-accordéon.

Dans le hall, une équipe de filles en dominos et tenues de rats d'hôtel échangeaient les manteaux des invités contre des jetons numérotés avant de les inviter à défiler devant un régiment de serveurs souriants, en smoking, présentant des plateaux de champagne, de bellini, de buckfizz, d'eau minérale ou de chopes en étain fumantes remplies de vin chaud.

Lady Fiona Sherriffmuir, son fils Toby et sa fille Amabel attendaient derrière les porteurs de libations et devant une paire de doubles portes en acajou. Champagne à la main, Lorimer s'avança jusqu'à eux, ses pas retentissant sur l'échiquier de marbre brillant, inquiet que les bouts d'acier de ses chaussures puissent arracher de minuscules morceaux aux carrés étincelants.

« Je m'appelle Lorimer Black », réussit-il à dire à Lady Fiona, une femme sculpturale aux seins généreux moulée dans un fourreau de taffetas moiré bleu pétrole. Elle avait un petit nez parfait avec des narines très dilatées et une des plus belles dentitions que Lorimer ait jamais vue hors d'un film hollywoodien. Ses cheveux blond-gris, coiffés en arrière, dégageaient un grand front lisse, et deux crans à hauteur de ses oreilles faisaient d'autant mieux ressortir les étoiles d'émeraude attachées à ses lobes.

« Comment va Angus, ce vieux fripon ? s'écria-t-elle en se penchant pour embrasser légèrement Lorimer sur les deux joues. Si navrée qu'il n'ait pas pu venir. Bonté divine, je ne vous avais pas revu depuis Moustique, vous deviez avoir treize ou quatorze ans !

– Ah, Moustique ! dit Lorimer. Épatant.

– Vous ne vous souvenez sans doute pas de Toby ni d'Amabel, c'étaient encore des bébés.

– Des bébés, sans doute », marmonna Lorimer.

Toby était un garçon de dix-huit ans dégingandé, à la lèvre molle, affligé d'une méchante acné juvénile. Amabel, une droguée à l'air hagard, au visage dur, portait un tailleur pantalon blanc, mordillait sa lèvre et tripotait les bracelets à ses poignets. Avec son jeune visage à l'expression blasée, elle paraissait avoir dix ans de plus que son frère.

« Salut ! lança Toby. Ça fait plaisir de vous revoir.

– Ouais, salut, dit Amabel en l'embrassant elle aussi sur les deux joues. Comment va Lulu ? Est-ce qu'elle vient ?

– Lulu ? Épatamment ! » répliqua Lorimer.

Il entendait avec gratitude d'autres invités se presser sur ses talons et Lady Fiona crier derrière lui : « Giovanni ! Sylvana ! »

« Dites à Lulu de m'appeler, dit Amabel, en baissant la voix. J'ai quelque chose pour elle.

– Super ! » lança Lorimer en opinant vigoureusement du bonnet avant de s'éloigner à travers une première série de salles de réception – un salon, une bibliothèque et une salle de bal – qui menaient à une tente dressée sur la pelouse du jardin où étaient offertes des victuailles de toutes sortes ainsi qu'à une cinquantaine de tables rondes avec des chaises dorées pour ceux qui souhaitaient s'asseoir et manger. Non qu'on manquât de nourriture dans les autres pièces, sillonnées comme elles l'étaient par des patrouilles de serveurs offrant des plateaux de petits pâtés de crabes, de mini-tartelettes au fromage et de mini-pizzas. Il y avait aussi des œufs de caille, des œufs de vanneau et des œufs de mouette, des petites saucisses de porc, des petites saucisses végétariennes, des goujonnettes de sole, du haddock et de la lotte avec des sauces diverses, du poulet au satay et sans doute d'innombrables autres amuse-gueule que Lorimer ne vit pas, ni ne goûta, ni ne lorgna d'un œil avide.

Les pièces étaient déjà assez pleines : Lorimer calcula rapidement en fendant la foule qu'il devait bien y avoir trois cents personnes dans la maison, sans compter le personnel. Dans le salon, des Aztèques ceinturés de rouge pinçaient des guitares et reniflaient dans des flûtes polynésiennes. Dans la bibliothèque se déroulait un spectacle de cabaret permanent : pour l'heure un magicien accomplissait des tours avec un bout de corde à linge et des ciseaux, et, dans la salle de bal, un pianiste de jazz jouait des airs connus sur un piano à queue installé au centre de la piste de danse surélevée.

Lorimer se promena avec curiosité parmi la cohue, hommes en costumes sombres, femmes en grande toilette, sans que quiconque le remarque, le reconnaisse ou lui parle. Quand il atteignit la tente – où une demi-douzaine de chefs se tenaient derrière des chauffe-plats et servaient depuis des *penne arrabiata* jusqu'à du *hotpot* du Lancashire – il avait déjà bu trois coupes de champagne et se demandait s'il pouvait décemment s'en aller. Il revint sur ses pas – dans la bibliothèque un autre type faisait d'étonnantes sculptures à partir de ballons gonflables, produisant avec des grincements une girafe, une tour Eiffel et une pieuvre en dix secondes –, mais il vit que les Sherriffmuir étaient toujours à leur poste et que les invités continuaient à arriver. Il but donc une autre coupe de champagne et mangea quelques mini-hamburgers afin de neutraliser l'alcool.

Il contemplait un tableau, essayant de décider s'il s'agissait d'un Guardi ou d'un Canaletto, quand il sentit qu'on lui pinçait la fesse gauche. Il se retourna et trouva Foll plantée là, cigarette à la main, l'air faussement innocent.

« J'ai cru reconnaître ce cul, dit-elle. Quel régal !

– Bonjour, ou plutôt, félicitations. Oliver est ici ?

– Bon Dieu, fermez-la ! Je n'ai pas pu aller jusqu'au bout de ce mariage. J'ai, comme qui dirait, eu les jetons à la dernière minute. Maman était fumasse mais je ne pouvais pas imaginer le bonheur conjugal en qualité de Mrs Oliver Rollo. Désolée, mais c'est pas pour la Foll.

– Quel drame !

– Tu parles ! Mais ça veut dire que je suis libre et sans entraves, monsieur Black. »

Sir Simon Sherriffmuir surgit de nulle part, enlaça Foll et l'étreignit violemment.

« Comment va ma coquine préférée ? s'écria-t-il. Cette robe fait un peu mémère, non ? »

La robe de Foll, outre qu'elle était courte, avait un corsage transparent qui permettait à tout un chacun de voir, en dessous, le soutien-gorge brodé quasi transparent.

« Vieux cochon, dit Foll. Tu connais Lorimer Black ?

– Bien sûr que je le connais. Une de mes superstars. » Sir Simon, en un geste papal, posa un instant sa main sur l'épaule de Lorimer, la serra et dit, apparemment sincère : « Si content que vous ayez pu venir, Lorimer. Où est donc votre vieux fainéant de père ? »

Sir Simon arborait un costume en soie qui réussissait à sembler gris clair et foncé à la fois, une chemise crème et une cravate mouchetée bordeaux. Lorimer prit mentalement note de vérifier auprès d'Ivan la question des costumes en soie.

« Très heureux d'être...

– Vous avez assez à boire, vous deux les tourtereaux ? poursuivit Sir Simon sans se soucier d'une réponse. Ne ratez pas le cabaret, il y a des trucs amusants. » Il envoya un baiser et parut se pencher en arrière plutôt que reculer, en disant à Lorimer avant de partir : « Il faudra que nous ayons notre petite conversation un peu plus tard. »

Quelle petite conversation ? se demanda Lorimer. Était-ce là la raison de cette invitation ?

« Je vais juste me repoudrer le nez, dit Foll, espiègle. Vous venez ?

– Non, pas pour moi, merci, répliqua Lorimer.

– Ne filez pas alors, dit-elle. Je reviens tout de suite. »

Elle s'éloigna et Lorimer reprit aussitôt la direction de la tente. Avancer était devenu difficile à présent, la foule semblait avoir doublé de volume. Qu'avait voulu dire Sir Simon par « tourtereaux » ? Peut-être avait-il vu Foll lui mettre la main aux fesses. Il décida qu'en se cachant une demi-heure dans la grande tente il pourrait ensuite s'échapper sans qu'on le remarque.

Le bruit avait atteint un niveau pénible, les gens commençant à s'interpeller, et dans la bibliothèque un demi-cercle d'environ soixante badauds s'était formé autour d'un homme qui portait quatre assiettes en équilibre sur leur tranche, l'une au-dessus de l'autre, et qui s'apprêtait à en ajouter une cinquième.

Sous la tente, Lorimer trouva une table derrière un pilier recouvert de roses et dégusta du saumon froid et des pommes de terre nouvelles. Il demeura seul dix minutes, pendant lesquelles il aperçut trois ministres importants, une présentatrice de journaux télévisés, un acteur anobli, une star du rock sur le retour et deux capitaines d'industrie milliardaires et hauts en couleur, jusqu'à ce qu'il soit rejoint par un couple de Brésiliens d'âge mûr qui se présentèrent avec cérémonie et lui demandèrent s'ils pouvaient partager sa table. Le nom de leurs hôtes ne semblait rien signifier pour eux, et Lorimer leur expliqua donc un peu qui était Sir Simon et Fortress Sure, histoire de se montrer sociable, puis il s'esquiva, sous prétexte d'aller se resservir. Alors qu'il se levait, les Brésiliens se mirent à faire de grands signes à quelqu'un derrière lui : Lorimer se retourna et reconnut l'homme qui s'approchait de leur table. Francis Home portait une veste de smoking blanche, une lavallière rouge et un pantalon noir évasé.

« Mister Black, lança-t-il. Francisco Homey. »

Ils se serrèrent la main et des rouages se mirent en marche dans la tête de Lorimer mais sans grand résultat. Home prononça quelques mots en portugais puis annonça à Lorimer sur le ton de la confidence :

« A propos, je ne suis plus chez Gale-Harlequin.

– Je sais, mentit Lorimer avant de risquer, pris d'une soudaine inspiration : On m'a dit que vous étiez chez Dirk Van Meer. »

Home haussa les épaules.

« En qualité de consultant seulement. Vous connaissez Dirk ?

– Son fils, Marius. »

Home regarda autour de lui.

« Est-ce que Dirk est déjà arrivé ? Simon m'a dit qu'il venait.

– Je ne l'ai pas vu. » Lorimer montra son assiette vide : « Je meurs de faim, je ne sais pas pourquoi. A plus tard.

– Je dirai à Dirk que nous nous sommes vus. »

Dieu tout-puissant, songea Lorimer, abandonnant son assiette, que se passe-t-il ? Sir Simon Sherriffmuir, Francis Home et maintenant Dirk Van Meer... Il poussa jusqu'à la salle de bal et se dirigea vers la porte d'entrée. Il pouvait sûrement partir sans problème maintenant ?

Gilbert l'« Artiste » Malinverno était en train de jongler dans la bibliothèque. Plus précisément, il pédalait sur son monocycle dans un mouvement d'aller-retour oscillant tout en jonglant avec cinq massues jaunes. Malgré lui, Lorimer dut s'avouer que c'était là un tour de force impressionnant, opinion partagée par la foule réunie autour, qui criait et applaudissait à mesure que les massues montaient plus haut et plus vite. Lorimer se retrouva coincé entre le manipulateur d'assiettes et l'illusionniste.

« Cinq massues en cascade, dit l'homme aux assiettes à l'illusionniste, j'ai jamais vu personne faire ça hors de Russie !

– Et sur un monocycle en plus, dit l'illusionniste, amer. Salaud de m'as-tu-vu ! »

Lorimer commença à se rapprocher du grand salon. Il jeta en passant un œil sur Malinverno et s'aperçut que quelque chose clochait dans son visage. L'homme avait du sparadrap sur l'oreille, un œil au beurre noir et, quand il levait la tête en souriant, pour calculer l'arc de retombée de ses massues jaunes tournoyantes, un grand vide noir se révélait dans sa rangée de dents du haut comme s'il en manquait deux. Il semblait bien que Malinverno eût été frappé sur le côté du visage avec une certaine force, par un objet long et très dur – par exemple la tranche d'un attaché-case lancé en contre-attaque.

« Nom de Dieu ! s'écria Lorimer à voix haute.

– Très étonnant, n'est-ce pas ? » approuva quelqu'un à côté de lui.

C'était donc Malinverno et pas Rintoul, se dit Lorimer, incrédule. C'était Malinverno qui, fou de jalousie, lui avait sauté dessus. Mais pour qu'il aille aussi loin, que lui avait-elle raconté au sujet de leur « liaison » ? Sûrement des trucs torrides, du triple X, pour éveiller à ce point la colère de Gilbert, le faire se précipiter en pleine nuit dans Lupus Crescent, une massue de jongleur à la main et la vengeance au cœur ?... Jésus, songea-t-il, avec une certaine excitation, cette femme est dangereuse !

Malinverno rattrapa toutes ses massues, sauta de son monocycle, salua sous les clameurs de la foule avec un sourire raide et déformé dont Lorimer tira quelque satisfaction. Ça lui faisait encore mal. Très bien. Il devait des excuses à Rintoul.

Une main puissante se saisit de son bras gauche au-dessus du coude et le tira avec urgence hors de la frange de la foule.

« Nom d'un bordel, que foutez-vous ici ? »

La voix dure de Hogg l'enveloppa, lui soufflant dans l'oreille une haleine brûlante aux relents de cannelle et d'épices. De vin chaud. Il se retourna : Hogg avait le visage rougi par le vin épicé – du moins Lorimer l'espérait, bien qu'il ne parût pas en colère.

« Monsieur Hogg, ravi de...

– Vous m'avez entendu, petit.

– J'ai été invité.

– Foutaises.

– Je crois que Sir Simon me prend pour le fils d'un de ses vieux amis.

– Couillonnades puantes. Pour quel genre de crétin me prenez-vous, moi, Lorimer ?

– C'est vrai. Il pense que je suis le plus jeune fils d'un certain Angus Black. »

Un instant, il crut que Hogg allait le frapper. Celui-ci roula des yeux et Lorimer se rendit compte que l'homme transpirait horriblement : une traînée sombre, humide, là où son col mordait dans son gros cou.

« Je veux vous voir dans mon bureau lundi matin à 9 heures, dit Hogg. Et je veux la vérité, espèce de petit salaud ! »

Il lança un dernier regard furibard à Lorimer et partit, ses larges épaules repoussant les gens sur son passage tandis qu'il quittait la pièce à grands pas. Lorimer se sentit faible, soudain épuisé et étrangement effrayé comme s'il s'était réveillé dans le premier cercle de l'enfer en comprenant que d'autres, plus profonds et plus sinistres, l'attendaient.

Ses yeux croisèrent ceux de Malinverno.

« Hé ! Vous, Black ! Attendez ! »

Lorimer déguerpit sur-le-champ, encore qu'il n'aurait pas détesté se bagarrer avec Malinverno, faire sauter quelques dents de plus dans sa fière mâchoire et lui mettre un second œil au beurre au noir, mais il savait que le « chez Elle » de Lady Sherriffmuir n'était pas l'endroit pour ce genre d'explication. Il s'enfuit à toutes jambes de la salle de bal, prit par l'escalier puis à travers la tente et suivit un serveur dans l'aire de service, marquée par des paravents derrière le buffet. Il ramassa une caisse de bouteilles vides.

« Je vais vous débarrasser de ça », lança-t-il à la cantonade, et il plongea avec dans une fente de la tente.

Il abandonna sa caisse à côté de bouteilles de Butagaz et, après un coup d'œil par-dessus son épaule, entreprit de descendre sans bruit des sentiers de gravier étagés bordés de sombres buissons en direction du mur du fond qui, comme il l'avait pensé, offrait une porte résolument verrouillée. Le long du faîte se trouvait un méchant système à pointes destiné à repousser les intrus et, sur un montant en fer, une caméra tournante.

Il se sentit comme un prisonnier de guerre qui vient juste de sortir de son stalag par un tunnel et se trouve encore loin du grillage d'enceinte. Il regarda les fenêtres illuminées de la façade arrière de l'énorme maison. Il ne pouvait pas retourner là-bas : trop de gens le cherchaient – Foll, Sir Simon, Home, Hogg et Malinverno en ordre croissant de menace et de méchanceté. *Méchante Fiesta* n'en faisait pas partie, songea-t-il – et une vision de Flavia, à lui flanquer la colique et lui couper les jambes, lui vint soudain à l'esprit. Cette fille... Qu'était-elle en train de faire à sa vie ?

Il entendit des pas venant du sentier vers lui, des pas légers, pas ceux de Malinverno, conclut-il. Peut-être un serveur envoyé enquêter sur le vol de bouteilles de vin vides ? Lorimer fourra ses mains dans les poches et se mit à siffloter et à shooter dans les cailloux, comme si c'était la chose la plus normale du monde que d'abandonner une très chic soirée pour aller se distraire près de la porte de service au milieu des poubelles.

« Salut, dit Lorimer d'un ton dégagé. Je prends un peu l'...

– Vous voulez sortir ? demanda Amabel. J'ai apporté une clé.

– Oui, s'il vous plaît. Il y a là-bas quelqu'un que j'essaye d'éviter.

– Moi aussi, dit-elle. Ma mère.

– Ah bon.

– C'est pour ça que j'étais dans la pièce de la sécurité à regarder les télés de surveillance. Je vous ai vu. » Elle ouvrit la porte. « Ça vous fout foutrement envie de dégueuler, non ? dit-elle avec conviction en montrant la maison illuminée, sa maison. Toute cette merde.

– Je vous suis très reconnaissant », dit Lorimer.

Elle lui tendit un petit tube en carton, un tube de Smarties, lourd et bruyant, comme plein de grenaille ou de graines.

« Pouvez-vous donner ça à Lulu ? C'est un cadeau. Et dites-lui de m'appeler. »

Elle l'embrassa une fois encore sur les deux joues. Lorimer pensa que ce n'était peut-être pas le moment de lui expliquer qu'il n'était ni le fils d'Angus Black ni le frère de Lulu.

« Bien entendu, répliqua-t-il. Merci encore. » Il se faufila dans la ruelle bordée de *mews*. Une averse récente faisait briller les pavés. Il n'était pas le fils d'Angus Black mais il était le fils du récemment défunt Bogdan Blocj et donc, tout en tournant d'un pas vif dans Kensington High Street, il sema discrètement le contenu du tube de Smarties derrière lui, entendant les pilules d'ecstasy, des morceaux de crack ou des tablettes de LSD rebondir bruyamment sur le trottoir tels des grêlons dans son sillage. Bogdan Blocj aurait approuvé, se dit-il. Il trouva un taxi à une station et rentra chez lui avant minuit.

Lady Haigh jeta un œil par le mince entrebâillement de sa porte tandis que Lorimer traversait le hall. Il vit qu'elle portait une vieille robe de chambre hirsute et une sorte de bonnet de nuit.

« Bonsoir, Lady Haigh, dit-il. Il fait froid dehors. »

Elle entrouvrit la porte de deux ou trois centimètres de plus.

« Lorimer, je m'inquiète au sujet de la nourriture pour chiens. Je donne ce qu'il y a de meilleur à Jupiter et il s'y est habitué. Il me semble que c'est tout à fait injuste pour vous.

– Je ne comprends pas...

– Injuste de vous demander de supporter cette dépense supplémentaire simplement parce que je l'ai gâté.

– Oh, surtout n'y pensez pas !

– J'ai essayé une boîte moins chère l'autre jour et il n'a même pas voulu la renifler.

– Je suis certain que ça ne posera aucun problème.

– Je suis si contente que votre ami soit parti. Je l'ai trouvé des plus impolis.

– Plus un collègue qu'un ami. Il est dans une passe difficile. Il a perdu son job et sa femme l'a fichu dehors.

– Elle a bien fait. Il m'a paru aimer le lapin, je me rappelle.

– Torquil ?

– Jupiter. Je lui ai fait un lapin une fois et il l'a mangé. Ça, ça ne doit pas être trop cher, non ? Du lapin.

– Je ne crois pas. »

Elle lui sourit, un sourire d'immense soulagement.

« Voilà qui me libère un peu l'esprit. Bonne nuit, Lorimer.

– Bonne nuit, Lady Haigh. »

Chez lui, Lorimer se prépara une tasse de café-crème qu'il arrosa d'une dose de cognac. Deux messages l'attendaient sur son répondeur. L'un de Dymphna lui donnant le nom et le numéro de téléphone d'un journaliste financier qui serait ravi de l'aider, l'autre de Stella. « Hello, bel inconnu, disait le message. J'espère que tout baigne. N'oublie pas dimanche. Je t'attends vers midi. Grosses bises. »

Il avait oublié : un déjeuner du dimanche, prévu depuis longtemps, et il avait l'horrible impression que la date coïncidait avec les petites vacances, ou un exeat similaire, de Barbuda. Il avait noté une augmentation marquée de l'élément Barbuda dans ses rendez-vous avec Stella et soupçonnait celle-ci de vouloir tenter d'améliorer les relations entre son amant et sa fille. La baisse de moral qu'il avait ressentie en entendant sa voix lui disait quelque chose d'autre aussi : il était temps de mettre une fin humaine et décente à sa liaison avec Stella Bull.

Chapitre 17

Le journaliste ami de Dymphna, nommé Bram Wiles, s'était déclaré ravi d'être mis à contribution. Lorimer avait en conséquence arrangé une rencontre au Matisse à midi où il se trouvait dûment présent, avec son habituel quart d'heure d'avance, dans un box du fond, en train de lire *The Guardian* quand il sentit quelqu'un s'asseoir sur le banc d'en face en le faisant trembler.

« Une journée de merde, dit Marlobe, bourrant sa pipe d'un doigt carré. Votre bagnole est horrible. »

Lorimer approuva : il avait gelé très fort et un vent âpre s'était de nouveau levé. De plus, la combinaison de pluie et de gel, la nuit précédente, semblait avoir encouragé la rouille à s'étaler sur sa Toyota, à proliférer, telle une bactérie se multipliant dans une boîte de Petri, et elle était à présent complètement orange.

Marlobe alluma sa pipe à grand renfort de sucements et de postillons, colorant l'environnement immédiat d'un bleu-gris brouillé. Il avalait sa fumée âcre très profondément comme celle d'une cigarette.

« Votre producteur de narcisses du Kent n'a pas la queue d'une chance par ce temps-là.

– J'attends quelqu'un, j'en ai peur, annonça Lorimer.

– Qu'est-ce que ça a à voir avec moi ?

– J'ai une sorte de conférence. Il va falloir qu'il s'assoie là où vous êtes. »

La désagréable serveuse roumaine fit glisser son cappuccino sur la table dans sa direction en s'assurant qu'un peu de mousse passait par-dessus bord pour former une mare dans la soucoupe.

« Quoi vous voulez ? demanda-t-elle à Marlobe.

– Désolé, chérie. » Marlobe lui montra ses dents. « Je ne me pose pas pour longtemps. » Il revint à Lorimer : « Tandis que votre Hollandais ne s'en fait pas une miette.

– Vraiment ?

– Subventions gouvernementales. Trois florins la fleur. Votre type du Kent et votre Hollandais ne jouent pas sur le même terrain dans le monde des narcisses. »

Le propos ne tenait visiblement pas debout mais Lorimer n'avait pas envie de discuter avec Marlobe, aussi répliqua-t-il d'un ton vague : « Le temps va forcément s'améliorer. »

Marlobe poussa un hurlement de rire aigu et frappa violemment la table avec sa paume.

« C'est ce qu'ils disaient à Dunkerque en 1940. Et où ça les a menés ? Dites-moi un peu, vous croyez que von Rundstedt est resté vissé dans la tour de son Panzerkampfwagen en se demandant si peut-être le temps serait un chouia plus doux le lendemain ? Hein ? Hein ?

– Je ne comprends pas de quoi vous parlez.

– C'est ça le problème avec ce pays. Regarder toujours du bon côté. Toujours regarder du putain de bon côté. C'est une maladie, une épidémie ! Voilà pourquoi cette nation est sur les genoux. Sur les genoux dans le caniveau à la recherche de rogatons ! »

Un jeune homme aux airs d'adolescent s'approcha de leur box et demanda à Marlobe :

« Êtes-vous Lorimer Black ? Je suis Bram Wiles.

– Non, c'est moi Lorimer Black », se hâta de dire Lorimer. Il avait prié la duègne espagnole de diriger sur son box toute personne qui le demanderait.

Marlobe se leva sans se hâter et jeta un regard d'une franche hostilité à Bram Wiles.

« Pas de foutue panique, mon pote. Y a pas le feu. On a foutrement le temps. »

Wiles sursauta et recula. Une longue frange blonde lui tombait sur le front jusqu'à la monture de ses lunettes noires. Il paraissait avoir dans les quatorze ans.

Marlobe, avec encore une lenteur encore plus délibérément provocante, se glissa hors du box et resta planté là à en bloquer l'entrée pendant qu'il rallumait sa pipe, sifflant et soufflant, boîte d'allumettes collée sur le fourneau, avant de s'éloigner dans un tourbillon de fumée, pareil à un sorcier dans un film, en levant le pouce à l'adresse de Lorimer.

« Content de vous avoir parlé. Salut, mon pote. »

Wiles s'assit, en toussant et en agitant les mains.

« Un type du coin », expliqua Lorimer, réussissant à attirer l'attention de la Roumaine boudeuse et à lui commander un second café. Bram Wiles avait une petite barbichette mais les poils blond-blanc en étaient si fins qu'elle n'était visible que de très près. Lorimer s'interrogeait souvent sur les adultes qui arboraient de longues franges : quel effet pensaient-ils faire lorsqu'ils se passaient le peigne sur le front pour étaler leurs cheveux jusqu'aux sourcils ? Croyaient-ils s'embellir, se rendre plus séduisants ?

Sous ses airs de gamin, Wiles avait l'esprit vif et pénétrant. Lorimer lui exposa les faits, Wiles posant toutes les bonnes questions. Lorimer s'abstint de faire des conjectures ou de parler de ses propres suspicions. Il raconta simplement l'affaire du Fedora Palace telle qu'elle s'était déroulée. Wiles prit un carnet et nota les noms pertinents.

« Tout ça ne me paraît pas très cohérent, je dois dire, déclara-t-il. Je vais passer quelques coups de fil, vérifier certains documents. On peut tomber sur un indice. » Il rangea son stylo. « Si je trouve quelque chose de fumant, je peux en faire un papier, hein ? C'est bien compris. Ce sera mon histoire, à publier là où je veux.

– En principe, dit Lorimer prudent face à ce zèle de pigiste. Voyons d'abord ce que nous découvrons. Mon job peut en dépendre.

– Ne vous en faites pas, rétorqua gaiement Wiles. Je ne vous impliquerai en aucune manière. Je protège toujours mes sources. » Il consulta ses notes. « Et ce type, Rintoul ?

– Je crois que Gale-Harlequin lui fait un procès. J'irais mollo avec lui, si j'étais vous. Il est un poil excité.

– Bien. Entendu. » Il leva la tête et sourit : « Alors, comment c'était Ténérife ?

– Pardon ?

– Dymphna m'a raconté qu'elle et vous, vous aviez passé quelques jours là-bas.

– Ah oui ? Oh, ouais, c'était... enfin vous voyez, bien.

– Salaud de veinard, dit Wiles, mélancolique. J'ai toujours eu le béguin pour Dymphna. »

Tu aurais peut-être plus de chance si tu changeais de coiffure, pensa Lorimer, avant d'avoir un peu honte de son manque de charité. Wiles lui rendait un service, après tout, et ce précisément à cause de son amour non payé de retour pour Dymphna.

« Nous sommes juste de bons amis, voyez-vous, affirma Lorimer, refusant de fermer aucune porte dans la vie amoureuse de Wiles. Rien de spécial.

– C'est toujours ce qu'on dit. » Wiles haussa les épaules, le regard triste derrière ses lunettes rondes. « Je vous rappelle. Merci pour le café. »

77. Le premier expert en sinistres du monde. *La toute première police d'assurance fut rédigée en Angleterre le 18 juin 1853. Un homme, un certain William Gibbons, assura sa vie pour la somme de 383 livres, 6 shillings et 8 pence pour un an. Il paya une prime de 8 % et seize assureurs co-signèrent le contrat. Gibbons mourut le 20 mai de l'année suivante, à quatre semaines de l'échéance de la période couverte par la police, et sa famille inconsolable présenta dûment une demande d'indemnisation. Que se passa-t-il ?*
Les assureurs refusèrent de payer. Cela sous le prétexte qu'une année – strictement définie – est de douze fois quatre semaines, douze fois vingt-huit jours, et que par conséquent, sur la base de ce calcul, William Gibbons avait, en fait, vécu plus long-

temps que l'année « strictement définie » pour laquelle il avait assuré sa vie et qu'il avait donc « survécu au terme ».
Ce que je veux savoir, disait Hogg, c'est le nom de l'homme qui a imaginé ce calcul pour définir une année. Qui est ce type astucieux qui a décidé que pour se sortir de ce pétrin il fallait définir strictement une année ? Car celui qui a inventé qu'une « année » se composait de douze fois vingt-huit jours fut, en réalité, le premier régleur de sinistres. Un tel individu a dû exister et, insistait Hogg, ce personnage est le saint patron de notre profession. Il dérangea certainement les prévisions de la famille Gibbons quand elle se pointa pour réclamer ses 383 livres, 6 shillings et 8 pence.

Le Livre de la Transfiguration

Lorimer tourna dans Lupus Crescent, penché pour lutter contre le vent – un vent à écorcher le monde, comme on disait à Inverness –, et ramena son manteau autour de lui. Marlobe avait raison, c'était une journée de merde avec des nuages denses, rapides, montrant de vifs contrastes de blanc lumineux et de gris ardoise. Qu'arrivait-il au temps ? Où était ce putain de printemps ? Il sentit le vent, ou les minuscules particules de briques et de poussière dans le vent, lui piquer les yeux : il détourna la tête et vit la Rolls ou autre Lamborghini de David Watts qui le suivait en silence, telle une limousine derrière un chef de la mafia en promenade. Il s'arrêta et la voiture aussi.

Terry lui fit un chaleureux sourire tandis qu'il traversait la rue vers lui.

« Monsieur Black. Quelle sale journée, hein ? David aimerait vous parler, si vous voulez bien. »

Lorimer se glissa dans l'intérieur de peausserie et put sentir et toucher chaque luxueux détail d'un équipement suintant la richesse. Il s'assit et laissa Terry le conduire de Pimlico à la rive gauche du fleuve. Que diable se passait-il maintenant ? Et un samedi, en plus. Ils traversèrent le pont de Vauxhall et prirent l'Albert Embankment tout droit par Stamford Street et Southwark Street, puis Tooley Street, en laissant Tower Bridge sur la gauche.

La voiture fut garée devant un entrepôt converti à quelques centaines de mètres en aval de Tower Bridge. D'élégantes lettres dorées fixées sur la brique noire de suie indiquaient qu'on se trouvait à Kendrick Quay. Les rues voisines étaient vides de passants mais, curieusement, remplies de voitures en stationnement. Il y avait de nombreux panneaux indicateurs neufs, des îlots d'aménagement paysager, des bosquets de lauriers, de jeunes arbustes sans feuilles bien arrimés à leurs tuteurs, des bittes d'amarrage récemment fondues ancrées au milieu de pavés récemment posés. Et sur chaque angle de mur, une caméra avait été installée, hors d'atteinte.

Terry pressa un code sur un clavier incrusté dans une plinthe d'acier et des portes de verre s'ouvrirent. Ils montèrent au cinquième étage dans un ascenseur sentant la colle et le mastic de vitrier. En sortant, Lorimer vit une pancarte avec une flèche indiquant SHEER ACHIMOTA et un pénible pressentiment zemblanesque naquit dans son esprit.

Dans les bureaux Sheer Achimota il n'y avait rien d'autre que des cartons non défaits de matériel informatique et un bureau d'ébène avec un téléphone très plat. Le mur de verre du côté du fleuve donnait sur une Tamise turbulente en plein reflux, le ciel encore travaillé de ses juxtapositions houleuses de lumière et d'obscurité et, en plein milieu du paysage, s'élevait la silhouette du Tower Bridge – un horizon trop familier pour ne pas être irritant, songea Lorimer, et trop irritant par son omniprésence. A travailler dans ce bureau depuis quelque temps, on devait finir par le haïr : un cliché sous votre nez à longueur de journée.

Watts était dans un coin, sautillant et oscillant, les écouteurs vissés aux oreilles, les yeux hermétiquement clos. Terry toussa plusieurs fois pour interrompre sa rêverie puis s'en alla. Watts tripota son appareil à guincher et finit par le débrancher. Il ôta l'écouteur gauche et le laissa ballotter sur sa poitrine. Lorimer nota que son carré de poil sur la joue avait disparu.

« Lorimer ! » Watts l'accueillit avec un certain enthousiasme. « Qu'en penses-tu, vieux ?

– Très panoramique.

– Non. De Sheer Achimota ? C'est le nom de la compagnie, de la marque de disque, du nouvel orchestre et probablement du nouvel album.

– Facile à retenir. »

Watts vint vers lui en tanguant.

« Foutrement étonnant, vieux. J'ai expédié Terry dans cette boutique de Camden dont tu m'avais parlé. Il est revenu avec deux sacs à provisions pleins de CD. J'ai écouté de la musique africaine non-stop pendant... soixante-douze heures. Et ça, ça va t'achever, devine quoi ?

– Vous partez pour l'Afrique ?

– Il a filé.

– Qui ?

– Lucifer. » Watts tapota son épaule puis sa joue gauche. « Ce vieux Satan s'est foutu en rogne et il s'est tiré. »

Il était tout près de lui à présent et Lorimer vit que ses yeux brillaient. Il se demanda si Watts était sous l'influence d'une drogue quelconque ou témoignait simplement du soulagement des exorcisés récents.

« Grâce à toi, Lorimer.

– Non, je ne peux pas...

– Sans toi, je n'aurais jamais entendu Sheer Achimota. Sans toi, je n'aurais pas eu ce gri-gri pour me guérir. Ce puissant gri-gri africain a foutu les chocottes à Satan. Grâce à toi, Sheer Achimota a agi. »

Lorimer vérifia les portes de sortie.

« A votre service, monsieur Watts.

– Hé, appelle-moi David. Maintenant je veux que tu viennes travailler pour moi, diriger Sheer Achimota, être une sorte de chef d'état-major.

– J'ai déjà une situation, hum, David. Mais merci beaucoup quand même.

– Laisse tomber. Je te payerai ce que tu voudras. Cent mille livres par an.

– C'est très aimable mais... »

Mais j'ai ma vie à vivre.

« Bien entendu, je continue à attaquer cette salope de Fortress Sure. Mais ça n'est absolument pas contre toi. J'ai ordonné qu'on ne dise rien contre Lorimer Black.

– J'ai recommandé qu'on vous règle.

– Le fric, on s'en tape. C'est l'usure mentale : j'étais raide d'inquiétude, avec en plus ce démon sur mon épaule et tout. Quelqu'un doit payer pour ce stress infernal. »

Lorimer pensa plus sage de lui expliquer les choses calmement.

« Il me serait difficile de quitter ma situation et de venir travailler pour vous si vous attaquez la compagnie que je représentais dans cette affaire.

– Pourquoi ça ?

– Eh bien... Question d'éthique.

– De quelle planète tu débarques, Lorimer ? De toute façon, y a pas le feu au lac, refléchis-y. Ce sera cool. Je viendrai te rendre visite de temps en temps. On pourrait glander. » Il remit son écouteur gauche en place. « Peux-tu demander à Terry de venir ? Tu peux retrouver ton chemin tout seul, hein ? Impatient de nous voir prochainement associés comme on dit. »

Tu peux toujours t'accrocher, pensa Lorimer tout en parcourant les rues désertes à la recherche d'un taxi et en se demandant si Sheer Achimota pourrait aussi exorciser sa collection de démons et mettre au travail quelque puissant gri-gri, à son bénéfice pour une fois.

397. Le plateau de Nerval. *L'amour de Nerval pour Jenny Colon fut sans aucun doute tourmenté et obsédant. Jenny Colon était une actrice et Gérard se rendait soir après soir au théâtre pour la voir. Elle avait été mariée, à Gretna Green de surcroît, à un acteur nommé Lafont. Ce mariage prit fin et elle eut une liaison prolongée avec un banquier hollandais appelé Hoppe*

et avec plusieurs autres hommes avant que Nerval débarque dans sa vie. Jenny Colon était décrite comme de type « rond et lunaire ». Lunaire ? Mon dictionnaire ne me fournit que « chimérique » et le nom d'une fleur. Lunaire... Cela me parle, bien naturellement, de folie. De quoi mener un homme à la folie.
Nerval et Jenny entamèrent une liaison qui fut de courte durée. Elle se termina, selon ma biographie, quand Nerval, un jour, par surprise, se jeta sur Jenny pour tenter d'embrasser ses lèvres, ses lèvres lunaires. Stupéfaite, Jenny le repoussa machinalement et Gérard, essayant de ne pas perdre l'équilibre, tendit la main à la recherche d'un soutien et, maladroit, cassa un plateau appartenant à Jenny, un plateau fort précieux. Leurs amours ne se remirent jamais de cet incident stupide. Quelques semaines après, Jenny quittait Gérard pour épouser son flûtiste. Mais un plateau ? Permettre à un plateau d'être la goutte d'eau finale, le point de rupture ! Même si l'on ignore les motifs plus profonds, je ne peux pas m'empêcher de penser qu'il y avait quelque chose d'autre à faire, que Nerval aurait pu s'activer davantage à une réconciliation. Il me semble que Gérard de Nerval n'essaya pas suffisamment – aucun amant ne devrait permettre à un plateau, aussi précieux soit-il, de s'interposer entre lui et sa bien-aimée.

Le Livre de la Transfiguration

Lorimer occupa son après-midi avec les tâches terre à terre de la vie moderne : régler ses factures, faire le ménage, les courses, ranger les provisions, passer à la laverie et chez le teinturier, prendre de l'argent au distributeur, manger un sandwich – activités banales qui avaient la curieuse propriété d'être immensément satisfaisantes et rassurantes, mais seulement *après* être terminées. Il téléphona à sa mère et apprit ainsi que son père serait incinéré le lundi après-midi au crématorium de Putney Vale. Sa mère déclara qu'il n'avait aucunement besoin de venir s'il avait trop à faire et il se sentit blessé, presque insulté, par cette considération inutile. Il répliqua qu'il serait là.

La nuit tomba tôt tandis que le vent en colère secouait les fenêtres du salon. Lorimer ouvrit une bouteille de cabernet californien, mit un Monteverdi méditatif sur son lecteur de CD puis le changea pour un Bola Folarin et un Accra 57. Bola était réputé pour son utilisation excessive des tambours : il usait de toutes les combinaisons connues des groupes occidentaux mais leur ajoutait la basse sèche des tambours du cœur de l'Afrique de l'Ouest et le contralto saccadé des tam-tams. Quelque chose dans ces rythmes ataviques associés au vin incita Lorimer à se laisser aller à une crise, une attaque de nostalgie pure et dure. Sheer Achimota au travail ? se demanda-t-il – et, spontanément, il enfila son manteau, mit son écharpe, reboucha la bouteille de vin, la fourra dans une poche et sortit dans la nuit tourmentée retrouver sa Toyota fleur-de-rouille.

Dans Chalk Farm, le vent lui sembla encore plus fort, ce qui s'expliquait sans doute dans la mesure où Chalk Farm se situait plus haut, et, au-dessus de sa voiture, les branches des tilleuls grinçaient et fouettaient au rythme des bourrasques. Il dégustait son cabernet au goulot et contemplait les larges baies vitrées de ce qui devait être l'appartement des Malinverno. Une sorte de paravent oriental obscurcissait le bas de la vitre mais on apercevait la tête et les épaules de celui qui se tenait debout. Lorimer voyait Gilbert Malinverno s'agiter – en fait, il l'avait regardé pendant plus d'une demi-heure pratiquer ses jongleries (peut-être la comédie musicale avait-elle été abandonnée ?), lançant des poignées de balles multicolores en l'air et changeant sans effort les motifs et les directions de leur trajectoire. Un vrai talent, admit-il à contrecœur. Puis Malinverno avait cessé de s'exercer et, d'après la direction de son regard, il semblait que quelqu'un fût entré dans la pièce. Depuis dix minutes il n'arrêtait pas d'aller et venir en gesticulant comme un fou ; tout d'abord Lorimer crut qu'il s'agissait d'un autre exercice mais, après une série de doigts tendus rageusement, il conclut que

Malinverno était, en fait, en train de crier sur quelqu'un, ce quelqu'un étant, sans aucun doute, Flavia.

Lorimer aurait voulu lancer sa bouteille de vin à travers la baie vitrée, s'attaquer à cette brute et lui casser la figure... Il avalait une lampée de son cabernet et se demandait combien de temps encore il pouvait passer sérieusement ici dans sa voiture quand il vit la porte d'entrée de la maison s'ouvrir, Flavia descendre en courant les marches et filer à toutes jambes. En un instant, Lorimer sortit de sa Toyota et se jeta à sa poursuite.

Elle tourna au coin de la rue sans qu'il ait pu la rejoindre et s'engouffra dans une petite galerie de boutiques avant d'entrer dans l'Emporio Mondiale, un supermarché ouvert vingt-quatre heures sur vingt-quatre et brillamment illuminé. N'hésitant qu'une demi-seconde, Lorimer la suivit, mais il ne la vit nulle part. Clignant des yeux dans l'aveuglante lumière blanche, il vérifia avec soin quelques-unes des allées du labyrinthe – leurs créneaux vacillants de serviettes et de papier hygiéniques, d'essuie-tout, de couches jetables et de biscuits pour chien. Puis il l'aperçut, penchée sur un congélateur de crème glacée dont elle explorait les profondeurs et recula, hors d'haleine, le cœur battant, mais le temps qu'il reprenne son souffle et son avance, elle avait de nouveau disparu. Il fonça droit sur la caisse où une Éthiopienne solitaire comptait patiemment une masse de pièces brunes qu'une vieille dame sortait d'un sac caverneux – mais pas de Flavia. Bon Dieu ! Où était-elle ? Peut-être était-elle ressortie par l'entrée ? Et il revint en courant sur ses pas. Il l'aperçut alors qui filait dans une allée perpendiculaire menant au stand des journaux. Il décida qu'un mouvement tournant était la stratégie adéquate et, plongeant entre les pains et les céréales, il fonça la tête la première sur le carroussel à épices et la vitrine des affreuses salades.

Il tournait le coin au bout quand elle le bombarda d'un jet de désodorisant. Pffft ! Il reçut en pleine figure une bouffée farinacée de parfum à la violette et éternua plusieurs fois.

« Je n'aime pas qu'on me suive », dit-elle en replaçant l'aérosol.

Elle portait des lunettes noires et une vieille veste épaisse en cuir avec un capuchon et plein de fermetures Éclair. Ses yeux, il en était sûr, devaient être rouges et larmoyants derrière le verre opaque.

« Que vous a-t-il fait ? explosa Lorimer. S'il vous a touchée... je...

– En fait, il n'a pas cessé de parler de vous, ou plutôt de crier sur vous, depuis une demi-heure. C'est pour ça qu'il m'a fallu sortir. Il affirme vous avoir vu dans une réception chicosse.

– Vous savez bien qu'il m'a attaqué. Il a essayé de me flanquer un coup de matraque sur la tête. » Toute son indignation lui revint. « Après que vous lui avez raconté notre prétendue liaison.

– De quoi parlez-vous ?

– Votre mari a essayé de m'assommer d'un coup de matraque sur la tête.

– Gilbert ?

– Que lui avez-vous dit que nous avions fait ?

– Il était dans une colère terrible et j'ai eu peur. Et j'enrageais – alors, bon, j'ai inventé des tas de trucs, j'ai raconté que ça durait depuis plus d'un an. Peut-être est-ce ce qui l'a fait exploser ? Il a quitté la maison avec pertes et fracas. Est-ce vous qui lui avez démoli la mâchoire ? Il m'a dit qu'il avait été agressé.

– C'était de l'autodéfense. Il a essayé de m'assommer avec une de ses foutues massues de jongleur.

– Il y a beaucoup de rage refoulée en vous, n'est-ce pas Lorimer ? »

Elle s'empara d'un autre aérosol et enveloppa Lorimer d'un nuage aux odeurs de pinède.

« Arrêtez ! Pour l'amour de Dieu !

– Pas question que nous nous rencontrions. » Elle jeta un regard nerveux par-dessus son épaule. « Dieu sait ce qui se passerait s'il entrait maintenant dans ce magasin.

– Est-ce qu'il vous bat ?

– Il a une forme et une force incroyables. Parfois il me serre comme dans un étau. Il me secoue, me tord le bras.

– L'animal ! » Lorimer sentit une sorte de fureur à l'état pur circuler dans ses veines, pareille, imaginait-il, à celle que les croisés avaient pu connaître à la vue d'un sanctuaire violé. Il fouilla dans ses poches et en sortit un trousseau dont il retira deux clés qu'il tendit à Flavia. « Prenez-les, je vous en prie. Si jamais vous avez besoin d'un lieu où vous sentir en sécurité, où lui échapper et où il ne vous retrouvera pas. Vous pouvez aller là. »

Elle ne prit pas les clés.

« De quoi s'agit-il ?

– D'une maison que j'ai achetée. Tout à fait vide. Dans Silvertown, un endroit appelé Albion Village, nº 3. Vous pouvez y aller, le fuir s'il se montre de nouveau violent.

– Silvertown ? Albion Village ? Quel genre d'endroit est-ce ? On croirait un titre de livre pour enfants.

– Un lotissement près d'Albert Dock, pas loin de l'aéroport de la City.

– Un de ces lotissements modernes. Des petites boîtes ?

– Eh bien... oui. Un peu.

– Pourquoi allez-vous acheter une petite maison en carton comme ça, à des kilomètres de tout, alors que vous avez un truc très bien à Pimlico ? Je ne comprends pas. »

Il soupira. Il eut soudain envie de tout lui dire, d'autant plus qu'elle tendait la main et prenait les clés.

« C'est... c'est quelque chose qui m'est personnel. Ça me... je ne sais pas... ça me rassure. Je me sens plus à l'abri, je suppose. Ça me donne quelque part où je peux aller et tout recommencer.

– Ça ressemble davantage à un endroit où aller se cacher. De quoi vous cachez-vous, Lorimer Black ?

– Mon nom n'est pas Lorimer Black. Je suis sérieux, j'en ai changé, mais je ne suis pas né Lorimer Black. » Il comprit qu'il allait tout lui dire : « Mon vrai nom c'est Milomre Blocj. Je suis né ici mais en fait je suis transnistrien. Je viens d'une famille de romanichels transnistriens.

– Et moi je viens d'une planète nommée Zog appartenant à une galaxie lointaine, répliqua-t-elle.

– C'est vrai.

– Arrêtez votre cinéma !

– C'EST VRAI !!! »

Quelques clients étonnés tournèrent la tête. Un grand Pakistanais portant un badge en plastique vint s'enquérir de ce qui se passait. Il désigna les étagères d'un geste.

« Tous ces articles sont à vendre, vous savez.

– Nous n'avons pas encore décidé, merci, dit Flavia avec un sourire engageant.

– Milomre ? »

Elle prononça son nom avec soin.

« Oui ?

– La Transnistrie ?

– C'est un vrai pays, ou plutôt ça l'était. Sur le rivage ouest de la mer Noire. Ma famille m'appelle Milo.

– Milo... je préfère ça. C'est fascinant. Pourquoi me racontez-vous tout ça, Milo ?

– Je ne sais pas. C'est un secret depuis toujours. Je n'ai jamais rien dit à personne jusqu'ici. Je suppose que je veux que vous le sachiez.

– Vous croyez que ça va me convaincre ? Eh bien, vous vous trompez.

– Ôtez vos lunettes une seconde, je vous en prie.

– Non. »

Elle tendit la main vers un aérosol d'amidon et Lorimer recula.

Elle acheta des spaghetti, un bocal de sauce et une bouteille de Valpolicella. Lorimer remonta la rue avec elle. Quelques grosses gouttes de pluie commencèrent à s'écraser sur le macadam.

« Vous n'allez pas lui faire à dîner, non ? s'écria Lorimer avec mépris. Après ce qu'il vous a fait ? C'est pathétique.

– Non, il dîne dehors, Dieu merci. J'ai un invité.

– Homme ou femme ?

– Mêlez-vous de ce qui vous regarde. Homme... Pédéraste.

– Puis-je me joindre à vous ?

– Vous êtes fou ? Et si Gilbert revenait ? “Ah, tiens, Gilbert, Lorimer est passé faire la dînette.” Pauvre idiot ! »

Ils avaient atteint la voiture de Lorimer qui paraissait maintenant souffrir d'une terrible urticaire, marquée de sombres pustules là où les gouttes de pluie s'étaient écrasées sur l'orange clair de la rouille. Avec l'humidité de l'air, la Toyota semblait exhaler une odeur de métal grossier ou de fer travaillé, comme on en respire dans une forge.

« Bonté divine, regardez votre voiture, s'écria Flavia. Elle a l'air malade.

– Elle a rouillé pratiquement en une nuit. Quelqu'un l'a passée au chalumeau.

– Je suis désolée. Pourquoi aurait-on fait ça ?

– C'est une affaire sur laquelle j'étais... » Il se tut, une idée lui venant soudain à l'esprit. « Ils m'ont rendu responsable de leurs ennuis.

– Pendant que vous expertisiez un sinistre ?

– Oui, pendant que j'expertisais un sinistre.

– Je ne suis pas sûre que vous soyez taillé pour cette vie d'expert en sinistres, Lorimer. Très hasardeuse.

– Hasardeuse à l'extrême, approuva-t-il se sentant soudain très fatigué. Puis-je vous revoir la semaine prochaine, Flavia ?

– Je ne crois pas que ce soit une bonne idée.

– Vous savez bien, vous devez vous rendre compte que je suis passionnément amoureux de vous. Je ne me résignerai jamais.

– Comme vous voudrez. » Elle haussa les épaules tout en faisant quelques pas à reculons. « Bonsoir, Milo Machinchose.

– Utilisez la maison, lui cria-t-il. N'importe quand, elle est prête. N° 3, Albion Village. »

Elle se retourna, traversa la rue en courant et grimpa quatre à quatre les marches du perron. Lorimer avait envie de pleurer : quelque chose d'important était arrivé – ce soir, il avait parlé à quelqu'un d'autre de l'existence de Milomre Blocj. Et Flavia avait gardé ses clés.

Il alla dormir à l'institut, avec l'espoir de rêver lucidement et lubriquement de Flavia, de la voir nue dans son rêve et de pouvoir la prendre dans ses bras. Au lieu de quoi, il rêva de son père, couché, malade. Ils se tenaient la main, les doigts enlacés exactement comme la dernière fois où ils s'étaient vus, sauf qu'en cette occasion Bogdan Blocj se souleva sur un coude pour embrasser son fils sur la joue, à plusieurs reprises. Lorimer sentit les poils blancs raides de sa barbe bien coupée contre sa peau. Puis son père lui parla et dit : « Tu as bien fait, Milo. »

Lorimer se réveilla, épuisé et vulnérable, et, d'une main tremblante, il écrivit le récit de son rêve dans le journal. Un rêve lucide car il s'y était passé une chose qu'il avait souhaitée en vain tout au long de sa vie, et qui avait paru réelle pendant toute la durée du rêve.

Alors qu'il s'habillait, plus tard, en vue du déjeuner dominical avec Stella et Barbuda, il se dit que c'était là une des raisons pour lesquelles les rêves étaient si importants : la nuit, plongé dans l'inconscience, il avait eu et exprimé une intensité de rapport avec son père qu'il n'avait jamais connu du vivant de celui-ci. Il était reconnaissant à cette dose supplémentaire de sommeil paradoxal. Voilà où se trouvait, sûrement, la consolation des rêves.

Barbuda regarda sa mère d'un air suppliant : « Maman, puis-je me lever de table, s'il te plaît ?

– Oh, bon, d'accord », répliqua Stella, et Barbuda fila à toute vitesse.

Stella prit la bouteille de rioja et en versa le reste dans le verre vide de Lorimer. Elle s'était fait éclaircir les cheveux en plus blond, se dit Lorimer, d'où la différence : elle paraissait plus en forme, tout de blanc vêtue, jean blanc et gros sweat-shirt avec un oiseau en satin cousu sur la poitrine. Et ne devinait-il pas une trace de bronzage artificiel ?

Barbuda avait quitté la pièce sans un regard en arrière, signe supplémentaire qu'elle avait réintégré son habituelle humeur d'aigre hostilité. Le changement de nom Barbuda-Angelica s'était en fin de compte vu opposer un veto, et le moment de solidarité qui avait existé entre la fille et l'amant de sa mère paraissait oublié. Si Lorimer s'en rappelait bien, la gamine ne lui avait pas adressé un seul mot durant les trois plats du déjeuner : saumon fumé, poulet rôti et garnitures de rigueur, plus une tarte au citron meringuée de chez le pâtissier.

Stella se resservit de café et prit la main de Lorimer.

« Il faut que nous ayons une conversation sérieuse, Lorimer.

– Je sais », répliqua-t-il, se disant qu'il n'y avait rien à gagner à attendre davantage.

Il aimait bien Stella, et, dans un sens, la nature respectueuse, mutuellement profitable, de leur relation lui convenait idéalement. Mais sa continuation présupposait un monde sans Flavia Malinverno, et cela était impossible : cette liaison devait se conclure d'une manière aussi décente et douce que possible.

« J'ai vendu l'affaire, annonça Stella.

– Bon Dieu !

– Et j'ai acheté un centre de pisciculture.

– Un centre de pisciculture.

– Près de Guildford. On déménage.

– Un centre de pisciculture près de Guildford », répéta Lorimer bêtement, comme s'il apprenait une nouvelle phrase du langage.

« C'est une affaire qui marche, avec un revenu garanti. Principalement truite et saumon. Pas mal de crevettes aussi.

– Mais, Stella, un centre de pisciculture... Toi ?

– Pourquoi serait-ce pire que de diriger une affaire d'échafaudages ?

– Juste. Et puis aussi, tu seras plus près de l'école de Barbuda.

– Exactement. » Stella faisait courir son pouce sur les jointures de Lorimer. « Lorimer, commença-t-elle lentement, je veux que tu viennes avec moi, que tu sois mon partenaire et mon associé. Je ne veux pas me marier mais j'aime t'avoir dans ma vie et je veux la partager avec toi. Je sais que tu as un bon job, et c'est pourquoi il faut que nous organisions tout cela convenablement, comme une véritable entreprise. Bull et Black, pisciculteurs. »

Lorimer se pencha et l'embrassa, souhaitant que le sourire qu'il affichait dissimulât le désespoir qu'il ressentait au fond du cœur.

« Ne dis rien encore, reprit Stella. Écoute simplement. »

Elle entama une revue des comptes, chiffres d'affaires et marges de bénéfices prévisibles, parla du genre de salaire qu'ils pourraient se payer et des perpectives d'une expansion majeure s'ils pouvaient s'implanter sur certains marchés.

« Ne dis pas oui, non ou peut-être, poursuivit-elle. Donne-toi quelques jours pour y réfléchir. Et à tout ce que ça implique. » Elle lui saisit la tête et l'embrassa sérieusement, dardant sa langue agile dans sa bouche comme... comme un poisson, nota Lorimer d'un œil torve. « Je suis excitée, Lorimer, ça m'excite vraiment. Quitter la ville, vivre à la campagne...

– Est-ce que Barbuda est au courant de ces plans ? s'enquit Lorimer, acceptant avec joie l'offre d'un cognac pour clore le déjeuner en beauté.

– Pas encore. Elle sait que j'ai vendu les Échafaudages Bull. Elle en est très contente, elle a toujours été embarrassée par les échafaudages. »

Sale petite snobinarde, pensa Lorimer.

« Le centre de pisciculture passera mieux », dit-il sans bien y croire.

A la porte, au moment de son départ, Stella le serra contre elle avec violence. Il n'était que 4 heures de l'après-midi mais déjà les réverbères brillaient dans le soir tombant. Lorimer avait beau se sentir très déprimé, il lui était impossible de faire éclater maintenant, tout de go, la bulle des rêves poissonneux de Stella. Il l'embrassa en la quittant.

Il demeura un instant à réfléchir planté sur le trottoir à côté de sa voiture, contemplant les hautes façades à pic illuminées des vastes lotissements à quelques rues de là, punaisées d'antennes paraboliques, lessives pendues mollement aux balcons, un des grands ghettos de pauvres et de crève-la-faim de la ville, qui se déployaient en arc à l'est, au sud du fleuve, à travers Walworth, Peckham, Rotherhithe et Southwark, des petits États-bidonvilles de destitution et d'anarchie où la vie était vécue d'une manière qui aurait été familière aux Précurseurs sauvages de Hogg, méchante et brutale, où toutes les entreprises étaient risquées à l'extrême et où l'existence devenait un gigantesque pari, un cycle d'événements fortuits et de chance pourrie.

Était-ce vraiment tout ce qu'il y avait en fin de compte ? se demanda-t-il. Sous ce vernis d'ordre, de probité, de gouvernement et de comportement civilisés ? Les Précurseurs sauvages savaient... Stop, se dit-il, il était suffisamment stressé ainsi, et il se pencha pour ouvrir sa voiture. Il entendit son nom prononcé à voix basse et il se retourna pour découvrir Barbuda à trois mètres de là, comme retenue par un *cordon sanitaire** invisible dressé autour de lui.

« Salut, Barbuda, dit-il, les deux mots surchargés de toute la bienveillance, du plaisir et de la gentillesse sincères du brave type qu'il put y mettre.

– J'écoutais, dit-elle tout à trac. Elle parlait d'un centre de pisciculture. Près de Guildford. Qu'est-ce qu'elle a encore fait ?

– Je pense que c'est à ta mère de te le dire.

– Elle a acheté un élevage de poissons, non ?

– Oui. »

Il n'avait rien à gagner à mentir, pensa-t-il, tout en voyant la lèvre inférieure de Barbuda s'épaissir en une grosse moue.

« Un centre de pisciculture. » On aurait dit qu'elle parlait de quelque chose de vil, de dantesque : un laboratoire de vivisection, le plus sordide des ateliers clandestins, un bordel d'enfants.

« Ça paraît amusant, dit-il se forçant à un petit gloussement joyeux. Ça peut être intéressant. »

Elle leva les yeux au ciel et Lorimer les vit briller tandis que les lampadaires illuminaient les sillons de ses larmes.

« Qu'est-ce que je vais dire à mes amis ? Qu'est-ce qu'ils vont penser ? »

La question ne paraissant pas théorique, Lorimer y répondit.

« S'ils te jugent moins bien parce que ta mère possède un centre de pisciculture, c'est que ce ne sont pas de vrais amis.

– Un élevage de poissons. Ma mère élève des poissons.

– Il n'y a rien de mal à élever des poissons. Ça peut connaître un gros succès.

– Je ne veux pas être la fille de quelqu'un qui élève des poissons, gémit Barbuda d'une voix désespérée. C'est pas possible. Je refuse. »

Lorimer savait ce qu'elle voulait dire : il comprenait la réticence à se voir gratifier de force d'une identité – même s'il n'arrivait pas à vraiment sympathiser avec la gamine.

« Écoute, ils savent qu'elle dirige une entreprise d'échafaudages, alors tout de même...

– Ils ne le savent pas. Ils ne savent rien d'elle. Mais si elle déménage à Guildford, ils le découvriront.

– Ces choses paraissent importantes mais après un temps...

– Tout ça, c'est de votre faute. »

Barbuda essuya ses larmes.

« Que veux-tu dire ?

– Elle l'a fait pour vous. Si vous n'étiez pas dans sa vie, elle n'aurait jamais acheté l'élevage.

– Je pense que si. En tout cas, écoute, Barbuda ou Angelica si tu préfères...

– Tout ça, c'est de votre faute, répéta-t-elle d'une petite voix dure. Je vous tuerai. Un jour, je vous tuerai. »

Elle tourna les talons et repartit en courant, légère, vers la maison.

Eh bien, il faudra que tu prennes ton tour dans la file, soupira Lorimer avec un rien d'amertume. Il commençait à en avoir marre de ce rôle de bouc émissaire du malheur des autres ; il atteignait la limite côté nerfs : si la pression ne se relâchait pas un peu, il pourrait bien finir par craquer.

En passant devant EconoShop, Lorimer remarqua quatre voitures de pompiers et une petite foule autour. Tandis qu'il garait la Toyota et descendait la rue pour découvrir ce qui était arrivé, il vit quelques traînées capricieuses de fumée et de vapeur s'élever de l'arrière du bâtiment. Il jeta un coup d'œil par-dessus la tête des badauds sur les portes en verre noircies. Les pompiers, munis de leurs appareils de respiration, tels des plongeurs, se promenaient dans les parages, l'air détendu, buvant à la régalade des magnums d'eau minérale, et Lorimer en conclut que le pire était passé. Un policier l'assura que ça avait été un feu « d'une fureur féroce » et que presque tout avait brûlé. Lorimer traîna dans le coin quelques minutes de plus avant de repartir vers sa voiture et de se rendre compte, au bout d'une seconde ou deux, qu'il suivait une silhouette vaguement familière, une silhouette en jean bleu pâle et coûteuse veste de daim ocre. Il plongea sous une entrée de boutique pour surveiller discrètement la silhouette : était-ce à quoi ressemblait l'existence d'un agent secret en action, se demanda-t-il avec quelque amertume, une vie de vigilance permanente le prix requis ? Finie pour toujours la possibilité de déambuler tranquillement à travers votre quartier à vous, dans votre ville à vous, désormais toujours nerveux et sur le qui-vive...

Il regarda l'homme monter dans un nouveau modèle BMW étincelant – Kenneth Rintoul. Nul doute qu'il ait été en train de renifler du côté du n° 11, essayant de le surprendre. Un bon petit tabassage un dimanche après-midi, voilà qui aurait fait l'affaire ! Lorimer attendit que Rintoul ait démarré avant de regagner l'air dégagé son baquet rouillé. Le portable sonna juste au moment où il ouvrait la portière. C'était Slobodan.

« Salut, Milo, t'as pas de nouvelles de Torquie, par hasard ?

– Non. Pourquoi ?

– Eh bien, il est allé chez lui hier samedi pour arranger une histoire d'avocats mais il n'est pas revenu. Je lui avais préparé son dîner et il a raté une tonne de boulot. Je me demandais s'il s'était pointé chez toi.

– Non. Aucun signe. Tu as essayé d'appeler chez lui ?

– Rien qu'un répondeur. Tu ne sais pas s'il va venir au turbin demain matin ?

– Je ne suis pas le gardien de Torquil, Slobodan.

– Autant pour moi. J'ai juste pensé que t'étais peut-être au parfum, c'est tout. A demain alors. 3 heures. »

Lorimer avait oublié.

« Ah oui, d'accord.

– Dommage pour ce vieux Papa, hein ? Enfin, il a quand même eu une bonne... »

Lorimer l'interrompit avant qu'il puisse terminer son laïus.

« A demain.

– Salut, Milo. »

En rentrant chez lui, comme il traversait le hall, il entendit Jupiter lancer un bref aboiement rauque derrière la porte de Lady Haigh. C'était d'habitude le plus silencieux des chiens et Lorimer choisit d'interpréter cette exception comme un affectueux « Salut ! » canin.

Chapitre 18

Ce lundi, songea Lorimer, n'avait pas débuté de manière prometteuse : la nuit, quelqu'un lui avait volé sa voiture. Dans l'obscurité de l'aube, il demeurait planté à côté de l'espace désormais vide où il l'avait garée, se demandant quel voleur inepte, quel abruti désespéré, avait pu choisir de voler une voiture souffrant d'une corrosion aussi manifestement fatale ? Bon, eh bien, ras-le-bol, se dit-il, au moins elle est assurée, et il partit à grands pas dans la pénombre vers Victoria Station pour prendre le métro.

Il s'assit dans un wagon chaud, surpeuplé, avec ses compagnons de voyage, essayant de ne pas s'énerver et aussi d'ignorer la note mince mais aiguë d'inquiétude qui le tourmentait comme un sifflement d'oreilles. De plus, sa voiture lui manquait déjà : il savait qu'il en aurait eu besoin pour les funérailles avec ce long trajet à travers la ville jusqu'à Putney. Ce n'est qu'une bagnole, se dit-il, un mode de transport – et plutôt fâcheux en l'occurrence. Il existait d'autres méthodes pour convoyer sa personne de A à B : à l'étalon des injustices du monde, il s'en tirait bien.

Le réseau du métro le transporta efficacement sous les rues de la ville de sorte qu'il arriva au bureau un quart d'heure avant son rendez-vous avec Hogg. Il s'apprêtait à grimper quatre à quatre l'escalier quand, sur le palier, il vit surgir Torquil, en costume-cravate, une pile de dossiers sous le bras, qui lui fit signe avec des airs de conspirateur de ressortir et le rejoignit sur le trottoir. Ils redescendirent la rue, Torquil hélant tous les taxis occupés qui passaient comme s'ils allaient dégorger immédiatement leurs passagers à son impérieuse requête.

« Une chose très étonnante m'est arrivée ce week-end, raconta Torquil. J'étais là, samedi soir, en train de discuter le bout de gras avec Binnie pour essayer de lui faire mettre les mômes dans des écoles moins chères, quand Simon téléphone.

– Sherriffmuir ?

– Oui. Et qui m'offre tout de go un job. Directeur des Projets spéciaux de Fortress Sure. Mon salaire, ma secrétaire, ma voiture, une meilleure bagnole en fait, comme si rien ne s'était passé. Taxi !

– "Projets spéciaux" ? Qu'est-ce que ça veut dire ?

– Ben... je ne sais pas trop. Simon a raconté quelque chose sur la nécessité d'expérimenter de l'avant, d'établir des paramètres au fur et à mesure, ce genre de chose. Merde, c'est un boulot, quoi ! Retraite, Sécu, mutuelle, la totale ! Taxi ! Je savais que Simon me rendrait justice. Simple question de temps.

– Eh bien, félicitations !

– Merci. Ah, en voilà un ! » Un taxi s'était arrêté de l'autre côté de la rue et attendait pour tourner. « Et, ajouta Torquil, un rien content de lui, la Binns m'a pardonné.

– Pourquoi ?

– Oh, ben, tu comprends... Les mômes, je suppose. De toute façon, c'est une grande âme. Et j'ai promis de bien me tenir.

– Et Irina ? »

Un instant, Torquil parut ne pas comprendre.

« Ah, je lui ai dit que je ne pourrais plus la voir – pendant un certain temps. Elle l'a très bien pris. Je crois d'ailleurs qu'on peut laisser cette affaire s'éteindre d'elle-même. Il y a plein de poissons dans la mer. » Il ouvrit la porte du taxi : « Écoute, déjeunons ensemble un de ces quatre.

– Je vais dire à Lobby qu'il ne t'attende pas.

– Lobby ? Oh, bon Dieu, ouais, veux-tu ? Je l'ai complètement oublié dans toute cette agitation. Dis-lui que je vais gagner moins, ça le fera rigoler. C'est vrai, en fait. A propos, désolé pour ton paternel. »

Lorimer claqua la porte du taxi avec un bang satisfaisant et vit Torquil fouiller ses poches à la recherche d'une cigarette tout en indiquant au chauffeur l'adresse où il voulait se rendre. Il ne prit pas la peine de regarder par la vitre et Lorimer ne prit pas la peine de faire un signe d'adieu.

Il grimpa quatre à quatre l'escalier en pin et fonça chez Rajiv pour lui annoncer le vol de la voiture mais Rajiv lui coupa l'herbe sous le pied : il tapota son nez et pointa son doigt vers le ciel.

« Mr Hogg a demandé trois fois si t'étais arrivé. »

Lorimer monta donc tout droit : ne voyant trace de Janice nulle part, il frappa à la porte de Hogg.

« Qui est-ce ?

– Lorimer, monsieur Hogg. »

Il entra et Hogg lui jeta à la figure un journal enroulé qui lui rebondit sur la poitrine et tomba par terre. C'était le *Financial Times* : l'œil de Lorimer fut immédiatement attiré par la deuxième manchette : « UN GÉANT DE L'IMMOBILIER RAFLE GALE-HARLEQUIN. RACINE SECURITIES PAYE 380 MILLIONS. » Il parcourut le reste de l'article : « Actions achetées à 435 pence... Les actionnaires font un énorme profit. » Suivait une liste des actionnaires : deux directeurs de fonds financiers, un célèbre arbitragiste et roi de l'immobilier américain, plus deux autres noms qu'il ne connaissait pas. Mains sur les hanches, les jambes écartées comme sur le pont d'un bateau pris de roulis, Hogg le regardait lire :

« Combien avez-vous empoché ? demanda-t-il avec un calme venimeux. Droits préférentiels de souscription ou du comptant ?

– Je ne sais pas de quoi vous parlez.

– Vous devez me prendre pour une novice vierge d'un couvent perdu dans les montagnes, à cent kilomètres de toute... » La métaphore s'arrêta faute d'inspiration. « Ne me faites pas foutrement rigoler, espèce de petit branleur !

– Monsieur Hogg...

– Maintenant je sais pourquoi le règlement s'est si bien passé.

Personne ne voulait bouger le bateau avec cette affaire sur les rails. »

Lorimer devait admettre que ça ne manquait pas de logique.

« J'ai fait un règlement classique. Purement et simplement.

– Et vous êtes viré, purement et simplement ! »

Lorimer cilla.

« Sous quel prétexte ?

– Suspicion.

– Suspicion de quoi ?

– Combien de temps il vous faut ? Je vous soupçonne de tous les coups fourrés, dégueulasses, puants, corrompus possibles, mon gars, et je ne peux pas me permettre de soupçonner une seule seconde un membre de mon personnel. Et vous remportez donc la foutue palme, mon vieux. Z'êtes jeté. Tout de suite. » Il sourit vraiment : « Les clés de la voiture. »

Il tendit une large paume. Lorimer lui remit les clés.

« A propos, elle a été volée ce matin.

– Non. Nous l'avons embarquée. Vous recevrez la facture pour la peinture. Janice ! »

Janice, l'air nerveux, passa la tête par la porte.

« Accompagnez Mr Black dans son bureau, laissez-le emballer ses effets personnels et puis fermez à clé. Pas question, sous aucun prétexte, de le laisser seul une seconde ni de lui permettre de passer un coup de fil. » Il tendit la main à Lorimer : « Au revoir, Lorimer, vraiment enchanté de vous avoir connu ! »

C'était tout à son honneur, se dit Lorimer plus tard, d'avoir refusé de serrer la main de Hogg. Il se contenta de répliquer, en essayant de dissimuler le tremblement de sa voix : « Vous commettez une terrible erreur. Vous la regretterez toute votre vie », tourna vivement les talons, les muscles du dos déjà en proie à un spasme, et réussit à sortir calmement.

212. Une vieille plaisanterie. *Hogg m'a raconté plusieurs fois cette histoire qu'il affectionne particulièrement. Un homme entre dans une sandwicherie et dit : « Puis-je avoir un sandwich à la dinde ? » Le type derrière le comptoir répond : « On* *n'a pas de dinde. – OK, dit l'homme, dans ce cas je vais prendre du poulet. – Écoutez, mon vieux, dit le type derrière le comptoir, si on avait du poulet, vous auriez eu votre sandwich à la dinde. »*

Depuis qu'il me l'a racontée, cette histoire n'a cessé de me troubler outre mesure, comme si elle contenait une vérité profonde au sujet de la perception, au sujet de la réalité de notre monde et de nos rapports avec lui. Quelque chose dans cette vieille plaisanterie me dérange. Hogg, pour sa part, pouvait à peine parler tant il rigolait.

Le Livre de la Transfiguration

Lorimer mit le carton contenant ses effets personnels sur la table du hall et posa la main sur le haut du casque grec. Il sentit sous sa main chaude le métal froid et agréablement rugueux. Donne-moi de la force, pensa-t-il. Il analysa ses sentiments sans parvenir à un résultat concret : un vague outrage, un vague souci à propos de l'avenir et, curieusement, un vague soulagement.

Il y avait un message sur le répondeur lui demandant d'appeler Bram Wiles.

« Vous avez vu les journaux d'aujourd'hui ? s'enquit aussitôt Wiles.

– Oui. Qu'est-ce que vous en pensez ?

– Un des actionnaires de Gale-Harlequin est une compagnie du nom de Ray Von TL – elle en possède juste un peu plus de quinze pour cent. Elle est enregistrée à Panama. Je soupçonne que si on pouvait découvrir qui est derrière Ray Von TL, on avancerait pas mal. »

Lorimer avait quelques idées là-dessus : Francis Home ? Dirk Van Meer ? Il n'aurait pas été surpris. Quinze pour cent de Gale-Harlequin valait soudain ce matin un joli paquet de quarante-huit millions de livres. Une belle part de gâteau à prendre. Mais comment une prise de bénéfices aussi massive pouvait-elle empiéter sur les vies insignifiantes d'un Torquil Helvoir-Jayne et d'un Lorimer Black ?

« Vous savez que Gale-Harlequin a été mis en bourse il n'y a que quatorze mois ? demanda Wiles.

– Non. Je l'ignorais. Est-ce que ça pourrait avoir un rapport ?

– Je le pense, pas vous ? Quelque part dans l'affaire. »

Wiles suggéra plusieurs schémas et plans possibles, mais il ne s'agissait que de conjectures. Lorimer lui demanda de continuer à creuser pour voir s'il pouvait trouver autre chose à propos de la Ray Von TL – ça paraissait leur seule piste. Mais là encore, elle pouvait être parfaitement légitime : il existait beaucoup d'actionnaires offshore dans les sociétés britanniques.

Après avoir raccroché, Lorimer réfléchit très fort et avec une inquiétude croissante. Une des maximes préférées de Hogg revenait harceler son esprit : « On se sert d'une sardine pour attraper un rhinocéros. » Pour la première fois de sa vie, il lui trouvait une signification perverse. Il la reformula en termes hoggiens classiques : par des temps difficiles, un idiot est plus utile qu'un homme avisé.

Il dégota une cravate noire au fond d'un tiroir et la mit : elle convenait certainement à son humeur. D'une position de normalité assurée, situation assurée, avenir assuré, compagne assurée, il se trouvait maintenant à la dérive dans l'incertitude et le chaos : sans boulot, sans voiture, sans petite amie, sans argent, sans père, sans sommeil, sans amour... Pas la combinaison de circonstances idéale, quand de surcroît on s'apprêtait à assister à des funérailles dans un crématorium.

Il descendait Lupus Crescent, se demandant si sa carte bancaire fonctionnerait, quand Marlobe lui fit signe de s'approcher. Il avait un copieux stock de lis ce matin et, même dans l'air gris, froid, hivernal, leur parfum montait, douceâtre et presque écœurant, chatouillant les narines de Lorimer et le saisissant à la gorge. Les lis qui pourrissent... Quel était ce vers déjà ? Lis, narcisses, tulipes, les omniprésents œillets. Il acheta un bouquet de tulipes mauves pour la tombe de son père.

« Alors, on va à un enterrement ? observa gaiement Marlobe en montrant la cravate noire.

– Oui, celui de mon père.

– Ah ouais ? Condoléances. On le brûle ou on le met dans le trou ?

– Incinération.

– C'est ça que je veux. Rôti bien croustillant. Et après qu'on disperse mes cendres.

– Sur les champs d'œillets du Zuider Zee ?

– Comment ?

– Rien.

– A propos de feu... » Marlobe se pencha pour approcher son visage roux pâle de celui de Lorimer. « Z'avez vu ce qui est arrivé à EconoShop ? Tout a cramé. On va peut-être même démolir le bâtiment.

– Dommage. C'était un bon supermarché. »

Le feu, pensa soudain Lorimer, occupait une place prédominante dans sa vie. Qui était le dieu du feu ? Prométhée ? Depuis peu sa vie semblait harcelée par un Prométhée malicieux, lui démontrant son pouvoir protéiforme.

« C'est un foutrement sale vent... » dit Marlobe sur un ton de condamnation, comme un vieux sage populaire, avant de sourire en exhibant ses belles dents. « Mais y vendront plus de fleurs, hein ? Ha ha ! Hein, hein ? »

En repartant, Lorimer se mit à penser à cet incendie : non, sûrement, même Marlobe n'était pas dépourvu à ce point de scrupules – détruire un supermarché entier ? Quand même pas ? Il soupira profondément. Et puis il décida que désormais rien ne le surprendrait plus, pas après les événements des dernières semaines où toutes les prévisions avaient bel et bien été bouleversées : son esprit garderait toujours une porte entrebâillée sur les plus extravagantes possibilités. Il glissa sa carte dans le distributeur et, Dieu soit loué, la machine lui tira une langue craquante de billets tout neufs.

396. Prométhée et Pandore. *Prométhée, un titan et un démiurge, connu aussi comme le « grand fourbe » et un héros culte. Donnant le feu à la terre et à l'homme. Volant le feu à Zeus. Prométhée voleur de feu, donneur de feu.*
Zeus, résolu à faire contrepoids à cette bienfaisance, créa une femme, Pandore, la dota d'une beauté fabuleuse et d'une fourberie innée, et l'expédia sur la terre avec une jarre contenant toutes sortes de maux et de misères. Pandore souleva le couvercle de la jarre et tous les tourments s'en envolèrent pour venir à jamais punir et affliger l'humanité. Ainsi Prométhée apporte les bienfaits du feu et Zeus envoie Pandore avec son urne néfaste. Il y a trop de Prométhée et de Pandore dans ma vie en ce moment. Toutefois, je suis consolé par la fin de la légende. L'espoir était dans la jarre de Pandore mais Pandore referma le couvercle avant que l'Espoir puisse s'en échapper. Cependant l'Espoir rôde quelque part : depuis le temps, il a dû se glisser hors de la jarre de Pandore. Prométhée et Pandore, mon genre de divinités.

Le Livre de la Transfiguration

Une fois passé les grilles, et loin de la circulation, le crématorium de Putney Vale, constata Lorimer, ne ressemblait pas à tous les autres – il croyait savoir que, dans les années soixante, un cabinet d'architectes en avait obtenu l'exclusivité pour le pays tout entier. Il n'y avait pas de pelouses spacieuses bien tondues, pas de conifères, de mélèzes, de buissons ni de plates-bandes soigneusement positionnées, pas de bâtisses en brique ni de salles d'attente sans caractère avec des arrangements poussiéreux de fleurs artificielles.

Bien au contraire, Putney Vale était un gigantesque cimetière mal tenu, surpeuplé, situé derrière un supermarché, parsemé de bouquets d'arbres avec une avenue d'ifs échevelés menant à une coquette église de style gothique victorien plus ou moins convertie pour accommoder le four du crématoire. En dépit de cet aspect particulier, la même atmosphère semblait régner que dans tous ces endroits-là – regret, chagrin, appréhension, tous ces *memento mori* rongeurs d'âme, à ceci près que Putney Vale les amplifiait à l'extrême : les hectares de nécropole, les ifs vert foncé pas taillés et lugubres qui paraissaient sucer la lumière tels des trous noirs (arbres de mort ; pourquoi planter ces affreux trucs ? pourquoi pas quelque chose de plus joli ?) ; le tout ajoutant à l'atmosphère de mélancolie municipale, d'obsèques standardisées, minutées.

Comme pour lui prouver le contraire, Lorimer sentit, dès qu'il descendit de son taxi, que sa famille était d'humeur joviale et pleine d'entrain. Tandis qu'il approchait de l'église, il entendit un rugissement de rire s'élever par-dessus le bourdonnement de conversations animées. Des groupes de chauffeurs de B & B s'étaient rassemblés sur la pelouse pour fumer, leurs cigarettes respectueusement planquées, hors de vue, au creux de leur paume, dans le dos, et se tenaient à distance du noyau central de la famille Blocj. Il aperçut Trevor un-cinq, Mohamed, Dave, Winston, Trevor deux-neuf et quelques autres qu'il ne reconnut pas. Ils le saluèrent bruyamment : « Milo ! Salut, Milo ! T'as bonne mine, Milo ! »

La famille était réunie devant les portes voûtées, attendant son tour : sa mère et sa grand-mère, Slobodan, Monika, Komelia, Drava et la petite Mercedes – tous plus élégants que d'habitude dans des vêtements neufs qu'il ne leur avait jamais vus, les cheveux coiffés, le maquillage prononcé. Slobodan arborait une cravate orange et avait réduit sa queue de cheval à un sobre petit chignon, et Mercy se précipita sur Lorimer pour lui montrer ses chaussures ornées de multiples boucles en argent étincelantes.

Slobodan, dans son nouveau rôle de chef de famille, supposa Lorimer, le prit dans ses bras, lui flanqua une claque dans le dos et lui pressa les épaules à plusieurs reprises.

« Phil est au boulot, dit Slobodan. Juste une équipe réduite. Papa aurait pas voulu qu'on ferme complètement.

– Je suis sûr que non.

– Tout va bien, Milo ? s'enquit Monika. Tu as l'air un peu fatigué.

– Je le suis. Et je trouve ces endroits incroyablement déprimants.

– Non mais écoutez-le celui-là », maugréa Monika comme s'il jouait les rabat-joie.

Il se tourna et embrassa ses autres sœurs, sa mère, sa grand-mère.

« Il me manque, Milo, dit sa mère d'un ton vif, l'œil sec. Bien qu'il n'a pas dit un mot en dix ans, il me manque dans la maison.

– Nous avons proverbe en Transnistrie, intervint sa grand-mère. On dit : "Un chat peut avoir neuf vies et un homme peut faire neuf fautes." Je ne crois pas que Bogdan il a même pas fait une faute. »

Quel affreux proverbe, pensa Lorimer procédant aussitôt au compte des grandes fautes de sa vie. Neuf ? Pourquoi neuf seulement ? Et après la neuvième quoi ? La mort, comme pour un chat ? Et comment définissait-on l'erreur, la méprise, la gaffe ou le cafouillage qui basculaient dans la catégorie faute ? Il réfléchissait encore à ce produit dérangeant du folklore transnistrien quand un homme en costume noir annonça que leur tour était venu et ils entrèrent à la queue leu leu dans la chapelle.

Il se rendit compte aussitôt qu'il avait laissé ses tulipes dans le taxi qui l'avait amené, et cette idée le déprima outre mesure. Il ne s'était pas suffisamment concentré sur les funérailles de son père. Il n'avait pensé qu'à lui-même et à ses problèmes qui ne cessaient de croître. Peut-être était-ce là la faute numéro neuf ? Ressaisis-toi, s'enjoignit-il sévèrement, tout cela tenait de l'irrationnel, de l'affolement.

Un jeune prêtre qui, de toute évidence, ne savait rien de Bogdan Blocj présida à la cérémonie et prononça quelques platitudes éculées. Chacun baissa la tête tandis que les rideaux se rejoignaient lentement pour cacher le cercueil – chacun sauf Lorimer qui garda les yeux fixés sur l'hexagone de chêne pâle aussi longtemps qu'il le put. Un organiste entama une fugue énergique et Lorimer tendit l'oreille pour saisir, au-delà, le vrombissement de la machinerie, des tapis roulants, des portes ouvertes et fermées, des flammes naissantes.

Ils sortirent d'un air penaud dans le froid d'un après-midi couvert où s'opéra l'allumage rituel des cigarettes. Pour la première fois, l'esprit de carnaval semblait avoir abandonné les membres de la famille qui parlaient maintenant à voix basse, scrutant les rangées de bouquets enveloppés de cellophane avec une attention scientifique, comme s'ils contenaient peut-être des espèces rares, des hybrides exotiques, des orchidées récemment découvertes.

A l'intense consternation de Lorimer, son téléphone portable se mit à pépier dans sa poche poitrine tel un oisillon affamé. Impressionné, tout le monde se tourna vers lui avec l'air de dire, vous voyez, même ici, il faut qu'on puisse joindre Milo, comme s'il était un chirurgien attendant un organe vital pour le transplanter. Il sortit l'appareil et s'éloigna un peu pour prendre l'appel, non sans entendre le commentaire admiratif de Trevor un-cinq : « Regardez-le, s'arrête jamais, stupéfiant. »

« Allô ?

– Black ? » C'était Hogg.

« Oui ?

– Magnez-vous le cul jusqu'au coin de Pall Mall et St. James. 6 heures ce soir. Bonnes nouvelles.

– De quoi s'agit-il ?

– Venez. »

Il raccrocha et Lorimer pensa : cela est des plus confondants, c'est d'une complexité au-delà de la complexité. Hogg présumait tout bonnement qu'il serait là, qu'il continuerait d'obéir aux ordres sans discuter. Un instant, il pensa à un acte de défi – et y renonça. Trop difficile de résister, et Hogg savait qu'il viendrait, il en était persuadé. Ils avaient trop de choses en commun pour qu'il puisse refuser – et il était trop tôt. De plus, Hogg n'avait pas simplement donné un ordre : « Bonnes nouvelles », avait-il dit, c'était l'appât, c'était l'invitation et, pour Hogg, le maximum qu'il pourrait jamais faire dans le genre apaisant. Bien entendu, ce qui était une « bonne nouvelle » pour

George Hogg ne serait pas nécessairement perçu comme tel par qui que ce soit d'autre. Lorimer soupira : il sentait de nouveau son impuissance et son ignorance, le spectateur qui n'a que des aperçus de la course et ne peut pas dire qui est en train de gagner ou qui est en train de se faire dépasser ; il sentait le pouvoir vigoureux, violent, de forces qu'il ne comprenait ni ne souhaitait, bousculant et déterminant son destin.

La porte du n° 11 Lupus Crescent était ouverte, à la grande surprise de Lorimer, et dans le hall se trouvait un Rastafarien, grand, maigre, reniflant et l'œil rougi, en qui il reconnut Nigel, le fournisseur en paillis et engrais de Lady Haigh.

Il s'apprêtait à lui demander ce qui se passait quand la porte de l'appartement de Lady Haigh s'ouvrit et deux croque-morts surgirent, manœuvrant un chariot sur lequel se trouvait un épais sac de plastique caoutchouté clos par une fermeture Éclair. Avec de tristes sourires professionnels, ils poussèrent rapidement leur chargement dehors.

« Nom de Dieu ! dit Lorimer. Lady Haigh !

– Elle ne répondait pas à la sonnette, expliqua Nigel. Alors j'ai fait le tour par-derrière, je suis passé par la maison d'un ami, j'ai sauté par-dessus la palissade et je l'ai vue qui gisait sur le sol de la cuisine : j'ai forcé la porte, il y avait un numéro de téléphone à côté de l'appareil et j'ai appelé ce monsieur. »

Il parlait d'une voix calme mais des larmes roses brillaient dans ses yeux et il renifla de nouveau.

Lorimer se retourna et vit qu'il faisait allusion à un type d'une cinquantaine d'années à l'air harassé qui entrait, une touffe de ses fins cheveux rares dressée droit sur sa tête, avec quelques filaments s'agitant au rythme de ses mouvements. L'homme sentit le regard de Lorimer et il cessa de s'essuyer les mains sur un mouchoir pour aplatir sa touffe sur son crâne chauve.

Lorimer se présenta.

« Quel terrible choc, dit-il avec une sincérité absolue. J'habite au-dessus. Je reviens tout juste des funérailles de mon père. Je ne peux pas y croire. »

Le type harassé semblait ne pas souhaiter entendre d'autres déclarations déprimantes ; il consulta sa montre, la mine anxieuse.

« Je suis Godfrey Durrell, dit-il. Le neveu de Cecilia. »

Cecilia ? Première nouvelle – et un neveu en plus. Lorimer se sentait attristé par la mort de Lady Haigh mais il se rappelait aussi combien elle avait attendu cette libération. Un goutte-à-goutte de culpabilité commença à se mêler à son émotion et à sa tristesse : depuis quand l'avait-il vue ou avait-il pensé à sa santé pour la dernière fois ? C'était lors de la conversation à propos de la nourriture du chien... quand ? Il y avait des heures, des jours, ou bien des semaines ? Sa vie lui semblait en ce moment défier l'ordre segmenté du temps diurne, des heures duraient des jours, des jours se comprimaient en minutes. Il repensa soudain à l'aboiement solitaire atypique de Jupiter le – mon Dieu ! – dimanche soir et se demanda si ça n'avait pas été très proche d'un hurlement funèbre sur le corps de sa maîtresse morte...

« Je suis content que vous soyez ici, dit Durrell. Il faut que je reparte.

– Où ? »

Lorimer estimait qu'il avait le droit de le savoir.

« Je suis radiologue à la clinique Demarco-Westminster. J'ai une salle d'attente pleine de patients. » Il rentra dans l'appartement et en ressortit un moment plus tard plié en deux, tenant de la main gauche Jupiter par l'épaisse peau de son cou. « Je crois qu'il est à vous maintenant, dit-il. Il y a une douzaine de notes collées dans la maison disant qu'on doit vous le remettre au cas où, etc.

– Oui, j'ai en effet promis... »

L'homme fermait la porte.

« Je serai de retour dès que je le pourrai », dit-il ouvrant son portefeuille et tendant sa carte à Lorimer.

Il serra la main de Nigel, le remercia et, après un dernier geste nerveux pour aplatir sa chevelure, fila en vitesse.

Jupiter s'assit lentement aux pieds de Lorimer, la langue pendante, comme assoiffé : il a sans doute besoin de boire, pensa Lorimer, après toutes ces heures à attendre.

« Je m'inquiétais pour le chien, déclara Nigel. Je suis content que vous le preniez.

– C'est un bon vieux chien, dit Lorimer, se baissant pour lui donner une petite tape possessive. Pauvre vieille Lady Haigh.

– C'était une grande dame, Cecilia, lança Nigel avec conviction.

– Vous l'appeliez Cecilia ? demanda Lorimer songeant à son propre manque d'assurance, et obscurément jaloux que Nigel ait pu jouir d'une telle familiarité, si facilement.

– Certainement. Je lui chantais cette chanson, vous connaissez : Cecilia, tu brises mon cœur, tu es ma douleur chaque jour. » La voix rauque de baryton de Nigel interprétait joliment la chanson. « Ça la faisait rire.

– Une charmante vieille dame.

– Mais elle était fatiguée d'attendre. Elle voulait mourir, mon vieux.

– N'est-ce pas notre souhait à tous ? »

Nigel éclata de rire et leva la main. Machinalement, Lorimer s'en saisit, à hauteur d'épaules, les pouces entrelacés, comme deux centurions prenant congé aux frontières de quelque province perdue, loin de Rome.

« Ça vous retourne, vieux, dit Nigel secouant la tête. D'aller faire une visite et de trouver un cadavre.

– Je sais exactement ce que vous voulez dire », acquiesça Lorimer.

« Allez, viens, Jupiter », dit-il après que Nigel fut parti d'un pas nonchalant. Il monta l'escalier avec le vieux chien qui le suivit docilement. Il lui donna un bol d'eau que la bête lapa bruyamment en faisant des éclaboussures, de grosses gouttes qui arrosèrent la moquette. Lorimer alla chercher un journal qu'il glissa sous le bol. La vie avec Jupiter : leçon n° 1. Le chien avait probablement besoin de manger, de sortir, de déféquer... Lorimer consulta sa montre : 5 h 10. Non, il valait mieux qu'il aille à son rendez-vous, il ne voulait pas encourir de nouveau la colère de Hogg. Deux morts en deux jours : cela ajoutait de nouvelles tensions, la vie pesait durement sur lui, bouleversant toutes les attentes.

> **213. Le récepteur de télévision.** *Tu ne te rappelles toujours pas ce qu'ils regardaient à la télé, tu entendais seulement le bruit de son bla-bla imbécile, plus fort encore quand les applaudissements s'éteignirent, alors que tu avançais tout nu au milieu de la salle commune. Puis les sifflets et les huées commencèrent, hurlements et cris de surprise, doigts pointés sur ton bas-ventre. Et tu gueulais toi-même, en proie à ta rage, ta fureur ardente, dévorante, demandant le silence, un peu de respect, un peu de tolérance pour les besoins et les raisonnables exigences des autres.*
>
> *Puis tu t'emparas du récepteur de télévision sur son socle et, sans effort, semble-t-il, tu le levas au-dessus de ta tête avant de le lancer par terre et de te retourner vers cette centaine de paires d'yeux et de hurler... quoi ? La pièce devint silencieuse et vira au rouge, vert, jaune, gris et rouge encore, et les gens se jetaient sur toi, quelques violents coups furent échangés tant que tu pus frapper pour te défendre mais bientôt tu te retrouvas au sol, une veste drapée autour du ventre, ton nez plein de la puanteur de poussière brûlée et de plastique cramé de la télé en morceaux, entendant le seul mot qui réussissait à se frayer un chemin à travers ton cortex multicolore malade : « Police ! Police ! Police ! »*
>
> *Tu as fait la seule chose qu'il fallait. La seule. Tu as eu raison de partir, de quitter le College, de quitter Joyce McKimmie (où sont-ils maintenant ? La timide Joyce et le petit Zane ?), tu as eu raison de ne jamais revenir dans la maison de Croy bien que tu aies eu des envies de meurtre et que tu aurais souhaité revoir Sinbad Fingleton juste une seule fois pour lui infliger une blessure mémorable.*
>
> *Personne ne devrait être amené à vivre cette sorte de honte et*

d'humiliation, cette sorte de notoriété infernale, surtout pas toi. Tu as eu raison de partir pour le sud et de demander à ton père de te trouver le moins risqué et le plus ordinaire des boulots. Tu as eu raison de laisser la honte et l'humiliation à Milomre Blocj et de recommencer à neuf avec Lorimer Black.

Le Livre de la Transfiguration

Chapitre 19

Tremblant de froid, Lorimer, planté au coin de Pall Mall et de St. James, regardait son haleine former un nuage qui demeurait immobile devant lui sous la lueur ocre des réverbères, comme si elle refusait de se disperser et voulait réintégrer la chaleur de ses poumons. Tout indiquait que le gel sévirait encore durement ce soir mais au moins il n'aurait pas à s'inquiéter de ses effets sur la carrosserie de sa Toyota. Petites grâces, merci bien. Il souffla dans ses mains en coupe et tapa des pieds. Il était 6 h 10, il attendrait cinq minutes encore et puis il...

Une grosse voiture s'arrêta de l'autre côté de la rue et un homme en pardessus bleu marine en descendit, grimpa les marches d'un immeuble et disparut à l'intérieur.

« Monsieur Black ? »

Lorimer se retourna et fit face à un petit homme corpulent qui lui souriait avec chaleur. Il paraissait trop lourd du haut, tout en poitrine et en bedaine, et donnait l'impression de vaciller en avant, sur le point de perdre l'équilibre. Il avait d'épais cheveux blond-roux coiffés en arrière en une banane de rocker. Il devait avoir la soixantaine, le visage usé et tanné en dépit de ses joues rebondies et de ses bajoues tremblotantes. Un loden vert et un feutre marron qu'il avait soulevé en saluant prenaient une drôle d'allure sur lui, comme s'il les avait empruntés à quelqu'un d'autre.

« On se gèle les couilles », lança le petit homme jovialement, en remettant son chapeau et en tendant la main. « Dirk Van Meer.

– Comment allez-vous ? » dit Lorimer, très surpris.

Bizarrement, l'accent tenait plus de l'irlandais que du sud-africain.

« Je voulais vous rencontrer moi-même, reprit l'homme, afin de souligner l'importance de ce que je vais dire. Je ne voulais pas d'intermédiaire, voyez-vous.

– Ah ?

– Mes associés ont déjà parlé à votre ami Mr Wiles et il a été très coopératif.

– Comme je n'arrête pas de l'affirmer à tout le monde : je ne comprends tout bonnement pas ce qui se passe.

– Ah, mais vous êtes un jeune homme intelligent et vous serez bientôt en mesure d'additionner deux et deux. Je voulais vous parler avant que vous ne découvriez que ça fait quatre.

– Wiles n'a rien pu m'expliquer.

– L'ennui, monsieur Black, c'est que vous en savez plus long que vous ne le pensez. Simple manque de chance. »

Sheer Achimota, pensa Lorimer, sans raison. Puissant gri-gri.

« C'est terriblement simple, poursuivit Van Meer, cordial. Tout ce que je vous demande, c'est votre silence et la promesse de demeurer silencieux.

– Vous avez ma promesse, répliqua aussitôt Lorimer. Catégorique. »

Il aurait promis n'importe quoi à ce gnome souriant. D'une certaine manière, la complète absence de menace dans sa voix et son comportement était terrifiante, traduisait un pouvoir effrayant.

« Bien », dit Van Meer en prenant le bras de Lorimer pour l'obliger à se retourner sur St. James. Il montra du doigt un immeuble. « Vous connaissez ce club là-bas ? Oui, là-bas. Entrez-y et demandez Sir Simon Sherriffmuir. Il aura des nouvelles intéressantes pour vous. » Il donna une petite tape sur l'épaule de Lorimer. « Je suis si content que nous nous comprenions. Motus et bouche cousue. » Il porta théâtralement son doigt à ses lèvres et recula, ajoutant, toujours sans aucune trace de menace dans le ton : « Je vous tiendrai pour responsable de votre promesse catégorique, monsieur Black. Soyez-en sûr. »

Lorimer trouva cette remarque plus propre à flanquer les foies qu'un rasoir de coiffeur brandi sous le nez : il sentit sa bouche s'assécher et sa gorge se nouer. Van Meer émit un gloussement rauque, salua de la main et s'éloigna le long de Pall Mall.

*

Le portier en uniforme prit le manteau de Lorimer et d'un geste élégant du bras lui indiqua le bar.

« Vous trouverez Sir Simon à l'intérieur, monsieur. »

Lorimer regarda autour de lui : il était tôt dans la soirée et l'endroit était calme. A travers une porte il aperçut une vaste pièce avec des fauteuils autour de tables rondes cirées et de grands tableaux quelconques du XIXe. En s'approchant du bar, il vit des panneaux d'affichage en reps vert, du personnel allant et venant vivement en silence. Le tout donnait plus l'impression d'une institution que d'un club – ce que Lorimer imaginait être le mess des officiers d'un grand régiment en temps de paix, ou les salles de réunion d'une vénérable société philanthropique. Il éprouva un sentiment de non-appartenance aigu et déstabilisant.

Sir Simon était debout au bar, Hogg à ses côtés, vêtu de sombre et de grisaille, les cheveux coiffés en arrière et aplatis par de la brillantine. Un Hogg plus élégant que celui que Lorimer connaissait, plus menaçant aussi en quelque sorte, et l'accueillant sans un sourire bien que Sir Simon se montrât l'affabilité même, lui demandant ce qu'il désirait boire, recommandant une marque spéciale de whisky – une suggestion renforcée par une rapide et significative anecdote –, le guidant vers une table d'angle autour de laquelle ils s'assirent tous trois sur des fauteuils de cuir usé. Hogg alluma une de ses cigarettes sans filtre et Sir Simon offrit à Lorimer un petit cigarillo (refusé poliment). Le matériel fut allumé, la fumée envahit bientôt l'atmosphère et on échangea des propos sur la sévérité du temps et l'absence d'espoir de déceler le moindre signe printanier. Lorimer acquiesça dûment à tout ce qui fut dit, et attendit.

« Vous avez parlé à Dirk, observa enfin Sir Simon. Il tenait beaucoup à vous rencontrer.

– Je ne vois pas pourquoi.

– Vous avez compris ce qu'il – ce que nous vous demandons.

– La discrétion ?

– Absolument. Une discrétion absolue. »

Lorimer ne put s'empêcher de regarder Hogg qui, renfoncé dans son fauteuil, cuisses croisées, tirait sereinement sur sa cigarette. Sir Simon intercepta le regard.

« George est complètement *au fait**. Il n'y a plus de problème en suspens. Je pense que c'est juste, George, n'est-ce pas ?

– Juste comme Auguste », dit Hogg.

Sir Simon sourit.

« Nous voulons vous voir revenir à GGH, Lorimer. Mais pas tout de suite. D'ici un an environ.

– Puis-je savoir pourquoi ?

– Parce que vous êtes en disgrâce, répliqua Hogg, avec impatience. Il fallait que vous partiez.

– Oui, vous n'auriez jamais dû aller chez Boomslang, dit Sir Simon d'un ton désapprobateur mais avec sympathie. Ça vous a mis à l'index, surtout en ce qui concerne Dirk.

– Écoutez, protesta Lorimer déconcerté, j'essayais seulement...

– Trouvez autre chose, Black, l'interrompit Hogg avec un reste de sa vieille agressivité. Vous avez fouillé dans la merde pour sauver votre peau en décomposition.

– Pour trouver des réponses. Et sur vos ordres.

– Ça, c'est un tas de couillonnades...

– Disons plutôt ceci, intervint Sir Simon. Il faut qu'on voit que nous avons agi. Au cas où. Il y a eu de graves irrégularités.

– Pas de mon fait, répliqua Lorimer avec force. Je ne faisais que mon travail.

– Chaque fois que j'entends cette excuse, lança Hogg, véhément, je prends ma guillotine.

– Nous savons que vous pensiez le faire, dit Sir Simon plus apaisant, mais cela ne serait pas nécessairement évident... pour d'autres, pour des outsiders. C'est pourquoi il vaut mieux vous laisser partir. »

Pour devenir quoi, se demanda Lorimer : cynique ? Le négociant solitaire, le concessionnaire malhonnête, le courtier fou ? Plus vraisemblablement, l'expert en sinistres sinistré. Le rejet pesait lourd dans l'air en même temps que la fumée bleue du cigare puant de Sir Simon. Il y avait de ce côté-là un haut degré de filouterie, pensa Lorimer, une malversation, comme on disait, particulièrement tortueuse et particulièrement profitable pour que ces hommes puissants se montrent aussi calmement concernés. Il se demanda s'il découvrirait jamais ce qui avait été vraiment en jeu dans l'affaire du Fedora Palace, ce qu'avaient été les véritables bénéfices pour les participants. Il en doutait fort.

« Alors... je suis le bouc émissaire ?

– C'est traduire les choses d'une façon inutilement grossière.

– Ou vous pourriez dire que je suis votre assurance.

– L'analogie ne convient pas.

– Et Torquil ? poursuivit Lorimer. C'est lui qui a merdé en premier.

– Torquil est le filleul de Sir Simon, dit Hogg comme si cela devait mettre fin à la conversation.

– Il est préférable que Torquil soit de retour à Fortress Sure où je peux garder un œil sur lui », dit Sir Simon. Il leva un doigt pour appeler le barman et commander une autre tournée. « Je suis désolé que ça tombe sur vous, Lorimer, mais il vaut mieux, à long terme, qu'il en soit ainsi. »

Les consommations furent renouvelées et Sir Simon leva son verre pour examiner l'ambre fumée de son whisky à la lumière tamisée d'une lampe voisine.

Mieux pour qui, pensa Lorimer. Et pour quoi ?

Sir Simon renifla puis avala une gorgée de sa boisson : il était de toute évidence d'humeur amène.

« La boue ne tache pas dans notre monde, dit-il pensif, presque sur un ton d'agréable surprise. C'est un des grands avantages de cet endroit. Revenez dans un an : vous découvrirez que tout un chacun a la mémoire courte. »

La boue ne tache pas ? Soudain il était éclaboussé de boue. Il était viré avec, pour toute compensation, une vague promesse d'adoucir la pilule.

« Il y a une chose que je demanderai en échange de ma... discrétion », dit-il.

Il sentit Hogg se tendre, furieux.

« Vous n'êtes pas en position de demander...

– ... un simple coup de téléphone. » Lorimer transcrivit sur une serviette en papier les indications griffonnées sur la feuille qu'il avait dans sa poche. « Je voudrais que Mr Hogg appelle cette personne, Mrs Mary Vernon, ou lui laisse un message pour lui confirmer que je n'ai rien eu à faire avec le règlement Dupree.

– Ça vous dit quelque chose, George ? »

Sir Simon regarda Hogg pour s'en assurer. Hogg prit la serviette en papier des mains de Lorimer.

« Aussi simple que de compter des poules », répliqua-t-il.

Il remonta son pantalon sur son ventre et partit à grands pas.

Sir Simon Sherriffmuir sourit à Lorimer.

« Voyez-vous, je peux presque entendre votre cerveau travailler, mon cher garçon. Ce n'est pas un avantage. Cultivez une certaine langueur. Un certain *ennui*[*]. Un cerveau aussi fin que le vôtre exposé à nu, cela inquiète dans notre monde. Gardez vos talents sous une gigantesque pile de boisseaux, je vous le conseille, et vous irez bien plus loin.

– C'est très facile à dire pour vous.

– Bien sûr que ça l'est. Cessez de penser, Lorimer, ne vous inquiétez pas du tableau d'ensemble, ni d'essayer de découvrir comment il s'articule. C'était ce qui ennuyait George. La raison pour laquelle il devenait si... irritable. Maintenant il comprend, maintenant il est encore plus riche. Et il est content. A mon avis vous devriez partir, prendre des vacances. Allez skier. Allez en Australie, on me dit que c'est un pays épatant. Amusez-vous.

Puis revenez dans un an et passez-nous un coup de fil. » Il se leva lentement, la réunion était close. Lorimer se permit d'admirer un instant la coupe précise du veston de Sir Simon, une coupe audacieusement plus longue que la classique. « Tout ira bien, Lorimer, tout ira bien. »

Lorimer prit la main largement ouverte de Sir Simon et en sentit le pouvoir latent, la fermeté, la pression généreuse, la confiance certaine. Rien que mensonges, certes, mais mensonges superbes, de luxe, le travail d'un maître artisan.

« A l'année prochaine, Lorimer. Attendez-vous à de grandes choses. »

Dans le hall, il rencontra Hogg qui revenait. Ils s'écartèrent l'un de l'autre.

« J'ai laissé un message, dit Hogg. Tout est couvert.

– Mille mercis. »

Hogg se gratta la joue.

« Eh bien, voilà, Lorimer.

– Voilà, monsieur Hogg.

– Qu'est-ce que vous voulez, Lorimer, qu'est-ce que vous cherchez ?

– Rien. J'ai ce que je veux.

– Pourquoi me regardez-vous comme ça, alors ?

– Comme quoi ?

– Je veux vous poser une question : avez-vous raconté à quiconque que j'avais une liaison amoureuse avec Felicia Pickersgill ?

– Non. Est-ce le cas ?

– Je me ferai des jarretelles de vos tripes, Lorimer, si vous me mentez.

– Je ne mens pas.

– Pourquoi avez-vous fait ça ?

– Quoi donc ?

– Chercher, chercher, chercher. Quand les cigognes volent vers le sud, Lorimer, le fermier se repose sur sa pelle.

– Vous parlez comme ma grand-mère.

– Il y a quelque chose de féminin dans votre allure, est-ce qu'on vous l'a déjà dit ? Vous êtes un beau jeune homme, Lorimer.

– *Et in arcadia ego.*

– Vous pourriez aller loin. Dans n'importe quelle profession.

– J'ai l'occasion d'ouvrir un centre de pisciculture.

– La pisciculture, voilà un *métier** fascinant.

– Truites et saumons.

– Flétans et dorades.

– Cabillauds et soles.

– Le saint-pierre. Un merveilleux poisson.

– Si je m'y mets, je vous inviterai. C'est à Guildford.

– Je ne mettrai jamais les pieds dans le Surrey. Le Sussex, oui, voilà un comté convenable.

– Eh bien, il faut que j'y aille, monsieur Hogg. »

Le visage de Hogg se figea, ses narines se dilatèrent et, au bout d'un moment, il tendit la main. Lorimer la serra – Hogg avait une poigne de fer et Lorimer sentit ses jointures craquer.

« Envoyez-moi une carte de Noël. Je vous en renverrai une. Ce sera notre signal.

– Certainement, monsieur Hogg. »

Hogg se tourna puis se ravisa aussitôt.

« Le changement est dans la nature des choses, Lorimer.

– Le problème de l'anticipation, monsieur Hogg.

– Brave garçon.

– Bon, eh bien, salut.

– Je vous garderai votre place au chaud, dit Hogg, pensif, avant d'ajouter : Et ne faites pas le con, OK ? »

Il partit à grandes enjambées, avec sa démarche chaloupée de quartier-maître ; un serveur s'arrêta poliment pour le laisser passer. Dans le bar, Lorimer le vit se rasseoir majestueusement et accepter un des cigares de Sir Simon.

Kenneth Rintoul l'attendait au pied des marches du club. Kenneth Rintoul portant son mince manteau de cuir noir et un bonnet de laine, se détachant sur l'éventail brouillé de lumière projeté par les grandes lanternes flanquant la porte d'entrée.

« Monsieur Black. »

Lorimer leva ses mains en un geste de protection et, espérait-il, de menace comme si elles dénotaient une jeunesse passée dans des clubs de jiu-jitsu.

« Faites gaffe, Rintoul. J'ai des amis à l'intérieur.

– Je sais. Un certain Mr Hogg m'a demandé de vous rencontrer ici. »

Lorimer jeta un coup d'œil par-dessus son épaule, s'attendant à voir Hogg et Sherriffmuir derrière la fenêtre, le nez écrasé contre la vitre – ou alors un paparazzo incognito enregistrant cette rencontre pour servir de preuve. Une preuve – leur assurance.

Lorimer partit d'un bon pas sur St. James Palace, Rintoul se maintenant à sa hauteur sans difficulté.

« Je veux m'excuser, monsieur Black. Je veux vous remercier.

– Ah oui ?

– La plainte a été retirée. Hogg dit que c'est grâce à vous.

– N'en parlons plus. »

Lorimer était en train de réfléchir très vite.

« Et je tiens à m'excuser, personnellement, pour mes récentes, euh... remarques et façons d'agir. Les coups de téléphone et tout. J'étais à côté de mes pompes.

– Pas de problème.

– Je ne peux pas vous dire l'importance que ça a pour moi. » Rintoul s'était emparé de la main droite de Lorimer et la secouait vigoureusement. Lorimer se dégagea gentiment, convaincu que cette gratitude avait été immortalisée sur pellicule. « Pour moi et Deano.

– Puis-je vous poser une ou deux questions ?

– Allez-y, monsieur Black.

– Par simple curiosité, histoire de remplir les blancs. Y a-t-il eu des voitures victimes de vandalisme près de vos bureaux ?

– C'est drôle que vous en parliez. Vous savez le grand dépôt de tapis en gros sous le bureau ? Le propriétaire a eu sa Merc bousillée l'autre soir. Bonne pour la casse. Ça arrive partout, monsieur Black. Des mômes, des accros, des écolos. Ils rendent l'industrie automobile coupable de tous leurs problèmes.

– Mais c'est vous qui avez mis le feu à ma voiture ?

– Je dois avouer que c'est Deano... Il était désespéré, difficile à réfréner.

– Autre chose : est-ce vous qui avez écrit BASTA sur mon capot en lettres de sable ? Basta.

– Basta... Pas moi, je vous jure. A quoi ça rime d'écrire avec du sable ? Si vous voyez ce que je veux dire ?

– Juste. »

Destiné donc à rester un des mystères de la vie, songea Lorimer. Eh bien, naturellement, tout ne pouvait pas toujours avoir une explication dans l'existence. Hogg ferait écho à cela – avec son besoin de déranger toute prévision. Rintoul lui adressa un chaleureux au revoir et s'en fut vers Pall Mall, juste comme Dirk Van Meer l'avait fait avant lui, le pas léger, la tête haute. Lorimer le vit s'arrêter, et son bonnet de laine se découpa sur la lueur d'une allumette. Tout allait bien dans le monde de Kenneth Rintoul.

Lorimer passa devant Clarence House, en route vers le large Mall, avec l'intention de héler un taxi, mais il se ravisa et décida de rentrer à pied, d'arpenter les rues de la ville et, malgré les bons conseils de Sir Simon, de bien réfléchir à la situation, à ce qui se passait exactement et aux raisons pour lesquelles sa vie était ainsi mise en pièces. Il tourna à droite, sous les platanes privés de feuilles, le gravier crissant sous ses pieds, et prit la direction de la vaste et solide façade illuminée du palais. Un drapeau flottait – ainsi donc ils étaient à la maison ce soir, parfait, il aimait bien savoir ça, être au courant de leurs allées et venues, il aimait bien les savoir dans leur grand et solide palais, ses concitoyens, en un sens ; l'idée était obscurément réconfortante.

En tournant dans Lupus Crescent, Lorimer aperçut un petit groupe réuni autour de l'échoppe ambulante de Marlobe. Il vérifia que son col était relevé au maximum, rentra la tête dans les épaules et traversa la rue.

« Hé-ho ! » D'un geste impérieux, Marlobe lui fit signe d'approcher. Lorimer obtempéra avec lassitude. « Je vous ai pas fait payer assez pour les tulipes, annonça Marlobe. Vous me devez deux livres. »

Épatant, merveilleux, passez donc une bonne journée, pensa Lorimer en cherchant de la monnaie dans ses poches. Finalement, il tendit à Marlobe un billet de dix livres et, tout en attendant que l'autre récupérât et rouvrît sa caisse, regarda les gens rassemblés sous la lampe tempête à piles attachée à la tente. Il y avait un jeune homme et une jeune femme qu'il ne reconnut pas, et l'habituel compère de Marlobe, le type à la voix chuintante. A sa légère surprise – plus rien désormais ne le surprendrait vraiment – ils examinaient tous une revue porno, un étalement de chairs écartelées sur une double page, et discutaient quelque chose à propos d'un des modèles. Marlobe, la monnaie de Lorimer à la main, se mêla à la conversation en pointant son doigt sur une des photos.

« C'est toi, déclara-t-il à la jeune femme. C'est toi, y a pas à tortiller. Vise-moi ça. »

La fille – dix-huit, vingt, quarante-cinq ans ? – lui donna une tape sur le bras en rigolant.

« Tire-toi, dit-elle. Sale cochon.

– T'as pas assez de ton salaire ? ricana Marlobe. Tu t'es mise à poser, hein ? Pas vrai ? Hein ? »

Lorimer la reconnut alors : elle travaillait au bureau de poste du quartier ; elle avait un visage mince, animé, gâté par une petite bouche.

« C'est toi, insista Marlobe. Tout craché. Tu boulonnes clandestinement.

– Horribles poils, décida le chuinteur.

– Tu es terrible, s'écria-t-elle, en donnant une autre petite tape sur le bras de Marlobe. Allez, viens, Malcolm, dit-elle à son petit ami. Il est terrible, non ? »

Ils s'éloignèrent en riant, tout en se retournant souvent.

« Ça, c'est un horrible buisson, répéta le chuinteur.

– Fais-moi voir, dit Marlobe penché sur les pages brillantes. C'est elle ou c'est sa sœur jumelle, ou alors je suis un trou du cul de singe. Elle a une espèce de grain de beauté sur la cuisse, tu vois ?

– Elle a pas nié, hein ? lança le chuinteur, d'un air entendu. Ça, c'est quand même une indication. »

Marlobe tendit enfin sa monnaie à Lorimer, tout en continuant à scruter les photos.

« Ce que j'aurais dû faire, c'est lui demander de baisser sa culotte pour que je puisse vérifier l'histoire du grain de beauté.

– Voir si elle avait un grain de beauté sur la cuisse... déduisit le chuinteur.

– Puis-je avoir ma monnaie, s'il vous plaît ?

– J'aurais dû lui demander si elle avait un grain de beauté.

– Regarde le minou sur celle-là.

– Bon Dieu ! Quel horrible con !

– Vous êtes dégoûtants, dit Lorimer.

– Répétez ça ?

– Vous êtes dégoûtants, honteux. J'ai honte de penser que nous sommes tous deux des êtres humains.

– On se marre juste un peu, mon vieux, dit Marlobe, arborant son sourire agressif. On bavarde. Vous en mêlez pas si ça vous plaît pas, merde. Personne ne vous a demandé d'écouter, hein ?

– Ouais, renchérit le chuinteur. On se marre un peu.

– Vous êtes dégueulasses. Parler de cette manière devant elle. Parler ainsi.

– Elle ne se plaignait pas.

– Ouais. Foutez-moi le camp. Branleur de pédé. »

Plus tard, Lorimer ne comprenait toujours pas ce qui l'avait poussé à agir de la sorte, en réalité il ne savait même pas comment il y avait réussi, mais, plein de la rage accumulée grâce aux épreuves et aux humiliations de la journée, il s'avança, empoigna le bord inférieur de la charrette de fleurs de Marlobe et la souleva. Est-ce parce que les volets arrière étaient encore ouverts, déséquilibrant l'édifice, ou est-ce parce que la synchronisation était bonne, du genre de celle des champions de poids et haltères quand ils donnent tout dans la dernière secousse et soulèvent, Lorimer l'ignorait ni même ne pouvait l'estimer, mais, en l'occurrence, la roulotte se renversa avec un bang sourd et lourdement satisfaisant, et dans un grand flot d'eau tandis que vases et seaux de métal se vidaient.

Marlobe et le chuinteur contemplèrent le spectacle avec un choc non dénué de crainte.

« Putain ! » s'écria le chuinteur.

Marlobe parut soudain désarmé, toute sa confiance évanouie devant cette démonstration de force. Il s'avança d'un pas vers Lorimer, puis recula. Lorimer se rendit compte qu'il avait les poings levés, le visage grimaçant, plein de haine.

« Y avait pas de raison de faire ça, dit Marlobe d'une petite voix. Pas de raison du tout. Putain de merde. Salaud. » Il se pencha pour commencer à ramasser les fleurs éparpillées. « Regardez mes fleurs.

– La prochaine fois que vous la verrez, dit Lorimer, excusez-vous. »

« On t'aura, branleur ! On te fera la peau, branleur ! » Lorimer entendit le chuinteur hurler courageusement, tandis qu'il s'éloignait dans Lupus Crescent. Il sentait encore des frissons d'adrénaline lui enflammer le corps, ne sachant pas si c'était le résidu de sa colère ou simplement le contre-coup de son étonnant effort physique. Il ouvrit la porte, traversa le hall obscur (avec une soudaine pensée pour Lady Haigh) et monta péniblement l'escalier, sentant la mélancolie, le remords, l'apitoiement sur lui-même et la déprime se disputer la possession de son âme.

Il resta dans son entrée, essayant de se calmer, de reprendre le contrôle de sa respiration entrecoupée, et il posa la main, comme sur un talisman, sur le haut de son casque grec.

Un bruit inhabituel de grattements sur la moquette le fit se retourner et il vit Jupiter ouvrir du bout du museau la porte menant au salon.

« Salut, petit », dit-il, sa voix débordante de plaisir et de chaleur, comprenant soudain, comme en une révélation, pourquoi les gens avaient des chiens. Il s'accroupit pour gratter le cou de Jupiter, lui tapoter les côtes, jouer avec ses grandes oreilles. « J'ai eu une journée puante, pourrie, vile, déprimante, puante, merdique, vile, pourrie... », sachant aussi soudain pourquoi les gens parlaient à leur chien comme s'ils pouvaient en être compris. Il avait besoin de réconfort, de réassurance, d'un semblant de protection, de sécurité.

Il se releva, ferma les yeux, les rouvrit, vit son casque, le prit, le tourna entre ses mains et le mit.

Il lui allait comme un gant, ou plutôt il lui allait trop bien, comme s'il avait été fabriqué pour lui : dès l'instant où il le fit glisser sur sa nuque par-dessus la bosse de son occiput et qu'il le sentit bien s'installer là, presque avec un cliquetis, il comprit, il comprit aussitôt, qu'il ne pourrait plus l'enlever.

Il essaya bien entendu, mais c'était la courbe parfaite derrière le casque, équilibrant l'évasement du couvre-nuque, une forme en S allongé, à l'envers, une ligne qu'il avait souvent admirée, qui rendait le casque inamovible. On l'aurait cru dessiné pour une tête à configuration phrénologique exactement semblable à la sienne (peut-être, se dit-il soudain, était-ce ce qu'il avait inconsciemment compris quand il l'avait vu ? senti cette similitude et par conséquent l'obligation de l'acheter ?). Sa configuration exacte, simplement un peu plus petite. La garde nasale était parallèle à son nez mais sans le toucher, finissant au centimètre idéal au-delà du bout. Les fentes ovales des yeux suivaient exactement les contours des os autour de la cavité orbitale, l'avancée des plaques de joues imitait précisément celle de sa mâchoire.

Il étudia son reflet dans le miroir du salon et ce qu'il vit lui plut. Il était beau, il était formidable, en fait, il ressemblait exactement à un guerrier, un guerrier grec, les yeux brillants derrière les traits en métal rigide du casque, la bouche ferme entre les lames corrodées des plaques de joue couleur de jade. Le costume, la chemise et la cravate paraissaient incongrus mais à partir du cou il aurait pu passer pour une divinité classique mineure.

Une divinité classique mineure avec un problème majeur, conclut-il, tout en remplissant d'eau le bol de Jupiter et, faute de mieux, lui fournissant de quoi subsister sous la forme de bouts de pain trempés dans du lait que le chien, il fut ravi de constater, dégusta avec des claquements de langue appréciateurs.

Il passa les dix autres minutes à tenter d'ôter le casque mais en vain. Que faire ? Que faire ? Il fit les cent pas dans son appartement – Jupiter somnolent, étalé sans délicatesse sur le divan, couilles à l'air, tout à fait chez lui –, apercevant de temps à autre le reflet satisfaisant de sa silhouette casquée en passant devant le miroir au-dessus de la cheminée, la tête de métal avec ses yeux ovales dans l'ombre, sévèrement dépourvue d'expression.

398. La preuve de l'armure. *L'homme en armes ne pouvait pas se permettre de prendre des risques et son équipement devait donc être « prouvé », il devait être garanti qu'il pouvait résister au choc d'un coup de lance direct ou d'une flèche et, plus tard, d'un pistolet, d'une arquebuse, d'un tromblon et d'un mousquet. Au musée de l'Artillerie, la cuirasse du duc de Guise est d'une grande épaisseur et porte trois marques de balles dont aucune n'a pénétré.*

Paradoxalement, c'est justement ce fait même – que l'armure ait vraiment résisté aux armes à feu (et non pas que l'arrivée des armes à feu ait rendu l'armure obsolète) – qui conduisit à son abandon. Au XIXe *siècle, Sir John Ludlow nota que « quand il y a eu une raison de craindre la violence des mousquets et des pistolets, on a fait les armures plus épaisses qu'auparavant et on a exagéré au point que maintenant, à la place d'une armure, on charge les corps d'une forge. L'armure que l'on porte désormais est si lourde qu'elle engourdit les épaules d'un gentilhomme de trente-cinq ans d'âge ».*

L'homme en armure avait prouvé que son costume d'acier trempé pouvait résister aux armes les plus puissantes en usage mais, ce faisant, il découvrit que l'épaisseur croissante du métal dans lequel il avait enfermé son corps produisait un poids qui devenait encombrant à l'extrême et, finalement, insupportable.

Le Livre de la Transfiguration

« Salut, Slobodan, c'est Milo. J'ai un petit problème.

– Raconte-moi tout, Milo.

– Ça te dirait d'avoir un chien ? »

Une demi-heure après, Slobodan arrivait et examinait avec admiration l'appartement de Lorimer.

« Belle crèche, Milo. Vraiment chic, ouais ? » Il tapota le casque avec ses jointures : « Refuse de bouger, hein ?

– Oui. Je te présente Jupiter. »

Slobodan s'agenouilla près du canapé et procéda à un examen complet, avec grattages et caresses.

« C'est un gentil petit gars. Pas vrai, fiston ? On va venir habiter chez Lobby, hein, vieux pote ? » Jupiter supporta ces attentions sans se plaindre. « Pourquoi as-tu mis ce casque, espèce de grand con ? demanda Slobodan.

– J'en ai eu envie.

– Ça te ressemble pas, Milo, de faire quelque chose d'aussi dingue.

– Donne-moi une minute pour ranger deux ou trois trucs », dit Lorimer.

Pendant qu'il attendait son frère, un vague plan d'action avait pris forme dans sa tête. Il ramassa quelques papiers importants et son passeport, jeta des vêtements, plusieurs CD et *Le Livre de la Transfiguration* dans un sac et fut prêt.

« On va où, frérot ? s'enquit Slobodan.

– Aux urgences. Kensington et Chelsea Hospital. »

Ce fut un étrange moment que celui où il quitta le n° 11 et s'éloigna dans Lupus Crescent avec Slobodan et Jupiter. Le monde qu'il voyait était limité par les rebords des œillères, et il avait conscience de l'obscurité au-delà de la plaque de métal définissant son champ de vision, bien qu'il ne sentît plus le poids du casque, comme si le bronze martelé avait fusionné avec les os de son crâne pour ne faire plus qu'un, homme et casque, homme casqué, hommecasque, casquehomme. Casquomme, héros de bandes dessinées, divinité mineure, renverseur de charrettes de fleurs, terreur des gens grossiers et sans galanterie, les obligeant à s'excuser auprès des damoiselles insultées. Il fut content de voir que Marlobe et le chuinteur n'avaient de toute évidence pas été capables de remettre d'aplomb la charrette qui gisait toujours sur le flanc au milieu d'un amoncellement de pétales et de végétation, dans une mare d'eau grandissante. Le guerrier casqué passa devant sa proie à terre et grimpa à bord de son char rutilant.

« Elle marche bien ? s'enquit Lorimer tandis que Slobodan appuyait sur le champignon.

– Comme un rêve. C'est construit pour durer ces bagnoles. Magique. »

Slobodan l'accompagna à l'accueil où il fut enregistré sans commentaires puis sommé de s'asseoir dans une salle d'attente avec un enfant grognon, sa mère et une jeune femme gémissante qui tenait son poignet mou comme un poisson mort. Il affirma à Slobodan qu'il n'avait pas besoin de rester et il le remercia sincèrement.

« Il sera dans une bonne maison, Milo, pas de souci.

– Je sais.

– C'est drôle, j'ai toujours eu envie d'un chien. Merci, mon vieux.

– Il ne t'embêtera pas.

– Mercy pourra l'emmener se promener. »

Mercy et Jupiter, pensa Lorimer, voilà qui serait gentil.

Slobodan partit et Lorimer continua d'attendre. Une ambulance arriva, sirènes hurlantes, gyrophare en marche, et un corps recouvert d'un drap sur une civière à roulettes fut poussé précipitamment entre les doubles portes battantes. L'enfant grognon fut examiné, suivi par la fille gémissante, et enfin ce fut le tour de Lorimer.

L'éclairage du box était éblouissant et Lorimer se retrouva face à une femme médecin, toute petite, au teint sombre, avec des lunettes au bout du nez et une masse de cheveux noirs vaguement entortillés et épinglés sur le haut de crâne. Son badge indiquait : « Dr Rathmanatathan. »

« Vous venez de Ceylan ? demanda Lorimer alors qu'elle prenait deux ou trois notes.

– De Doncaster, répliqua-t-elle avec un accent plat du Nord. Et aujourd'hui ça s'appelle Sri Lanka, pas Ceylan.

– On disait Serendip autrefois, vous savez. »

Elle lui lança un regard neutre.

« Alors, que vous est-il arrivé ?

– Je l'ai enfilé. Je ne sais pas pourquoi. C'est une antiquité de grande valeur, presque trois mille ans d'âge.

– Il vous appartient ?

– Oui. Je me sentais... je me sentais déprimé et je l'ai mis, voilà tout. Et il est manifestement impossible de l'ôter.

– C'est drôle mais le petit garçon que vous venez de voir avait avalé une petite cuiller. Je lui ai demandé pourquoi et il m'a répondu la même chose que vous : il se sentait déprimé, alors il a avalé une petite cuiller. » Elle se leva et s'approcha. « Il l'a mise dans sa bouche et elle est descendue. »

Debout, elle était à peine plus grande que lui assis. Elle tenta de bouger un peu le casque et vit à quel point il épousait la forme du crâne. Elle regarda dans les œillères.

« On va être obligés de le découper, j'en ai peur. Est-ce qu'il coûte très cher ?

– Oui. Mais peu importe. »

Il se sentait étrangement insouciant. Sans souci, littéralement. Jamais en aucune circonstance il n'aurait mis ce casque, mais les fatigues de la journée l'avaient forcé à accomplir ce geste et il se sentait étrangement privilégié de l'avoir porté une heure ou deux. Alors qu'il allait et venait dans son appartement en attendant Slobodan, son cerveau lui avait paru curieusement lucide et calme – sans doute parce qu'il n'y avait rien qu'il pût faire quant au problème du casque – mais, idée plus fantasque, il se demandait maintenant si cela avait un rapport avec le casque lui-même, son extrême ancienneté, la pensée de l'antique guerrier pour qui il avait été conçu, une sorte de transfert...

Il se reprit : il commençait à ressembler à David Watts. Sheer Achimota. Allons donc, pour l'amour de Dieu.

L'infirmier de service qui vint armé de pinces puissantes affirma que c'était comme trancher dans du cuir raide. Il découpa le casque par l'arrière, à mi-hauteur du mont occipital avant que, en forçant un peu, il cède.

« Vous pourrez le ressouder », dit Dr Rathmanatathan, secourable, en lui tendant le casque.

Le monde était soudain un endroit beaucoup plus vaste, moins obscur, et sa tête lui paraissait différente, plus légère, vacillant un peu sur son cou. Il toucha ses cheveux, ils étaient humides, trempés de sueur.

« Peut-être que oui, répliqua-t-il, en le mettant dans son sac, ou bien peut-être le laisserai-je ainsi, pour me rappeler cette soirée. Un souvenir. »

L'infirmier et le Dr Rathmanatathan le regardèrent avec curiosité comme si la pensée leur venait soudain qu'il pourrait bien en réalité être fou.

« Il m'est encore plus précieux », ajouta Lorimer.

Il les remercia tous deux, leur serra la main et demanda à la réception de lui commander un taxi. Il avait encore beaucoup à faire ce soir. Il ordonna au chauffeur de le conduire à l'Institut des rêves lucides.

Chapitre 20

« Je crois que je suis arrivé au fond de ton problème, dit Alan. Fascinant, extrêmement complexe et pourtant, à sa manière blackienne, extrêmement ambigu. » Alan se mit à faire les cent pas dans son laboratoire tout en discutant les racines métaphysiques des désordres du sommeil chez Lorimer. « Le sommeil est, d'une certaine manière, la préparation de la Nature à la mort – une préparation que nous expérimentons chaque nuit. C'est cela la vraie *petite mort**, et non pas l'orgasme. Une préparation à la mort et pourtant essentielle à la vie. Et c'est pourquoi...

– Tu as une machine à affranchir ici ?

– Non, mais j'ai plein de timbres.

– Tu disais que...

– C'est pourquoi tes rêves lucides sont si intéressants, vois-tu. Dans un sens non freudien, non psychanalytique. Les rêves lucides sont la tentative de l'être humain pour nier l'élément de mort implicite dans le sommeil. Pour toi, ils sont un lieu où ta réalité-rêve est contrôlable et où tout ce qui est mauvais peut être balayé. Les meilleurs rêveurs lucides sont les pires dormeurs : des dormeurs légers comme toi, et des insomniaques. C'est le sommeil profond, le sommeil lent que vous craignez inconsciemment.

– J'appuie simplement sur "imprimer", non ?

– Oui. Ainsi, vois-tu, Lorimer, pour toi, dans un sens très poussé, la peur du sommeil égale la peur de la mort. Mais dans le rêve lucide tu crées un monde où tu commandes, un monde que tu peux contrôler, l'opposé du monde réel, du monde éveillé. Le rêve lucide est d'une certaine manière une vision de la vie parfaite. Je crois que vous, les dormeurs légers – et c'est peut-être quelque chose que vous vous êtes biologiquement fabriqué, vous personnellement, vous avez plus de sommeil paradoxal parce que, inconsciemment, vous souhaitez surtout rêver lucidement. Vous voulez entrer dans ce monde parfait où tout peut être contrôlé. C'est là la clé de ton problème. Débarrasse-toi de ce désir et le sommeil profond reviendra. Je peux te l'assurer.

– Tu es très confiant, Alan.

– Je ne me tourne pas exactement les pouces, tu comprends.

– J'échangerais bien tous mes rêves lucides pour une bonne nuit de sommeil.

– Ah, tu dis ça, mais inconsciemment tu préfères le contraire. Tes rêves lucides t'offrent un aperçu d'un monde idéal, impossible. C'est en ton pouvoir de changer cela mais il est difficile de résister à la séduction du rêve lucide. »

Difficile de résister à qualifier tout cela de foutaises patentes, pensa Lorimer, mais Alan était clairement passionné par son sujet et il ne tenait pas à se lancer dans une bagarre.

« Quelqu'un a fait allusion à ce problème en tant qu'"indigestion de l'âme", dit Lorimer.

– Ce n'est pas scientifique, répliqua Alan. Désolé.

– Mais, Alan, en quoi tout cela va-t-il m'aider ?

– Je n'ai pas encore toutes les données dont j'ai besoin. Quand tout ça sera collecté, comparé, analysé, alors je pourrai te le dire.

– Et ça m'aidera à mieux dormir ?

– Savoir c'est pouvoir, Lorimer. Ça dépendra de toi. »

Il partit faire du café et Lorimer regarda ce qu'il avait écrit. Alan avait raison, le savoir c'était le pouvoir, d'une certaine façon, et un savoir partiel ne donnait qu'un pouvoir limité – mais il ne dépendait que de lui de l'exercer ou pas.

Il avait tapé sur un des traitements de texte de l'institut un bref historique et une interprétation de l'affaire du Fedora

Palace, comme il l'appelait maintenant, et il pensait en avoir saisi l'essentiel dans les trois pages succinctes qu'il avait compilées.

Pour autant qu'il pouvait en juger, il y avait eu une phase initiale : une simple entente pour surassurer l'hôtel et c'est là que Torquil entrait en scène comme un gogo innocent. La mission de l'idiot, l'idiot se révélant plus utile qu'un homme avisé. Cela avait été fait, selon les dates de Bram Wiles, avant la mise en bourse de Gale-Harlequin, dans quel but, il n'en était pas tout à fait sûr, mais nul doute que ça faisait impression – un immense hôtel de luxe neuf et très coûteux – et que, à court terme, ça donnait meilleure mine aux fonds propres de la compagnie. Il supposait que l'immeuble serait réassuré plus tard pour une somme reflétant sa vraie valeur. Si, bien entendu, il devait vraiment être terminé un jour. Ça ne manquait pas de bon sens : surassurer n'était pas un crime mais il pouvait y avoir eu un élément de fraude dans le désir de faire apparaître les actions Gale-Harlequin plus attirantes que ce n'était le cas. La mise en Bourse puis le rachat de Gale-Harlequin étaient au cœur de toutes ces manœuvres. Il suffisait de ressembler au véritable article pendant une année environ, le temps, ou presque, de construire un nouvel hôtel. Toutefois ce plan astucieux mais relativement simple avait été gravement mis à mal par un événement que personne n'avait pu prévoir ni empêcher. Toutes les prévisions furent sévèrement bouleversées quand une firme de sous-traitants, Edmund, Rintoul, avait provoqué un petit incendie à un étage supérieur afin d'échapper au paiement imminent d'une pénalité de retard. Se propageant, le petit incendie était devenu grand, causant de gros dégâts, nécessitant une demande d'indemnités qui avait accidentellement révélé la nature anormale de la police souscrite par Gale-Harlequin auprès de Fortress Sure.

Les procédures d'évaluation et de règlement du sinistre s'étaient mises en marche automatiquement. Un ajustement des pertes avait été proposé et accepté sur-le-champ afin de clore au plus vite l'incident car une avantageuse offre de rachat d'actions au comptant venait d'être lancée par une compagnie du nom de Racine Securities.

Et qui bénéficiait du rachat par Racine Securities ? Eh bien, les actionnaires de Gale-Harlequin, tous des actionnaires *bona fide*, selon Bram Wiles, excepté une mystérieuse entité « off-shore » du nom de Ray Von TL.

Lorimer était prêt à parier gros que parmi les hommes cachés derrière Ray Von TL se trouvaient, entre autres, Francis Home, Dirk Van Meer et, très probablement, Sir Simon Sherriffmuir.

En outre, les Boomslang Properties de Dirk Van Meer avaient racheté l'hôtel incendié et à moitié démoli, et à un prix très raisonnable, supposait Lorimer.

Dirk Van Meer, Lorimer l'aurait parié, avait sans doute des intérêts dans Racine Securities. Autrement dit, pour débrouiller un peu l'écheveau, une partie de son empire avait simplement racheté une plus petite part : l'argent semblait changer de main, et de gros profits s'ensuivaient pour les principaux participants.

Réfléchissant à l'ensemble de ce qui s'était passé et à qui avait acheté quoi, ajoutant quelques astucieuses suppositions à des faits connus, Lorimer conclut qu'il tenait les grandes lignes de l'affaire du Fedora Palace. Nul doute qu'il existait d'autres ramifications qu'il ne découvrirait jamais, mais une reconstitution de cet ordre commençait à jeter une lumière faible encore que révélatrice sur les événements mystérieux dans lesquels il s'était trouvé marginalement impliqué.

De plus, il ne pouvait pas même jurer que quoi que ce soit fût illégal mais le fait qu'il ait été viré de GGH, opposé à Rintoul, et qu'il ait manifestement désormais le rôle de bouc émissaire de réserve, lui confirmait en pratique qu'il existait des secrets que des gens importants entendaient garder comme tels. L'affaire suivait certaines structures classiques, notamment l'emploi d'un bouffon, Torquil, avec la certitude que le bouffon serait fidèle à sa nature. Torquil était censé bidouiller l'assurance du Fedora Palace et, avec un petit coup de pouce de-ci, de-là de la part de Sir Simon, il avait dûment rempli sa mission.

A cette autre règle, elle aussi classique, près : si vous pouvez penser à une centaine de choses qui puissent mal tourner et en tenir compte dans votre plan, vous serez abattu par la cent et unième. Personne n'avait prévu l'inopportune complicité d'une petite firme d'entrepreneurs de Peckham. Mais on avait fait preuve d'une capacité de réaction suffisamment rapide, de suffisamment de force en profondeur, en puissance et en influence pour obtenir une efficace limitation des dégâts : un coupable avait été désigné (Lorimer), George Hogg acheté et mis dans le coup. Une bouche supplémentaire à l'auge était un prix modeste à payer. Gale, Home, Van Meer et Sir Simon avaient fait un profit d'au moins dix millions, calculait Lorimer, et sans doute plus. Dieu seul savait ce que Dirk Van Meer avait tiré de toute l'affaire.

Il imprima dix copies de son « Rapport sur certaines malversations liées à l'assurance du Fedora Palace Hotel » et les mit dans des enveloppes déjà libellées à l'adresse du service des Fraudes et des rédacteurs en chef des sections financières des grands journaux quotidiens et dominicaux. Alan, comme promis, produisit une feuille de timbres que Lorimer entreprit de lécher et de coller.

« Tu les posteras pour moi ? demanda-t-il. Demain matin ?

– Es-tu sûr de ce que tu fais ?

– Non.

– Eh bien, c'est bon, alors. Naturellement que je les posterai. »

Lorimer lui avait simplement dit qu'il révélait une fraude possible – et il avait ajouté en guise d'explication supplémentaire : « Tout le monde suppose que je ne dirai rien et je déteste être pris pour argent comptant.

– Tu seras rejeté du paradis.

– Il ne semble pas si paradisiaque que ça en ce moment. De toute façon, j'ai eu ce que je voulais. »

Alan prit la pile d'enveloppes qu'il lui tendait et les mit dans la corbeille « courrier à expédier ».

« J'ai été navré d'apprendre la mort de Lady H., dit-il. Mais je pense qu'elle s'est toujours un peu méfiée de moi.

– Pas du tout. Pourquoi crois-tu ça ?

– Parce que... » Alan agita une paume grande ouverte. « Un vieux colonial est toujours un vieux colonial.

– Parce que tu es noir ? Ridicule.

– Elle s'est toujours montrée très réservée.

– Foutaises. Elle t'aimait bien. Elle était fière d'avoir un docteur en philosophie dans la maison. » Lorimer se leva. « Où puis-je trouver un taxi à cette heure-ci ? »

399. Déraison. *Peu me soucie contradictions, paradoxes, devinettes et ambiguïtés. A quoi bon se soucier de quelque chose d'aussi inévitable et incrusté dans notre nature que le système digestif l'est dans notre corps ? Certes, nous pouvons être rationnels et raisonnables mais, si souvent, beaucoup de ce qui nous définit est le contraire : irrationnel et déraisonnable. Je suis défini par le fait que je considère Jill comme belle et Jane laide, par ma préférence pour les choses bleues aux vertes, par mon goût pour le jus de tomate et mon mépris de la sauce tomate, et aussi par le fait que parfois la pluie qui tombe m'attriste et parfois me réjouit. Je ne peux pas expliquer ces choix mais ils contribuent, eux et d'autres du même genre, à faire de moi la personne que je suis tout autant que n'importe qui de plus raisonné et réfléchi. Je suis tout autant moi-même « irrationnel » que « rationnel ». Si cela est vrai pour moi, alors ce doit l'être pour Flavia. Peut-être sommes-nous tous également irrationnels tandis que nous avançons dans l'erreur. Peut-être, en fin de compte, est-ce cela qui nous distingue des machines compliquées, puissantes et omniscientes, des robots et des ordinateurs qui mènent nos vies à notre place. C'est cela qui nous rend humains.*

Le Livre de la Transfiguration

Les lumières étaient allumées dans sa maison de Silvertown, s'aperçut-il, très excité et, en ouvrant doucement la porte, il sentit une odeur d'épices, de tomates cuites et de fumée de cigarette. Il y avait un bouquet de freesias dans une jarre à la cuisine et une assiette sale dans l'évier. Il posa son sac par terre et monta sans bruit à l'étage, le cœur battant dans sa cage thoracique, comme désespéré d'en sortir. Il poussa la porte de sa chambre de quelques centimètres et vit Flavia qui dormait dans son lit. Elle était nue, un sein découvert, le mamelon petit, brun et parfaitement rond.

En bas, il brancha la télévision et prépara bruyamment du thé dans la cuisine. Cinq minutes plus tard, Flavia surgissait, en robe de chambre, l'air endormi, les cheveux emmêlés. Des cheveux aile de corbeau avec des reflets bleu encre et vert bouteille qui donnaient à sa peau une telle pâleur qu'elle en paraissait exsangue, le rose naturel de ses lèvres devenant rouge vif en comparaison. Elle accepta la tasse de thé qu'il lui offrit et demeura assise ainsi un moment sans dire grand-chose, reprenant conscience.

« Depuis quand êtes-vous là ? demanda-t-il.

– Hier soir tard. Ce n'est pas exactement chaud et accueillant, non ?

– Non.

– Eh bien, comment a été la journée, chéri ?

– Terrible.

– Je pars pour Vienne ce matin. J'ai un job.

– Quoi ?

– Une production britannique d'*Othello* en tournée.

– Vous jouez Desdémone ?

– Bien entendu.

– C'est sympathique. Shakespeare à Vienne.

– Mieux que la vie à la maison, je peux vous l'assurer.

– Il ne vous a pas battue ou Dieu sait quoi, non ?

– Pas vraiment. Il est simplement affreux. Impossible. » Elle fronça les sourcils comme si l'idée lui venait à l'instant. « Je n'y retournerai pas.

– Parfait. »

Elle lui tendit la main.

« Mais je ne veux pas coucher avec vous ce soir. Pas ce soir. Je ne crois pas que ce serait sage.

– Bien sûr. » Lorimer opina plusieurs fois du bonnet, avec l'espoir que sa déception ne fût pas trop visible. « Je vais m'installer dans la chambre d'amis. »

Elle se leva, s'approcha lentement de l'endroit où il était assis, passa ses bras autour de sa tête et attira son visage contre son ventre. Il ferma les yeux et aspira à pleins poumons son odeur de lit chaud, comme une potion calmante.

« Milo », dit-elle, et elle gloussa. Il entendit son rire se répercuter à travers son corps, vibrer sur son visage. Elle courba le cou et l'embrassa sur le front.

« Vous m'appellerez à votre retour de Vienne ? dit-il.

– Peut-être. Peut-être resterai-je quelque temps là-bas, histoire de laisser Gilbert mariner dans son jus.

– Je crois que nous pourrions être très heureux. »

Elle tira sa tête en arrière pour mieux le regarder, ses doigts accrochés aux cheveux derrière ses oreilles. Elle fit claquer ses dents plusieurs fois et le contempla longuement :

« Je crois... je crois que vous avez peut-être raison. C'est le hasard qui nous a réunis, n'est-ce pas ?

– Je ne suis pas très sûr de ma position à l'égard du hasard ces jours-ci. Je vous aurais trouvée, d'une manière ou d'une autre.

– Mais vous auriez pu ne pas me plaire.

– Eh bien, oui, c'est un fait, je suppose...

– Une chance pour vous que vous me plaisiez, Milo, une chance pour vous. »

Elle baissa la tête et l'embrassa de nouveau, tendrement, sur les lèvres.

Lorimer déballa une couverture neuve et l'étendit sur le lit dans la petite chambre sous le toit. Il se déshabilla et se glissa entre le matelas et la laine piquante. Il entendit Flavia dans le couloir et, un instant, imagina qu'elle venait frapper à sa porte – mais, après quelques minutes, il perçut le bruit de la chasse d'eau.

Il dormit toute la nuit sans interruption et sans le moindre rêve. Il se réveilla à 8 heures, affamé, la gorge sèche, enfila son pantalon et dégringola au rez-de-chaussée où il trouva la note qu'elle lui avait rédigée de sa grande écriture très penchée :

> Vous pouvez venir avec moi à Vienne si vous voulez. Air Austria, Heathrow, terminal 3, 11 h 45. Mais je ne peux pas vous promettre quoi que ce soit. Je ne peux pas promettre que quoi que ce soit durera. Il faut que vous le sachiez – si vous décidez de venir. F.

Qu'avait-elle donc, pensa-t-il, souriant, avec ses tests, ses défis perpétuels ? Mais il sut tout de suite ce qu'il allait décider : c'était de loin la meilleure offre que la vie lui ait jamais faite et il l'accepta aussitôt et sans plus réfléchir. Catégoriquement. Il irait à Vienne vivre avec Flavia Malinverno – et il serait heureux.

En s'habillant, il pensa : je serai avec elle mais elle refuse de s'engager, elle ne peut pas promettre combien de temps cela durera. Eh bien, lui non plus, il ne le pouvait pas. Ni personne en fait. Combien de temps n'importe quoi durera ? Combien de kilomètres un poney peut-il parcourir en galopant ? comme disait sa grand-mère. Cette formule branlante pour son bonheur futur était aussi solide que toute autre au monde, après tout. Rien à redire à cela.

400. Systèmes tégumentaires. *L'armement d'un homme commençait aux pieds et, dans la mesure du possible, chaque pièce subséquemment ajoutée recouvrait celle d'en dessous. L'armement d'un homme, par conséquent, se faisait dans l'ordre suivant : solerets ou sabatons, jambières, genouillères, cuissardes, jupe de cottes de maille, gorgeret, plaques de poitrine et de dos, épaulières, gantelets et, finalement, le casque.*
Chaque organisme vivant est séparé de son environnement par

un revêtement ou tégument, qui délimite son corps. Il me semble que l'ajout d'un tégument de plus est unique à notre espèce et facilement compréhensible – nous voulons tous une protection supplémentaire pour nos corps tendres et vulnérables. Mais est-ce particulier à notre espèce ? Quelles autres créatures montrent-elles le même besoin de précaution et recherchent-elles cette sorte d'armure protective ? Mollusques, barnacles, moules, huîtres, tortues, hérissons, tatous, porcs-épics, rhinocéros, tous développent la leur propre. Seul le bernard-l'ermite, autant que je m'en souvienne, part à la découverte de coquilles vides, de buccins ou de bigorneaux, ou en fait de n'importe quel objet creux, et s'y glisse, pour s'en servir d'abri et de protection. Homo sapiens *et* arthropoda crustacea *– peut-être sommes-nous plus parents que nous le pensons. Le bernard-l'ermite trouve son armure et la conserve mais, en grandissant, il est périodiquement obligé de l'abandonner et de parcourir, tendre, vulnérable, et sans protection pour un temps, les ondulations sableuses du plancher océanique jusqu'à ce qu'il trouve une coquille plus grande et s'y glisse.*

Le Livre de la Transfiguration

Il appela un taxi et, en attendant, sortit de son sac son casque grec brisé et le plaça sur la cheminée, au-dessus du feu de bûches à gaz. De face, il était parfait : personne ne pouvait voir la coupure triangulaire qui divisait l'arrière. Il mettrait Lupus Crescent en vente, appellerait Alan de Vienne, lui demanderait de tout arranger et de payer Ivan – et ce serait la fin de sa période collectionneur de masques.

Assis dans le taxi, il se sentit étrangement serein au moment de quitter Albion Village et d'entreprendre sa dernière longue trajectoire à travers la ville. De Silvertown, Silverton Way, à gauche pour l'enjambement de Canning Town, puis Limehouse Link, devant la Tour, Tower Hill, Lower Thames Street et l'Embankment, sous le pont ferroviaire de Charing Cross, puis Northumberland Avenue, à gauche aux Horseguards, à droite à Whitehall, vers Parliament Square, en laissant les ponts de

Vauxhall, Chelsea, Albert et Battersea tandis que le taxi longeait le fleuve brun impétueux puis, virant dans Finborough Road, traversant Fulham et Old Brompton Road Earl's Court et Talgarth Road, dans la Great West Road puis la A 4 et la remontée sur la M 4, l'immense agglomération étalée de chaque côté, poursuivant à l'ouest sur l'autoroute jusqu'à la sortie n° 4 pour prendre à gauche vers Heathrow et enfin le terminal 3. C'était là un des plus grands parcours de l'extrême est à l'extrême ouest, et il repensa aux nombreux voyages qu'il avait faits au cours de sa carrière, traversant la gigantesque cité de part en part, du nord au sud, tous les points cardinaux, des kilomètres et des kilomètres, des heures et des heures de temps...

Vienne était plus petit, plus facile à manier, tout était à quelques minutes de marche. Lui et Flavia se promèneraient main dans la main de la Stephansplatz à la Schönlaterngasse, ils iraient à l'opéra, ils contempleraient les Klimt et les Schiele, ils feraient peut-être une mini-croisière sur le Danube, ils admireraient la topiaire de l'Augarten. Ils resteraient dans la ville ou bien ils partiraient en voyage ensemble, imaginait-il agréablement. Tout était possible, une fois qu'ils seraient là-bas, tout.

Il pensa à d'autres trajectoires commencées ce matin : ses dix lettres passant de bureau de poste en bureau de tri puis filant leur chemin propre jusqu'à leurs adresses respectives. Et que se passerait-il alors ? Rien ? Une vaguelette de controverse ? Un scandale mineur ? Des arrangements discrets, quelques mots dans des oreilles importantes et tout serait oublié ?...

Il n'en était pas entièrement certain. S'il ne faisait rien, rien n'arriverait, il le savait ; et quand il reviendrait – s'il revenait – d'ici un an, comme on l'y avait si chaudement encouragé, pour reprendre sa place, rien ne se passerait non plus. Des sourires de regret attristé, des mains écartées, des haussements d'épaule d'impuissance. Les temps ont changé, Lorimer, les choses ont bougé, nous sommes vraiment désolés, les restructurations, de nouvelles priorités, c'était hier, et nous sommes aujourd'hui...

Ils l'avaient lâché et il était à la dérive, juste comme ils l'avaient souhaité, mais pas si loin pour l'instant qu'ils ne puissent pas pointer sur lui avec colère le doigt du blâme en cas d'urgence. Seulement plus le temps s'écoulerait et plus les mémoires se feraient courtes, plus heureux et détendus ils seraient. « La boue ne tache pas dans notre monde », avait astucieusement et complaisamment observé Sir Simon. Lorimer pouvait disparaître à l'horizon, en ce qui les concernait : hors de leur vue, et définitivement hors de leur esprit.

Il savait aussi que le pouvoir qu'il avait sur eux était très limité et à très court terme. Et se mesurait au fait qu'il avait réussi à obliger Hogg à appeler Mrs Vernon et que sa seule « punition » était simplement d'être viré. Il avait un certain avantage mais celui-ci deviendrait très vite inutile. C'était donc maintenant qu'il fallait frapper : il avait additionné deux et deux et était arrivé à sa version de quatre, tout comme l'avait soupçonné Dirk Van Meer. Et ils pensaient s'en être débarrassé désormais, l'avoir réduit au silence par de fausses promesses, écarté de leurs vies, séduit par la perspective chimérique d'un retour, un jour, au sein du club des élus. Mais il n'était pas si naïf et pas tout à fait écarté, pas encore. Maintenant était venu le moment de voir si un peu de boue allait tacher : peut-être pourrait-il bouleverser toutes les prévisions.

Alors que le taxi prenait la section surélevée de la M 4, son regard fut attiré par une nouvelle affiche publicitaire : un vaste champ tout blanc et imprimé en travers d'une écriture enfantine : « sheer ashimota ». David Watts ne perdait pas de temps pour annoncer au monde la venue de Sheer Ashimota. Et Sheer Ashimota il y aurait, voilà. Brusquement, Sheer Ashimota semblait fonctionner dans sa vie à lui aussi...

Il prit son billet d'Air Austria pour Vienne et montra son passeport à l'immigration. Il chercha Flavia dans la galerie marchande grouillante de monde qu'était le terminal 3 mais ne la trouva pas. Il attendit cinq minutes devant les toilettes pour dames mais elle n'en émergea pas, et de petits tremblements d'inquiétude commencèrent à le tourmenter. Il y avait beaucoup de gens, c'est vrai, des centaines, c'était bien trop facile de se manquer. Puis une autre pensée lui vint, inopportune : elle ne lui aurait tout de même pas encore joué un de ses tours habituels ? Pas infligé un de ses retournements imprévisibles ? Tout ce numéro d'*Othello* à Vienne ? Pas une de ses remontrances sournoises ? Non, sûrement pas. Pas Flavia. Pas maintenant. Il repensa à la veille au soir et cela lui ôta tous ses doutes. Il gagna d'un pas ferme le comptoir des informations.

« Je me demande si vous pouviez appeler mon amie, Flavia Malinverno. Elle est quelque part ici et je n'arrive pas à la trouver. Flavia Malinverno.

– Certainement, monsieur. Et vous êtes Mr... ?

– Je suis... » Il s'arrêta, réfléchit très vite. « Dites-lui simplement que c'est Milo. Dites-lui que Milo est ici. »

Il entendit son nouveau nom – son vieux nom – répété parmi les boutiques et les bars illuminés, les cafétérias et les fast-food franchisés. Elle l'entendrait, il le savait, et elle viendrait : en fait, il la voyait déjà en imagination, levant la tête, souriante, elle avançait de son grand pas allongé, pleine de grâce, la lumière jouant sur sa chevelure irisée, son sourire s'élargissant, ses yeux vifs et brillants, et elle fendait nonchalamment la foule qui s'écartait, mouvante et fluide, pour venir vers lui : Milo.

RÉALISATION : I.G.S.-CHARENTE PHOTOGRAVURE À L'ISLE-D'ESPAGNAC
IMPRESSION : BUSSIÈRE CAMEDAN IMPRIMERIES À SAINT-AMAND
DÉPÔT LÉGAL : AVRIL 1998. N° 33157 (981734/4)